떠도는 기류

제 6 회 김만중문학상
소설 부문 금상 수상작

# 떠도는 기류

손 정 모

장 편 소 설

책나무

　질녀가 숙종의 왕비가 된 관계로 왕의 인척이기도 했던 김만중(金萬重)이다. 대사간, 대사성, 홍문제학, 예문제학에 이어 공조판서, 예조판서, 병조판서에다가 종1품인 판의금부사의 벼슬까지 지낸 만중은 당당한 권문세가에 속하는 인물이다. 당초에는 숙종과도 사이가 좋아서 병조판서에까지 올라 병권을 장악하며 숙종을 돕던 인물이다.

　조사석이 후궁과의 연줄로 인하여 재상이 되었다는 소문을 왕 앞에서 얘기하다가 출처를 밝히라는 말에 소문 제공자의 이름을 밝히지 않은 탓에 선천에까지 유배형을 당하게 되었다. 1988년에 일본 천리대에서 발견된 '서포연보'에서 밝혀진 내용에 따라, 구운몽이 평안도 선천에서 창작되었다는 사실에 입각하여, 1687년 9월의 선천 유배 시절부터 1689년에 남해 노도로 유배를 가서 서인의 영수이자 스승인 송시열의 사망 시점까지의 한정된 시점에 초점을 맞추어 글을 썼다.

'구운몽(九雲夢)'은 국문 소설로는 아주 서사 구조가 탄탄한 작품으로 평가된다. 아무래도 작품에는 작가의 체험이 실리게 마련이다. 특히 과거에서 장원급제를 하면서 관직 생활을 시작하여 다채로운 체험을 한 만중의 경력은 작품의 서사에 강력한 힘을 불어넣는 역할을 하기 마련이다. 이런 관점에서 작가의 생애와 작품 간의 연관성을 규명하는 부분도 창작 과정에서 진행되었다.

   결론적으로 말하면, 작품은 유배가 이루어질 때까지의 정치적인 흐름(왕과 신하들 간의 정신적 대립)을 다루었고, 만중의 유배지에서의 생활을 형상화시켰고, 국문학의 큰 성과물인 구운몽의 창작 배경을 더듬어 보았다.

                                                           2016년 1월, 손정모

| 차례 |

# 궁궐에 드리워진 한기

국화 향기가 빛살처럼 흩날리는 1687년의 가을 저녁나절이다. 한
양에서 평안도 선천의 유배지까지는 900리의 노정이다. 어쩌다가
평안도의 선천에까지 내쫓기게 되었는지를 떠올리자 만중(金萬重)이
착잡해진다. 만중이 상념에 휩쓸리면서도 거주하는 자신의 유배지
인 초가를 슬쩍 훑어본다.

'도대체 왕의 뱃속을 모르겠단 말이야. 언제나 전설 속의 성군처럼
온화한 미소를 짓던 그였잖아? 그랬는데 느닷없이 표정을 바꾸면서
나를 귀양 보내다니? 처삼촌인 나를 이렇게 푸대접하다니? 생각할
수록 심회(心懷)를 추스르기가 힘들어.'

만중이 유배지의 초가를 둘러본다. 선천 군수 김종하(金宗河)가 만
중의 배소(配所)를 점검하는 관리이다. 종하의 배려로 관노(官奴)인

16살의 사내인 연길이 배소의 초가에 드나든다. 하루에 한 차례씩 드나들며 음식물과 나뭇단을 날라다 준다. 마당의 연못으로 흘러드는 물줄기를 바라보자니 사흘 전의 일이 떠오른다.

　이른 새벽에 7명의 촌민들이 괭이와 삽을 들고 배소로 몰려들었다. 선천 군수가 직접 인부들을 데리고 나타난 터였다. 선천 유배지는 예로부터 명승이 알려진 곳이었다. 중앙에서 요직을 맡았던 관리들이 흔히 귀양을 오던 곳이었다. 선천 유배지는 재기용될 기약을 지닌 관리들이 다녀가는 곳이라 알려졌다. 누구보다도 그런 정황에 훤한 인물은 선천 군수였다. 군수는 종4품의 외관직(外官職)이었다. 평안도에 재직하는 18명 군수 중의 하나였다.

　인부들이 배소의 마당에 있는 연못으로 우르르 몰려들었다. 그러더니 연못 밑바닥의 흙더미들을 파서 마당으로 끌어 올렸다. 직경이 3장에 달하는 둥그런 연못이 금세 짙은 색채를 발산했다. 하천으로 물이 배출되는 곳에는 그물코가 작은 그물을 겹쳐서 묻었다. 그리하여 연못에 풀어 놓은 물고기들이 도망가지 못하게 만들었다. 연못에는 붕어와 피라미와 송사리들을 풀어 놓았다. 연못의 북쪽 귀퉁이에서는 적유령산맥에서 발원된 물줄기가 흘러 들어오고 있었다. 숱한 관리들이 배소에 드나드는 사이에 역대의 군수들이 조성한 연못이었다.

　비록 유배를 당했지만 한양으로 되돌아갈 권문세가의 죄수들이 적지 않았던가? 그랬기에 군수들은 귀양 온 사람을 단순한 죄인으로 다루지 않았다. 소홀하게 대접했다가는 귀환한 뒤의 후유증이 두려운 터였다. 잘 대접한 보답은 미약할지라도 구박한 결과는 격심한 짓눌림으로 날아들었다. 그래서 역대의 군수들은 배소의 유배인을 배려하기에 정성을 기울였다.

만중은 중앙의 요직을 다 거친 거물급 관리로 알려졌다. 대사간, 대사헌, 대사성, 홍문제학, 예문제학의 직위는 중앙의 대표적인 요직이었다. 이런 요직에 이어 공조판서, 예조판서, 병조판서를 거치지 않았는가? 게다가 종1품인 의금부의 판사인 판의금부사까지 거치지 않았던가? 이런 처지에다가 죽은 왕비의 숙부가 아닌가? 가히 날던 새도 떨어뜨릴 정도의 위세를 지닌 신분이었다. 지방에 머무는 군수의 입장에서 어찌 유배인의 신상 정보를 모르겠는가?

군수가 인부들을 동원하여 연못을 가꾸는 의미도 그런 배려의 일환이었다. 인부들이 마을로 돌아간 뒤였다. 16살의 동갑 관노들인 희준과 연길이 보따리를 들고 마당으로 들어섰다. 배소에는 연못과 삼 칸짜리 초가와 둘레가 24장인 마당이 있었다. 살아있는 탱자나무가 마당을 에둘러 빽빽하게 막아 울타리를 이루었다. 토양이 비옥하여 탱자나무 울타리는 틈이 안 보일 지경으로 울창했다. 사립문만 닫히면 누구든 울타리로는 도저히 넘나들기 어려운 형세였다. 정사 각형인 마당은 한 변의 길이가 6장에 달했다.

희준과 연길이 행주로 식탁을 닦고는 방의 밥상에 음식을 펼쳤다. 백자에 담긴 탁주와 따끈따끈한 김이 나는 매운탕이 모습을 드러내었다. 파전과 메밀묵이 김치 그릇과 함께 밥상에 깔렸다. 관노들이 군수를 향해 허리를 굽혀 인사하고는 이내 자취를 감추었다.

관노들이 사립문을 빠져 나갈 때까지 기다린 뒤였다. 만중이 마주 앉은 군수의 술잔에 술을 따랐다. 군수도 만중의 술잔에 술을 가득 채웠다. 군수가 술잔을 입에 갖다 대면서 만중을 향해 말했다.

"원래 배소가 적적하기 마련이외다. 제가 대감과 말씀을 나누며 노독을 풀어 드릴까 하는데 어떻소이까?"

만중이 멋쩍은 표정을 지으며 응답했다.

"죄를 짓고 쫓겨난 사람한테 대감이라뇨? 그냥 편하게 불러 주기 바라외다."

둘이 사흘 전에 처음 만났을 때였다. 군수는 53살로 만중보다는 2살이 많음을 알았다. 지위로서야 군수는 엄연히 만중의 직위보다 낮은 처지였다. 하지만 현실 속의 만중은 벼슬을 빼앗기고 유배된 죄인일 따름이었다. 생각하면 생각할수록 억장이 무너지는 심정이었지만 어디에다 하소연할 처지가 아니었다.

한때는 나라의 병권을 장악하는 최고의 수장이지 않았던가? 이래 저래 서글픔이 피어올라 전신이 괴로울 따름이었다. 타는 듯 가슴이 답답할 때에 군수가 입을 열었다.

"제 마음 같아서는 사람들 모르게 기방(妓房)에라도 모시고 싶소이 다만 ……"

만중이 상당히 언짢은 빛이 실린 목소리로 군수의 말을 잘랐다.

"왜 이러시외까? 내 비록 죄인일지라도 마음대로 사람을 농락하려고 해서는 안 되외다. 다시는 그런 말로 사람 마음을 떠보려 하지 말기를 바라외다."

대쪽처럼 곧은 서늘한 기운이 군수에게 전해졌음인지 군수가 몸을 떨었다. 잘 대접하려다가 낭패를 보는 것은 아닌지 두려운 기색이었다. 잠시 숨 막힐 듯한 분위기가 둘 사이에 드리워졌다. 분위기를 바꾸려는 듯 군수가 술병을 흔들었다. 그러다가 만중의 술잔에 정성을 기울여 술을 채웠다. 만중이 곧바로 술병을 받아 군수의 술잔에 술을 따랐다. 둘이 술잔을 맞부딪쳐 경배를 하고는 이내 입술로 가져갔다. 스산한 기운이 도는 저녁나절이었기에 만중에게도 술이 그리운 때였다.


왕을 대하고서도 당당하게 할 말을 시원하게 내쏟았던 자신이 아니었던가? 어느 겨를에 얼마 전인 9월 10일의 정경이 머릿속으로 밀려들었다. 상당히 비통한 심정으로 왕이 만중을 향해 말했다.

"다른 사람들이 다 아는 소문을 나만 모른다고 했소이까? 정말 미안하오. 내가 덕이 부족하여 오늘 이런 말을 듣게 되어 면구스럽소이다. 왕가의 연줄로 조 대감이 정승이 되었다고 누가 말했는지를 밝히시오."

왕의 말을 듣는 순간에 만중의 가슴에 울화가 치솟았다. 만중의 기억으로 넉 달 전인 5월 1일의 일이라 생각되었다. 조사석이 별로 뛰어난 업적이 없음에도 이조판서에서 우의정으로 제수되었다. 아무리 생각해도 타당성이 없다는 생각이 들어서 견해를 왕에게 말했다.

"조사석(趙師錫) 대감이 불안한 이유는 결코 민진주(閔鎭周) 탓이 아닙니다. 민진주의 말은 정승을 선발하는 방식이 매끄럽지 못했다는 얘기일 뿐이옵니다. 그랬는데도 조사석 대감이 불안하게 여기는 원인은 따로 있지 않겠나이까?"

숙종이 마음이 불편한 듯 정색을 하고 만중에게 말했다.

"조 대감이 불안하게 여기는 원인을 설명해 보시오. 어디 들어봅시다."

만중이 말하기에 앞서서 숙종의 표정을 훑어보았다. 대충 넘어가지 않으려는 결기가 얼굴에 만연한 상태였다. 자칫 언사의 기류에 휘말려 옥고를 치를지도 모르리라는 느낌이 밀려들었다. 하지만 왕이 묻는 말에 대답하지 못할 이유가 없다고 여겼다. 그래서 평소에 살아온 기질대로 당당한 어조로 왕에게 말했다.

"후궁 장 씨의 어미가 조 대감과 잘 지낸다고 들었소이다. 후궁의 연줄로 조 대감이 정승이 되었으리라는 소문이 자자하외다. 이런 소문을 다른 사람들은 다 아는 처지였습니다. 그런데도 전하께서만 모르신다니 다소 가슴이 답답하외다. 이런 원인은 후궁에게 정신이 팔린 탓일지도 모르니 수신(修身)하셔야 합니다."

지경연사(知經筵事)란 경연청에서 왕에게 수신의 덕을 깨우쳐 들려주는 직책이었다. 이런 소임을 마음에 두고서 진정한 정을 담아 말했다. 그랬는데도 왕의 입장에서는 노기가 발동한 모양이었다. 작년

12월에 장 씨를 종4품인 숙원(淑媛)에 책봉하여 후궁으로 맞았다. 그러면서 장 씨에 대한 애정의 강도가 강하게 실렸다. 장옥정(張玉貞)은 만중보다도 22살 연하인 여인이었다. 왕인 숙종보다는 2살이 많은 여인이기도 했다.

어쨌거나 왕의 애정은 온통 옥정에게 실린 기색이 역력했다. 27살의 혈기 방장한 나이의 왕이 아닌가? 여인의 향기에 취해 정신이 온통 매료될 시기임에는 틀림없다고 여겨졌다. 하지만 그는 왕이 아닌가? 국정 전반을 둘러보는 원대한 시각을 가져야 한다고 여겨졌다. 왕이라고 해도 취약한 부분은 있기 마련이라 여겨졌다. 그 취약점을 보완하기 위해서 왕은 경연청을 통해 자문받지 않았는가?

경연관의 말조차 여인에게 매혹되어 들리지 않는다면 왕이 문제라고 여겨졌다. 그리하여 만중이 보다 강경한 어조로 왕에게 조언했다. 그랬는데도 왕이 격분한 기색을 내보이니 가슴이 섬뜩해졌다. 한때 병조판서로 있으면서 병영을 둘러볼 때 느꼈던 한기가 느껴졌다. 중앙에서의 지원이 넉넉하지 않아서 군역에 임하는 병졸들의 자세가 싸늘했다.

마침내 왕이 무척 자존심이 상한 어조로 말했다.

"궁금하던 차에 잘 되었소이다. 조 대감이 불안하게 여기는 이유를 들어봅시다."

왕의 심기가 불편하면 예상치 못한 일이 자주 발생하곤 했다. 도대체 무슨 일이 생길지 몰라 가슴이 켕기면서도 마음을 추슬렀다.

'국왕이라 한들 인간일 따름이다. 유가(儒家)에서 숭상하는 것은

14

일관된 인간의 품격이다. 왕을 대했다고 하여 내 마음이 흔들려서는 안 된다. 게다가 여기는 조정(朝廷)이 아닌가? 내 양심이 반듯하다면 조금도 거리낄 게 없어야 마땅해. 아무렴 그렇지?'

왕을 대하여 말하려는데 깊은 물속에 잠긴 듯한 느낌이 밀려들었다. 물속에서 소용돌이치는 수류(水流)가 연달아 일어나는 환상이 밀려들었다. 소용돌이의 한쪽에는 왕이 서 있었다. 그 맞은편에는 후궁인 옥정이 서 있었다. 왕과 옥정의 사이에 만중이 끼어 소용돌이가 이는 듯했다. 만중의 생각으로 지독한 소용돌이라 여겨졌다. 왕의 색채와 옥정의 색채가 문제라고 여겨졌다. 절대로 왕과 옥정의 색채가 같지는 않다고 여겨졌다. 어디까지나 약간 비슷하지만 결코 동질성이 아니라는 느낌이 강하게 밀려들었다.

환영(幻影)이 되어 밀려드는 수류에 휘말리며 만중이 상념에 잠겼다.

'내가 왜 당신들 둘의 기류에 휩싸여야 하오? 나란 사람은 이미 세상을 살 만큼 살았소. 내 나이에 병마도 다스려 보고 대신들도 상대해 보았소. 더러는 영문도 모르게 국청에서 곤욕을 치렀던 적도 있었소. 이런 나를 당신들이 뭔데 싸잡아 휘감으려고 하오? 정말 그 근원을 알지 못하겠소.'

만중이 막 말을 꺼낼 무렵이었다. 기다림에 짜증이 났던지 용포의 소맷자락이 꿈틀대는 느낌이 만중에게 전해졌다. 만중이 눈앞의 환영을 떨쳐 내며 힘을 실어 말했다.

"조 대감이 대단하지 않음에도 연줄의 힘을 빌렸다는 점이 원인이외다. 후궁의 연줄로 정승에 올랐다고 궁궐 안팎에서 세인들이 떠들어대고 있소이다."

왕의 눈빛에 한결 시린 기운이 왈칵 휘몰렸다. 바로 이때 상선(尙膳)이 접힌 한지를 왕에게 전하고 물러갔다. 왕이 접힌 한지를 펴고 읽더니 표정이 심각하게 변했다. 그러더니 경멸하는 빛이 서린 표정으로 만중을 향해 고함을 질렀다.

"도대체 어디에서 그런 말을 들었는지 출처를 밝히시오. 광해군 때에 금전이 오간 소문이 있었는데 이번에도 그랬는지 궁금하오. 제대로 밝히지 못하면 그냥 넘기지는 않겠소이다."

마침내 왕의 입에서 우려할 만한 말이 터져 나오고 말았다. 약간 예측되기는 했지만 막상 취조의 말을 들으니 가슴이 서늘해졌다. 누구한테서 들었다고 해도 그냥 쉽게 말할 성질이 아니었다. 그런데 이때 만중의 가슴에 짙은 의혹이 스며들었다. 내시의 최고 직위인 상선에게 누가 접힌 한지를 건네었는지가 궁금해졌다. 만중의 머릿속으로 혼탁한 소용돌이의 물결이 휘몰리는 느낌이었다. 그러면서 만중이 깊은 의혹에 잠겨 마음속으로 중얼거렸다.

'아무래도 내 주변을 은밀히 살피는 무리가 있는 모양이야. 도대체 그 무리가 어떤 사람들로 뭉쳐 있을까? 근래에 집요하고도 은밀한 기류로 나를 감시하는 무리들의 정체가 무엇일까? 이들의 조직이 궁궐의 상선에까지 맥이 닿아 있는 것은 아닐까?'

만중의 가슴에서는 또 다시 거대한 격랑이 일기 시작했다. 좀체 추슬러지기는 어려울 듯한 심한 격랑이라 여겨졌다. 세상의 소문에는 반드시 퍼뜨린 사람이 있기 마련이었다. 소문의 출처가 어디였든 만중의 귀에 들려준 사람은 지기(知己)인 이사명(李師命)이었다. 지기의 이름을 들먹이면 사명이 곤욕을 치를 터였다. 어차피 의금부로 끌려가 취조를 받을 상황이 벌어진 터였다. 경연관으로서 최선을 다한다는 것이 횡액을 야기한 셈이었다.

숱한 곤경을 치르면서 살아온 만중이 아니었던가? 이만한 일로 쉽게 마음이 흔들려서는 안 되리라고 마음을 억눌렀다. 장소가 대전(大殿)이기에 주변에는 삼사의 관원들이 지켜보는 터였다. 만중이 대처하는 모습은 후학들의 본보기가 되기 십상이었다. 그래서 만중이 흔들림이 없는 자세로 말했다.

"전하께서는 조 대감이 불안에 떠는 이유를 말하라고 했소이다. 그래서 명을 좇아 세간에 떠도는 소문을 말했을 따름이외다. 굳이 출처를 말하라고 하시오면 신에게 형벌을 가할 의도로 느껴지외다. 그렇다면 차라리 제가 의금부로 가서 명을 기다리겠소이다."

만중의 말에 둘러섰던 관원들의 표정이 달라졌다. 아무래도 형벌의 회오리가 예견되는 상황이었기 때문이다. 승지(承旨) 임홍망(任弘望)과 교리(校理) 황흠(黃欽)이 먼저 왕에게 말했다.

"김 대감께서는 세상의 소문을 전하께 말씀드렸을 따름이잖습니까? 그러니 출처를 묻는 명령은 거두어 주시도록 통촉하옵소서."

왕이 대답하려고 할 때였다. 이번에는 수찬(修撰) 홍수헌(洪受瀗)과 지평(持平) 이정익(李禎翊) 등이 일제히 말했다.

"출처를 묻는 명령은 거두어 주심이 마땅하다고 아뢰옵니다. 삼가 통촉하옵소서."

대간(臺諫)들이 일제히 출처를 규명하는 명령 철회를 왕에게 요청했다. 그랬는데도 왕은 승지에게 의금부로 보내는 명령서를 쓰도록 말했다. 만중은 어쩔 수 없이 스스로 의금부로 찾아가 명령을 기다렸다. 그러다가 사흘이 지난 뒤에 선천으로 유배를 떠나게 되었다.

의금부에 하옥된 사흘 동안의 일이었다. 왕의 외척으로 중앙에서 요직을 두루 맡았던 만중이었다. 하루아침에 체면이 엉망진창으로 구겨지고 말았다. 어디 가서 하소연할 곳마저 없는 상태였다. 왕을 위하여 경연관으로 소신을 다하려는 행위가 왕을 격분시킨 모양이었다. 당시에 만중의 마음은 시궁창에 떠밀리는 오수가 된 느낌이었다.

'세상에 믿을 것이 없다더니 정말이로군. 왕이 대간의 말조차 무시하는 근원이 무엇인가? 아무래도 젊은 탓에 여인에게 매료된 데에 원인이 있을 거야. 그렇지 않고서야 왕의 외숙인 나를 이다지 무시할 수가 있을까? 아무래도 피가 젊은 탓이리라. 젊은 왕의 들끓는 피가 문제라 여겨져.'

점차 머릿속에 잡히는 그늘의 느낌이 만만치 않았다. 머지않아 피바람이 밀려드리라 여겨졌다. 자신은 이미 선두에 서서 피바람을 맞은 듯한 느낌마저 들었다. 그러자 1680년의 경신환국의 피바람이 연상되었다. 1674년부터 정국을 장악하여 횡포를 부리던 남인들이었

18

다. 이들의 영수인 허적과 윤휴 등이 관직을 박탈당하여 사사(賜死)되지 않았던가? 이들의 수하들이 무더기로 내몰려 파직을 당한 사건이 1680년의 경신환국이었다. 이른바 정국이 남인에서 서인 체제로 변환된 시기의 피바람이었다.

그 피바람이 일기 바로 직전에 자신이 관직에 복직되지 않았던가? 1679년 12월 10일에 정3품인 예조참의로 복직된 이후부터 서인들이 집권했다. 만중은 자신이 그때 복직이 된 게 경신환국의 신호였다고 여겨진다. 1680년 3월 29일에 김수항이 영의정으로 들어서면서부터 경신환국이 본격적으로 개시되었지만. 김수항도 남인들에 떠밀려 철원에서 유배 생활을 하다가 복권된 터였다. 이번에는 자신을 필두로 서인들이 곤욕을 치르게 될지도 모르리라 예견되었다.

사흘 전에 인부들을 데리고 군수가 배소에 나타난 날이었다. 군수만 남아 만중과 대작할 때였다. 초저녁 무렵이 되자 동쪽 하늘에 보름달이 떠올랐다. 군수가 만중을 바라보며 입을 열었다.

"아직 술 한 잔도 다 드시지 못했소이다그려. 복잡한 과거의 일은 훌훌 털어 버리사이다. 모처럼 유람을 나왔다고 여기고 말이외다."

만중이 문득 마주 앉은 군수에게 결례를 했다는 생각을 했다. 사람을 눈앞에 두고서도 너무 과거의 일을 떠올렸기 때문이었다. 이런 정황을 깨닫자 그제야 만중도 호기로운 웃음을 터뜨리며 응답했다.

"어이쿠, 군수님! 제가 결례를 범했소이다그려. 아시다시피 마음이 너무 심란했던 탓이라고 헤아려 주기 바라외다. 연못에 풀어 놓은 물고기들은 얼마나 살지 궁금해지외다."

군수가 희죽 웃더니 너스레를 떨며 말했다.

"이네들은 생각보다는 훨씬 오래 사나 보외다. 아마 연못이 마르지 않는 한 계속 살 거외다. 오늘 행한 공사는 연못 밑바닥의 수중 청소 작업이었소이다. 주기적으로 청소해야만 수질도 깨끗해지고 물고기들의 수명도 길어지외다."

비슷한 나이라 둘이 느끼는 정취가 서로 흡사하다고 느꼈다. 이런 느낌이 들면서부터 둘은 서로에게 호감을 갖기 시작했다. 술잔이 어느 순간에 서너 순배 돈 뒤였다. 둘은 대화를 나눌수록 묘한 흡인력에 이끌려 속내를 터놓았다.


군수의 눈에 비친 만중은 대범하면서도 정감이 그득 실린 사내였다. 대범하면서도 냉혹하지 않다는 점이 군수의 마음을 따뜻하게 했다. 만중의 눈에 비친 군수는 멧돼지 같은 저돌성을 갖춘 사내였다. 어떤 상황에서도 주눅 들지 않고 당당히 맞서려는 투지가 엿보였다. 이런 투지를 갖기는 쉽지 않다고 여기는 만중이었다. 서로의 장점에 이끌린 순간부터 둘은 마당으로 내려섰다. 그러고는 연못가에 서서 나란히 하늘의 달을 올려다보았다.

만중과 군수가 나란히 서서 연못을 바라볼 때였다. 만중의 눈에 얼핏 사립문 일대에 검은 그림자가 어른대는 듯했다. 선천의 유배지까지 찾아올 사람이 누구였을까? 여태까지는 막연히 착시 현상이라 여겼던 것이 아무래도 수상하게 여겨졌다. 생각이 여기에 미쳤을 때였다. 군수도 의아한 표정으로 만중에게 말했다.

"대감, 혹시 바깥에 인적이 어른거리지 않았소이까? 함께 나가 살펴보도록 하사이다."

만중이 군수와 함께 신속히 사립문까지 달려가 보았지만 인기척이라곤 없었다. 군수가 쓴웃음을 지으며 만중에게 말했다.

"미안하오이다. 내 단순한 착각이었나 보외다."


만중이 시린 저녁 한기를 견뎌내며 배소의 연못 주변을 서성인다. 그러면서 궁중에 머무는 왕을 떠올리며 상념에 잠겨 배회한다. 자신이 유배당한 것이 결코 우발적이지는 않다고 여긴다. 장옥정과 숙종이 빚어내는 특이한 종류의 기류 탓이었다고 여긴다. 게다가 붕당 선비들의 세력 대결도 커다란 요인이었다고 간주한다.

심지어 배소인 선천까지 따라와 만중을 엿보는 무리들이 있지 않았던가? 눈으로 확인하지만 못했을 뿐 밀탐자(密探者)들의 징후를 확실히 느꼈다. 만중의 붕당과는 적대 세력인 남인의 무리들이라고 만중은 추측한다. 궁궐로부터 사방으로 차가운 기운이 발산되고 있다고 여겨진다. 만중은 생각에 잠겨 중얼댄다.

'도대체 어떤 무리들일까? 나를 선천까지 내쫓고도 밀탐해야 직성이 풀릴 무리들이 말이야. 뭔가 내게 암시를 준 것 같아 영 마음이 찜찜해. 유배를 당한 죄인이라 은밀히 밀탐자들의 정체를 밝히도록 해야지.'

# 선천 군수

밤이 되어 만중이 배소에서 등불을 켜고 글을 쓰는 중이다. 사흘 전의 영상이 물결처럼 흘러든다. 군수가 인부들을 데리고 만중의 유배지 초막을 찾은 날이었다. 인부들이 돌아간 저녁에 만중과 군수는 마루에서 탁주를 마셨다. 그러고는 마음이 통하여 마당에 내려서서 하늘을 올려다보았다. 하늘에는 보름달이 동쪽 하늘에 구름자락처럼 떠 있었다.

하늘에 뜬 달빛이 연못에 닿아 물결에 부딪혀 하얗게 부서졌다. 만중에게 문득 달빛을 받는 연못이 거대한 호수로 여겨졌다. 가 본 적은 없지만 얘기로 듣던 중국의 동정호가 연상되었다. 유역의 크기가 어마어마하여 바다를 방불케 한다는 호수를 말함이었다. 곁에 선 군수마저도 낯설게 느껴지지 않았다. 혹여 전생에서 인연이 있었을

지도 모르리라고 여겨졌다.

　이런 생각에 휩싸여 있던 만중에게 섬광처럼 불안감이 성큼 밀려들었다. 아까 얼핏 눈에 띄었던 사립문 부근의 인적에 신경이 쓰였다. 은밀히 자신을 지켜보던 사람들이라 생각된 인기척이었다. 하지만 사립문까지 군수와 함께 가서 확인했지만 인기척은 느껴지지 않았다. 군수와 만중이 함께 느낀 인기척이었다면 분명히 사람들의 무리이리라 생각되었다.

　만중이 흐릿한 자태로 펄럭이는 등불을 바라보며 머릿속으로 궁리한다. 수상한 인기척의 정체를 이제부터라도 밝혀야 되겠다고 여긴다. 그러자 머릿속으로 번민이 휘몰려 든다.

　'이번 유배가 풀리기는 쉽지 않겠어. 돌연히 새로운 환상계가 열리듯 새 생명이 출산된다면 또 모르겠어. 하여간 우주의 순리는 너무나 오묘해서 섣부른 지식으로는 가늠하기조차 힘들어. 미래가 불투명한 상태에서 소설 작품이나 한 편 만들어야겠어. 기왕이면 누구나 읽을 수 있게 언문으로 써 봐야겠어. 연못의 물고기들을 세상 사람들에 비유하면 운치 있는 작품이 되겠어.'

　사흘 전에 배소에서 군수가 만중을 바라보며 말했다.

　"술을 마시고 하늘을 올려다보니 여기가 천상의 세계로 느껴지외다. 우리가 지금 꿈을 꾸는 것은 아니죠? 뭔가 오늘은 세상이 다르게 보일 지경이오."

대사헌과 판의금부사로 지내면서 관리들이 탄핵을 받아 스러짐을 본 만중이었다. 원래 사헌부나 의금부의 기능이 관리 사찰에 있는 거였다. 그랬음에도 관리들이 유배를 가서 병들어 죽는 것을 많이 봤다. 그랬기에 선천으로 유배를 떠나오면서 착잡한 심회에 잠겨 버둥거렸다.

'선천 유배가 장기화된다면 내 미래는 어떻게 될까? 나도 유배지에서 병들어 죽을 수도 있잖아? 병들어 제대로 치료받지 못하면 죽을 수밖엔 없겠지? 가족의 보호 범위 밖에서 살아가는 괴로움이 오죽 클까?'

생각하면 생각할수록 현실이 참담해지는 만중이었다. 만중이 가슴에 치솟는 괴로움을 떠올리다가 군수에게 말했다.

"군수님! 내일 업무를 처리하려면 일찍 들어가 봐야 되지 않겠소이까? 내 생각으로는 늦게 귀가하면 등청이 어려우리라 여겨지외다."

군수가 활짝 웃으면서 만중을 향해 말했다.

"물론 업무에 지장이 있어서는 안 되외다. 하지만 앞으로도 두어 시간은 함께 머물러도 괜찮을 것 같소이다. 연못을 정리한 뒤에 달마저 훤하게 뜨니 참으로 놀랍게 느껴지외다."

만중이 수면을 바라보며 생각에 잠기다가 자신의 가슴을 툭툭 두드렸다. 그러면서 연못가로 서서히 발걸음을 옮겼다. 마치 예전에는 전혀 걸어보지 못했던 것처럼 걷는 느낌마저 새로웠다. 배소의 나날이 죄인의 자취이건만 뭔가 새로운 결실을 거둘 듯했다. 얼핏 바라보니 군수도 상당히 취한 기색이었다. 군수도 상당히 풍류의 감각이 뛰어난 사람으로 만중에게 비쳤다. 만중이 군수를 바라보자니 군수도 만중에게로 다가왔다.

성큼성큼 발걸음을 내딛어 만중 곁에 다가서더니 물속을 가리키며 말했다.

"대감, 물고기들도 밤에는 조용히 잠자는 줄로만 알았소이다. 그런데 저기 물가 쪽으로 비늘이 번쩍거리는 게 보이시오? 물고기가 헤엄치고 있다는 걸 보여주는 현상이외다. 이 밤에 물고기가 헤엄쳐서 어디로 가겠소이까? 출구는 가는 그물로 막아 두었기에 빠져 나가지는 못하지 않겠나이까?"

만중의 가슴에 슬쩍 의아심이 생겼다.

'혹시 군수란 작자가 물고기를 내 신세에 빗대어 말했을까? 아무리 헤엄쳐 다녀도 빠져 나가지 못하는 신세를 풍자한 것일까? 유배지에 온 뒤로 신경이 너무 날카로워진 모양이로군.'

만중은 군수를 떠올리며 생각에 잠겼다.

'일단 군수가 한 달에 두 번씩 유배인을 점검하잖아? 죄인을 다스리는 관리이기에 일단 군수와는 잘 지낼 필요가 있어. 괜히 그의 눈밖으로 벗어나면 무슨 심사를 부릴지도 모르잖아? 좋은 게 좋은 거라고 체류할 동안은 친하게 지내어야 되겠어.'


군수를 부르는 호칭에도 만중은 상당히 신경을 썼다. 어떻게 하면 존중하면서도 아첨으로 비치지 않을는지를. 그래서 일부러 관직명 뒤에 '님'자를 붙여서 부르기로 했다. 군수가 자신을 부르는 명칭에 대해서도 만중이 분석해 봤다. 군수는 만중을 언제나 '대감'으로 불렀다. '대감'이란 정2품 이상의 당상관을 부르는 칭호임을 알았다. 만중이 종1품인 판의금부사를 지냈기에 대감이란 명칭에 적용을 받았다. 하지만 벼슬을 상실한 죄인에게 대감이란 명칭은 가당치 않다고 여겼다.

그럼에도 군수가 만중을 대감이라고 부르는 것은 군수의 자유에 해당했다. 그가 부르고 싶다는 것을 죄인 처지에 반박할 여지가 없었다. 군수가 기분이 상해 이름을 부르더라도 어쩔 수 없지 않겠는가? 명칭에까지 신경을 써 주는 것도 군수의 배려라고 여겨졌다. 배려의 마음은 순수하게 받아들이는 것이 도리라는 것을 만중이 알았다. 그러기에 만중에게는 군수가 고마운 사람이라고 느껴졌다.


유배지에 닿은 날부터 관노를 들여보내 방 청소와 음식을 장만시켰다. 그러고는 보온을 위한 땔감도 매일 관노를 통해 공급했다. 유배지는 마을에서 5리가량 떨어진 한적한 곳이다. 그러기에 마을에서는 유배지에 누가 드나드는지를 알 수 없는 상황이다. 유배인을 관리하는 군수로서는 마을 사람들에게 유배지가 공개되기를 원치 않는다. 괜히 이러쿵저러쿵 소문거리를 제공해서는 안 되기 때문이다. 유배지와 마을 사이에 치솟은 작은 언덕에 검문소가 세워졌다. 군수가 검문소를 설치하고 관졸을 배치했다. 민간인의 접근을 통제하거나 유배인의 탈주를 방지하려는 대책에서다.

관청의 조처로 인하여 마을 사람들은 유배인에 대하여 알지 못한다. 그래서 유배인을 다스리는 군수가 사람들의 입에 오르내리는 법이 없다. 관노들은 군수의 명령을 절대적으로 따라야 한다. 군수의 마음 같아서는 관노를 유배지에 배치하고 싶은데 만중이 거절한다. 관노가 드나들면서 음식물과 땔감을 공급하는 정도에 만족한다고 했다. 그것도 아침나절의 한 차례만으로 족하다고 만중이 우겼다. 만중의 의견을 반영하여 하루에 한 번씩만 관노를 들여보냈다. 그러면서 군수가 만중에게 말했다.

"관노의 시중을 불편하게 여기지는 마십시오. 군수가 중죄인을 치밀하게 감시하는 일환으로 여기시면 편할 거외다. 한 마디로 대감이 달아나 버리면 그 책임을 져야 되잖소이까? 나중에 관청에서 문제를 삼더라도 죄인을 감시하려는 차원이었다고 밝힐 작정이외다."

그러면서 군수가 만중의 손을 잡으며 호방하게 웃었다. 만중도 군수의 배려가 고마워 순간적으로 눈시울이 시큰거렸다. 만중도 군수의 손을 맞잡으며 군수의 따스한 마음을 받아들였다. 그러고 보니 마당의 연못은 빨래터로도 긴요히 활용되었다. 연못의 물은 적유령 산맥의 산기슭으로부터 흘러 들어와 맑기 그지없었다. 빨래조차도 관노들이 규칙적으로 해결해 주어 만중은 엄청나게 고맙게 여겼다.


한사코 스스로 생활을 해결하려 했지만 군수의 성의를 무시하기가 어려웠다. 사흘 전의 밤에 군수가 마당을 서성거리다가 만중을 향해 말했다.

"대감과 나는 상당히 감각이 비슷한 느낌이 많이 드오이다. 세상에 사람으로 태어나기도 어렵지만 이런 연분으로 만나기는 더욱 어렵잖소이까? 혹시 불(火)에 대한 어떤 추억이 있는지 물어도 되겠소이까?"

만중도 점차 군수와 대화를 나눌수록 감각이 달라짐을 느끼게 되었다. 군수가 느닷없이 불을 들먹이자 가슴이 섬뜩해져 옴을 느꼈다. 그러면서 자신도 모르게 상념에 휘감겨 중얼대었다.

'어째 오늘의 이 장면은 마치 꿈속의 정경과 같구나. 게다가 불이라니? 아버지가 병자호란 때에 강화산성을 지키다가 분신자살한 때가 23살이었다고 했지? 아버지의 몸을 불사른 불길이라니! 생명을 저승의 공간으로 날려 보낸 불, 불, 불길이라니! 하필이면 군수가 내게 불에 대한 추억을 묻다니? 내 가계에 대한 철저한 조사를 했다는 결론이 아닌가?'

만중이 하늘의 달을 올려다보며 눈시울이 젖어들 때였다. 군수가 만중의 곁으로 다가와 만중에게 말했다.

"대감, 우리 술이 남은 것 같으니 술을 더 마십시다그려. 술을 마시다 보면 좋은 영감이 많이 떠오를 거외다. 내 말이 틀리진 않는지 확인하지 않겠소이까?"

만중의 가슴을 휘저은 단어는 '불'이었다. 그 불 탓에 아버지의 얼굴도 모른 채 삶을 살았다. 기나긴 삶의 노정에서 수시로 가슴을 흔든 것은 아버지의 존재였다. 아버지가 어떤 사람이라는 것은 들었지만 직접 대한 적이 없었다. 그러기에 어머니의 지도에 심혈을 기울여 공부해 온 터였다. 하지만 살면서 아버지의 숨결이 필요한 경우가 더러 있었다.

　가슴 애잔한 숱한 장면을 어찌 간단히 설명할 수 있겠는가? 명절
이 되면 다른 친구들은 부모의 손을 잡고 미소를 지었다. 부모와 함
께 있다는 사실만으로도 든든한 마음의 배경이 되었다. 그런 화목한
가정을 볼 때마다 만중은 부럽기 그지없었다. 하도 부러워서 눈시울
가득 눈물이 실려 출렁대었다. 눈물이 가슴을 적신 날은 전신이 피
로에 휘감겨 허청거렸다. 그래서 어릴 때부터 '불'을 떠올리기만 하
면 가슴이 금세 달아올랐다. 아버지의 목숨을 앗아간 불과 강화산성
을 공격한 청군의 악연이라니?

　청군이 하필이면 조선을 유린할 마음을 품었는지? 생각하면 생각
할수록 가슴속에서는 회한의 눈물이 들끓었다. 만중의 가슴이 불이
란 말로 인해 한창 소용돌이칠 때였다. 군수가 만중을 향해 입을 열
었다. 군수의 아버지는 병자호란의 이듬해인 정축년 1월 22일에 분
신했다고 들려준다. 강화산성이 무너지자 다수의 군인과 선비들은
화약을 터뜨려 분신했다고 한다. 이때 군수의 아버지도 화약을 터뜨
려 분신하여 숨졌다고 밝힌다. 전장에 남긴 유서가 나중에 시신과
함께 발견되어 알게 되었다. 당시에 분신 자결한 선비와 군인의 수
가 적지 않았다.

　만중의 아버지가 분신한 지 한 달 뒤에 일어난 사건이었다. 이 사
건으로 군수도 아버지를 잃고 살아 왔다고 들려준다. 기구한 인연의
자식들끼리 뜻밖에도 선천에서 만나게 되다니? 이 사실을 알게 되

자 군수와 만중은 서로 달려들어 얼싸안았다. 서로를 얼싸안자마자 둘의 눈에서 눈물이 마구 흘러내렸다. 군수가 만중의 가계를 조사하다가 만중의 아버지인 익겸(益謙)의 분신(焚身)을 알아차렸다. 그래서 만중에게 이끌리는 정감이 남달랐다고 들려주었다.

한동안 서로를 얼싸안은 채 말이 없던 군수와 만중이었다. 이윽고 서로의 눈가에 맺힌 눈물이 말라들었을 때다. 둘은 나란히 손을 잡고 다시 마루로 올라섰다. 마루에서 막걸리를 다시 술잔에 따르고는 둘이 술잔을 부딪쳤다. 둘이 살아온 과거의 추억을 꺼내 서로에게 들려주기 시작했다. 둘이 살아온 기구한 노정에 귀를 기울이다가 서로가 가슴을 열었다. 한 시간가량이 흐른 뒤에 둘이 서로를 바라보며 속내를 터놓았다. 먼저 군수가 만중을 향해 제안했다.
"대감, 이런 인연으로 만났으니 우리 친구로 지내면 어떻겠소이까?"
만중도 곧바로 응답했다.
"내 마음도 군수님을 이미 친구로 받아들였소이다."
둘이 존댓말을 쓰면서도 친구로 지내기로 마음을 나누었다. 서로를 친구로 받아들인 순간부터는 서로의 가슴이 한없이 평온해졌다. 이제 현직 관리와 죄수의 관계는 별다른 의미를 갖지 않았다. 만중에겐 군수의 배려가 이젠 조금도 부담스럽게 느껴지지 않았다. 언젠가 유배가 풀리면 충분히 보답하리라고 만중이 작정했다. 친구로서의 군수의 배려를 당당히 받아들이기로 했다. 어떤 경우에도 떳떳하지 못한 교류는 아니라고 마음속으로 당당히 다졌다.


　사흘 전의 밤에 군수가 여러 가지의 편의점을 제공하겠다고 말했
다. 나중의 일을 대비하여 만중이 군수에게 의견을 제시했다.
　"군수님, 사람이 하는 일은 하늘의 눈이 지켜본다고 했소이다. 내
게 제시한 배려 내용이 내겐 너무나 과분하다는 생각이 드오이다.
나중에 문제가 되면 군수님의 벼슬 여정에 피해가 있을지도 모르겠
소이다. 그래서 내가 절충안을 제안할 테니 내 마음을 반영해 주사
이다."
　군수가 담담한 표정으로 만중의 눈을 들여다보았다. 눈부신 군수
의 눈빛에 당당한 자세로 만중이 말을 덧붙였다.
　"관노는 매일 아침에 한 차례씩만 보내 주시오. 관노의 수는 2명
을 넘기지 않도록 제한해 주사이다. 또한 군수님의 방문도 매주 한
번씩만 해 주기 바라외다. 이 정도로는 나중에 사실이 드러나더라도
군수님에게 피해가 없을 거외다. 내 말 아시겠소이까?"
　군수가 더욱 감탄스런 표정을 지으며 만중을 한동안 바라보았다.
그러더니 온화한 표정으로 만중에게 말했다.
　"일부분이긴 하지만 내 제안을 받아들여 주어서 고맙소이다. 인생
의 흐름은 돌고 돈다고 했소이다. 나중의 일까지 고려하여 내 피해
를 없애려는 대감이 너무 고맙소이다. 내가 제공하는 편의에 조금의
부담스런 마음도 갖지 말기를 바라오. 세월이 흘러 유배가 풀리거든
내게 술이나 많이 사 주사이다. 헛허허허!"

한동안 둘이 정감을 나눈 뒤였다. 군수가 배소의 초가를 떠났다. 진심이 담긴 따스한 마음으로 만중이 군수를 배웅했다.

사흘 전의 밤에 군수가 배소를 떠난 뒤였다. 만중이 배소의 울타리를 면밀히 훑어보았다. 혹시 의심스런 인기척은 느껴지지 않는지 살펴보려는 의도에서였다. 하지만 별다른 의심스런 기척은 전혀 느껴지지 않았다. 마음을 가라앉히고는 사립문을 닫고 초가로 들어섰다. 방에 들어선 뒤에는 등잔에 불을 켰다. 등불을 바라보며 만중이 생각에 잠겼다.

'오늘 군수와 친구로 사귄 것은 정말 잘한 일이야. 마음이 통할 수 있는 친구가 있다는 것이 얼마나 훈훈한가? 하루 빨리 나 자신을 유배지의 환경에 적응시키도록 해야지.'

만중이 배소의 방에서 붓으로 글을 쓸 때다. 만중의 가슴에 문득 언행이 반듯하다고 여겨지는 도학자인 송시열이 떠오른다. 자신보다 30살 연상인 선비의 표상이라 여겨지는 학자라 여긴다. 노론의 영수이면서 선비들의 의견을 잘 이끈다고 여겨지는 선비다. 이처럼 만중이 추앙하는 대표적인 선비가 송시열이기도 하다. 그런데 1675년 1월 8일에 영의정 허적이 송시열을 맹렬히 비난했다. 그것도 왕에게 상소를 올려 너무나 신랄하게 탄핵하여 울분이 치밀었다. 1675년 5월 8일에는 허목이 송시열에게 극형을 부여하라는 상소를 올렸다.
만중에게 허적은 자신이 존경하는 선비를 사정없이 헐뜯는 사람이라 여겨졌다. 그리하여 정의를 숭상하는 마음에 불타서 승정원에서 허적을 탄핵했다. 우찬찬 허목과 대사헌 윤휴는 상소를 올려 송시열을 탄핵했다. 그리하여 만중은 허목과 윤휴를 승정원에서 탄핵하는 말을 했다. 1675년 윤달인 5월 26일의 일이었다. 하지만 당시의 영의정인 허적은 막강한 세력을 지닌 관리였다. 동부승지인 만중의 언변으로 쉽게 무너질 허적이 아니었다.

게다가 왕조차도 만중은 서인을 위해 주변인들을 탄핵하는 인물로 여겨졌다. 그리하여 허목과 윤휴를 탄핵했던 날에 왕으로부터 만중이 파직당하고 말았다. 윤휴와 허목은 윤달 5월 29일에 자신들의 면직을 신청했다. 왕으로부터 자신들의 신뢰를 확인하려는 차원에서였다. 왕은 윤휴와 허목의 제안을 불허함으로써 이들에게 대한 신뢰를 보여주었다. 반면에 만중은 왕에게 서인의 당론에 충실한 정치인으로 비쳤을 따름이었다.

윤휴와 허목을 탄핵하다가 동부승지에서 파직된 뒤는 참으로 미래가 암담했다. 1679년 12월 10일에서야 정3품인 예조참위로 관직에 복귀했다. 1675년 5월에 파직된 이후로 4년 7개월 동안을 실직자로 지냈다.


만중이 글을 쓰면서도 거듭 상념의 물결에 휘감긴다. 중앙의 사헌부와 사간원과 의금부에서 일했던 날들을 회상해 보았다. 이들 관청에서 일하는 관리들은 검객(劍客)과 다를 바가 없다고 여겨졌다. 단지 칼 대신 말로 상대 정객들을 처벌하거나 처형시키는 형국이었다.

서인과 남인으로 갈라진 정객의 칼날이 누구를 겨눌지 모르는 처지였다. 조정에서 일하는 나날이 살얼음을 딛는 것처럼 무섭기 그지없었다.

왕에게 간언하는 말이 왕의 비위를 건드리면 유배로 이어지기 십상이었다. 왕의 비위를 결정하는 기준은 놀랍게도 붕당 선비들의 의견이었다. 왕의 마음이 어떤 정객들의 의견에 기울어져 있느냐가 쟁점의 핵심이었다. 정객들은 왕의 환심을 사기 위하여 학식과 언변을 고도로 치장했다. 동일한 사안(事案)이라도 어떤 언변으로 치장되었느냐에 따라 반영되는 정도가 달랐다. 게다가 왕의 심리 상태는 무엇보다도 중요한 요인이 되었다. 왕의 심기가 불편할 때엔 위험한 발언은 절제하는 게 슬기로웠다.


사흘 전 군수를 배웅하고는 등불을 바라보며 생각에 잠겼다.

'내가 선천으로 내몰린 것은 왕의 불편한 심리 탓이 컸어. 왕의 심리를 뒤흔든 요인은 바로 장옥정에 관련된 일이었어. 장옥정의 연줄로 조사석이 정승이 되었다는 말이 왕을 격분하게 만들었어. 왕이 나를 심하게 배척한 또 다른 요인이 분명히 있어.'

만중에게는 자신의 붕당에 대립하는 남인들이 자꾸만 꺼림칙하게 여겨졌다. 손에 잡히는 혐의점은 없지만 의심은 자꾸만 들끓었다. 시간이 날 때마다 의심스러운 기류의 근원을 밝혀내리라 별렀다. 사헌부에 재직할 당시부터 뛰어난 추리력으로 명성이 높았던 만중이었다.

평소에 호방한 기질로 당당하게 삶을 산 만중이다. 하지만 후궁인 옥정의 일로 선천까지 유배되니 맥이 풀릴 지경이다. 아무리 생각해도 원인을 철저히 분석하는 것이 중요하다고 여겨진다. 분명히 사명이 만중에게 들려준 말이 있었다.

"후궁인 장 씨의 연줄로 조사석이 정승이 되었다는 소문이 자자하외다. 이런 소문은 아마 궁중에서 나왔다고 말들이 많사외다. 장 씨의 어미가 조사석과 예전부터 친하게 지냈나 봅니다. 조사석이 이 사실을 알면 사직해야 마땅한데 어떻게 나올지 궁금하외다."

만중의 생각으로는 왕이 옥정과 부쩍 가까워졌다고 여긴다. 1686년 12월에 옥정을 숙원(淑媛)에 책봉하여 정식 후궁으로 삼지 않았는가? 왕이 후궁과 친해질수록 후궁과 관련된 사안에는 민감하게 반응하리라 여겨진다. 그런 판국에 후궁의 연줄로 조사석이 정승이 되었다는 소문이 나돌다니? 결코 왕이 관대하게 지나치지는 않으리라 여겨진다.

분명히 누군가 은밀히 소문을 퍼뜨린 사람이 있기 마련이라 여긴다. 소문이 헛소문이라면 소문을 퍼뜨린 사람은 중형으로 다스려지리라 생각된다. 소문이 진실인지 허위인지도 모르는 처지이다. 만중에게 처음으로 후궁의 연줄을 알려준 사람은 이사명(李師命)이다. 그는 만중보다는 10살 연하의 사내로서 형조판서와 병조판서를 역임한 인물이다. 같은 관리끼리의 의리가 중요했기에 왕이 만중에게 물었어도 실토하지 않았다. 왕은 만중을 괘씸하게 여기고 유배를 보내었다.

한동안 생각에 잠기노라니 만중의 전신에 졸음이 왈칵 밀려든다. 너무나 잠을 설쳤던 탓이라 여겨진다. 그래서 등불을 끄고는 조용히 잠자리에 든다.

# 상실감의 엇박자

새 지저귀는 소리가 계곡물처럼 청아하게 귓전으로 흘러든다. 문이 여닫히고 마루를 오가는 사람의 발소리가 들린다. 만중이 눈을 떠 사방을 둘러보니 이른 아침이다. 순간적으로 의혹이 생겨 만중이 조심스레 바깥의 기척을 살핀다. 며칠 전의 저녁에 사립문을 얼쩡거렸던 무리들일지도 몰라 신경이 곤두선다.

'혹시 내 목숨을 노리는 자객일까? 도대체 이처럼 이른 아침에 찾아온 자들이 누구일까?'

잠자리에서 신속히 일어나 방문을 열고 대청마루에 들어선다. 16살의 동갑 관노인 희준과 연길이 만중을 발견한 순간이다. 희준과 연길이 일제히 허리를 굽히며 말한다.

"대감마님, 잘 주무셨사옵니까?"

"안녕하시옵니까, 대감마님."

만중이 놀랐던 가슴을 추스르며 담담한 목소리로 응답한다.

"오늘은 다른 날보다 훨씬 일찍 왔구나. 무슨 일이 있었니?"

둘이 일찍 배소를 찾은 이유를 만중에게 들려준다. 수상한 사람들이 배소를 기웃거리는지를 둘러보라고 군수가 말했다고 들려준다. 그래서 평소보다 한 시진 일찍 도착했다고 알려준다. 만중이 알았다는 뜻으로 고개를 끄떡이며 마당으로 내려서서 마당을 둘러본다. 마당은 이미 깨끗이 쓸린 상태다. 희준은 샘물을 길러 밥을 짓는다. 연길은 걸레를 빨아 마루를 닦고는 장작을 팬다. 만중이 마당의 연못으로 가서 세수를 하고는 얼굴을 닦는다. 수건으로 물기를 닦으면서 주변의 울타리를 둘러본다.

성벽처럼 울창하게 치솟은 탱자나무 숲이 인상적이다. 온몸에 뾰족하고 날카로운 가시로 무장한 탱자나무가 위력적이다. 일을 마친 관노들의 말이 곧장 귓전으로 흘러든다.

"대감마님, 식사 챙겨 놓았사옵니다. 저희들은 이만 물러가겠사옵니다."

말과 함께 관노들이 등을 돌려 사립문 밖을 빠져 나간다. 그들을 보내고 돌아서서 방문을 연다. 따뜻한 김이 오르는 밥이 밥상에 올라앉아 만중을 기다리고 있다. 만중이 밥상에 앉자 어머니를 비롯한 식구들의 얼굴이 밀려든다. 잠시 가슴이 저릿한 느낌이 들었지만 고개를 흔들며 숟가락을 든다. 된장국에 밥을 말아 아침 식사를 마친 뒤다. 숭늉으로 입을 헹구고는 부엌으로 나가 설거지를 마친다.

설거지를 마치고는 마루에 앉아서 연못을 굽어본다. 그러면서 하루의 일정을 머릿속으로 그려본다. 복잡한 상념에서 헤어나려면 일에 몰두해야만 할 것 같다. 붓글 연습을 하거나 묵화를 치거나 경서를 읽을 수도 있다. 마음이 안정되면 국문 소설도 쓸 수 있으리라 여긴다. 세종이 발표한 훈민정음을 문학에 활용하리라고 작정한다.

'언문으로 적힌 소설이 필요해. 그래야 보다 널리 사람들에게 읽힐 수 있겠지. 일단은 마당을 산책하기로 하자.'

만중이 신발을 신고 마당의 연못 둘레를 서서히 거닐기 시작한다. 마당을 거닐면서부터 머릿속으로 과거의 상념이 밀려든다.

만중보다 1살 많은 숙안공주는 숙종의 고모이다. 그녀에게는 참의(參議)인 홍치상(洪致祥)이란 아들이 있다. 치상은 숙종보다도 7살 나이가 많다. 또한 숙종은 만중보다는 24살 연하다. 치상에게 왕은 고종동생이고 왕에게 치상은 고종형이다. 만중보다 3살 많은 김석주(金錫胄)는 숙종의 외당숙이다. 또한 만중보다 18살 많은 김익훈(金益勳)은 만중의 숙부이다.

왕의 인척으로서 벼슬길에 오른 사람들의 자취가 근래에 예사롭지 않다. 왕보다 1살 많은 이항(李杭)은 왕의 당숙이다. 후궁 장 씨가 이항과도 교류하고 조사석(趙師錫)과도 교류한다는 소문이 나돈다. 조사석은 인조의 계비인 조 씨의 사촌 동생이다. 장 씨가 소의가 되어 후궁이 되면서부터 세상의 이목을 끌었다. 후궁이 교류하는 대상이 누구인지를 조정의 관료들이 은근히 경계하고 있다.

홍치상은 상당히 교활한 인물로 알려져 있다. 숙종이 후궁 장 씨와 가까워지면서부터 치상에게는 질투심이 치솟았다. 게다가 1687년 5월 1일에는 조사석이 우의정이 되었다. 치상보다 22살이 많은 조사석이 우의정이 되었다는 게 그에겐 불만이었다. 숙종이 고종형인 자신한테는 별다른 관심이 없다고 여기는 치상이다. 생각하면 생각할수록 왕의 애정이 조사석에 쏠린 것이 못마땅하다고 여겨졌다. 치상의 어머니인 숙안공주에 대한 왕의 관심도 신통치 않다고 여겼다. 자신의 처지에 열등감을 지니기 시작하자 치상의 마음이 달라졌다.

기회가 왔을 때에 제 위상을 발휘하지 못한 아쉬움이 들끓었다. 치상은 조사석과 자신의 신분을 헤아려 보았다. 조사석은 정승인데 비해 자신은 참의일 따름이다. 어떻게 하면 마음속의 울분을 발산할 수 있을지를 생각했다. 이런 홍치상의 동작을 은밀히 주시하는 무리들이 생기기 시작했다. 아무래도 홍치상의 언행에서 형언하지 못할 불길한 조짐이 내비쳤다.

이런 기류를 잘 이용하는 집단이 붕당의 선비들이었다. 이들 중의 남인의 젊은 선비들도 홍치상의 언동에 관심을 기울였다. 홍치상은 고집이 센 인물이기도 했다. 홍치상은 주변의 시선을 무시했다. 이윽고 홍치상은 사실과는 다른 엉뚱한 얘기를 날조하여 퍼뜨리기 시작했다.

조사석이 후궁 장 씨를 만나 청탁하여 정승이 되었다고 말했다. 게다가 또 다른 얘기도 날조해 퍼뜨렸다. 후궁의 어미가 조사석의 처가에서 예전에 여종으로 있었다는 얘기였다. 여종이 관리와 결혼할 수 없는 것이 조선의 유교 체제였다. 이런 사회적 여건에서는 관리가 여종과 결혼할 수가 없었다. 그런데 후궁의 어미는 장형과 결혼한 파평 윤 씨였다. 후궁의 오빠인 장희재는 무과에 급제한 관리라는 점은 중요한 사실이었다. 이 근거로부터도 희재의 어미가 여종이었다는 말은 헛소문임이라 판단되었다.

　황당하기 그지없는 말을 날조하여 퍼뜨린 인물은 홍치상이었다. 왕의 근친들 중에서도 지위가 낮아서 열등감을 갖는 무리가 있다. 이 무리 중의 대표적인 인물이 홍치상이다. 반면에 왕의 덕을 보는 사람들로는 조사석과 동평군이 알려져 있다. 게다가 후궁 장 씨는 왕과 부쩍 가까워지지 않는가? 치상은 상대적인 상실감을 느끼면서 마음이 복잡해졌다. 후궁 장 씨의 이름은 장옥정(張玉貞)이다. 치상의 관점으로는 자신만 냉대를 받는 듯한 착각에 빠지기 시작했다. 상실감이란 남들이 안겨주는 것이 아니라 자신의 미흡함으로부터 발원되는 모양이다.

　치상에게는 왕과 옥정이 가까워지는 것이 못 견디게 부러웠다. 7살 연하인 숙종이 옥정과 점차 농밀하게 가까워지다니? 옥정은 궁녀들 중에서도 미모가 특출하게 빼어났다고 소문이 난 상태였다. 시선이 잠시 맞닿기만 해도 심신이 녹아들 정도로 눈부시게 아름다웠다.

멀리서 걸어가는 모습을 보기만 해도 가슴이 울렁거릴 정도였다. 그처럼 독보적인 아름다움을 지닌 옥정이 왕의 후궁이 되다니? 참으로 세상이 불공평하다고 여겨졌다. 어떻게 해서 왕은 아름다운 여인을 당당하게 취할 수 있는가?

만약 치상이 마음에 맞는 여인들을 찾아다닌다면 난봉꾼으로 매도되리라 여겨졌다. 어떻게 해서 왕은 왕비가 있어도 후궁을 당당하게 거느리는지 불만스러웠다. 왕도 왕이지만 왕의 총애를 받는 후궁조차 밉살스럽게 느껴졌다. 왕을 후리기만 하면 금세 위세가 달라지니 시기심이 치솟았다.

이래저래 심사가 뒤틀린 치상은 서서히 헛소문을 퍼뜨리기 시작했다. 자신도 어디에서 들은 말이라면서 여기저기를 나다니며 헛소문을 퍼뜨렸다. 어디를 가나 시기심이 많은 무리들은 도처에 존재하는 법이었다. 이들에게 치상이 들려주는 헛소문은 경이로운 새 소식이었다. 한 번 들으면 당장 퍼뜨리고 싶은 욕정을 자아내었다. 그래서 대궐 안팎으로 서서히 퍼져 나갔다. 소문을 들은 사람들은 소문의 진위를 밝히려 들지 않았다. 소문 자체가 확고한 근거이리라 간주해 버렸다.

치상의 움직임은 만중에게도 샅샅이 포착되었다. 제일 먼저 소문을 만중에게 전해준 사람은 병조판서 이사명이었다. 이사명보다 2해 전에 만중도 병조판서를 한 적이 있었다. 그랬기에 이사명과 만중은 서로 친분이 밀착된 상태였다. 이사명은 만중보다 10년 연하의 사내였다.

조정에서 왕과 조사석에 대하여 의견을 나누다 말고 하옥된 만중이었다. 하옥되었을 당시의 영의정은 남구만이었다. 우의정은 이숙이 차지하고 있었고 좌의정은 공백 상태였다. 1687년 5월 1일부터 우의정을 조사석이 맡고 있었다. 그러다가 7월 25일을 기하여 이숙에게 우의정 직위가 넘어갔다. 조사석은 들끓는 여론에 떠밀려 줄곧 사직 상소를 왕에게 올렸다. 왕이 정승을 임명하는 방식이 문제였다. 남은 정승에게 추천을 받아 진행해야 마땅한데 그 절차를 무시했다.

7월 25일 당시의 좌의정은 이단하(李端夏)였다. 영의정과 우의정을 뽑는 데 대한 의견을 왕이 물었어야 옳았다. 이단하의 의견을 무시하고 왕이 독단적으로 두 정승을 임명한 거였다. 왕명이 절대적이기는 하지만 관례를 존중해야 권위가 서는 법이었다.

하옥될 당시에 만중의 마음은 엄청나게 심란했다. 왕과 신하 간의 상호 존중의 도가 무너져 버렸다고 여겼다. 이런 상황에서는 소신 있게 정치를 하기는 힘들 것이리라 여겼다. 왕이 자신을 향해 소문의 출처를 밝히라고 했잖은가? 출처를 밝히려면 이사명의 이름을 왕에게 말해야 하는 상황이었다. 자신이 이사명(李師命)을 들먹이면 곧바로 이사명까지 하옥될 처지였다. 무슨 역모를 꾸민 일도 아닌데 왕이 너무 충동적이라 여겨졌다.

의금부의 감옥에 갇힌 순간부터였다. 만중의 가슴으로 고뇌에 찌

든 회한의 물결이 밀려들었다.

'도대체 왜 내가 감옥에 갇힌 걸까? 언제부터 왕이 내게 불편한 마음을 품고 있었을까? 내 꼴이 이게 뭔가? 소위 판의금부사까지 맡았던 체면은 송두리째 달아나고 말았잖아? 소문의 출처를 밝히지 않았다고 곧바로 사람을 가두다니? 대관절 왕은 머릿속에서 무슨 생각을 굴리고 있는 걸까?'

선율을 이루는 박자가 깨어지는 조짐이라 여겨졌다. 박자가 서로 깨어져 버린 상태로서는 선율이 아름답게 들리지 않는다. 대자연에서 일어나는 현상을 떠올려 본 것이다. 만중은 회한에 잠겨 자신을 돌아본다.

의금부 말단 관리가 그의 집으로 연락을 취했으리라 여겼다. 귀가하지 못하고 의금부에 하옥되었다는 소식을 말함이었다. 소식을 들은 어머니나 아내의 심정이 어떨까를 떠올려 보았다. 엄청난 충격을 받아 말도 제대로 못하리라 여겨졌다. 생각할수록 비감스러운 정서가 뭉클거리며 치솟았다.

왕 나이의 거의 두 배에 이르는 나이임에도 맥없이 하옥되다니? 병조판서가 되어 나라의 병권을 장악했다고 여겼던 시기도 헤아려 보았다.

어느 순간에 섬뜩한 느낌마저 가슴으로 밀려들었다. 왕의 습성이 예견되었기 때문이다. 소문을 전한 사람을 말하지 않으면 유배를 보낼지도 모르기 때문이었다. 능히 그러고도 남을 왕이라 여겼다. 자신의 말이 관철되지 않으면 곧바로 강수(強手)를 쓰던 왕이었다. 이런 왕의 기질 때문에 사헌부의 관원들이 얼마나 마음을 졸였던가?
왕의 심기를 건드리면 곧바로 파직 조처까지 망설이지 않는 터였다.
파직시킬 때는 합리적인 조처가 필요한 터였다. 대간들의 의견도 들
어봐서 합리적인 절차에 따라 진행시켜야만 했다.

그럼에도 불구하고 왕은 때때로 면전에서 파직 명령을 내리곤 했
다. 어찌 보면 왕으로 임기를 채울 역량은 있는지조차 미심쩍을 정
도였다.


하옥될 당시에만 해도 헛소문을 만들어낸 사람이 홍치상이라고는
정확히 몰랐다. 평소의 행동거지로 미루어 홍치상이리라는 짐작만
했을 따름이다. 정확한 근거가 없이는 사람을 의심해서는 안 될 일
이었다. 홍치상 역시 어딘가로부터 소문을 들었을 확률도 높았다.
하지만 만중에게 직접 얘기한 사람은 이사명이었다. 왕의 면전에서
차마 이사명이라고 밝힐 입장이 아니었다. 병조판서까지 지낸 처지
여서 처벌이 무서워서 실토하지 않은 것은 아니었다. 신의와 품위에
관련된 것이 만중의 입을 닫아 버렸다.

만중이 입을 다물면서부터 왕의 노여움이 부쩍 커신 보양이었다.
예전에 영의정 허적이 송시열을 신랄하게 탄핵한 적이 있었다. 송시
열을 존경하는 만중에게는 허적의 소행이 괘씸하기 그지없었다. 그
래서 사헌부의 관원으로서 허적을 파직시켜야 한다고 상소를 올렸
다. 그러다가 도리어 허적을 헐뜯는다고 혐의를 받아 만중이 유배로
내쫓겼다.

신하들이 대궐에서 물러나간 뒤였다. 숙종이 혼자 옥좌에 앉아 신하들이 머물렀던 전각 안을 굽어보았다. 숙종은 텅 빈 전각을 굽어보며 상념에 잠겼다. 왕에게는 연산군과 광해군 때의 정황이 항시 연구 대상이 되었다. 신하들보다 정황 판단이 느리면 신하들에 의해 축출당한다는 점 때문이었다. 언제나 신하들의 움직임을 면밀히 파악해야 한다고 여겼다. 신하들이 눈치 채지 못하게 밀정들을 활용해야 했다. 밀정을 고정시키는 것은 엄청나게 위험하다고 여기는 왕이었다. 고정시킨 밀정이 신하들에게 역이용당할 수도 있기 때문이었다.

조정에서나 경연청에 모인 말단 관리들을 그때그때 활용하는 방식을 취했다. 감시의 의도성을 교모하게 감추고 작업을 진행하는 방식이었다. 하지만 이런 방식도 일시적으로 다른 체제로 전환시키기도 했다.

왕이 잠자리에서 일어나 눈을 뜨면 항시 연산군과 광해군을 떠올렸다. 절대로 그들과 유사한 행로를 밟아서는 안 된다고 스스로에게 다짐했다.

'나는 조선의 국왕이야. 태조 대왕 때부터 내뻗은 국정의 방향을 유지시켜 나가야 해. 경우에 따라서는 척신의 활용도 적절하게 해야지. 그리하여 절대로 연산이나 광해의 실정을 재연(再演)하지 않도록 해야 해. 그래도 왕권에 도전하는 자들이 있다면 붕당을 이용하여 제거해 버리겠어. 손에 칼을 쥐지 않고 붕당 정객들의 손을 빌리는 거야. 최대한 합법의 형식을 취하여 제거해 버리겠어.'

숙종에게는 정보를 입수할 장소가 필요했다. 조정과 경연청과 왕릉과 병영을 왕이 즐겨 찾았다. 움직일 때에는 밀정을 어떤 식으로 활용할지를 항시 생각했다.

경연청에서 지경연사인 만중과 대화를 나누던 중이었다. 무엄하게도 만중이 먼저 퇴직 정승을 거론했다. 퇴직한 김수항과 이단하에 대한 처우가 신통치 않다는 말이었다. 왕은 적절한 시기에 적합한 인재를 발탁하여 쓰면 되지 않는가? 재직 중일 때에 군신이 호흡을 맞추면 되는 일이지 않는가? 퇴직한 이후에까지 왕이 신하에게 신경을 쓸 필요는 없다고 여겼다. 그랬는데 만중의 논조가 자못 왕인 자신에게 따지는 투가 아니었던가? 게다가 왕의 근황을 언급하면서 간섭에 가까운 발언까지 하지 않았던가?

"떠도는 말은 예로부터 궁녀에 대한 총애로부터 비롯될 때가 많사외다. 군왕과 신하 사이의 신뢰가 근래에 많이 약화된 것 같사옵니다. 궁녀에 대한 성은이 커질 때에 이런 경향이 나타나기도 하나이다. 그러니 전하께서는 수신(修身)하셔서 마음을 닦을 필요가 있사옵니다."

만중이 여기까지 말했을 때에 왕의 표정이 크게 변했다. 왕의 애정을 감히 신하가 떠도는 소문과 연관시키려 하다니? 아무리 충성스러운 신하일지라도 왕의 애정에 대하여 건방지게 토를 달다니? 도대체 신하들이 왕을 알기를 무엇처럼 여기는지 정신이 섬뜩할 지경이었다.

숙종은 최대한 분노를 누그러뜨리며 마음속으로 중얼대었다.

'내가 지금껏 당신을 대접한다고 했는데 도대체 무슨 망발이냐고? 신하가 왕에게 대놓고 궁녀를 들먹이며 수신을 잘 하라고 지껄여? 도대체 네 목이 몇 개나 되기에 그런 망언을 해? 오늘 너는 집으로 돌아갈 생각을 버려야 해. 내가 그렇게 되도록 만들고야 말겠어.'

마음을 가다듬는 숙종의 모습을 흘깃 바라보며 만중이 말을 덧붙였다.

"조사석이 불안하게 여기는 이유가 민진주 때문이 아니라고 이수언이 말했사옵니다. 그 원인이 무엇인지 전하는 알고 계시외까?"

급기야 숙종의 가슴이 펄떡거리며 뛰기 시작했다. 그렇잖아도 발광할 지경인데 감히 들볶듯 왕을 건드려? 도저히 묵과할 수 없는 상황에까지 이르렀다고 여겼다. 27살의 혈기가 들끓는 시기의 왕이 아닌가? 얼음처럼 냉기가 서린 목소리로 숙종이 입을 열었다.

"조사석을 불안하게 만든 원인이 무엇인지를 어디 들어봅시다. 합당치 않다면 짐이 결코 묵과하지 않겠소이다."

만중이 왕을 바라보며 막다른 골목으로 내몰리는 심정을 느꼈다.

'이건 내가 원하는 길이 아니잖아? 확실히 왕의 마음의 기복이 너무 커. 당장 오늘의 내 입장이 어떻게 될지가 문제로구나. 그렇다고 해서 비굴하게 처신할 수야 없지.'

만중이 두 줄기 흙탕물이 회오리치는 듯한 참담함을 느끼며 말했다.

"후궁의 어미와 조 대감의 집은 같은 동네에 있었기에 가까웠소이다. 그래서 후궁의 연줄로 조사석이 정승에 올랐다는 소문이 쫙 깔렸사오이다. 다른 사람들은 다 아는데 전하만 모르니 답답할 노릇이외다. 전하께서 원인을 물었으니까 신하된 도리로서 말씀 드렸사옵니다."

만중의 말을 듣는 동안의 왕의 표정이 현란할 정도로 바뀌었다. 점차로 변해 가는 왕의 표정에는 살기마저 엿보이는 듯했다. 하지만 만중이 돌이킬 수가 없는 상황이 되지 않았던가? 마침내 왕은 현이 끊기는 듯한 절박한 형세로 말했다.

"남들 다 아는 소문마저 듣지 못한 군왕이라 부끄럽소이다. 후궁의 연줄로 정승이 되었다고 말한 사람이 누구인지 밝히시오. 당장 밝히지 못하면 결코 그대로 넘기지는 않겠소이다."

의리 탓에 이사명(李師命)임을 밝히지 않았더니 왕이 격분하여 만중을 하옥시켰다. 추후에 벌어질 일이 밤중의 불길처럼 훤히 예견되는 터였다.


결국 의금부의 감옥에 갇힌 신세가 되고 말았다. 목책 바깥을 내다보며 엇박자로 소용돌이치는 정국의 변화를 헤아려 보았다. 예송(禮訟) 문제로 정객(政客)들이 다투다가 1674년에 남인들이 정권을 장악했다. 1680년에는 경신환국이 일어나 남인들이 내쫓기고 서인들이 다시 조정으로 들어섰다. 그러다가 다시 분위기가 이상해지는 느낌이었다. 아무래도 정국의 변동이 생길 것만 같았다. 서서히 남인들이 재기하려는 징후가 감지되는 듯했다.

조정에서 생활한 감각으로부터 만중의 두뇌가 변화의 기류를 예견했다. 자신은 이미 변화의 선행 단계에서 표적이 되었다고 여겨진다. 자신이 1686년까지 대사헌과 판의금부사를 거치면서 숱한 탄핵을 하지 않았던가? 탄핵으로 파직되거나 유배된 사람들이 적지 않았다. 때로는 유배를 떠나 사사(賜死)된 사람들까지 생겼다.

아침 식사를 한 뒤에 만중이 연못을 배회할 때다. 만중은 하옥된 당시의 정황을 헤아려 본다. 누군가 시종 자신의 행적을 캐면서 공격할 의도를 보였다고 생각한다. 자신에게 공격할 뜻을 품은 무리들로는 단연코 남인의 선비들이라 생각된다. 제일 무서운 적은 유배된 상태로 복직을 기다리는 남인 선비들이다. 이들이 사방으로 연줄을 대어 음흉한 계책을 꾸미리라 여겨신다. 이런 분위기가 근래의 몇 개월 동안 은밀한 파동으로 느껴진다.

'도대체 체제의 역전을 꾀하려는 주모자가 누구일까? 그가 접촉하는 사람들과 동원 인력이 궁금하기 그지없어.'

만중이 연못 속의 물고기들을 바라보며 마음속으로 작정한다.

'내가 선천으로 유배되는데도 끝내 나를 모른 척한 세력이 있었어. 사헌부 내에서 그런 기색을 내비친 자들이 있었어. 선천까지 와서 나를 규찰하는 무리의 정체가 밝혀질 거야. 내가 과거의 기억을 온전히 되살리기만 하면 말이다.'

배소에서 며칠을 지내는 사이에 만중의 생각의 폭이 깊어졌다. 그냥 덮일 만한 사건도 실체를 명확히 밝혀 낼 지경이다. 만중은 거듭 생각에 잠긴다.

'일단 의심스런 무리들의 윤곽부터 면밀히 파악하도록 해야겠어. 내가 조정에서 일할 때 자신도 모르게 저질렀던 실수는 없었을까? 그 실수로 크게 타격을 입은 사람들은 없는지 생각해 봐야겠어.'

# 구름을 낚는 낚시질

한양을 떠나 유배지에 도착하기까지 열흘이 걸렸다. 규정에 따라 의금부도사가 만중을 압송했으며 이동 수단은 마차였다. 하루에 90리는 이동해야 한다는 규정 탓으로 마차가 필수적인 교통수단이었다. 마차와 마부는 역에서 조달하여 압송 기간 동안에 의금부도사가 관리했다. 이동 경로도 흐르는 물줄기처럼 이미 정해진 상태였다. 마차가 달릴 수 있게 관도(官道)를 정비해 놓았다. 한양에서부터 고양, 파주, 사리원, 평양, 숙천, 안주, 정주, 곽산을 거쳐 최종적으로 선천에 도착하는 경로였다. 설정된 경로에는 여인숙의 등불처럼 역(驛)들이 깔려 있었다.

역관(驛館)에서 사람들의 식사도 해결하고 말의 여물도 먹였다. 열흘의 호송 기간이 경과하자 마차는 선천에 도착했다. 만중과 의금부도사를 맞이한 관리는 선천 군수였다. 의금부도사는 관련 서류를 내밀며 인계 사항을 군수에게 들려주었다. 인계 작업이 끝나자 곧바로 의금부도사는 마차를 되돌려 한양으로 떠났다. 마차가 일으키는 먼지에 과거의 기억이 휘감겨 치솟았다.

9월 12일에 만중에게 선천 유배령이 내려졌다. 그 날 오후부터 호송마차가 내달렸다. 그리하여 22일 오후에 만중이 선천 군수에게로 인계되었다. 기나긴 여정을 의금부도사와 마부와 함께 지내면서도 만중이 공허감에 휘감겼다. 죄인이 의금부도사나 마부와 한담을 나눌 수가 없었다. 흘러내리는 강물에 합류하지 못하고 겉도는 웅덩이의 부평초 같은 신세였다. 죄인 처지에 함부로 입을 나불대는 것도 불경스러운 모습으로 간주되었다. 죄인이 된 순간에 세상에 대한 눈과 입을 봉쇄해야 했다. 얼어붙은 동굴의 빙벽처럼 서늘하게 차단된 분위기이도 했다.

구름송이처럼 허허로운 마음으로 점심을 먹고 설거지까지 마친 뒤다. 만중에게 낚시질을 하고 싶다는 생각이 든다. 며칠 전에 군수가 낚싯대와 낚시 바늘을 건네주었다. 물안개에 갇힌 듯 울적할 때엔 낚시질이 좋다고 조언했다. 그러면서 군수가 덧붙여 말했다.

"대감, 때로는 낚시질도 마음을 추스르는 수단이 될 거외다. 이게 낚시 바늘이외다. 여기에 돌출된 부분을 미늘이라고 하오이다. 낚인 물고기가 빠져 나가지 못하게 막는 장치에 해당하오이다. 미늘이 없다면 물고기가 낚이지 않겠습지요?"

군수는 한동안 만중에게 낚시질하는 요령에 대해 설명해 주었다.

"미끼는 저기 사립문 곁에 두엄 무더기가 보이지요? 두엄 아래를 살짝 파헤치면 작은 지렁이들이 나올 거외다. 이들 중에서 새끼손가락 길이보다 짧은 것을 사용하면 적당할 거외다."

말을 마치자마자 성큼성큼 두엄으로 걸어가더니 쇠스랑으로 두엄을 파헤쳤다. 두엄이 땅과 접촉했던 흙 주변에서 굼틀대는 지렁이들의 무리가 발견되었다. 군수가 손으로 한 마리를 잡아 입 주변을 살짝 눌렀다. 그러자 지렁이가 입을 벌렸다. 군수가 낚시 바늘의 뾰족한 끝을 지렁이의 입으로 가져갔다. 그러더니 바늘 끝을 지렁이의 입에 넣어 안쪽으로 밀어 넣었다. 낚시 바늘이 순식간에 지렁이의 몸뚱이로 뒤덮였다. 바늘 끝의 실만 눈에 띄는 상태였다. 물고기의 생명을 비수처럼 노리는 바늘이 지렁이의 몸통으로 은폐되었다. 군수가 계속 입을 열었다.

"이렇게 해서 물에 던져 넣으면 되오이다. 제가 연못에 가서 시범을 보이겠소이다. 같이 가 보도록 하사이다."

만중은 얼떨결에 군수의 제안에 따라 연못가에 앉았다. 대나무 끝에 낚싯줄과 낚시가 수양버들의 실가지처럼 매달려 있었다. 만중을 위해 군수가 미리 대나무에 낚싯줄과 낚시를 장착(裝着)한 모양이었다. 군수가 느닷없이 빙그레 웃으면서 만중에게 말했다.

"혹시 낚시가 마음에 안 드는 건 아니겠습지요? 저랑 같이 낚시를 해 보도록 하사이다."

연못은 얼마 전에 밑바닥 청소를 한 뒤로 물고기들이 들끓었다. 붕어와 피라미와 끄리, 갈겨니, 버들치, 누치, 대륙송사리와 가시고기에 걸쳐 어종이 제법 다양한 편이었다. 아무래도 적유령산맥으로부터 흘러드는 물줄기여서 많은 어종이 포함된 모양이다. 만중도 평소에 물고기의 이름에 대해서는 관심이 많은 편이었다. 아는 물고기들을 대하자 유년의 친구를 만난 듯 반갑게 여겨졌다.

군수와 만중이 함께 낚싯대를 드리우고 있을 때였다. 10cm가량의 회색을 띤 버들치가 만중의 시야에 드러났다. 만중이 손가락으로 버들치를 가리키자 군수가 미소를 지으면서 말했다.

"저건 버들치라고 하는데 알고 계셨소이까? 길쭉하고 허여멀쑥하며 배에 가슴지느러미 외에 배지느러미와 뒷지느러미까지 가진 어종이외다. 피라미보다는 작고 몸뚱이가 번쩍거리기에 쉽게 구별이 되잖소이까?"

만중도 다소 반가움이 실린 목소리로 말했다.

"마당의 연못치고는 크기가 크고 수량도 많으니까 물고기도 많나 보오이다. 저 버들치는 맑은 한강에서 자주 봐서 잘 알고 있소이다. 한강에서 보던 것을 선천에서 보게 되니까 제법 반가운 느낌이외다."

그 날 군수로부터 낚시질을 배우자 상당히 마음이 가벼워졌다. 가슴에 쌓인 시름을 물거품처럼 해소할 새로운 영역이 생긴 탓이다.


만중이 대나무 낚싯대를 들고 연못가에 앉는다. 두엄 밑의 땅에서 판 지렁이들도 몇 마리 챙겨 두었다. 낚시에 지렁이를 꿰고는 물속으로 던져 넣는다. 그러면서 상념의 물결에 잠겨든다.

'지난번 군수와 낚시질할 때에도 물고기가 몇 마리 잡히지 않았어. 오늘도 물고기를 잡는 데 의미가 있는 게 아니야. 세상사를 물에 담가서 머리를 식히는 데 목적이 있을 따름이야. 암, 그렇고 말고.'

만중이 낚싯대를 잡고는 고개를 들어 먼 하늘을 올려다본다. 문득 이때 만중의 머릿속으로 권대운(權大運)과 목내선(睦來善)의 얼굴이 밀려든다. 이들은 남인들의 영수로 군림하던 인물들이다. 권대운은 76세이며 목내선은 71세의 선비들이다. 이들은 만중의 영향력으로 유배형을 선고받았다. 그러고는 조정과 격리되어 세인들로부터 잊히는 과정에 있다. 하지만 이들은 고령자이기에 조정에 복귀되기는 어려우리라 여겨진다. 그렇기에 은밀히 일을 꾸밀 사람들도 아니라 여겨진다. 만중이 고개를 흔들어 부정하다가 섬광처럼 떠오른 생각에 떠밀려 허둥댄다.

'하지만 이들을 추종하는 젊은 남인들의 선비들이라면 문제가 달라질 거야. 권대운과 목내선의 추종자들의 움직임을 살펴봐야겠어.'

만중은 연못의 물속을 들여다보며 고뇌에 잠긴다. 수초에 숨은 물고기를 찾듯 어떻게 대상자를 알아낼지를 생각한다. 분명히 조금만 깊이 생각하면 단서가 발견될지도 모르리라 여겨진다. 자신한테서 탄핵받았던 사람들 중에서 악감(惡感)을 깊이 품었던 사람들이 누구였을까?

문득 기억 속으로 과거의 잔상이 밀려들었다. 궁중의 미인이라 불리는 장옥정에 대한 일이 떠올랐다. 궁녀들은 조정에 드나들지 않으니까 신하들이 궁녀들을 보기는 쉽지 않았다. 그런데도 오랜 세월을 궁궐에서 생활하다가 보니 마주칠 때가 있었다. 만중이 옥정에게 관심을 갖기 시작한 것은 1679년부터였다. 1679년 12월 10일에 정3품인 예조참의로 복직했다.

만중은 1675년 윤달인 5월에 허목과 윤휴를 탄핵하다가 파직되었다. 당시의 기류는 숙종이 남인을 지지하는 추세였다. 허적, 허목, 윤휴는 대표적인 남인들이었다. 허목은 우참찬으로 있었고 윤휴는 대사헌으로 재직하던 시기였다. 왕은 남인들을 포용하려는 측면에서 서인인 만중을 파직시켰다. 만중은 당론에 집착해서 상대를 헐뜯는다고 왕이 파직 이유를 밝혔다. 수초를 흔들어 물고기를 내쫓듯 왕이 결론을 내렸다.

하지만 허적과 윤휴는 만중에게서 탄핵받은 사흘 뒤에 사직을 신청했다. 왕의 힘이 어느 쪽에 실리는지를 확인하려는 의도에서였다. 왕은 확실하게 남인을 두둔했고 만중은 서인의 당론에 집착한다면서 내쫓았다. 1674년의 갑인예송 무렵부터 서인의 영수인 송시열을 남인들이 헐뜯었다. 상복 착용과 관련하여 송시열이 효종의 종통을 무시하려 든다고 헐뜯었다. 효종은 차남으로서 왕위에 오른 왕이었다. 송시열이 효종을 차남이라고 들추어서 상복 문제를 언급했기에 비난을 받았다.

만중이 파직당할 당시의 왕의 관점은 오로지 정권의 교체에 있었다. 그래서 개인적인 충정과 열정은 검토의 대상이 되지 않았다. 오로지 남인에 속하는지 아닌지에만 판단의 기준이 선 상태였다. 왕족이 상복을 얼마나 오래 입느냐하는 것은 왕의 관심사가 아니었다. 왕권을 강화시키는 데 어떤 집단이 필요한가를 따졌을 따름이다. 왕의 기준이 최초로 적용된 해가 즉위하던 갑인년이었다. 왕의 손짓에 남인들의 붕당이 타오르는 산불처럼 거세게 조정을 장악했다.

왕의 필요에 의해 만중이 1679년 12월에 복직되었다. 이때부터 왕은 남인들을 똥파리 내쫓듯 내몰 시기를 엿보고 있었다. 그리하여 왕권을 강화시키는 길에 어떤 집단이 더욱 유력한지가 판단 기준이었다. 이런 기류가 급기야 1680년에 경신환국을 불러일으켰다. 왕이 임명하면 따르고 파직시키면 관직을 반납하는 길이 빈발했다. 1680년 10월 27일에 숙종의 왕비인 김 씨가 사망했다. 경신환국의 서슬 퍼런 강풍이 잦아들 무렵이기도 했다.

김석주(金錫冑)는 왕모(王母)인 명성왕후(明聖王后)의 사촌 오빠였다. 만중보다 3살 연상의 사내를 왕은 인척으로서 잘 활용하고 있었다. 1680년 4월 12일에는 왕의 당숙인 복선군(福善君) 이남(李柟)이 교형으로 숨졌다. 허적(許積)의 서자인 허견(許堅)이 복선군과의 역모죄를 저질렀다는 명목에서였다. 5월 7일에는 복선군과 친밀했다는 이유로 장현과 장찬이 유배를 갔다. 장현은 장옥정의 아버지인 장형의 사촌 형이었다. 장 씨 일가를 탄핵하여 유배를 보낸 사람이 김석주였다. 김석주의 음흉한 입김 탓에 1680년 12월에는 장옥정이 궁궐에서 내쫓겼다.

왕비의 사후에 왕의 마음이 장옥정에게 기울어질 것을 방지한 조처였다. 얼마 뒤인 1681년 1월 3일에는 계비 간택령이 내려졌다. 그해 5월 14일에 민 씨가 계비인 인현왕후가 되었다. 계비의 아버지인 민유중(閔維重)은 만중보다 7살 위의 사내였다. 민 씨가 계비로서 가례를 올릴 당시의 민유중의 직위는 병조판서였다. 1681년부터 1685년까지는 장옥정이 대궐 밖인 오빠의 집에서 기거했다. 장옥정의 모습은 실 끊긴 연처럼 궁궐 바깥으로 내몰리고 말았다.

묘하게도 궁궐에서 옥정이 사라진 기간이 만중에겐 전성기에 해당했다. 대사성(정3품)과 대사헌(종2품), 예문제학(종1품), 홍문제학(종1품), 도승지(정3품), 공조판서(정2품), 예조판서, 병조판서, 우참찬(정2품), 좌참찬의 직위를 두루 거쳐 누가 봐도 중앙의 강력한 실권자로 알려졌다. 이러한 현상은 장옥정이 나중에 남인들의 힘에 의지하려는 근원으로 작용했다. 서인들이 건재할 무렵에는 장옥정이 기를 펴지 못했기 때문이다.

장옥정의 오빠인 장희재는 장옥정보다 8살 연상이었다. 무과에 합격하여 벼슬길에 올랐으며 옥정과의 호흡이 잘 맞았다. 오누이의 눈에 세상은 때때로 황금의 궁전처럼 비치기도 했다.


마음이 공허하여 호수처럼 커 보이는 연못의 수면을 만중이 지켜본다. 민물고기라서 그런지 좀처럼 낚시에 걸리지 않는다. 만중은 연못을 바라보며 마음속으로 중얼댄다.

'물고기들아, 너희들도 내 마음을 아는 것 같군. 내가 너희들을 잡아먹으려고 낚시질하는 것이 아님을 아는 모양이야. 설혹 낚시에 걸렸어도 내가 풀어 줄 작정이거든. 하도 세상이 복잡하니 마음을 추슬러 보려고 낚시질을 할 뿐이야.'

연못의 수면은 좁은 편은 아니어서 하늘의 구름까지도 투명하게 내비친다. 써레질한 듯한 수면을 바라만 봐도 만중에게는 마음이 정화되는 느낌이다.


만중이 하옥되어 있을 당시부터도 궁궐의 기류는 흙탕물처럼 소용돌이쳤다. 숙종의 당숙인 동평군과 장희재가 친하게 지냄이 사람들에게 알려졌다. 또한 홍치상과 이사명이 은밀하게 접촉하는 현상이 관측되곤 했다. 이들의 교류로 인한 파동이 사람들의 의혹을 구름넝이처럼 부풀게 했다. 걸핏하면 세상의 일들이 하찮은 상태에서 심각한 양상으로 변하곤 했다.

만중의 눈에는 희재의 거동이 유령의 춤처럼 수상하게 내비쳤다. 여차하면 남인들과 결속할 징후를 때때로 보였기 때문이다. 붕당 운영의 관점에서도 희재의 행동은 상당히 위험스럽게 보였다. 마치 마른 돌조각에서도 불길이 치솟을 듯한 음험함이 내비칠 지경이었다.


하여간 궁중에서 장옥정이 내쫓긴 5년 동안은 만중의 전성기였다. 허다한 중앙의 요직을 두루 다 거쳤다. 누구든 만중의 이름만 들어도 자신의 처신을 가다듬을 지경이었다.

1686년에는 만중이 판의금부사와 대제학을 제수받았다. 이 해부터 분위기가 묘하게 돌아가는 느낌이 들었다. 1686년 1월에 장옥정이 궁궐로 들어오게 되었다. 이때부터 묘하게도 남인의 패거리들이 우쭐대는 느낌이 마구 밀려들었다. 뭔가 정국이 바뀌기 시작한다는 위기감이 만중에게 휘감겼다. 1680년에 질녀였던 왕비가 죽었기에 왕의 마음이 변하면 속수무책이라 여겨졌다. 그런데 장옥정이 궁궐에 들어오면서부터 숙종의 연정이 옥정에게 쏠리기 시작했다.

왕의 주변에서는 옥정을 견제하여 나름대로의 조처를 취하려고 했다. 그리하여 같은 해 2월 7일에는 후궁 간택령을 선포했다. 그리하여 3월에 왕후인 민비가 영빈 김 씨를 후궁으로 맞았다. 당시에 후궁에 내려진 작위는 종2품인 숙의(淑儀)였다. 후궁 김 씨를 부단히 배려한 것은 옥정을 견제하기 위함이었다. 김 씨에게 정2품인 소의(昭儀)를 거쳐서 종1품인 귀인의 작위까지 부여했다. 김 씨는 궁중에서는 제일 직위가 높은 궁녀가 되었다.

만중은 귀인에 대한 배려를 2가지 관점으로 분석했다. 왕이 옥정에게만 빠져들지 못하도록 민비가 동원한 술수라 여겼다. 귀인을 배려할수록 옥정에게 기울어지는 왕의 관심이 줄어드리라 예견했다. 다른 관점은 숙종이 교묘하게 술수를 부린다고 여겨졌다. 귀인을 배려함으로써 옥정이 주변으로부터 공격받지 않게 하려는 책략이라고도 생각했다. 어쨌건 귀인을 배려하면서부터 옥정에 대한 주변의 시선은 무뎌졌다. 이러는 변화의 와중에서 1686년이 저물었다.

1687년이 역사의 지평에 새롭게 펼쳐졌다. 이때부터 조정의 기류가 예사롭지 않았다. 만중의 느낌으로 서서히 정국 변화의 조짐이 내비치기 시작했다. 왕의 고종사촌 형인 치상이 뭔가 음모를 꾸미는 정황이 포착되었다. 치상은 이사명과 손을 잡아 이항과 옥정을 무너뜨리려고 애썼다. 옥정의 오빠인 희재가 이항과 친분이 두터워지는 것이 치상에게는 역겨웠다. 조정을 드나드는 많은 정객들은 왕의 고모인 숙안공주를 자주 만났다. 왕과 대화해서 안 풀리는 일은 숙안공주에게 청탁하려고 했다.

이런 형세이니 숙안공주의 집에는 선비들이 많이 드나들었다. 이들 중에는 서인들도 있고 남인들도 있었다. 그런데 유독 이항과 장희재는 숙안공주를 찾으려 하지 않았다. 이항은 왕의 당숙으로서 굳이 숙안공주와의 유대가 불필요한 처지였다. 그러다 보니 치상이 이항과 희재를 싸잡아 공격하려는 마음이 들었다.


만중의 관점으로는 홍치상이 시기심이 유독 많은 사람이라 여겨졌다. 헛소문을 날조했다가 허위로 밝혀지면 생명을 잃을 수도 있는 문제였다. 눈앞의 시기심을 참지 못하여 스스로 재앙을 불러들인다고 여겨졌다. 치상의 또 다른 공격 대상에는 조사석이란 인물이 있었다. 왕의 인척으로서는 만중보다 배려를 더 받은 인물이었다.

만중보다는 5살이 연상이었다. 1680년에 예조판서를 지냈으며 1681년에는 대사헌으로 일했다. 1684년의 판의금부사를 거쳐 1687년에는 우의정에 임명되었다. 만중이 선천으로 떠나던 당시에는 우의정에서 물러난 상태였다.

만중은 다시 장옥정에 대한 변화의 기류를 더듬어 본다. 여전히 낚싯대로는 어떤 신호도 느껴지지 않는다. 물고기들의 눈에 낚시의 지렁이 따위는 들어오지도 않는 모양이다. 여전히 피라미와 갈겨니들은 무리를 이루어 이리저리로 몰려다닌다. 그럼에도 낚싯대에는 조금의 파동도 전해지지 않는다.

조사석과 만중은 숙종의 인척으로서 왕을 위해 부지런히 일한 편이었다. 남들이 맡기 꺼려하는 의금부와 사헌부에서 일하며 왕의 뜻을 실현시켰다. 관리들의 자취를 꾸준히 추적하여 부단히 탄핵을 되풀이했다. 왕의 기분이 좋으면 대간들의 간언이나 탄핵이 잘 되었다며 칭찬했다. 그런데 왕의 마음이 복잡하여 칭찬받는 경우는 거의 드물었다.

숙안공주와 홍치상이 인척 중에서 하나의 파동을 나타내었다. 동평군과 장희재가 또 다른 파동을 나타내었다. 동평군과 장희재가 은밀히 의중을 나눈다고 알려져 있었다. 그런데 이런 소문들이 사방에서 난무했지만 왕은 너무나 침착한 편이었다. 소문의 파장이 어느 정도에까지 이르는지를 치밀하게 재는 듯했다. 그러고는 시기에 맞춰 일제히 처단할 모양이었다. 만중은 왕의 지혜가 엄청나게 대단하다고 평가했다. 참을 시기에는 무조건 꾹 참는 정도가 이만저만이 아니었다. 결코 아무나 흉내 내지 못할 인내심을 갖고 있었다.

만중은 유배를 당하는 순간에 왕에게 뒤통수를 맞은 느낌이었다. 왕의 속내를 헤아려 왕에게 위협이 될 만한 인물들을 탄핵했다. 왕이 손대지 않고 코를 푸는 느낌이 들 정도로 일했다. 만중의 생각으로는 적어도 그렇게 일했다. 그랬는데 소문의 발설자(發說者)를 말하지 않았다고 유배를 보냈다. 몇 년간 왕의 곁에서 애쓴 노고가 무위로 스러진 터였다. 왕에게 배신당했다는 생각마저 끓어올랐다. 과거 몇 년간의 충정이 바람처럼 스러진 거였다.

　생각이 잔뜩 어지러울 때다. 낚싯대를 탁 채는 듯한 강한 느낌이 밀려든다. 낚싯줄이 급격히 팽팽해진다. 서서히 낚싯대를 끌어당기니까 손바닥만한 크기의 붕어가 낚싯줄에 매달려 나온다. 세상에 태어나서 처음으로 낚은 물고기다. 살림망을 펼쳐 잡힌 물고기를 살림망에 넣고는 물에 담근다. 몇 마리가 잡히든 나중에는 죄다 연못으로 풀어줄 작정이다. 풀어줄 시점까지 몇 마리나 잡히는지 헤아려볼 작정이다.

　장옥정은 장희재와 동평군(東平君)에 이르는 그물을 갖추었다. 이들이 남인인 민암, 민종도, 이의징의 무리를 불러들이려는 터였다. 만중이 존경하는 인물은 송시열이었다. 소위 서인의 영수에 해당하는 인물이었다. 이런 인물과 교류하면서 마음을 통했기에 자연스레 경모하게 되었다. 남인들은 틈만 나면 송시열을 헐뜯으려고 해서 마음이 심란해졌다. 좌의정이었던 송시열을 탄핵했기에 만중도 허적을 탄핵했다. 그러다가 역습을 당하여 귀양을 간 적이 있었다.

당시의 상황이 왕이 남인들을 수용하는 체제임을 늦게야 알았다. 아무리 서인들의 탄핵이 타당하더라도 왕이 인정하지 않으면 도리가 없었다. 예송에서 왕이 남인들의 손을 들어준 시국임을 빨리 간파했어야만 옳았다. 왕은 남인들을 편들면서 만중을 대놓고 논박했다. 당론을 앞세워 무고한 사람들을 탄핵하려 한다고 했다.

남인 집권의 체제에서 파직당하자 적지 않은 세월을 실직자로 지냈다. 이때부터 왕의 냉혹한 기질을 뼛속 깊이 통감했다.

바람결이 선선해지면서 서서히 낚싯대로 물고기의 입질이 휘몰려든다. 살림망에는 8마리의 붕어들이 잡혀서 헤엄치고 있다. 만중이 하늘을 올려다본다. 하늘에는 맑은 구름 조각 몇 송이가 떠서 흘러다닌다. 서서히 저녁을 준비할 때가 되었다고 여겨진다. 만중이 살림망을 쏟아서 8마리의 붕어들을 연못으로 되돌려 보낸다. 붕어들이 마치 당연한 듯한 몸놀림으로 물속으로 자취를 감춘다.

# 왕 인척들의 움직임

어느새 강물에 휩쓸리는 소용돌이처럼 10월 하순에 접어들었다. 평안도의 기온이라 조석으로 냉기가 사방으로 휘몰리는 느낌이다. 점심나절에 군수가 찾아왔기에 군수와 나란히 식사를 마친 뒤다. 둘은 따뜻한 숭늉을 한 그릇씩 마신다. 그러고는 군수가 만중을 향해 말한다.

"한양보다 기온이 무척 낮소이다. 겨울이 되면 눈에 눈물이 맺힐 정도로 추위가 냉혹하외다. 남쪽의 파발마가 전해 준 소식들이 조금 있소이다. 무슨 내용인지 들어보겠소이까?"

만중도 유배를 당하고 있지만 한양의 소식이 궁금하기 그지없다. 혹시 자신을 방면한다는 소식이면 더욱 좋으리라 여겨진다. 군수가 입을 연다.

"요즘에는 낚시 전문가가 되었겠습지요? 혹시 물고기 수가 모자라면 외부에서 사서라도 넣어 주겠소이다. 잘 낚이긴 하외까?"

만중이 고개를 흔들며 응답한다.

"물고기 낚는 일이 어디 쉽겠소이까? 물고기만 낚아서 생계를 영위하는 사람들도 있잖소이까? 그 사람들과 제 수준과는 아예 비교할 수조차 없겠습지요. 하지만 많이 향상은 되었소이다. 이 모든 것이 군수님의 배려 덕분이라 여겨지외다."

군수가 잠시 마당을 훑어보고는 말한다.

"동평군(東平君) 이항(李杭)이 등청하지 않아 왕이 불러들였다고 들리오이다. 지난 5일의 일이외다. 11일에는 우의정 조사석(趙師錫) 대감을 등청하도록 불렀다고 하더외다. 조정에서 조 대감이 무척 억울하다고 왕에게 하소연했다는 내용이외다."

만중의 가슴속에 문득 섬광이 치솟는 느낌이다.

'내 발언에 감정을 품었던 조사석이 내게 술수를 부리려고 할까? 그가 술수를 부리려고 한다면 이해는 되는 상황이야. 설마 조사석이? 뭔가 점차 복잡해지는 느낌이 들어 미치겠군.'

만중의 머릿속으로 금세 과거의 잔영이 서서히 밀려든다.

동평군은 1687년 6월 2일에 왕의 의해 혜민국(惠民局) 제조에 임명되었다. 임명된 이후에 임명이 비합리적이라면서 대관들이 왕에게 이의를 제기했다. 이런 분위기 탓에 동평군 이항이 등청하지 않았던 모양이다. 하지만 왕이 불러 일하라고 거듭 명령을 내린 모양이다.

혜민국은 백성들의 질병 치료를 담당하는 관청이다. 이 관청의 최고 관리자로서 동평군이 임명된 거였다. 그런데 합당한 방식으로 임명된 것이 아니라며 대관들이 수시로 떠들어대었다. 그래서 여론에 밀려서 이항이 집에 머물면서 등청하지 않고 있었다. 이런 정황을 왕이 알고는 이항을 직접 불러 근무하기를 지시했다. 왕명으로 인하여 이항은 궁중을 자주 드나들며 옥정과 가까워지게 되었다. 옥정의 오빠인 장희재와도 교류하게 되면서 둘이 가까워지게 되었다.

한편 조사석은 만중의 발언에 대해 불만이었다. 그래서 조정에 나가지 않고 있었는데 왕이 불러서 왕을 대면했다. 왕을 만난 자리에서 자신이 억울한 비난을 받았다고 왕에게 호소했다. 묘하게도 조사석도 옥정과 어떤 관련이 있다고 소문이 난무했다.


"민정을 살피러 고을을 순찰하기로 아전들과 약속이 되어 있소이다. 그래서 볼일을 보고는 저녁 무렵에 다시 들르겠소이다. 그때 모처럼 술을 마시며 세상을 헤아려 보기로 하사이다."

만중이 곧바로 응답한다.

"일이 바쁠 텐데 저녁에 또 오겠다니 너무 무리하지 않겠소이까? 혹시라도 사람들에게 의혹을 사지 않게 해 주시면 고맙겠소이다."

군수가 소탈하게 웃으면서 손을 번쩍 들어주고는 사립문을 벗어난다. 만중이 사립문 밖에서 떠나는 군수를 향해 손을 흔들어 준다.

만중은 점심 식사도 마쳤기에 무엇을 할지 잠시 생각에 잠긴다. 당분간은 낚시만큼 마음을 추스를 수단이 없어 보인다. 예전에 군수에게 물어본 적이 있다. 어떻게 배소의 마당에 연못을 조성하게 되었는지를. 그랬더니 군수가 간결하게 대답했다.

"없던 연못을 판다면 당연히 말썽의 소지가 있겠습지요. 선비들의 정원에 연못을 파도 사치스럽다고 떠드는 세상이 아니외까? 선천은 지형이 참 빼어난 곳이라고 생각되오이다. 동쪽의 거대한 적유령산맥에서 흘러내리는 물줄기가 도달되는 지형이잖소이까? 하천의 유량도 풍부하여 연중 마를 날이 없소이다. 게다가 어종(魚種)의 수도 상당히 많은 편이외다. 어느 하천을 들여다봐도 다양한 어종들이 헤엄을 치고 다니외다. 배소의 연못은 개천의 가운데를 원형으로 넓힌 데 불과하외다. 하지만 규모는 작지 않은 편이라 운치를 느낄 만하나이다."

군수의 말에 의하면 연못은 천연적인 하천을 확장한 것일 따름이다. 연못 주변에 울타리를 세우고 초가를 세워서 유배지를 조성한 거였다. 울타리로 사용된 것이 살아 있는 탱자나무들이었다. 탱자나무는 어떤 지형에서도 잘 자라는 특성을 갖고 있다. 직경이 대략 4cm에 이르는 과일인 탱자는 가을이면 노란색으로 익는다. 탱자의 과즙은 극도로 신 맛을 내뿜기에 식용으로는 사용되지 않는다. 탱자나무는 몇 그루만 있어도 빽빽하게 자라는 특성을 드러낸다. 배소(配所)는 탱자나무 울타리로 인하여 상당히 안정감이 있어 보인다.

만중은 마당의 울타리를 잘 살펴본다. 물이 흘러드는 곳과 빠져나가는 곳의 처리가 잘 되었다고 여겨진다. 하천의 폭을 좁게 만들어 수중에 원형의 도가니들을 쌓았다. 도가니들 밑바닥에 구멍이 크게 뚫린 것들이었다. 이들을 물이 흐르는 방향으로 십여 개씩 겹쳐 쌓았다. 이들 도가니 위를 흙으로 채우면 하천은 땅으로 연결된다. 물은 구멍 뚫린 도가니 속으로 잘 흘러가게 된다.

도가니들의 출입구에는 올이 굵은 그물이 설치되어 수직으로 드리워져 있다. 커다란 나무토막이나 돌덩어리들이 도가니 속으로 흘러들지 못하게 만들어진 장치다. 도가니들은 땅바닥에 말뚝을 박아 이동하지 못하게 고정시켰다. 연못의 출구도 입구와 유사한 방식으로 공사를 했다. 도가니로 묻힌 상층부에는 흙을 채워 탱자나무를 심어 놓았다. 연못의 출구에는 그물코가 미세한 그물을 심중으로 겹쳐서 드리워 놓았다. 이런 구조에서는 물고기의 치어들도 잘 빠져 나가기 어렵게 되어 있다.

그래서 연못에는 물고기들의 개체 수가 무척 많은 편이다. 무리들이 많아지면 입구의 그물 구멍을 통해 상류로 이동하게 된다. 수량이 줄어들면 물고기들은 대부분 연못으로 흘러든다. 이런 공사를 진행한 관리가 예전의 군수였다. 유배지의 이런 구조로 인하여 마당의 출입구는 사립문으로 제한된다. 누군가 사립문을 봉쇄하면 죄인은 달아날 수 없게 되어 있다. 만중은 연못의 입구와 출구에 대한 정교한 공사 기술에 감탄한다. 아무리 비가 많이 와도 물의 소통이 잘 되기 때문이다.

연못의 출구와 입구의 그물은 관노들이 수시로 점검하고 있다. 혹여 커다란 바위나 나무토막이 보이면 당장 치워 버린다. 그래야만 입구의 그물이 보호될 수가 있다. 만중은 유배지의 마당을 둘러보면서 무척 감탄스런 표정을 짓는다. 그러면서 마음속으로 생각에 잠긴다.

'연못의 그물에 걸린 바위를 치우듯 나를 치우려던 자가 누구였을까? 선천에까지 모습을 드러내었으니 집념이 이만저만이 아니야. 아무래도 조사석이나 홍치상의 패거리들이 아닐까 싶어. 하지만 홍치상은 이사명과도 교류하기에 나를 공격하지는 않을 거야. 그렇다면 조사석에게 혐의가 씌워지잖아? 나를 사찰하려는 사람이 조사석이 아니라면? 일단 조사는 해 봐야겠지?'

지렁이를 낚시에 꿴 대나무 낚싯대를 연못의 수중으로 만중이 드리운다. 물에 낚시를 던져 넣기만 해도 마음이 평온해짐을 느낀다. 만중은 연못을 바라보며 마음속으로 중얼댄다.

"점심때부터 저녁나절까지 낚시질을 한다면 몇 마리나 잡힐까? 물고기 수가 많은 연못이기에 최소한 열 마리 정도는 되겠지? 이 물고기들을 잡고 있을 무렵이면 군수가 오겠지? 보기 드물게 신뢰할 만한 친구라고 여겨져."

궁궐에 장옥정이 없을 기간에는 만중이 승승장구했었다. 그랬는데 옥정이 궁궐에 들어선 이듬해인 올해에 선천으로 유배당하지 않았는가? 옥정을 지지하는 정객(政客)들은 남인으로 여겨진다. 남인들이 점점 조정에 들어차다가는 서인들이 무더기로 퇴출당할지도 모르리라 여겨진다. 만중 자신이 유배당한 일도 이런 징후라고도 생각된다.

1674년의 예송에서 남인들의 주장이 채택되면서 남인들이 조정을 장악했다. 그랬는데 다시 서인들이 1680년에 집권했다. 6년 만에 정권이 반대당에게 전복(顚覆)당한 거였다.

만중에게는 예송 때의 일이 강한 인상으로 새겨졌다. '예송(禮訟)'이란 예절에 대한 논란을 뜻하는 말이다. 출생한 이후로 만중이 접한 예송은 2건이었다. 1659년의 기해 예송과 1674년의 갑인 예송이었다. 인조의 계비가 장렬 왕후 조 씨였다. 아들인 효종이 1659년에 죽었으며 며느리는 1674년에 죽었다. 예송이 불거진 것은 조 씨의 상복 착용 기간 때문이었다. 조 씨가 상복을 착용하는 기간도 규범에 따라야 했다. 왕가(王家)에서 적용하는 기준은 '국조오례의(國朝五禮儀)'였다. 반면에 평민과 사대부에서 채택하는 기준은 '주자가례(朱子家禮)'였다.

장자(長子)가 아닌 왕의 사망에 따른 규범이 국조오례의에는 언급되지 않았다. 바로 이 점 때문에 남인과 서인이 언쟁을 벌이게 되었다. 이것은 단순한 언쟁의 범위를 벗어나서 집권에까지 영향을 미치는 사건이었다.

1659년의 효종이 승하했을 때였다. 조 씨의 상복 착용 기간에 대해 선비들의 의견이 분분했다. 효종이 왕이긴 했지만 인조의 장남이 아니라 차남이었다. 여기에 대해 서인은 주장했다. 장자가 아니기에 왕을 사대부의 기준에 맞춰야 한다고 주장했다. 이 경우에 조 씨의 복상(服喪) 기간은 1년이라고 제시했다. 차자였을지라도 왕과 사대부는 차별화해야 한다고 남인들이 주장했다. 왕위 계승자는 장자로 취급해야 한다면서 복상 기간을 3년이라고 제시했다. 1659년에는 서인들의 주장이 타당하다고 채택되면서 서인들이 권력을 장악했다.

1674년에는 효종비가 승하했다. 이때에도 조 씨의 복상 기간을 두고 선비들이 논란이 많았다. 국조오례의에 의하면 장자부(長子婦)나 차자부(次子婦)의 경우에 복상 기간이 공히 1년이었다. 반면에 주자가례에 의하면 장자부의 경우에는 복상 기간이 1년이었다. 차자부의 경우에는 복상 기간이 9개월이라고 제시되어 있었다. 이때에는 왕인 현종이 확실하게 결정했다. 기해 예송은 주자가례에 따랐고 갑인 예송은 국조오례의에 따른다고 확정했다.

갑인 예송에서 서인들은 9개월을 주장했고 남인들은 1년을 주장했다. 결과적으로 갑인 예송에서는 남인들의 의견이 채택된 거였다. 갑인년(甲寅年)인 1674년은 숙종이 즉위하던 해였다. 숙종이 즉위하면서부터 조정에서는 남인들이 권세를 누리기 시작했다. 초상이 일어나서 상복을 입는 문제를 거론하면서도 집권 세력이 결정되었다. 얼마나 붕당(朋黨)의 영향이 큰지를 알 정도였다.

만중이 과거에 급제한 1665년은 서인들이 권세를 잡은 시기였다.

급제한 이후부터 파직당했던 1675년까지의 11년간은 부단히 성장을 거듭했다. 1666년의 정언(정6품)에서부터 1675년의 동부승지(정3품)까지 순조롭게 출세의 가도를 달렸다. 이 기간이 서인들이 정국을 장악하던 시기였다. 어떤 정당에든 몸을 담지 않으면 개인적인 목소리를 내기는 어려웠다. 이런 요인들로 인하여 관리가 되면 정당을 골라잡기 마련이었다. 공교롭게도 김만중이 골라잡은 정당은 서인 집단이었다.

어느 때부터였는지 서인의 영수인 송시열을 만중이 추앙하게 되었다. 그러다가 남인들이 송시열을 비방하면 곧바로 그들을 탄핵하려고 했다. 자신의 이런 성향이 붕당의 폐단으로 작용할지도 모르겠다는 생각이 들었다.


연못의 중앙으로 낚싯대가 확 이끌린다. 제법 묵직한 느낌이 강렬하게 밀려든다. 나중에는 풀어 줄 것이면서도 일단은 반가운 생각이 든다. 낚싯대를 서서히 잡아당긴다. 낚싯줄에 걸리는 힘이 예사롭지 않다. 낚싯줄은 어촌의 어부들이 사용하는 것을 군수가 구입해 준 것이다. 천천히 끌어올리니 물속에서 거뭇거뭇한 형체가 보이기 시작한다. 수면 위로 물고기가 드러나는 순간에 메기임이 확연하다. 요동치는 힘이 정말 예사롭지 않을 정도로 강렬하다. 팔 길이 절반가량의 메기가 수면에 기포를 흩날리며 매달려 올라온다.

만중이 메기를 바라보다가 문득 메기의 신세가 자신과 흡사하다고 여겨진다. 자신이 선천에 머무는 일도 대자연의 지배를 받았다는 느

낌이 든다. 아무리 피하려고 해도 쉽게 벗어날 수 없는 근원이라고
도 생각된다.

이윽고 메기를 끌어올려서는 낚시에서 빼어내 살림망에 넣는다.
살림망에는 메기 한 마리가 유일한 수확물이다. 메기가 살았다는 듯
수중의 살림망 속으로 헤엄치며 들어간다. 다시 낚시에 지렁이를 꿰
어 연못의 중앙으로 던져 넣는다. 연못 중앙의 깊이는 어른 키의 두
배 길이에 해당한다. 그래서 다양한 물고기들이 머물 수 있는 환경
이 되어 있다.


만중은 자신이 관직에 머물렀던 세월을 문득 헤아려 본다. 1665년
부터 1675년까지의 11년과 1679년부터 1687년의 9년 동안의 20년
기간이다. 공직에 뛰어들었다가 남인들의 입김으로 4년 7개월간을
실직자로 살았다. 이제 남은 기간에 다시 관리로 복직될지 의문이
다. 귀양의 측면이 2가지임을 안다. 하나는 언젠가는 유배가 풀려
관직에 복귀하는 경우다. 다른 경우는 배소에서 병사하거나 사사(賜
死)되는 경우다.

현재로서는 미래를 선혀 가늠할 수가 없어 가슴이 안개처럼 답답
해진다. 헛소문을 들려준 사람을 만중이 밝히지 않았기에 왕이 악감
을 품었다. 그렇다고 하여 만중이 이사명의 이름을 말할 처지가 아
니다. 역대의 병조판서끼리의 의리가 중요하기 때문이다. 만약 끝
내 발설하지 않다가 유배에서 풀려나지 않아도 좋다고 여긴다. 병조
판서까지 지낸 처지에 고문을 받는다고 하여 발설할 처지가 아니다.

만약 그랬다가는 두고두고 세인들로부터 비난을 받으리라 여겨지기 때문이다.

만중이 살림망 속의 메기를 살펴본다. 살림망 안이 자신의 세계인 양 기운 좋게 헤엄쳐 다닌다. 메기를 바라보자 문득 복창군과 복평군의 일들이 머릿속으로 밀려든다.

복창군(福昌君)과 복평군(福平君)은 법규에 따르면 보다 일찍 처형되었어야 마땅할 죄인이었다. 적어도 만중의 머릿속에는 그런 생각이 들었다. 곧바로 처형되지 않았다가 1680년의 역모로 몰아 처형시켰다. 만중은 머릿속의 기억을 차분히 더듬어 본다. 1675년 3월 12일에는 대비의 아버지인 김우명(金佑明)이 왕에게 상소를 올렸다. 복창군과 복평군을 체포하여 조사하라고. 그리하여 의금부에서는 복창군과 복평군, 김상업(金常業)과 귀례(貴禮)를 곧바로 하옥시켰다.

복창군과 복평군은 궁중에 드나들면서 궁녀들과 사통하여 아기까지 출산시켰다는 거였다. 궁녀들은 남자라고는 왕과 내시들만 상대하도록 되어 있었다. 그런데 궁녀들이 왕가의 남자들과 사통하여 출산했다는 것은 중대한 범죄였다. 이런 범죄 사실에 대하여 김우명이 왕에게 상소를 올렸다. 자세히 조사하여 처벌하도록 하라고. 3월 12일에는 관련자 4명이 죄다 의금부에 하옥되었다. 이튿날에는 의금부에서 조사를 하니 모두 그런 일이 없다면서 부인했다.

그랬더니 의금부에서는 형장(刑杖)으로 죄인들의 죄를 밝히겠다고 왕에게 말했다. 이에 대하여 왕은 의금부 관원들에게 말했다. 죄 없는 사람들을 가두어서 대단히 미안하니 곧바로 석방시키라고 말했다. 그래서 3월 13일에는 하옥되었던 4명이 일제히 석방되었다. 이렇게 되니 김우명이 복창군과 복평군을 무고(誣告)한 꼴이 되었다. 이렇게 되자 대비가 정청에서 왕에게 죄인들의 사통 사실을 밝혔다.

당시의 정황은 생각만 해도 예사롭지 않은 국면이었다. 왕의 어머니인 대비가 직접 범죄 사실을 조정(朝廷)에서 밝혔기 때문이다.


낚싯대에 또 다시 왈칵 힘이 실려 온다. 물고기가 물렸다는 강력한 신호다. 만중이 호기심이 그득한 눈길을 던지며 낚싯대를 끌어올린다. 얕은 수심이 아니기에 어떤 물고기가 물렸는지 상당히 궁금하다. 궁금증을 참으면서 서서히 낚싯줄을 위로 잡아당긴다. 낚싯줄을 당기면서부터 물고기의 저항하는 힘도 커졌다. 은근히 재미있는 장면이 펼쳐지고 있다. 마침내 물고기의 형체가 드러난다. 반 팔 길이의 끄리가 물려 올라온다. 상대적으로 몸이 기다랗고 비늘이 유난히 반짝거리는 물고기다.

만중이 끄리를 낚시에서 빼내어 살림망에 던져 넣는다. 당찬 기세로 끄리가 살림망 속을 헤엄쳐 나간다. 만중이 살림망 안을 흘깃 살핀다. 붕어 4마리, 피라미 2마리, 메기 1마리가 끄리를 맞이하며 헤엄친다. 모두 8마리의 물고기가 잡혔다. 만중은 낚시에 새로운 지렁이를 끼워서는 다시 연못에 드리운다.


온통 억울함과 원망이 담긴 표정을 지으며 대비가 왕에게 말했다.

왕은 예전에 없던 어머니의 모습에 잔뜩 긴장했다. 조정(朝廷)이란 숱한 신하들이 깔려 있는 장소가 아닌가? 온갖 소문의 근원이 생성되는 자리였기 때문에 왕은 바짝 긴장했다. 도대체 대비가 왜 조정에 나서서 범죄 사실을 발설했겠는가? 왕의 외조부가 무고 혐의를 받을 수 있었기 때문임을 알았다. 왕의 외조부가 무고죄를 저질렀다면 대관들이 탄핵하리라 예측되었기 때문이다. 그래서 숙종은 정색을 하고 어머니인 대비의 말에 귀를 기울였다.

숙종 왕모(王母)의 시모인 인선대비 장 씨의 초상이 있던 날이었다. 장 씨의 두 왕자와 복창 형제가 상사(喪事)를 돌보았다. 두 왕자와 복창 형제는 사촌 간이었다. 두 왕자 중의 큰 왕자가 숙종의 아버지인 현종이있다. 이때 현종의 왕비인 숙종의 왕모는 병이 위중한 상태였다. 그랬기에 상사를 직접 맡아서 처리할 수 없는 정황이었다. 장 씨의 물품을 분류하여 태우거나 없애어 정리할 때였다. 복창군과 김상업이 눈이 맞아 얼굴을 붉히며 기색이 사뭇 달랐다.

이런 기색을 알아차렸을 때였다. 현종이 몹시 당황했다. 이 사실은 금기에 해당하는 내용이었기 때문이다. 왕이 아닌 사람이 궁녀에게 마음을 품는 것은 역모에 해당되었다. 현종이 이 사실을 들추면 복창군은 탄핵을 받아 처형되기 십상이었다. 눈감아 주면 더 심각한 문제가 벌어지리라 예견되었다. 그리하여 현종은 아내인 숙종의 왕모에게 진실을 밝혀 들려주었다. 병중의 숙종의 왕모도 엄청나게 놀랐다.

문제는 여기에 그친 것이 아니었다. 며칠 후에 김상업이 왕의 허가를 받아 궁 바깥으로 나갔다. 나중에서야 김상업이 복창군 집으로 갔으리라 판단하고는 놀라서 김상업을 불렀다. 하지만 김상업은 왕명에도 불구하고 대궐로 복귀하지 않았다. 이런 중에 복창군의 아기를 가져 출산하게 되었다. 이 무렵에 현종도 승하하고 말았다. 김상업은 현종이 죽은 뒤에야 복창군의 집에서 대궐로 돌아갔다.

1674년 봄철에 숙종의 왕모가 아파서 빈사지경을 헤맬 무렵이었다. 현종의 지시로 복평 형제가 숙종의 왕모를 간호할 때였다. 이때 복평군과 귀례가 눈이 맞아 가슴에 격렬한 연정을 느꼈다. 젊은 남녀의 마음에 격랑이 일자 은밀하게 만나서 사통하게 되었다. 대궐 내의 은밀한 장소를 골라가며 복평군과 귀례는 열애에 빠졌다.

왕모로부터 이런 사실을 정청에서 들은 숙종은 미칠 지경이었다. 어지간하면 왕권으로 덮어 버리고 싶었는데 상황이 달라졌기 때문이었다. 결국은 의금부에 죄인 4명이 다시 붙잡혀 들어갔다. 1675년 3월 15일에는 죄인 4명에게 유배령이 내려졌다.

사립문 부근에서 발걸음 소리가 들린다. 벌써 저녁나절이 된 것이다. 군수가 약속대로 만중을 재차 찾아왔다. 만중은 반가운 마음으로 군수를 맞으러 사립문으로 나간다.

# 기류와 파동

만중에게 말한 약속대로 저녁에 군수가 배소를 찾아왔다. 점심나절부터 낚았던 물고기 12마리를 만중이 다시 연못에 풀어 준다. 군수가 만중의 곁에 서서 껄껄 웃으며 말한다.

"공 들여 낚은 물고기를 풀어 주니 허탈하지 않소이까? 그럼에도 낚았다가 풀어 주기를 되풀이하는 모습이 진정한 도인 같소이다."

만중도 빙긋이 웃으면서 응답한다.

"저는 도인과는 거리가 먼 사람이외다. 세속에 내쫓겼으면서도 물고기들을 낚시질이라는 핑계로 괴롭히잖소이까?"

만중이 낚시 도구를 갈무리한 뒤에 군수를 초가의 방으로 안내한다. 군수가 들고 온 보자기를 방바닥에서 푼다. 떡과 과일을 비롯한 음식물들이 방바닥에 쫙 펼쳐진다. 군수가 만중을 향해 소탈하게 말한다.

"오늘 저녁은 밥 대신에 떡과 과일과 기타 음식물로 채웁시다. 밥을 챙기는 데 걸리는 시간에 얘기를 더 나누사이다."

만중도 모처럼 풍성한 음식을 보니 군침이 돌 지경이다. 부엌에서 밥상을 꺼내 방바닥에 펴고는 음식물들을 밥상에 올린다. 만중이 군수를 향해 말한다.

"웬 음식물들이외까? 혹시 고을 어디에 잔치가 있었소이까?"

군수가 싱글벙글한 표정으로 입을 연다.

"마을에서 추렴하여 회갑연을 여는 곳에 들렀습지요. 마을이 빈궁하여 단독으로는 회갑연을 치르지 못할 정도였소이다. 그런데도 마을 사람들이 집집마다 추렴하여 잔치를 연다는 소문이 들렸소이다. 순수한 잔치인지 잔치를 빙자한 무슨 음모인지를 파악하려고 들러보았소이다."

만중이 다소 어이없는 표정을 지으며 생각에 잠긴다.

'회갑이면 회갑이지 무슨 다른 음모가 있다고 군수가 밀탐(密探)하고 다닐까? 설마 역모를 꾀하려는 무리들이 있지는 않겠지?'

군수를 눈앞에 둔 채 만중이 잠시 생각에 잠긴다. 만중은 1671년에 암행어사가 된 적이 있었다. 현종 때에는 암행어사를 수시로 보내어 수령들과 백성들의 동향을 살폈다. 군수가 백성들의 동향을 살핀다는 것도 질서 유지 차원이라 여겨진다. 만중이 생각에 잠겼을 때 군수의 목소리가 귓전으로 흘러든다.

"서인과 남인의 힘겨루기가 일종의 파동을 형성해 왔잖소이까? 일정한 주기로 엎치락뒤치락거리는 데 대하여 어떻게 생각하외까?"

만중도 허탈한 웃음을 흘리며 응답한다.

"이 문제는 하도 민감해서 형제간이라 해도 말하기를 꺼리는 영역이잖소이까? 하지만 우리는 친구로 교류하니까 진지하게 얘기해 보사이다."

만중은 속내를 터놓기에 앞서서 잠시 군수의 얼굴을 바라본다. 의뭉스럽게 속내를 감추는 인물은 아니라 여겨진다. 하지만 워낙 중대한 내용이라서 함부로 말하기에는 위험하다고 여겨진다. 그래서 만중이 군수를 향해 말한다.

"지금 우리가 얘기하려는 것은 너무 무서운 내용이라 여겨지외다. 자칫 말이 엉뚱한 곳으로 유출되면 목숨까지 잃을지도 모르는 내용이외다. 그런데도 꼭 이 주제로 얘기를 나누고 싶은지 묻고 싶소이다."

군수가 잠시 만중의 얼굴을 들여다보며 의아해 하는 표정을 짓는다. 그러다가 다소 주눅이 든 표정으로 응답한다.

"우리가 벌써부터 친구였는데도 대감께서는 나를 못 믿는 모양이외다. 대감께서 내게 거리를 둔다면 내가 섭섭하지 않겠소이까? 나한테 친구의 자격이 없다면 내 탓이라 인정하겠소이다."

비장한 군수의 말에 만중의 등이 꺾이는 느낌이 든다.

만중이 마음속으로 갈등에 휩싸인다.

'오늘의 발언은 나중에 내 목을 죄는 도구가 될 거야. 친구를 선택하느냐 내 목숨을 중시하느냐가 문제로구나. 군수를 이대로 돌려보낸다면 나한테 적개심마저 품을 것이 분명해. 군수를 내 분신으로 만든다면 걱정할 필요가 없어지겠지.'

만중이 군수의 두 손을 맞잡고는 군수를 바라보며 입을 연다.

"군수님, 정말 내 약한 모습을 보여서 미안하외다. 워낙 중요한 의제라서 갈등이 좀 심했을 뿐이외다. 우리가 이미 친구인데 무엇을 더 걱정하겠소이까? 우선 술을 좀 마시고 싶소이다. 술을 마시려면 아무래도 저녁밥을 먹어야만 되겠소이다. 잠시만 좀 기다려 주시겠소이까? 내가 저녁밥을 지을 동안까지 말이외다."


만중이 일어서자 군수도 함께 일어선다. 둘이 함께 부엌으로 나간 뒤다. 만중이 쌀을 씻어 솥에 안친다. 그러자 곁의 솥 아궁이에 불을 군수가 지핀다. 군수가 불을 지피는 솥에는 배추 우거지들이 가득 들어 있다. 물에 된장을 풀고 거기에 배추 우거지를 잔뜩 넣은 상태다. 도인들이 도를 닦듯 둘이 경건한 자세로 불을 시핀다.

연기가 실타래처럼 내풀리다가도 굴뚝 쪽으로 힘차게 빠져 나간다. 군수가 만중을 향해 입을 연다.

"아무래도 세상에는 기류(氣流)라는 게 있는가 보외다. 공기가 위아래로 움직이는 현상이 기류이잖소이까? 공기의 움직임처럼 세상에는 보이지 않는 흐름의 근원이 존재하는 느낌이외다."

만중은 군수의 얘기에 귀를 기울인다. 묘하게도 군수가 자신의 속내를 파헤치는 듯한 느낌이 밀려든다. 군수가 말하는 바가 만중 자신의 생각과 정확히 같기 때문이다. 만중은 군수의 얘기를 들으면서 생각에 잠긴다.

'정말 기묘한 인물이로군. 어쩜 이런 일이 일어날 수 있을까? 군수의 마음이 바로 내 마음이잖아? 마치 군수가 내 마음을 세밀히 들여다보고 말하는 것 같아. 이런 현상도 운이라면 운에 맡겨야지.'

군수의 말이 계곡으로 흘러드는 물줄기처럼 시원하게 펼쳐진다. 만중은 군수의 얘기에 귀를 기울인다. 자신의 마음을 다른 사람이 들려주는 자체가 신비롭기 그지없어 보인다. 한 걸음 나아가서 만중의 생명마저 사라진 느낌이다. 자신의 형체는 없고 다만 군수의 목소리만이 실내를 채운다고 여겨진다. 이렇게 생각하는 순간부터다. 확연히 만중의 존재감이 완전히 상실되는 느낌에 휩싸인다. 점차 만중의 마음은 보이지 않는 심해로 내닫기 시작한다. 만중은 언제나 옥죄었던 긴장감으로부터 서서히 자유로워짐을 느낀다.

주관적인 관찰의 틀에서 벗어난 느낌이라 머리가 한없이 맑아진다. 예전에는 생각해 보지 못했던 문제의 실마리까지도 확연히 보이는 느낌이다.


"1674년의 예송에서 남인들이 왕으로부터 인정을 받기 시작했잖소이까? 그러면서 남인들이 조정으로 들어와 자리를 잡기 시작했습지요."

군수의 말이 물 흐르듯 이어진다. 1674년에서 1680년의 경신출척이 일어나기까지의 6년 기간을 남인들이 집권했다. 남인들이 정권을 잡으면서 서인들을 서서히 숙청했다. 왕의 앞에서 탄핵하여 왕명에 의해 서인들을 유배 보냈다. 그래도 분이 풀리지 않으면 탄핵을 강화했다. 그리고는 유배지에 왕의 사약을 보내는 방식을 써서 유배인들을 죽였다. 6년의 기간은 무섭기 그지없는 시간의 연속이었다. 마음이 통하는 관리들끼리 패거리를 만들기 시작했다.

군수의 언변은 가히 달변의 경지로 평가된다. 그가 마음먹고 논의하면 세상의 흐름이 그와 연관된 것처럼 보인다. 만중은 아궁이에 불을 지피면서 군수의 얘기에 귀를 기울인다. 말하는 사람에 대한 최선의 예의를 다하는 중이다. 군수와 같은 인물을 만나게 된 것도 복이라 여겨진다. 만약에 군수가 틀에 박힌 관행을 쫓았다면 한없이 피곤했으리라 여겨진다. 유배인을 오로지 죄인으로만 봤다면 참담했으리라 여겨진다.

나날이 배소에서 지내는 생활 역시 갑갑하기 그지없었으리라 생각된다. 잡념을 가질 여유도 없이 죄인을 마구 들볶을 수도 있다. 군수는 유배지의 죄인을 관리하는 책임자이기 때문이다. 이런 위치의 군수가 만중과 친구로 사귀었지 않은가? 친구이기에 세간의 유별난 격식에서 많이 자유로워진 상태다. 매일 관졸을 보내어 죄인의 동향을 은밀히 파악하려고 하지 않았다. 친구이기에 만중을 믿었다. 설혹 만중이 유배지에서 탈출한다고 하더라도 초연하게 여길 지경이다. 느낌에 불과할지 모르지만 이런 느낌을 강하게 자아내는 군수였다.


1674년에서 1680년까지의 6년 동안이 남인이 정권을 장악했다. 사헌부와 사간원에서 범죄를 들추어내는 무리들은 다들 남인들이었다. 그러다 보니 없던 사실까지도 엮어서 복수의 수단으로 사용했다. 탄핵은 남인들이 했지만 실행은 왕명에 의해 이루어졌다. 남인들의 말은 곧바로 왕명이었으며 국법이었다. 이 기간에 조선에 살던 사람들은 다 그렇게 느꼈다. 그런 느낌을 받도록 남인들이 무리를 지어 극성스럽게 행동했다.

만중의 시야에는 세상의 정황이 호수의 수면처럼 여겨진다. 남인들이 설쳐대는 형국이 호수의 남쪽에서 남풍이 피어오르는 것에 비견되었다. 남쪽에서 불어온 바람이 호수의 서쪽을 강타하는 격이었다. 호수가 잔잔하다가도 남쪽에서 바람이 치솟으면 서쪽에 풍랑이 휘몰아치는 기분이었다. 그런 풍향이 1680년을 계기로 서쪽에서 남쪽으로 뒤바뀐 느낌이었다. 그러다가 아주 바람의 방향이 고정되는 느낌이 들 때였다. 7년이 지난 1687년에 만중이 유배를 당하지 않았는가?

표면상으로는 왕과의 의견 충돌이었지만 남인들의 입김이 느껴졌다. 서서히 다시 풍향이 바뀌려 하는 느낌이 강하게 밀려들었다. 풍향을 대번에 바꾸어 버리는 것은 왕의 마음이었다. 왕이 신하들에게 의견을 물어보고 방향을 바꾸는 게 아니었다. 과거에 6년 만에 마음을 바꾸었던 왕이지 않은가? 1680년 이후로 7년이 넘게 체제를 유지시켰다는 자체가 신기할 정도다. 신하들 모르게 역전의 핑계를 찾고 있는지도 모를 일이었다. 왠지 예감이 좋지 않게 느껴진다. 선천의 배소에서 죽을지도 모른다고 생각된다.

남인들 중의 누군가 만중을 모해할 수도 있는 문제다. 사람들이 많으면 취향도 각각 다르기 십상이다. 만중에게 곤욕을 당했던 남인들도 많았으리라 여겨진다. 사헌부나 사간원의 고유한 업무로 탄핵을 수행했다. 만중의 머릿속으로 1680년 허견(許堅)의 유부녀 강간 사건이 떠올랐다. 허견은 당시의 영의정이었던 허적(許積)의 서자로서 언행이 문란했던 사내였다. 이 사건을 축소하여 은폐시킨 인물들에는 권대운과 민희와 목내선이 관여되었다. 이 일과 관련하여 권대운은 6월 14일에 영일로 귀양을 갔다. 또한 민희는 귀성으로 유배되었다.

당시에 권대운은 판중추부사였고 민희는 지중추부사였다. 당시에 호조판서였던 목내선은 벼슬을 잃고 도성에서 추방되었다. 만중의 기억으로 권대운과 목내선은 절친한 지기였다고 기억된다. 정청으로부터 귀가하면 둘은 자주 술잔을 들고 세상을 얘기했다. 세상 사람들이 둘의 우정을 높이 평가했음을 만중도 기억했다.

'도대체 나에 대한 악감을 야기시킨 자가 누구일까? 나를 분명히 헐뜯었기에 왕이 나를 고깝게 봤을 거야. 도대체 내게 악감을 품은 무리가 누구란 말인가?'

부엌 바닥에 깔린 연기가 점차 흩어질 무렵에 밥이 지어졌다. 만중이 밥과 끓인 국을 밥상에 올린다. 관노가 만들어 준 김치와 시금치나물과 파래 반찬도 곁들인다. 군수가 밥상에 수저를 놓더니 밥상을 들고 방으로 들어간다. 방에 군수와 마주 앉자 군수가 탁주 병을 연다. 병을 따라 만중의 술잔에 술을 채운다. 만중도 술병을 들어 군수의 잔에 따른다. 둘이 서로를 향해 술잔을 갖다 대고는 웃음을 나눈다. 그러고는 술잔을 입에 갖다 대며 술을 들이킨다.

군수가 먼저 입을 연다.

"아무래도 1680년의 경신환국 이후의 시점이 문제였으리라 여겨지외다. 남인들을 내몰고 서인들이 대규모로 관직을 차지하게 되었잖소이까? 관직이 있어야 권세를 발휘하게 되잖소이까? 1674년 이후로 남인들에게 수모를 당했던 서인들이지 않사오이까? 말이나 행동 곳곳에서 남인들에 대한 적개심이 묻어나지 않았겠나이까?"

군수의 얘기에 귀를 기울이면서도 만중은 상념의 너울에 휘감겨든다.

'확실히 예전의 왕이 아니었어. 왕의 취향이 많이 바뀌었어. 소문을 말한 사람을 말하지 않는다고 해서 귀양을 보내? 소위 처삼촌인 나를 말이야. 종전 같으면 웃으면서 넘길 만한 얘기에 불과하잖아? 그런데도 의금부에 가뒀다가 유배를 보내? 아무래도 누군가가 왕의 곁에서 나를 떨어뜨리려고 이간책을 쓴 모양이야. 내가 왕의 곁에 있으면 불편해질 사람들이 누구였을까? 도대체 누가 나한테 악감을 품었을까? 그것도 왕을 이용하여 나를 제거할 술책을 부렸을까? 대단한 모략을 썼던 게 분명해.'

만중의 혼란한 머릿속을 청소하려는 듯 군수가 입을 연다.

"분명히 말하지만 왕의 집권기에 서너 차례의 물갈이가 있을 겁니다. 물갈이는 피를 부르는 것이잖소? 반대 무리들은 여지없이 목이 잘려 넘어갈 거외다. 대감 생각은 어떻소이까?"

군수의 말을 듣는 순간에 만중의 고뇌가 격증했다. 그러면서 만중이 어떻게 처신해야 좋을지 재차 번뇌에 휩싸인다.

'내 평소의 행동이 남에게 구애받음이 없었는데 참으로 불안하기 그지없어. 기왕 친구로 사귀기로 했으면 상대를 믿어야 하는데 가슴이 답답해. 왜 내가 이렇게 떨고 있을까? 내가 떨고 있음을 군수가 눈치를 챈다면 내 꼴이 뭘까?'

만중은 군수에 대한 불신의 근원을 헤아려 본다. 만난 지 얼마 안 된다는 것은 별개의 문제라 여겨진다. 갓 만나도 신뢰를 느낄 상대가 있기 마련이다. 신뢰란 서로에 대한 믿음일 텐데 왠지 께름칙하게 여겨진다. 군수는 유배인의 활동을 소상하게 조정에 보고하는 역할을 한다. 군수의 임무 중에 유배인을 관리하고 보고하는 역할이 있다. 이것을 등한히 하면 군수도 조정으로부터 탄핵을 받게 된다.

유배인을 감독하고 감시하는 위치의 인물이 아니라면 벌써 친해졌을 터였다. 자신을 안심시키다가도 비밀스레 고자질하면 만중은 목숨을 잃을지도 모른다. 왕의 외척이라고는 하지만 현재의 영향력은 거의 없는 상태다. 7년 전인 1680년에 왕비였던 질녀가 사망했기 때문이다. 왕은 1686년 12월에 옥정을 숙원에 책봉하여 정식 후궁으로 받아들였다. 왕은 1686년 3월에 후궁으로 김 씨를 맞아들였다.

하지만 그녀한테는 별로 매력을 못 느끼는 모양이다.

만중이 선천에 머무는 현재에도 왕의 마음은 옥정에게 있음을 느낀다. 왕의 마음이 옥정에게 매달릴수록 서인인 만중에게는 차가워질 수밖에 없다. 옥정과 그의 오빠인 희재가 남인들과 가까이 지내려고 하기 때문이다. 왕에게 옥정이 밀착될수록 만중의 처지는 더욱 암담한 처지로 휘몰린다. 만중에게는 옥정과 희재가 보여주는 행동에 많은 관심이 쏠린다.


뭔가 떨떠름한 만중의 표정을 대하자 군수의 마음에도 소용돌이가 인다. 이번에는 군수가 만중을 바라보며 갈등에 휩쓸린다.

'도대체 사람이 왜 저 모양일까? 내가 싫다면 핑계를 대며 나를 내쫓으면 될 일이잖아? 뜨뜻미지근한 저 표정이 사람을 미치게 만드는군? 사람이 보기는 호쾌하게 생겼는데 인상과 성품은 좀 다른 모양이군?'

하지만 내친걸음이라 만중의 판단에 맡기기로 하며 만중에게 말한다.

"아무래도 대감의 마음이 너무 어둡게 느껴지외다. 이럴 때엔 바닷바람을 쐬면 금세 마음이 안정해질 거외다. 내일 나랑 선천 서쪽 바다에 바람이나 쐬러 가사이다."


군수가 제안하는 목소리를 듣자 마침내 만중이 결단을 내린다. 군수가 만중에 대해 얼마나 답답하게 여겼을지 만중에게까지 느껴진다. 만중은 2년 전인 1685년에 병조판서를 지냈던 일을 떠올린다. 그때엔 청나라를 토벌해야겠다고 마음을 먹은 적도 있었다. 병권을 손에 쥐니 세상이 우습게 보일 지경이었다. 군사를 몰아 내달린다면 청나라조차도 일시에 멸망시키리라 여겨질 정도였다. 확실히 그때의 만중은 산악마저 무너뜨릴 듯한 권세를 지니고 있었다.

그랬던 자신이 내쫓겨 유배당하자 극도의 위축감을 느낀다. 숙종이 왕이 되면서 유배당하여 사사된 관리들이 얼마나 많았던가? 왕의 심기를 건드리면 금세 죽음의 위협을 받는 실정이다.

하지만 이런저런 잡다한 상념을 떨치며 만중이 고함을 지르듯 말한다.

"좋소이다. 군수님이 함께 하는 뱃길인데 뭣이 두렵겠소이까? 나도 즐거운 마음으로 서해를 둘러보고 싶사외다."

이번에는 군수의 마음이 흔들리는 모양이다. 그의 판단 기준으로 만중의 반응이 의외였던 모양이다. 그의 제안을 만중이 거절하리라 여겼다. 그랬는데 만중이 흔쾌하게 대답하니 만중의 마음을 판단하기 어려운 모양이다. 하지만 군수의 반응은 의연하다. 곧바로 너털웃음을 흘리며 만중에게 말한다.

"마음을 참 잘 정했소이다. 나도 답답해서 바다를 둘러보려고 했사외다. 우리가 조만간 다시 만나 근심을 털어 버리고 바다를 달려 보사이다."

말을 마치고는 군수가 초가를 떠날 준비를 한다. 만중이 군수를 사립문 밖까지 배웅한다.

이튿날 아침나절이다. 2대의 마차가 배소의 서남쪽 해변을 향해 달린다. 수군(水軍)의 훈련 용도로 바다에 이르는 한길이 잘 닦여 있다. 마차를 모는 마부들도 건장한 신체의 수군으로 짐작된다. 만중이 곁의 군수를 향해 말한다.

"마부들도 내 느낌으로 수군으로 보이외다. 내 판단이 맞는지 모르겠소이다."

군수가 가볍게 고개를 끄떡이며 감탄한 표정으로 응답한다.

"확실히 예전에 병권을 잡았던 대감이시라 감각이 뛰어나다고 느껴지나이다. 만약의 경우를 대비하여 수군을 배치하기로 했사외다. 수군을 이끌면 공식 순회가 되잖소이까? 이왕이면 해안을 따라 어촌의 실태를 둘러보는 일도 좋은 일이외다."

만중은 군수의 언행에 대해 자못 감탄하는 심정이다.


마침내 30리의 한길을 달려서 선천 포구에 닿는다. 포구에는 이미 32명의 수군들이 군복 차림새로 늘어서 있다. 군수의 의중대로 포구에서 5척의 거룻배가 바다로 뛰어든다. 노를 잡은 수군들의 손놀림이 민활하면서도 여유스러워 보인다. 만중과 군수가 탄 배는 두 번째로 바다를 향해 내달린다. 군수와 만중이 탄 배를 전후의 4척의 배가 호위하는 형세다. 배에서 간간히 울리는 북소리가 해상을 장악하는 느낌이다.

"퉁 투웅 퉁! 투둥 투우웅!"

수련된 수군들의 배 젓는 솜씨가 날렵하기 그지없다. 호수처럼 잔잔한 서해로 화살이 날 듯 배가 날렵하게 내달린다. 비록 5척의 거룻배이지만 수군의 깃발이 당당한 위엄을 발산한다. 수군들을 바라보면서 유사시에 필요한 심복이 있으면 좋겠다는 생각이 든다. 죄인의 처지로서는 의구심을 풀 조사를 직접 행하기 어렵기 때문이다. 배소에까지 쫓아와서 은밀히 움직이는 무리의 정체를 반드시 밝히고 싶어진다.

만중은 마음속으로 생각에 잠긴다.

'확실히 내게 필요한 것은 심복이야. 그렇다고 하여 아무나 심복으로 삼을 수는 없잖아? 게다가 현재의 내 신분은 죄수이니 미칠 지경이군.'

배의 대열이 안정한 형세로 내달릴 때다. 군수가 도자기 술병을 기울여 만중의 술잔에 술을 채운다. 만중도 군수의 술잔에 술을 채운다. 생선회를 안주로 술을 마시며 대화를 풀어낸다.

군수가 만중을 향해 입을 연다.

"대감, 나는 지방관으로 지내는 현실이 마음 편하다고 여기나이다. 혹여 조정에서 다음에 호출할지는 모르겠지만 나는 지방관으로 머물고 싶소이다."

만중은 군수의 마음을 이해하는 듯 고개를 끄떡인다.

# 연막에 감춰진 빛살

군수를 따라 만중이 선천 서해안을 찾은 날이다. 아침나절부터 햇살이 퍼지면서 바다의 날씨가 온화하기 그지없을 지경이다. 다섯 척의 관선들이 바다의 수면을 가르면서 해안선을 따라 순회한다. 다섯 척에 불과하지만 수병들이 탄 관선이라 기상이 이만저만이 아니다. 하도 평온한 분위기라 만중도 죄인이란 생각을 잠시 망각할 지경이다. 두 번째 관선의 선실에는 군수와 만중이 마주 앉아 있다. 둘은 술상을 사이에 놓고 술잔을 들며 바다를 굽어본다.

배를 이동시키고 순회시키는 것은 군수가 수병들에게 지시해 놓았다. 지시받은 대로 수병들은 배를 편안하게 몰고 있다. 포구에서 남서쪽으로 100리 길을 배로 달리니 태화도라는 무인도가 나타난다. 섬의 폭이 5리에 달하고 둘레는 12리에 이른다. 태화도 북쪽 30

리 지점에는 무인도인 가도가 있다. 군수가 수군들에게 가도에서 대기하라고 지시한다. 그러다가 두 시진 뒤에 태화도의 군수를 데리러 오라고 지시한다. 수군들이 흔쾌히 대답하면서 4척의 배로 가도로 이동한다.

군수와 만중이 태화도의 솔숲을 거닌다. 시원하면서도 서늘한 바닷바람이 쉴 새 없이 섬에 와 닿는다. 둘은 이제 군수와 죄인이 아닌 친구로서 섬을 둘러본다. 서해의 섬에 이처럼 풍광이 빼어난 섬이 있을 줄은 몰랐다.


만중이 군수를 향해 걸으면서 말한다.

"군수님, 섬의 지형이 이처럼 빼어났음에도 무인도라니 이해하기 힘들 지경이외다."

만중의 말에 군수가 응답한다.

"대감, 거기에는 오랜 연유가 있사외다. 고려 말기부터 들끓은 왜구 무리들 때문이외다. 왜구들이 해변에 수시로 내달아 주민들을 자주 죽였기 때문이외다. 이들은 살인, 방화, 약탈을 마음먹은 대로 자행하는 무리들이었습지요. 내가 알기로 이들에게는 무서운 존재가 없었습지요. 심지어 관군들마저 죽이려 들 정도였으니까 말이외다."

왜구들을 떠올리자 만중도 느낀 바가 있어 움찔 놀란다. 과거에 왜구들을 물리친 업적으로 이성계가 조선을 세웠기 때문이다. 그만큼 왜구들이 고려 말기에는 창궐했다는 얘기다. 주로 고려의 서해안과 남해안이 왜구들의 노략질 대상이 되었다. 왕조가 조선으로 바뀐 뒤부터 왜구들의 출몰이 현저히 잦아들었다.


  해안 가까운 곳에 천막이 펼쳐져 있다. 수군들이 군수를 위해 설치해 준 것이다. 천막 내에는 대자리까지 펼쳐져 있다. 대자리에는 숱한 과일들과 술안주가 술병과 함께 놓여 있다. 두어 시진은 족히 바다의 풍광을 감상할 수 있는 상태다.

  이윽고 군수와 만중이 대자리에서 마주 앉는다. 그러고는 군수가 만중의 술잔에 먼저 술을 따른다. 만중도 군수의 술잔에 술을 따른다. 둘이 술잔을 부딪치고는 데친 문어를 안주로 삼아 술을 마신다. 태화도에서 잡은 싱싱한 문어를 데쳤기에 맛이 둘의 미각을 자극한다.

  군수가 느긋한 표정을 지으며 입을 연다.

  "오늘 수군들에게도 잔뜩 술과 안주를 보냈사외다. 오랜만에 그들의 수고를 위로해 주는 계기도 되는 날이외다. 이제는 대감과 제가 마음을 열고 세상을 얘기해 보기로 하사이다. 어떻겠소이까? 이만한 바다의 풍광이면 가슴에 담긴 얘기가 실타래처럼 내풀리겠습지요?"

  만중도 이젠 군수의 마음을 편하게 해 주어야겠다고 여긴다. 마음이 이렇게 정해지자 만중도 호방한 기색으로 응답한다.

  "죄인한테 이만큼 배려해 주는 수령이 세상 어디에 있겠소이까? 정말 오늘 기분 좋게 제대로 마셔 보사이다. 나도 절대로 술을 사양하는 사람은 아니올시다."

  군수가 환한 미소를 머금으며 바다의 서쪽을 가리킨다.

군수가 가리키는 바다의 서쪽은 청나라의 바다에 해당한다. 예전에는 청나라의 바다에까지 관선을 본 적이 있다고 한다. 청나라와 조선의 경계가 되는 바다였다. 하지만 당시에는 바다를 지키는 청나라 수병들이 보이지 않았다. 청나라의 수병이 보였다고 하더라도 별로 문제가 되지 않는 정황이었다. 침략을 목적으로 배를 띄운 것이 아니기 때문이었다. 조류로 인하여 예정된 항로를 벗어날 수도 있었기 때문이다. 이래저래 예전에는 더러 청나라의 바다에까지 관선을 몰고 다녔다고 한다.

만중이 군수의 얘기에 귀를 기울이고 있을 때다. 점차 섬으로 해무가 밀려들기 시작한다. 해무가 바다에 끼면 보통 두어 시간가량 체류하는 습성이 있다. 섬의 사방이 안개로 뒤덮이자 신비스런 정경이 금세 배어난다. 신비스런 분위기에 잠겨 둘은 점점 술잔을 자주 비운다. 군수가 자신이 자랐던 강원도 속초의 얘기를 들려준다. 쉴 새 없이 밀려드는 바닷물과 동해의 기류에 대하여 말한다. 만중은 마음속으로 생각한다. 군수의 입에서 흐르는 얘기는 어떤 내용일지라도 정겹다고 여겨진다.

군수의 입담이 매우 흡인력을 지녔다고 여겨진다. 해안에는 더러 신비한 지형이 나타난다고 군수가 들려준다. 군수의 얘기를 듣던 중에 만중의 가슴속에서도 호기심이 생기기 시작한다. 태화도는 둘레가 12리에 달하는 섬이지 않은가? 섬 내부에도 신비한 지형이 있을지도 모르리라 만중에게 생각된다. 만중이 모처럼 술에 흠뻑 취했다고 자각하기에 이른다.

만중이 군수를 바라보며 말한다.

"이제 제법 전신에 알싸한 느낌이 밀려드외다. 해안에는 때때로 기이한 지형이 돌출한다고 들었소이다. 섬에도 기이한 곳이 있나 한번 둘러보사이다."

군수가 곧바로 흔쾌히 대답한다.

"좋소이다. 나도 예전부터 태화도의 지형에 대하여 궁금하게 여겨 왔소이다. 기분도 적당할 정도로 좋으니까 지금 함께 가 보도록 하사이다."


이윽고 둘은 천막을 접어서 울창한 숲에 감춰 둔다. 그러고는 둘이 어깨를 나란히 하여 섬의 해안을 따라 걷는다. 육지에서 멀리 떨어진 섬이라 주변의 물빛은 한없이 밝은 편이다. 섬의 해안은 비교적 낮은 편이어서 나란히 걷기가 수월한 편이다. 둘이 나란히 발걸음을 옮기면서 해변을 걸어갈 때다. 점차 바윗돌 수가 많아지면서 길이 끊기고 해안이 드리워진다. 해안이 시작되는 지점에서다. 물질을 하는 해녀 3명이 보인다. 해녀들 곁에는 거룻배 1척과 어부가 1사람 보인다.

해녀들은 수중에서 캔 해산물을 거룻배로 연신 옮긴다. 만중과 군수가 살펴보니 소라와 전복이 주종을 이룬다. 얼마나 물질을 했는지 어선에는 해산물들이 수북하게 쌓여 있다. 군수가 만중에게 말한다.

"대감, 여기서 잠시 해녀들이 물질하는 장면을 지켜보겠소이까? 어차피 오늘은 구경 나온 날이 아니겠나이까?"

만중도 기쁜 표정으로 응답한다.

"해녀들이 무엇을 잡았는지 궁금하외다. 해산물을 보다가 술이 생각나면 어쩌겠소이까?"

군수가 너털웃음을 웃으며 말한다.

"걱정하지 않아도 될 거외다. 어부한테는 반드시 술이 따라다닌다고 생각되외다. 해녀들이 작업을 마칠 때까지 조금만 기다려 보사이다."


둘이 나란히 해안의 바위에 올라서서 바다를 바라볼 때다. 만중의 가슴속에는 병조판서 이사명의 얼굴이 어른거린다. 그보다 나이는 10살 연하이지만 세상을 바라보는 관점이 마음에 들었다. 그래서 10년 세월을 초월하여 지기(知己)로 지낸다.

박정영(朴挺英)은 이사명보다도 7살 아래인 관리로서 이사명의 부하이다. 그는 무관이 아니면서도 검(劍)의 최고 달인이기도 하다. 그가 검을 빼들면 숱한 적들이 꼬리를 사리고 내빼곤 한다. 만중은 이사명과는 지기이기에 박정영과도 잘 지낸다. 만중이 선천으로 유배된 날에도 정영이 유배지까지 따라와 주었다. 그러고는 남몰래 군수를 만나서는 만중과 이사명과의 관계를 상세히 들려주었다. 만중은 한때 왕이 기둥처럼 믿던 중앙의 실권자였음도 들려주었다. 이런 사실이 군수로 하여금 만중에게 호감을 갖게 했다.

지방관으로서 만중만 잘 대하다 보면 중앙으로 발탁될지도 모르는 일이었다.

해변에는 파도가 너무나 잔잔하여 서해의 물빛조차도 감미로울 지경이다. 군수가 눈에 그리움이 그득 실린 눈빛으로 만중을 바라본다. 군수의 눈에도 확실히 만중은 범인으로 여겨지지 않았다. 그의 몸가짐에서는 만인을 거느릴 만한 제왕의 풍도조차 엿보였다. 자신의 위상이 남의 눈에 띄지 않게 조심하는 모습이 역력했다. 실로 전문 분야의 달인들만이 가능한 절제술을 자유로이 구사하고 있었다. 누가 만중을 대하더라도 엉겼던 마음이 확 풀릴 지경이었다.

　그의 입술에서 빠져 나온 말은 세상을 그리는 아름다운 붓이었다. 그의 혀가 아름답다고 얘기하면 세상이 모두 아름다운 색채로 반짝거렸다. 남녀노소를 불문하고 따스한 만중의 눈빛만 대하면 저절로 마음이 평온해졌다. 만중이 들려주는 얘기는 번민을 잠재우는 감동이 서린 아름다운 신율이었다. 아무리 가슴이 허전하고 공허해도 만중의 목소리만 들으면 마음이 평온해졌다. 만중의 발걸음은 세상의 근심을 가라앉히는 대자연의 거룩한 숨결처럼 여겨졌다.

　하지만 만중 자신만 스스로의 매력적인 가치를 모르고 있을 따름이었다. 그가 토하는 숨결은 바다에 굽이치는 섬세한 여인들의 교태로도 비쳤다. 그냥 흘리는 미소 하나만으로도 세상이 수줍음을 탈 지경이었다. 그의 미소에 서린 잔영은 아늑한 평야의 안타까운 몸부림이었다. 만중을 만났음에도 그의 눈빛을 대하지 못한다면 세상이 비관스러울 지경이었다. 만중은 출생할 때부터 온 세상을 그의 매력으로 잠재웠다. 그가 옮기는 발걸음마다 숱한 사람들의 시선이 실타래처럼 휘몰려들었다.

어느 날이었다. 조선검 최고의 검객으로 알려진 박정영이 만중 앞에서 시범을 보였다. 눈빛 하나 흘림이 없어 만중이 줄곧 지켜보았다. 그러다가 어느 순간에 만중이 땅바닥에서 나뭇가지를 손에 주워 들었다. 그러고는 정영의 시범이 끝난 직후에 정영을 향해 만중이 말했다.

"박 아우님, 그대의 검술에는 실로 매섭기 그지없는 힘이 실렸소. 누구든 그대의 칼을 맞으면 견뎌내기가 버거우리라 여겨지오. 그런데 사람들의 가장 더러운 속성들 중의 하나가 뭔지 알겠소? 자신보다 뛰어난 점은 도저히 인정하지 않으려는 시기심이외다. 소위 칼을 좀 휘두른다는 칼잡이들은 그대를 무척 미워하리라 여겨지오. 바로 이 점이 문제요."

정영이 다소 이해가 안 간다는 표정으로 만중에게 물었다.

"형님, 나는 형님의 속내를 제대로 파악하지 못하겠소이다. 제 검술이 다소 건방지다는 뜻이외까? 제가 칼을 휘두르는 모습이 너무 경박하게 보였소이까?"

만중이 일체의 대구를 생략한 채 눈빛으로만 정영을 쏘아보았다. 날카로운 빛살이 무더기처럼 방출되다가 급기야는 거대한 격랑으로 밀려드는 분위기였다. 어느 순간에 정영의 사타구니가 저릿해지더니 요기(尿氣)가 느껴졌다. 급기야 예상치 못한 성적 흥분이 부쩍 치밀었다. 그러더니 성기가 급격히 흔들리더니 그만 선 채로 정액이 분출되었다. 그것도 여러 차례나 반복해서 정액이 분출되는 게 스스로에게도 느껴졌다. 강적을 대했을 때나 느껴질 듯한 정황이 정영에게 밀려든 거였다.

정영이 비명을 내지르고 싶을 지경이었다. 그만큼 정영이 충격을 심하게 받은 거였다. 도대체 자신이 왜 그러는지를 알 수 없을 지경이었다. 그러다가 가까스로 눈빛을 추슬러 정영이 만중을 바라볼 때였다.

만중이 나뭇가지를 수평으로 들고 우뚝 서 있었다. 방금 전까지 정영이 시연했던 본국검의 품새를 재연(再演)하리라는 느낌이 들었다. 아니나 다를까? 만중은 곧바로 본국검의 검법을 너무나도 자연스럽게 펼치고 있었다. 나뭇가지임에도 오히려 검풍이 발산되는 음향이 귀청을 자극할 정도였다. 검풍이 발산되는 나뭇가지에 맞으면 누구든 절명하리라 예견된다. 검풍(劍風)은 칼날이 몸에 파고들기 직전에 발산되는 공기와의 접촉음이었기 때문이다. 전혀 상대의 살갗을 건드리지 않았음에도 나뭇가지에서는 검풍이 연신 터졌다.

정영은 그 광경을 바라보자마자 거의 빈사상태에 빠졌다. 진정한 검의 달인을 처음으로 대했기 때문이다. 정영은 당시에 스스로를 돌이켜보며 중얼대었다.

"이야아! 정말 대단한 사람이야. 이 사람하고 내가 겨루었다면 내가 벌써 피투성이가 되었겠는걸. 어쩜 이런 분이 장군이 되지 않았을까? 이런 분이 칼을 잡아야 나라가 제대로 굴러가리라 믿어. 정말 오늘 세상 밖의 하늘을 처음 본 느낌이야."

정영이 자신도 모르게 만중의 앞에 무릎을 꿇고 말했다.

"선배님이야말로 무예의 진정한 달인이시외다. 제가 눈은 달고 다니면서도 귀인을 알아보지 못했사외다. 감히 달인 앞에서 추태를 부려서 죄송하오이다. 다음부터는 선배님의 말이라면 무엇이든지 제가 즐거이 복종하겠사외다."

이런 사연으로 인하여 만중에게도 정영은 심복 부하가 되었다. 참으로 정영은 무예의 달인이면서도 겸손하기 그지없는 무인이었다. 그렇기에 누구도 감히 정영에게 맞서려고 하지 않았다. 정영이 휘두르는 일격에만 맞으면 절명하리라 여겨지기 때문이다.

13년 전인 만중이 38살 때의 일이었다. 도성 바깥의 방학정(放鶴亭)이 있는 삼각산 계곡에 머물 때였다. 당시에 조정에 경사가 생겨서 관리들이 엿새간 쉬도록 허용되었을 때였다. 이사명이 한성역(漢城驛)에 부탁해서 마부와 마차를 지원받았다. 만중과 사명과 정영이 움직였다.

마차는 풍부한 유량으로 흐르는 계곡의 개천에 멈춰 섰다. 사내들은 마차와 마부를 돌려보냈다. 여름철이라 산골짜기에는 가는 곳마다 목욕하는 사람들이 많았다. 골짜기마다 맑은 물이 흘렀고 몸을 담그기에 적당했기 때문이다. 은밀한 곳에서는 남녀가 훌랑 벗고 대낮에도 성교를 해대곤 했다. 은밀한 장소에서 일어나는 일이기에 지나가던 사람들도 모르는 척해 주었다.

그런데 산골짜기를 조금 거슬러 올라갔을 때였다. 물속에는 8명의 여인들이 알몸으로 목욕을 즐기고 있었다. 자세히 보니까 단순히 목욕하는 행위가 아니었다. 목욕 행위가 숭고한 의식을 거행하듯 고결하게 비쳤다. 곁의 여인의 몸을 씻어 주면서도 한없이 경건한 자세를 취했다.

만중의 일행은 셋이었다. 이사명과 박정영까지 포함하여 셋이 일행을 이루었다. 계곡의 웅덩이에는 뽀얀 살결의 여인들이 8명이나 몸을 씻고 있었다. 가슴에 쌓아둔 춘정을 소중히 보존하려는 듯한 자세로 비쳤다. 서로의 등을 씻어 주는 여인들의 미소가 샘물의 파동처럼 퍼져나갔다. 눈부신 여인들의 알몸을 보자마자 만중 일행의 가슴에 격랑이 휘몰렸다. 사내들의 성기가 마구 발기하여 일부는 사정(射精)할 정도로 얼굴이 달아올랐다.

당시의 만중은 38살이고 이사명은 28살이었다. 만중은 정5품인 헌납이며 사명은 성균관 유생으로 있을 때였다. 박정영은 21살로 그때부터 만중과 이사명의 부하로 따라다녔다.


만중 일행은 서로의 알몸을 씻어 주는 여인들을 숨어서 지켜보았다. 한낮의 산속 웅덩이에서 경건한 자세로 목욕하는 여인들이 궁금해졌다.

'도대체 여인들의 정체가 뭘까? 여인들의 나이는 몇 살이나 되었는지? 또 무슨 일로 이렇게 무리를 지어 나왔을까? 정말 궁금해서 미칠 지경이군.'

만중이 흘깃 이사명과 박정영을 둘러보았다. 다들 눈알이 빠질 듯 여인들을 숨어서 내려다보았다. 만중이 자신의 사타구니를 훑어보았다. 성기가 곤두서서 바지 밖으로 돌출할 지경이었다.

'모처럼의 휴식 기간에 이처럼 묘한 장면과 마주치다니? 정말 내가 미칠 지경이군.'

숨어서 여인들을 지켜보고 있건만 여인들은 눈치 채지 못한 모양이었다. 여인들의 엄숙하고도 경건한 행위는 끝없이 이어질 듯한 분위기였다. 눈앞의 정경을 계속 바라볼 때였다. 마침내 이사명이 나지막한 목소리를 토해내며 중얼대기 시작했다.

"여인들은 얘기로 듣던 선녀들이 아니오? 어쩜 목욕하는 장면이 저처럼 숙연하겠소이까?"

만중과 정영도 조심스럽게 응답하며 은밀하게 여인들을 주시했다. 그러고는 황홀한 눈빛으로 여인들의 알몸을 은밀히 지켜보았다. 여인들의 속살을 넋을 잃은 듯 내려다보며 셋이 탄성을 터뜨렸다. 나이가 가장 젊은 정영이 가쁜 숨결을 내뿜었다. 다음으로는 이사명과 만중이 비슷한 시기에 탄성을 내질렀다. 여인들의 목욕 장면을 마음속에서 지우려는 듯 사내들이 매무새를 가다듬었다.

반식경의 시간이 더 흐른 뒤였다. 골짜기의 여인들이 마침내 웅덩이에서 일어서기 시작했다. 만중도 여인들의 모습을 한껏 지켜보기 시작했다. 여인들이 차례차례로 물속에서 나와서 수건으로 알몸을 닦았다. 여인들의 살갗은 뽀얗고 윤기가 흘러서 눈을 떼기가 어려웠다. 이윽고 여인들이 벗어 두었던 옷을 알몸에 걸치기 시작했다.

여인들은 세간에서 흔히 보는 무명의 치마와 저고리를 입었다. 옷차림으로 봐서는 도저히 여인들의 내력을 알아내기 어려울 지경이었다. 마침내 여인들이 옷을 다 입은 뒤였다.


사내들 셋이 일부러 목청을 높이면서 일제히 웅덩이로 향해 내려섰다.

"너무 날씨가 더워."

"땀이 많이 나서 아랫도리가 흠뻑 젖었어."

"당장 물에 뛰어들고 싶어."

느닷없이 나타난 사내들을 대하자 여인들이 놀라 떠들어대었다.

"어머나, 남정네들이 여기는 웬 일이냐?"

"혹시 우리가 목욕하는 것을 들키지는 않았는지 두렵네?"

"어서 골짜기를 빠져 나가야겠어."

여인들은 사내들이 올라온 길을 거쳐야 하류로 내려설 판이었다. 사내들이 버티고 선 통로가 아니면 빠져 나가지 못할 위치였다. 이미 발가벗은 여인들의 목욕 현장을 지켜본 사내들이었다. 여인들을 그냥 보낸다면 허전하리라는 마음이 사내들에게 치밀어 올랐다. 박꽃처럼 청아한 자태의 여인들과 얘기라도 나눠 보고 싶었다. 이러한 간절한 염원을 지닌 채 사내들이 여인들 앞으로 내달았다.


가까이에서 보니 여인들의 나이는 대부분 30대 중반으로 보였다. 얼굴 생김새는 8인 모두 눈에 띌 정도는 아니었다. 어디서나 마주칠 만한 너무나 평범하게 생긴 여인들이었다. 하지만 여인들의 인상은 한없이 단아하게 보였다. 만중이 여인들을 향해 먼저 말했다.

"낯선 곳에서 처음 만났지만 반갑소이다. 잠시 저희들과 얘기나 좀 나누겠소이까?"

여인들 중에서도 유난히 단아한 표정의 여인이 응답했다.

"느낌이 저희들의 목욕 장면을 훔쳐본 듯하나이다. 언제부터 숨어서 우리를 지켜봤나이까?"

이사명도 여인들을 향해 나지막한 목소리로 말한다.

"정말 우연히 보게 되었사외다. 이렇게 만난 것도 연분이 아닐까 싶사외다."

옥인(玉仁)이라고 이름을 밝힌 청순한 인상의 여인이 응답하며 환히 웃었다.

"저희들은 삼각산 현궁관(玄宮館)이라는 도관(道館)의 도사들이나이다. 목욕할 때가 되어 단체로 내려왔다가 돌아가려고 하나이다."

21살의 사내인 정영이 여인들을 향해 말한다.

"여기는 산 속이며 우리 말고는 아무도 모를 일이잖소이까? 여기서 서로들 잠시 얘기를 나누면 이떻겠소이까?"

도사들 중의 우두머리라고 밝힌 옥선(玉仙)이 사내들을 향해 말했다.

"진솔한 그대들이 아름다워 보이외다. 단순한 색정보다 황홀한 경지를 맛보지 않겠나이까?"

# 태화도 여정

군수와 힘께 만중이 대화도에 머물 때다. 수군들은 북쪽의 외딴 섬에 보내고 둘만 태화도를 둘러보는 중이다. 해안의 절벽이 솟구친 지점에서 산책로가 끊겼다. 길을 계속 걸으려면 절벽을 타올라야 할 상황이다. 이때 해안에서 가까운 곳에서 해녀들 셋이서 물질을 하고 있다. 군수와 만중이 해녀들의 잠수하는 모습을 지켜본다.

바다에는 40대 중반의 어부가 거룻배를 띄워 놓고 있다. 해녀들이 이 거룻배에 수중에서 채취한 해산물을 싣는다. 해녀들 셋의 몸놀림은 날렵한 편이다. 나룻배에는 순식간에 해산물이 수북하게 쌓이기 시작한다.

만중과 군수가 해안에서 해녀들을 바라보며 1시진가량이나 시간을 보낸 뒤다. 둘은 과거의 기억을 풀어내어 이야기를 주고받았다.

13년 전인 38살 때의 일이 여전히 만중의 가슴을 자극한다. 삼각산 계곡에서 현궁사 8명의 여도사를 대했을 때의 일이 떠올랐다. 30대 중반 여인들의 풋풋한 알몸을 생생하게 바라본 것은 충격이었다. 간혹 머릿속에서는 그런 상상을 할 때가 있었다. 하지만 상상과 현실은 엄연히 다른 터였다. 현실적으로는 첩을 두거나 기생집을 찾는 제도가 엄연히 있었다. 첩을 둔다는 것은 특수한 여건이 아니고서는 어려운 일이었다. 부인에게서 아기를 출산할 수 없을 경우에나 가능한 일이었다.

서자의 사회 진출에 장애가 있기에 첩을 두기란 쉽지 않았다. 그래서 사내들은 고작 기생을 찾아 회포를 푸는 게 고작이었다. 여염집의 부녀를 마음에 그린다는 것은 중대한 죄악이었다.


그런데 뜻밖에도 도사들의 목욕 장면을 보지 않았는가? 게다가 여자 도사들이라니? 도사들 중의 우두머리인 옥선(玉仙)이 만중을 비롯한 사내들한테 말했다.

"우리는 수도를 하는 사람들이지만 그대들은 어쩐지 관리들 같아 보이나이다."

이 말을 듣는 순간에 사내들의 표정이 확연히 달라졌다. 하지만 이사명이 먼저 활달하게 말했다.

"관리들이 이 시간에 골짜기를 찾을 리가 있겠소이까? 그냥 떠돌이 장꾼들일 따름이외다."

옥선이 고개를 갸우뚱거리며 만중에게 질문의 화살을 던진다.

"정말 장꾼들이나이까? 장꾼들 치고는 아주 세련되어 보여 믿기지 않사와요."

만중이 옥선을 향해 곧바로 응답한다.

"우리가 그대들에게 거짓말을 해서 이득을 볼 게 없잖소이까? 이 친구가 말한 바대로 우리는 한양을 드나드는 장꾼들일 뿐이외다. 하도 날씨가 더워서 목욕하러 산골짜기를 찾았다가 그대들을 만났소이다."

얼굴이 갸름하여 귀여움을 자아내는 옥인(玉仁)이 사내들을 향해 말했다.

"그대들이 저희들의 목욕 장면을 훔쳐봤다고 했잖았나이까? 또한 그대들도 목욕하러 골짜기를 찾았다고 하셨습지요? 이번에는 저희들이 그대들의 목욕 장면을 지켜보고 싶사와요."

그러자 일제히 여도사들이 손뼉을 치며 좋아했다. 이사명이 흘깃 만중을 바라보더니 일방적으로 응답했다.

"우리들은 항시 전국을 떠도는 몸이기에 몸이 항상 덥소이다. 하지만 장꾼들이라고 해서 아무 여자들한테 속살을 보여주지는 않소이다."

만중도 곧바로 이사명을 지원하여 응답했다.

"정말 그렇사외다. 먼저 떠나 주사이다. 아니면 우리가 다른 소(沼)로 옮겨 가겠소이다."

옥인이 잠시 생각에 잠겼다가 사내들한테 선언하듯 말했다.

"알았사와요. 저희들은 물러가겠나이다. 대신에 목욕하고는 저희 도관을 찾아주사이다. 여기서 한 굽이만 돌면 도관이 나오나이다. 오시는 것으로 알고 기다리겠나이다. 이렇게 만난 것도 얼마나 큰 인연이나이까?"

도사들은 이내 시야에서 사라져 버렸다. 그러자 사명이 먼저 옷을 벗고는 웅덩이로 뛰어들었다. 만중과 정영도 이내 알몸으로 물속으로 뛰어들었다. 셋이 땀을 충분히 씻고 때를 말끔히 지운 다음이었다. 셋이 물속으로부터 알몸으로 걸어 나와 물기를 닦을 때였다. 언덕으로부터 일시에 도사들이 나타나더니 손뼉을 쳐대며 환호성을 내질렀다.

"우와아, 몸매가 저희 여자들을 매혹시키고도 남겠나이다."

"살결이 여자들보다도 고우니 웬 일이시온지요?"

"정말 생기가 통째로 느껴지옵나이다."

사내들은 뒤통수를 맞은 심정으로 허둥대며 옷을 입었다. 사내들이 옷매무새를 가다듬은 뒤였다. 만중이 도사들을 바라보며 말했다.

"골짜기를 완전히 떠났다고 확인까지 했는데 어쩐 일이외까? 정말 뜻밖이외다."

옥인이 만중의 말에 곧바로 응답했다.

"약속 이전에 공평성이라는 게 있지 않나이까? 저희들한테는 그게 작용했던 것 같사와요."

옥선도 옥인의 말에 힘을 보태었다.

"일단 골짜기를 벗어난 뒤에는 저희들이 손해를 봤다는 느낌이 들었나이다. 다들 그런 생각에서 헤어나지 못하자 소리 없이 되돌아온 거였나이다. 그래서 그대들이 여자들의 알몸을 구경하며 좋아했을 심정을 이해했사와요."

도사들과 사내들 간의 웅성거림이 잠시 가라앉은 뒤였다. 도사들의 우두머리인 옥선이 사내들을 향해 제안했다.

"저희 도관이 바로 지척에 있사와요. 그대들을 손님으로 초청하고 싶은데 어떠시온지요? 저희들이 마음에 안 들면 여기서 헤어져도 좋사와요."

사내들 중에서 이번에는 정영이 만중과 사명에게 동의를 구하고 말했다.

"좋소이다. 기꺼이 따라가겠소이다."

가장 젊은 정영이 말하니 도사들이 자지러질 듯 기뻐했다.


만중이 시선을 흘깃 바다를 굽어본다. 해녀들은 연방 해산물을 물속에서 건져 올리기에 바쁘다. 그런데 배를 모는 어부도 남자가 아닌 듯한 느낌이 든다. 그래서 군수를 향해 만중이 말한다.

"내 눈엔 어부도 여자로 보이는데 내 판단이 틀렸소이까?"

군수가 곧바로 응답한다.

"대감의 판단이 맞사외다. 내 눈에도 어부는 여자라고 여겨지외다. 해녀들은 해산물을 채취하고 어부는 배를 몰기로 한 모양이외다."

만중과 군수가 함께 고개를 끄떡이며 바다를 바라본다.

만중의 머릿속으로 다시 13년 전의 정경이 흘러들었다. 여자 도사들이 만중을 포함한 사내들을 안내하며 발걸음을 옮겼다. 도사들의 말대로 한 굽이를 넘어서니 도관이 보였다. 이윽고 현궁관(玄宮館)이란 도관에 사내들이 도착했다. 도관은 겉보기와는 달리 4채의 커다란 건물로 이루어져 있었다. 여자 도사들은 건물의 중앙인 옥청전(玉靑殿)으로 사내들을 안내했다.

전각에서 피어오르는 향 연기가 실내로 꿈틀대었다. 만중이 다소 의아한 생각이 들어 옥선에게 물었다.

"절도 아닌 도관으로 생계가 해결되외까? 신도들이 그만큼 많은지 참으로 궁금하외다."

만중의 말에 도사들의 표정이 달라졌다. 그러더니 옥인이 옥선의 눈치를 슬쩍 보더니 동의를 구했다.

"언니, 이 사람들이 마음에 드는데 우리의 실상을 말해도 되겠어?"

옥선이 고개를 끄떡였다. 그러자 옥인이 사내들을 향해 말했다.

"현재 도사로는 생계를 해결할 수가 없사와요. 여승들이 되어도 마찬가지이옵니다. 민간에 나가서 부지런히 시주를 요청해야 할 판이옵니다. 그런데 민가에서 누가 도관이나 사찰에 시주를 쉽게 해주겠나이까?"

사내들의 표정이 달라졌다. 만중은 머릿속에서 격렬한 혼란에 휩싸였다. 여인들의 정체가 갑작스럽게 궁금해졌기 때문이다. 여인들에 대한 옥인의 이야기가 이어졌다. 옥청전은 넓어서 여인들 8명과 사내들 3명이 앉아도 여유가 있었다. 여인들이 끓여준 차를 마시며 사내들이 옥인의 얘기에 귀를 기울였다.


여인들은 원래부터 도사들은 아니었다. 결혼하여 생활하다가 아이를 못 낳는다고 내쫓긴 여인들이 둘이었다. 남편의 상습적인 구타에 시달리다가 가정을 벗어난 여인들이 셋이었다. 우발적인 산사태로 자신 이외의 가족을 상실한 여인이 둘이었다. 여승(女僧)이었다가 실수로 절을 태워 내쫓긴 여인이 1명이었다. 이질적인 여인들은 불과 다섯 달 전에 만나게 되었다. 그래서 빈 도관 건물에 다섯 달 전부터 기거하게 되었다. 도복을 구입하여 도사 행세를 시작했다.

하지만 도사로서는 생계유지가 어려움을 너무나 잘 아는 터였다. 그래서 여인들이 머지않아 도관을 떠날 작정이었다. 도회지에 나가 건물을 공동으로 마련하여 주막을 운영할 작정이었다. 주막과 함께 여인숙도 세워서 생계를 유지하려고 했다.

사내들은 여전히 여인들의 얘기에 귀를 기울였다. 여인들은 하나같이 굳은 표정으로 옥인의 얼굴만 바라볼 따름이었다. 옥인의 얼굴이라도 바라봐야만 그나마 위안이 되리라는 표정이었다. 한양과 경기도의 경계인 송파에 음식점과 여인숙을 마련하기로 했다. 음식점은 길손들이나 장꾼들을 대상으로 세우기로 했다. 또한 번갈아 가면서 음식점과 여인숙에서 일하기로 했다.

사내들 중의 막내인 정영이 여인들에게 질문을 던졌다.

"길손들이 혹여 여인숙에서 창기(娼妓)들을 찾으면 어떻게 할 작정이외까? 그 대책은 세워져 있소이까?"

정영의 말에 이번에는 옥선이 사내들을 바라보며 응답했다.

"그것도 생각해 두었사와요. 길손들의 잠과 식사만 해결해 줄 작정이나이다. 색정은 다른 데 가서 풀라고 할 작정이나이다. 저희들은 총소득을 매월 공평하게 분배할 작정이옵니다."

사명이 감탄한 듯한 표정으로 여인들을 향해 말했다.

"당신들이 완전히 자립하겠다는 얘기이외까? 정말 대단하다는 생각이 드외다."

옥인이 눈썹을 꼿꼿하게 세우며 말했다.

"우리 여자들은 이미 세상에서 내쫓긴 신세이옵니다. 더 이상 나뒹굴 바닥이 없사와요. 생계를 유지하려면 무슨 수라도 써야겠습지요. 그래도 남한테 빌어먹는 것보다는 당당하잖나이까?"

만중이 마음속으로 고뇌에 휩싸여 생각에 잠겼다.

'여자들이 아기를 못 가진다고 내쫓김을 당한다고? 유교적으로는 보호막이 있는데도 실제로 내쫓기는 여자들이 많은 모양이야. 고약한 성격의 남자들한테 상습적으로 구타당하는 여자들도 적지 않은 모양이구나. 참으로 가슴이 답답해지는 일이로구먼.'

암울한 환경에서 만난 여자들이 지난 5달 동안에 돈을 마련했다. 매일 시장에 나가 음식물을 만들어 팔았다. 옥인이 사내들을 향해 연이어 말했다.

"지난 5개월에 걸쳐서 우리는 평생을 자매처럼 함께 살기로 했사와요. 우리들이 돈만 벌 수 있다면 무엇인들 망설이겠나이까? 게다

가 우리들은 대부분 과거에 가정을 지녔던 사람들이잖나이까? 돈을
벌어 자립할 때까지는 어떤 고난도 이겨 내기로 했사와요."

여인들의 얘기를 듣자 사내들의 표정이 심각하게 달라졌다. 여인
들의 매력에 끌려 왔다가 실상을 알고 나니 황당한 느낌이었다. 더
이상 여인들의 육체가 궁금해지지 않았다. 정영이 먼저 도관에서 몸
을 일으켰다. 사명과 만중도 몸을 일으켰다. 그러자 여인들도 함께
일어서더니 사내들을 만류하는 형세를 취했다. 이때 옥인이 말했다.

"생계를 유지하여 자립하려고 저희들은 세상의 체면을 접었사와
요. 일체의 취미 생활마저도 땅에 묻어 버렸사옵니다. 저희한테서
느긋한 여유라는 것은 사라져 버렸나이다. 여기까지 오셨으니까 저
희들의 수련 생활에 동참하지 않겠사옵니까? 색정보다도 더 황홀하
고 오묘한 영혼의 영역으로 안내하겠나이다. 정말 일생 동안 소중한
추억이 되리라 믿사와요."

옥인의 말에 여자들이 일제히 말을 거들었다.

"저희들의 제안을 받아 주사이다."

"가능하다면 수용하시는 게 영원한 추억이 되리라 믿사와요."

"세상에 베푸는 저희들의 마지막 배려이옵니다."


여인들의 얘기를 듣자 사내들의 표정이 급격히 달라졌다. 이때 정
영이 여인들한테 물었다.

"오늘의 일로 설마 남정네들마저 도사로 만들 작정이외까? 저의가
약간 궁금하외다."

만중도 생각에 잠기다가 정영의 말에 덧붙였다.

"특별한 정신 영역이 뭔지 신경이 쓰이면서도 궁금한 게 사실이외다. 하지만 그대들을 믿고 그대들의 요청을 받아들이겠소이다."

잠자코 있던 고운 눈썹의 여인인 은주(銀珠)가 사내들을 향해 말했다.

"저희들은 꽃에 대한 명상을 많이 했사와요. 매화, 목련, 복사꽃, 배꽃, 모란, 풍란, 연꽃, 국화를 설정했나이다. 이들 8종의 꽃에 대하여 저희들이 하나씩 맡아서 탐색하고 연구했사외다."

도사들 중의 최연장자는 36살인 옥선(玉仙)이었다. 그래서 도사들의 영도자가 되어 있었다. 다음이 옥선과 동갑인 옥인(玉仁)이었다. 나이 세 번째로 많은 여인이 은주(銀珠)였다. 그 다음으로는 순서대로 미령(美玲), 윤진(潤珍), 수향(樹香), 지선(芝鮮), 민정(玟淨)이었다. 지선과 민정이 35살이었다. 옥선은 매화를, 옥인은 목련을, 은주는 복사꽃을, 미령은 배꽃을 연구했다. 윤진은 모란을, 수향은 풍란을, 지선은 연꽃을, 민정은 국화를 연구했다. 그래서 이들이 탐색하고 연구한 것을 남정네들에게 들려주겠다는 얘기였다.


여인들의 간절한 요구에 사내들의 마음은 쉽게 단합되었다. 정말 세상에서 다시 만나기 어려운 수련 과정이라 여겼다. 여인들은 도관의 8개 방에 각자의 수련실을 마련해 놓았다. 옥선이 사내들 셋을 향해 설명했다. 사내들은 옥선의 말에 귀를 기울였다.

각자의 수련실에는 식물의 꽃잎과 껍질에서 채취한 재료로 향기를 내풍겼다. 풍란 수련실에서는 풍란의 향기를, 연꽃 수련실에서는 연꽃의 향기를 내뿜었다. 수련실에서 여인들은 다들 청아한 맵시를 지닌 한복 차림새를 갖추었다. 한복의 색상도 다들 달랐지만 우아하고 고운 맵시가 휘감겨 있었다. 고운 색상의 비단 한복 차림새에 자태까지 청아한 여인들이었다. 여인들은 맑은 샘물처럼 청정한 느낌으로 사내들에게 휘몰려 들었다.

옥선은 사내들에게 말했다.

"저희들도 다들 욕정을 갖춘 여자들에 불과할 뿐이옵나이다. 개천에서 목욕하면서 관능적인 아름다움에 매료된 것은 저희들도 사람인 탓이나이다. 하지만 도관에서는 색정을 뛰어넘는 정신적인 수련의 아름다움을 느끼기를 바라나이다. 색정과는 비교되지 않는 몽환적인 황홀한 세계를 맛보기를 삼가 기원하나이다. 그러면 각자 아무 수련실에나 들어가셔서 도사들의 안내를 받으소서."

만중은 옥선의 매화 수련실로 향했다. 사명은 옥인의 목련 수련실로 향했다. 정영은 민정의 국화 수련실로 향했다.

만중이 옥선의 매화 수련실로 들어섰을 때였다. 옥선이 수련실에서 정갈한 남자 도복(道服)을 만중에게 건네주면서 말했다.

"상공, 이 옷으로 갈아입으소서. 이것은 항시 정갈하게 씻어서 보관한 것이옵나이다. 수련을 마치고 도관을 떠날 때 반납하면 되나이다."

도복을 입은 만중과 비단 한복을 입은 옥선이 마주 앉았다. 서로의 거리가 한 걸음 정도에 이르렀다. 둘은 눈을 감은 상태로 마주 앉았다. 눈 감은 만중의 콧속으로 향긋한 매화 향기가 휩쓸려 들었다. 수련실 화로에 담긴 주전자에서 발산되는 향기였다. 숱한 매화 꽃잎과 매화나무의 껍질이 어우러져 방출하는 향기라 여겨졌다. 매화 꽃송이에서 맡는 향기와 흡사했다.

만중은 옥선의 지시에 따라 자세를 취했다. 눈을 감으라면 감고 뜨라면 떴다. 그리고 명상을 하라면 옥선과 함께 명상을 했다. 매화가 자라서 고목이 되어 스러질 때까지의 애틋한 정감이 밀려들었다. 말린 매화 꽃송이가 담긴 차를 옥선과 함께 마시기도 했다. 만중은 매화의 특성에 대한 설명도 옥선으로부터 들었다. 그런 뒤에는 마주 바라보며 눈을 감고 명상에 잠겼다.

대략 두 시진에 이르는 수련의 절차를 거쳤을 때였다. 갑자기 머릿속에 눈부신 광채가 쏟아지는 듯한 몽환의 느낌에 휘감겼다. 순간적으로 전신에 상쾌한 기분이 섬광처럼 연이어 몇 차례씩 굽이쳤다. 상쾌한 느낌은 새로운 세상을 만난 듯 장중하기 그지없었다. 색정에서 맛보는 절정감과는 비교할 수 없을 정도의 쾌감이었다. 세상에 태어나서 처음으로 체험하는 강렬한 쾌감이라 넋이 빠질 지경이었다.

이런 강렬한 쾌감은 사명과 정영도 거의 비슷한 시기에 체험했다. 너무나 아늑하고 따사로운 것이 별천지를 거니는 듯한 기분이었다. 생후 처음으로 이 같은 황홀한 체험을 했다고 느끼는 만중이었다.

경건하고 우아한 중에서도 인간의 마음을 극도로 황홀하게 만들다니? 정녕 새로운 세상을 체험한 느낌이 들었다. 사내들은 나머지 도사들의 수련실도 차례차례로 방문하기로 했다. 그렇게 하자니 도관에 머문 기간이 닷새째에 이르렀다. 8종의 꽃에 이처럼 기묘한 세계가 융해되었다고는 상상조차 못할 일이었다. 색정의 강도와는 비교가 안 되는 현란하게 아름다운 정신 세계였다. 도사들이 서로의 알몸을 씻어 준 일은 수행 과정이기도 했다. 인간은 신(神)이 아니기에 부단히 수련해야 함을 느꼈으리라 여겨진다.

군수가 너털웃음을 웃으며 만중에게 말한다.
"대감, 무슨 생각을 그렇게도 많이 하시외까? 이제 푸짐한 회를 먹어 보사이다. 해녀들의 물질도 끝이 나서 배가 이쪽으로 건너오는 모양이외다."
만중에게도 벌써부터 해녀들을 태운 배가 다가오는 것이 보였다. 아마도 군수가 손을 흔들어 배를 불러들인 듯하다. 이윽고 배가 해안에 다가들었을 때다. 그제야 어부와 해녀들의 나이가 대략 헤아려진다. 어부와 해녀들의 나이는 모두 40대 초반으로 보인다. 아직은 젊기에 오랜 시간에 걸쳐서 물질을 한 모양이다. 배를 해안에 갖다 대면서 여인들이 군수에게 인사를 한다.
"군수님, 잘 지내셨사와요?"
"자주 뵈어서 반갑나이다."
"오늘은 손님하고 같이 오셨구면요."

여인들은 활기 있게 재잘대며 횟감을 들고 군수에게 구경시킨다. 만중도 군수와 함께 해산물이 담긴 나무 물통을 들여다본다. 문어, 전복, 소라, 홍합, 해삼, 멍게 등이 수북하게 쌓였다. 싱싱한 것이 회를 치면 엄청나게 맛있을 것 같다. 군수가 환하게 웃으며 여인들을 향해 말한다.

"언제나 네 분이 함께 일하는 것이 아름답게 보였소이다. 오늘 잡은 해산물은 모두 여기서 장만해 주시오. 해산물 값은 뭍에 닿으면 곧바로 지급하겠소이다."

여인들은 배의 갑판 위에 해산물을 쭉 늘어놓는다. 그러더니 여인들이 일제히 회를 장만하기 시작한다. 사공이 배 뒤의 짐 꾸러미로부터 도자기 술병을 꺼낸다. 여인들도 일제히 군수와 만중 주변으로 둘러앉는다. 갑판 위에서 일시적인 잔치 분위기가 형성된다. 군수의 제안으로 다들 술잔에 술을 채워 주고받는다. 여인들도 다들 밝은 표정으로 대화를 나눈다. 나루에서 장만된 회는 더욱 신선도가 높아 맛이 빼어나다고 느껴진다.

# 스산한 계절

어느새 연말인 12월 하순이다. 만중이 아침 식사를 마친 뒤다. 마당으로 내려서서 주변을 둘러본다. 연못을 들여다보니 표면에 얼음이 얼어 있다. 하지만 얼음 아래로는 물고기들이 헤엄치는 모습이 밀려든다. 연말이 되니 날씨가 추워 마음도 덩달아 얼어붙는 기분이다. 가을에 선천에 왔을 때만 해도 곧 유배가 풀리리라고 여겼다. 하지만 연말에 이르도록 유배 해제에 대한 연락이 오지 않았다.

만중의 가슴은 서서히 불안해지기 시작한다. 운수가 사나우면 유배지에서 병사할 수도 있는 문제였다. 상당수의 사람들이 유배지에서 목숨을 잃곤 했다. 이런 실정을 아는 만중으로서는 마음에 소용돌이가 크게 인다.

삶과 죽음이 왕의 말에 달려 있는 현실이 처참하다고 여겨진다. 일이 잘못되면 선천에서 뼈를 묻게 될지도 모른다. 과연 선천에서 무사하게 빠져 나갈 수 있을지 상당히 불안해진다. 소문을 전한 사람이 사명이라는 것만 밝히면 곧바로 석방되리라 여겨진다. 사명임을 밝히자마자 만중은 신의를 저버렸다고 세상 사람들로부터 지탄받을 터였다. 평생 불명예를 안고 살아가지 않을 수 없으리라 여겨진다. 이럴 바엔 차라리 배소에서 죽는 것이 낫다고 생각된다. 결국 자신이 선택할 길은 배소에서 죽는 길밖에 없으리라 여겨진다.

자신의 죽음을 떠올리자 전신의 피가 식는 느낌이 든다.

'참으로 세상이 허망스럽게 여겨지구나. 나한테 정녕 다른 길이 없다면 남은 시간을 어떻게 보내지? 정말 내가 돌파할 길은 세상에 없는 걸까?'

당분간은 군수와도 만나고 싶은 생각이 스러진다. 군수를 만나 봐야 희망이 없는 만남이기에 만남 자체도 귀찮아진다. 남은 기간에 해야 할 일은 창작과 집필이라 여겨진다. 하지만 암담한 상황에서는 당분간 쉬고 싶을 따름이다. 그 무엇을 행한들 만중에게는 위안이 될 것 같지 않다.

만중이 마당의 연못 주변을 서성거리다가 아궁이에 불을 지핀다. 나무 장작은 관노들이 부지런히 공급해 준다. 일단 아궁이에 불을 잔뜩 피워 방을 따뜻이 만들려고 한다. 그래서 차가운 바깥에서보다는 방 안에서 생각하려고 한다. 아궁이를 통해 들어간 불길은 연기를 피워 온돌을 거쳐 배출된다. 뜨거운 연기가 구들을 데워 방이 온기를 느끼게 된다. 어느 정도 방에 열기가 오르자 아궁이를 깨끗이 정리한다. 그러고는 만중이 방으로 들어간다.

방 안에 들어서자 밥상을 펼쳐 책상을 대신한다. 책상 위에 화선지를 펴고는 먹을 갈아 묵화를 그려본다. 나름대로 선이 잘 그려지며 농담이 실린 그림이 펼쳐지기 시작한다. 일단은 그리고 싶은 대로 아무 것이나 그려 본다. 그러다가 어느 순간부터 점차 석양의 노을을 나타내려고 한다. 검은 색깔로 농염한 석양을 나타내려고 하니 잘 되지 않는다. 붓에 물을 듬뿍 흡수시켜 먹물을 살짝 찍어도 본다. 그런 뒤에 화선지에 붓을 살며시 그어 본다. 먹물이 잘 퍼져 나가기는 하지만 노을의 분위기가 아니다.


문득 만중의 머릿속으로 과거의 상념이 찰랑거리며 다가든다. 궁궐 밖으로 내쫓겼던 장옥정이 1686년 1월에 궁궐로 돌아왔다. 또한 1686년 3월에는 왕이 영빈 김씨를 후궁으로 맞아들였다. 1686년에 들어서자 왕에게 연이은 경사가 생긴 터였다. 왕의 경사는 곧 국가의 경사였다.

작년인 1686년 5월의 일이었다. 왕은 대관들과 의견을 모아 관리들에게 이레의 휴가를 내렸다. 장옥정의 환궁에 만족한 왕의 기쁨의 표현인 듯싶었다. 세상은 녹음에 뒤덮여 그윽한 풍정을 자아내는 시점이었다. 어디를 가나 세상은 온통 녹음으로 뒤덮여 마음이 훈훈할 지경이었다. 당시에 만중은 판의금부사였고 사명은 형조판서였다.

둘은 은밀하게 서해 변산반도로 여행을 떠났다. 공교롭게도 둘은 당시에 법을 다스리는 최고의 수장들이었다. 죄인들이 가장 두려워하는 인물들이기도 했다. 그리하여 둘은 수수한 복장으로 은밀하게 유람을 나서기로 했다.

만중의 나이가 50, 사명의 나이가 40살이던 작년의 일이었다. 둘은 천하의 절경으로 알려진 서해의 변산반도를 찾기로 했다. 전라도 땅에 들어서니 경관이 확연히 달랐다. 수려한 풍광이 사람들을 질식시킬 정도로 빼어났다. 가는 곳마다 시선을 휘어잡는 절경이라 발걸음을 옮기기가 쉽지 않았다. 변산반도 내의 길이가 20리에 달하는 부안호를 둘은 먼저 둘러보았다.

하늘의 청정한 색조가 나뭇잎처럼 가라앉아 찰랑대는 수려한 호수였다. 폭도 넓고 길이도 아득하여 둘은 호반의 어촌을 찾았다. 호반에는 인가가 두 채밖에 보이지 않았다. 한 곳에는 사립문이 닫혀 있어서 사람이 살지 않는 모양이었다. 옆집에 들어서니 30대 중반의 두 여인들이 마당으로 내려선다. 여인들의 미모가 너무 수려하여 사내들의 숨이 탁 막히는 느낌이었다. 전설로만 듣던 선경(仙境)을 노니는 선녀(仙女)들이라 여겨질 정도였다.

여인들의 키는 중키였고 몸매는 가냘프면서도 건강해 보였다. 여인들의 눈썹은 초승달처럼 휘어져 아취를 풍겼다. 눈은 호수에 잠긴 별빛을 대하는 듯 청아하면서도 시원스럽게 생겼다. 오뚝 솟은 콧대가 여인들의 단아한 풍모를 드러내었다. 석류 꽃잎처럼 붉은 입술은 농염한 정열을 내뿜는 느낌이었다. 뽀얀 피부는 윤택이 흘러 달빛처럼 가슴에 풍정을 안겨 주었다. 이목구비의 조화로 이루어진 얼굴은 너무 수려하여 가히 눈부실 지경이었다.

사명이 만중에게만 들리도록 낮게 중얼거렸다.

"이런 여인들이라면 목숨이라도 당장 내어줄 기분이외다. 내가 너무 놀라 실명하지는 않을지 계속 두려워지외다."

만중이 짓궂은 말을 일부러 사명에게 던졌다.

"저 여자들이 이공(李公)한테 지금 발가벗으라고 하면 벗겠소이까?"

만중의 말이 떨어지자마자 사명이 진심이 담긴 표정으로 곧바로 대답했다.

"그럼요. 여인들이 그렇게 명령한다면 조금도 망설일 이유가 없잖소이까?"

사명의 대답을 듣자 만중은 돌연 머릿속이 멍해지면서 생각에 잠겼다.

'사명이 거리낌 없이 발가벗겠다고 대답할 정도의 여인들이라니? 정말 저 여인들이 대단해 보여. 애초부터 시골에 살던 맵시는 아니야. 세련된 자세가 아무래도 내력이 있는 것 같아.'

사내들이 사립문에서 넋을 잃고 여인들을 바라볼 때였다. 여인들 중의 남색 치마를 입은 여인이 사내들을 향해 말했다.

"일단 안으로 들어와서 말씀을 나누도록 하시와요. 여기는 산골이라 누추하기는 하지만 경치는 참 아름다운 곳이옵니다."

여인의 말에 사내들은 성큼 집 안으로 들어섰다. 마당에 들어서자 만중은 또 한 번 놀랐다. 마당에는 마루에 올라서는 길을 제외하고는 꽃밭으로 조성되어 있었다. 사방은 쉽게 보지 못했던 기이하고도 아름다운 꽃들로 가득 찼다. 한 마디로 기화요초로 만발한 넓은 화단이었다. 시골이라 그런지 마당은 너무나 넓었다. 건물로는 삼 칸짜리 초가가 두 채 세워져 있었다. 초가의 본채로 여인들이 사내들을 안내했다.

대청마루에 올라서서 만중이 집 마당의 크기를 헤아려 보았다. 가로와 세로가 각각 7장(丈)에 이르리라 여겨졌다. 도회지에서도 쉽게 찾을 수 없는 넓은 공간이었다. 생각하면 생각할수록 연인들의 내력이 궁금하게 여겨졌다.


여인들의 복장부터도 보통의 사람들과는 달랐다. 흔히 입는 흰색의 무명 저고리와 치마가 아니었다. 한 명은 남색의 저고리와 치마를 입고 있었다. 한 명은 녹색의 저고리와 치마 차림새였다. 마루도 다른 초가와는 확연히 달랐다. 널찍한 것이 한 눈에 기품이 서려 보였다. 만중은 마치 꿈을 꾸는 듯한 느낌에 휩쓸릴 지경이었다.

마루에는 화선지와 먹과 채색 물감이 깔려 있었다. 시골 초가에서는 절대로 보기 힘든 물건들이었다. 마루에는 다탁이 깔려 있었고 다탁에는 빈 찻잔이 놓여 있었다. 마치 언제든 길손을 맞을 듯한 차림새였다. 여인들의 안내에 따라 만중과 사명이 마루의 다탁에 앉았다. 다탁의 크기도 꽤 넓어 밥상을 서너 개나 펼친 크기였다.

녹의의 여인이 방에서 비파를 들고 나오더니 비파행(琵琶行)을 탄주하기 시작했다. 비파행은 중국 백낙천(白樂天)이 쓴 서사시였다. 백낙천 서사시의 일부로 만들어진 악곡의 이름이 또한 비파행이었다. 악곡으로 잘 알려지지 않은 비파행을 만중과 사명은 알고 있었다. 비상시에 중국에 파견될 것을 예상하여 둘은 중국어를 공부했다. 조선에 귀화한 중국인들을 불러들여 1년간 둘은 중국어를 열심히 익혔다. 그러던 중에 중국의 악곡과 선율에 이르기까지 두루 견문을 익혔다. 그때 비파행의 악곡을 듣고 둘은 엄청난 감흥을 느꼈다.

그랬는데 여인으로부터 비파행을 듣자 사내들은 깜짝 놀랐다. 남의(藍衣) 여인이 향긋한 차를 끓여 사내들에게 내밀었다. 매화꽃 말린 것과 녹차 잎을 가루로 내어 말린 차였다. 찻잔에 실린 향기가 너무나 향긋하여 사내들이 실신할 지경이었다. 남의의 여인이 입을 열었다.

"시골의 산촌을 찾아 주셨지만 마땅히 대접할 것이 없사와요. 마침 5월이라 산에는 아카시아 꽃들이 눈송이처럼 뒤덮여 있나이다. 향기가 강렬한 것은 아카시아 꽃 탓인 줄로 아시오소서."

만중이 차를 마시면서 궁금증을 견디지 못해 입을 열었다.

"원래부터 여기 사셨던 분들은 아니겠습지요? 확연히 귀티가 나고 세련미가 돋보여 묻는 말이외다. 아무래도 무슨 사연이 있을 것 같아서 궁금하외다."

남의의 여인이 미소로 응답을 대신하고는 감미로운 목소리로 말을 이었다.

"먼저 향내를 맡은 다음에 차를 마시와요. 그러면 차 맛이 한층 오래 몸에 머물 거나이다."

남의의 여인도 말을 마치면서 찻잔을 코에 갖다 대었다. 그러자 만중과 사명도 찻잔을 즉시 코에 갖다 댄다. 한없이 은은하면서도 매콤한 향기가 사내들의 후각을 마비시켰다. 만중은 느꼈다. 여태껏 세상에서는 느끼지 못했던 황홀하기 그지없는 느낌이 전신으로 스며들었다. 눈을 들어 사명을 바라보니 사명의 표정도 황홀경에 휩싸인 듯했다. 만중이 영문을 몰라 허둥댈 때였다. 갑자기 전신이 노곤해지면서 의식이 가물거렸다. 만중이 아무리 정신을 차리려 애를 썼지만 아무런 효험이 없었다.

사명에게도 비슷한 현상이 밀려들었다. 아무리 몸을 추슬러 보려고 해도 마음이 말을 듣지 않았다. 자리에 눕고 싶다는 생각이 자꾸만 진하게 밀려들었다. 바로 이때 남의 여인의 목소리가 귓전을 파고들었다.

"두 분은 아무래도 중앙의 관리인 듯하나이다. 말하지 않아도 첫인상에 그렇게 느껴졌사와요. 여기에까지 와서 너무 도의에 연연하지 말기를 바라나이다."

이때에 녹의의 여인은 비파행의 초반부의 선율을 털어내고 있었다.

醉不成歡慘將別(취불성환참장별)

別時茫茫江浸月(별시망망강침월)

취하려고 해도 기쁘지 않은 터라, 이별하려니 너무 참담하여
아득히 펼쳐진 강에는 작별할 무렵에 달만이 가만히 잠겨드네.


만중의 가물거리는 머릿속으로 중국의 고사가 흘러들었다. 도성
으로부터 강주의 사마로 좌천된 백낙천이 심양강(尋陽江)에서 퇴기
(退妓)를 만났다. 그를 찾아왔던 친구들을 나루에서 배웅하려고 백낙
천이 심양강을 찾았다. 친구들과 작별할 무렵에 강에 뜬 낯선 배로
부터 선율이 흘러들었다. 비파라는 현악기로부터 발출되는 선율이
었다. 선율에 담긴 정한이 가슴을 먹먹하게 적셔 주었기에 백낙천이
놀랐다.
　백낙천이 놀라서 악기를 연주하는 배의 주인을 불렀다. 배에 올라
타 연주하던 사람은 과거에 명성이 드높았던 퇴기였다. 비파의 선율
에서는 따를 사람이 없을 정도의 달인이었다. 얼굴도 곱고 선율도
빛을 발했을 때의 기녀는 세상의 별이었다. 중앙으로 몰려들던 선비
들은 다들 기녀에게 혹하여 가산을 탕진할 지경이었다. 하지만 세월
이 흘러 나이가 드니 기녀를 찾는 사람들이 끊겼다. 그리하여 상인
과 결혼하여 노후의 쓸쓸함을 달래고 있었다. 그러다가 가을이 되어
심양강에 달이 뜨자 기녀의 마음이 쓸쓸해졌다.
　남편이 물품을 구입하러 집을 비워 더욱 가슴이 쓸쓸한 터였다.
배에서 화려했던 과거를 떠올리며 악기를 탄주하다가 백낙천을 만
나게 되었다. 그리하여 백낙천은 여인의 비파 소리를 들으면서 시를
썼다. 시를 쓰면서도 설움에 북받쳐 눈물을 쏟았다.

만중은 참으로 놀랐다. 당나라 현종 때의 고사가 담긴 노래를 변산반도에서 듣게 되다니? 여기에도 필시 무슨 연분이 맞닿았으리라 여겨졌다. 만중을 향해서도 남의의 여인이 물었다.

"이제부터 귀공을 그대라고 불러도 되겠나이까? 호젓한 산중에서 무슨 격식이 필요하겠나이까? 처음 보는 순간에 당당한 기상이 느껴져 관리라고 느껴졌사와요. 제 말이 맞사온지요?"

신분이 드러나면 불편해질 것 같아 만중이 대충 얼버무렸다.

"사람의 신분이 뭐가 중요하외까? 내가 무슨 일을 하더라도 그대들한테 불편할 요소가 없잖소이까? 그냥 편하게 그대들과 이야기를 나누고 싶소이다."

의식이 가물거리는 줄 알면서도 향기가 감미로워서 차를 다 마셨다. 만중뿐만 아니라 사명도 깨끗이 찻잔을 비운 상태였다. 사내들한테 의외의 일이 벌어진 것은 이때였다. 만중과 사명이 잠을 자듯 의식을 잃고 쓰러졌다. 이때 여인들이 만중과 사명의 호주머니를 뒤졌다. 상당히 많은 동전이 나오자 여인들이 고개를 끄떡거렸다. 그러더니 원래대로 동전을 사내들의 호주머니에 넣어 놓았다. 동전을 확인한 것은 아마도 사내들의 신분을 확인하려는 수단이었던 모양이다. 여인들은 사내들을 관리라고 확신했다.

사내들로부터 발산되는 기품이 보통의 남정네들 것과는 달랐기 때문이다. 캄캄한 밤중에 하늘의 달빛을 대하는 느낌이었다. 나이가 들었지만 수려한 용모의 사내들이라 여겨졌다. 건장한 체격과 어투에 실린 당당함이 가히 눈부실 지경이었다. 사내들의 세련된 언어 감각은 선발된 계층임을 드러낸다고 느껴졌다.


여인들은 원래 산둥반도에서 건너온 중국인들이었다. 청나라 군대가 조선을 시찰할 때 청군(清軍)들과 함께 건너왔다. 청군의 장군들을 밤에 시중드는 역할을 맡은 기녀(妓女)들이었다. 청군을 따라 조선에 건너왔다가 조선의 풍광에 매료되어 정착해 버렸다. 그러고는 과거의 일을 떨쳐 버리고 사는 중이었다. 과거 기녀 시절에 번 금전으로 변산반도 곳곳에 논을 샀다. 논에 소작을 붙여 가을마다 수확하기에 평생의 생계를 해결한 터였다. 때가 되면 부자인 상인들을 만나 결혼하여 살 생각이었다.

하지만 기녀 시절이 그리워 당분간은 풍류를 즐기며 지내려는 터였다. 그래서 찻잔에 마취제 가루를 조금 넣었다. 사내들은 이내 의식을 잃고 마루에 나뒹굴었다. 사내들을 실신시킨 것은 그 사이에 호주머니를 뒤질 목적에서였다. 잠시만 지나면 사내들이 깨어날 터였다.

여인들은 어느새 향긋한 인삼주를 마루 가득히 펼쳐 놓았다. 녹의(綠衣) 여인은 사내들이 쓰러지자마자 닭고기 백숙을 마련했다. 술안주로 삼기 위해서였다.


이윽고 사내들이 비슷한 시각에 마취에서 깨어났다. 만중이 쑥스러운 미소를 지으며 말했다.

"모처럼 산길을 걸었더니 피곤했나 보외다. 차를 마시자마자 슬슬 눈이 감겨서 잤나 보외다. 초면에 결례가 컸소이다."

사명도 미안한 기운이 잔뜩 실린 얼굴로 여인들을 향해 말했다.

"정말 죄송하외다. 초면에 대화를 하다가 말고 쓰러져 잠을 자는 결례를 범했소이다. 그만큼 이곳이 편안하게 느껴졌다고 여기시고 좋게 봐 주길 바라겠소이다."

어느새 다탁에는 풍성한 닭백숙과 삶긴 문어가 놓여 있었다. 문어는 변산반도가 해안에 위치했기 때문에 언제나 쉽게 공급되는 모양이었다. 풍성한 술안주만으로도 군침이 돌 지경이었다. 여인들이 다탁의 한쪽에 나란히 앉았다. 이들 앞에 만중과 사명이 나란히 앉았다. 상당히 정취 있는 분위기가 형성되었다. 남의의 여인이 술병을 들어 만중의 술잔에 술을 채웠다. 녹의의 여인은 사명의 술잔에 술을 가득 따랐다. 곧바로 답례로 만중은 남의 여인에게로 술을 따랐다. 사명은 녹의 여인의 술잔에 술을 가득 채웠다.

다탁에 앉은 남녀가 일제히 술잔을 부딪고는 술을 마셨다. 녹음이 짙게 흘러 사방이 파동처럼 봄기운에 남실대는 시점이었다. 사방의 산야에 깔린 아카시아나무 숲으로부터는 연신 꽃향기가 날아들었다. 가만히 있어도 저절로 흥취가 치솟을 계절이기도 했다. 게다가 눈앞에는 세속을 초월한 남녀가 앉아 있지 않은가? 아리따운 용모와 물결처럼 휘감기는 여인들의 교태가 사내들을 뒤설레게 했다. 왠지 그냥 있어서는 억울할 것만 같은 정취가 마루를 채웠다.

급기야 간드러진 목소리로 남의의 여인이 입을 열었다.

"낭군들이여, 분위기가 너무 좋지 않사와요? 여기는 호젓한 산중

의 호수이나이다. 하루 종일을 지내도 길손을 만나기가 어려운 곳이
옵니다. 대화를 나누다가 저희들이 여자로 느껴지면 언제라도 가슴
에 품어도 좋사와요. 저희들이 너무 앞서서 꼬리를 치는지도 모르겠
나이다. 하여간 그대들이 너무 마음에 들어서 말이 앞서서 나오나이
다. 호호호!"

사명이 남의 여인의 말에 응답하며 말했다.

"아무리 춘정이 들끓으려고 해도 통성명부터 제대로 하사이다. 내
이름은 이사명이고 살기는 한양에서 사는데 여기는 유람하다가 들
렀소이다."

사명에 이어서 만중이 자신을 소개했다.

"한양에 사는 김만중이라 하외다. 봄철이라 명승을 구경하려고 여
기로 유람 왔소이다."

남의의 여인이 미소를 지으며 말했다.

"저는 서인혜(徐仁慧)이며 중국 산동반도에서 건너온 기녀(妓女)이
옵니다. 평민으로 살려고 여기에 정착했나이다. 오늘만큼은 기녀
신분으로 그대들과 정분을 나누고 싶사와요."

이번에는 녹의의 여인이 생긋 웃으며 말했다.

"저도 산동반도의 청군 주변에서 기녀로 살던 옥미연(玉美蓮)이옵
니다. 인혜랑 동갑인 34살로 아직은 풋풋한 여자이나이다. 저도 오
늘만큼은 기녀로서 그대들에게 안기고 싶나이다."

사명이 먼저 여인들에게 말했다.

"인혜 씨와 미연 씨! 그대들은 정말 미모가 너무나 빼어나서 변산 반도의 선녀들로 보이외다. 그대들의 풍류가 빼어나기에 인간의 본 능을 존중하여 그대들의 명령을 받들겠소이다."

연이어 만중도 당당한 선비의 신분으로서 여인들의 의사를 존중하 기로 했다. 무엇보다도 여인들이 기녀 신분으로서 사내들을 맞고 싶 다고 밝히지 않았는가? 게다가 자신과 사명은 유람을 즐기려 변산반 도를 찾지 않았는가? 모처럼 인간 본연의 욕정을 불태우고픈 마음이 치솟았다. 어느새 두 여인들이 활짝 미소를 머금으며 사내들에게 안 겼다. 이때 미연이 사명을 향해 짓궂은 음색으로 물었다.

"이공, 정말 시키는 대로 다 해 내겠사와요?"

사명이 당연하다는 듯 곧바로 응답한다.

"뭐든 시키면 곧바로 따르겠소이다. 여기서 죽으라고 해도 죽는 시늉까지 하겠소이다."

이때부터 좌석의 분위기는 급격히 달아올랐다.


만중이 마당 중앙의 연못에 얼어붙은 얼음을 바라보면서 생각에 잠긴다.

'아, 정말 그때 그 시절이 그립구나. 인혜와 미연은 지금쯤 결혼해 서 잘 살고 있을까?'

과거의 아련한 추억에 잠겨 차가운 추위마저도 잊힐 지경이다. 만 중은 연못을 바라보며 과거의 추억을 더 떠올리기로 한다.

# 은밀한 바람결

만중이 저녁을 먹은 뒤에 마당의 연못가에서 배회하면서 상념에 휩쓸린다. 연못의 표면은 살얼음이 얼어붙어 있었지만 내부에는 물고기들이 헤엄쳐 다닌다. 물고기들의 움직임은 주눅이 든 만중에게 소생의 활력을 안겨준다.

작년인 1686년 5월에 변산반도를 만중과 사명이 유람했던 때의 일이다. 길이가 20리에 달하는 부안호를 둘이서 유람하다가 들른 초가(草家)에서의 일이었다. 초가에는 34살 동갑의 두 중국 여인들이 살고 있었다. 여인들은 기녀 생활을 하면서 금전을 많이 모았다. 많은 금전을 들여 변산반도에서 많은 논을 샀다. 그리고는 소작을 붙여서 풍족한 생계를 영위하고 있었다. 그녀들은 평생 일하지 않고서도 먹고 살기에 충분했다.

여인들은 호반의 초가를 사서 그녀들의 왕국을 이루려고 했다. 넓은 화단도 조성하고 초가도 번듯한 형태로 지었다. 그뿐이랴? 집 앞의 호반에는 멋진 나룻배도 한 척 구입해 두었다. 시간이 나면 여인들 둘이서 배를 저어 부안호의 유람을 즐겼다. 호수의 길이가 20리에 달하여 날마다 배를 저어도 풍광이 달랐다. 부안호는 변산반도의 진주 같은 보석에 해당했다. 호수의 유량도 풍부하여 연중 바다와 같은 풍성함이 느껴졌다.

만중과 사명이 처음으로 여인들의 초가에 발을 디딘 날이었다. 마루에 술좌석을 여인들이 벌였다. 다탁을 사이에 두고 여인들끼리 나란히 앉고 사내들끼리 나란히 앉았다. 인삼주를 마시다 보니 일행의 취흥이 서서히 무르익었다. 남의(藍衣)의 여인인 인혜와 녹의(綠衣)의 여인인 미연은 빼어난 미인들이었다. 여인들이 풍류(風流)를 들먹이자 만중과 사명도 여인들의 유혹을 받아들이기로 했다. 여인들과의 어우러짐이 해악이 아니라면 풍류는 멋진 것으로 여겨졌다.

만중과 사명은 부안호가 어느새 별천지로 여겨졌다. 또한 그들에게는 인혜와 미연이 선경의 선녀들로 비쳤다. 단순한 외모뿐만 아니라 해박한 학식들이 사내들을 감동시킬 정도였다. 취흥이 오르자 이번에는 인혜가 비파를 들어 비파행을 탄주했다. 사내들은 여인들의 탄주에 넋을 잃을 지경이었다. 비파에서 발산되는 현묘한 선율이 어찌나 감동적인지 연신 눈시울이 젖어들었다. 선율이 허공을 감돌아

귓전으로 휩쓸려 바스러지면서 감동을 자아올렸다.

음률에 취하여 통곡하지 않고는 못 견딜 정도의 슬픔이 연달았다. 어느새 슬픔에 몸을 떠는 사내가 여인의 허리를 감싸 안았다. 사내한테 안기고서도 여인의 비파에서는 슬픔의 정한이 불길처럼 치솟았다. 어느새 만중의 손이 인혜의 저고리 끈을 풀었다. 그러자 무겁게 묶여 있던 젖무덤이 털렁대며 만중의 얼굴에 부딪혔다. 인혜의 속옷이 열리면서부터 세상은 황홀경의 광풍으로 만중을 섬광처럼 휘감았다. 이때 인혜의 손에서 비파가 미끄러져 마룻바닥에 닿았다.

그 비파를 이번에는 미연이 주워들어 '장한가(長恨歌)'를 탄주하기 시작했다. 당나라 현종과 양귀비의 애틋한 사랑이 절절하게 묘사된 서사시였다. 감수성이 빼어난 백낙천의 작품으로서 숱한 사람들이 애송하던 시였다.


天旋地轉回龍馭(천선지전회룡어)

到此躊躇不能去(도차주저불능거)

馬嵬坡下泥土中(마외파하니토중)

不見玉顔空死處(불견옥안공사처)


천지가 뒤바뀌어 왕의 수레가 돌아오는데,

이곳에 이르러 망설이니 떠날 수가 없네.

마외역 언덕 아래 진흙 땅속에,

옥안이 보이지 않아 죽음만이 쓸쓸하구나.

마외역에서 목을 매달아 죽은 양귀비를 현종이 추도하는 정경이 애통했다. 세상의 모든 슬픔이 한 곳으로 응축되는 느낌이 들 지경이었다. 이번에는 사명이 슬픔에 젖어 미연의 손에서 비파를 빼앗았다. 악기를 빼긴 미연이 얼굴을 사명의 가슴에 묻을 때였다. 사명의 손가락이 미연의 저고리 끈을 풀기 시작했다. 저고리 끈이 풀리자 우윳빛 속살의 젖무덤이 사명의 뺨에 닿았다. 이번에는 사명의 몸을 황홀한 절정감이 노도처럼 휘몰아쳤다. 다탁을 사이에 두고서 두 쌍 남녀의 숨결이 불길처럼 달아올랐다.

인혜의 손이 만중의 속옷 속으로 파고들 무렵이었다. 만중이 인혜를 안고 안방으로 들어갔다. 미연의 손길이 사명의 사타구니로 흘러내렸을 때였다. 이번에는 사명이 건넌방으로 미연을 안고 들어갔다. 각 방에서는 춘흥에 억눌렸던 욕정이 풍선이 터지듯 작렬했다. 안타까운 신음이 연이어 상대의 귓전을 뒤흔들며 남녀의 몸뚱이를 밀착시켰다. 세상에 태어나서 겪는 너무나 황홀한 정경이었다. 이윽고 교합의 격랑으로 사내들의 기력이 쇠진하여 풋잠이 들었을 때였다.

인혜와 미연이 옷을 차려 입고는 만중과 사명을 깨운다. 사내들이 부끄럽다는 듯 얼굴을 붉히면서 일어나 옷을 입는다. 인혜가 사내들을 바라보며 입을 열었다.

"부안호는 변산반도의 심장이에요. 호수의 길이만 해도 20리에 달하고 유량은 바다만큼이나 풍성한 편이옵나이다. 호수의 남동쪽에 월영루(月影樓)란 정자가 있는데 여기서는 가깝거든요. 거기로 바람

쐬러 가지 않겠나이까?"

여인들의 안내에 따라 사내들도 방을 나와 마당으로 내려섰다. 호반의 초가로부터 3리가량 걸어가니 그윽한 풍정이 드리워진 누각이 보였다. 현판에는 '月影樓(월영루)'라고 한자로 적혀 있었다. 일행이 함께 누각에 오르기 직전이었다. 누각에서 30보쯤 떨어진 거리에 3층 석탑이 세워져 있었다. 사찰에서 흔히 보게 되는 종류의 석탑이 아니었다. 밋밋하게 3단으로만 형상을 갖춘 모양새였다. 하지만 누가 봐도 석탑이라는 느낌은 들 구조물이었다.

미연과 인혜가 사내들을 석탑 쪽으로 데려갔다. 예상 밖의 일에 의구심을 가지면서 만중과 사명이 발걸음을 옮겼다. 호반에서 산자락이 시작되려는 경계 지점에 세워진 석탑이 이상하다고 여겨졌다. 몸체에는 '주자신도탑(朱子神道塔)'이라 적혀 있었다. 만중이 여인들에게 물었다.

"송나라의 주자를 기리는 석탑이 아니오? 이 석탑에 담긴 깊은 사연이라도 있소이까?"

만중의 질문에 미연이 활짝 웃으면서 응답해 주었다. 만중과 사명이 미연의 설명에 귀를 기울였다. 석탑은 원래 산자락에 나뒹굴던 커다란 바위에 불과했다. 근래에 미연과 인혜가 석수장이를 불러 석탑 모양으로 다듬었다고 한다. 완전한 형상미를 갖추지는 못했지만 석탑 모양이 되도록 바위를 갈았다. 이런 모양의 바위 형상을 중국에서는 암주(巖柱)라 부른다고 했다.

중국에서는 마음속에 추앙하는 대상을 암주에 글자로 새긴다고 했다. 암주에다가 추앙하는 대상을 문자로 새겨서 숭배한다고 했다. 그리하여 암주 앞에만 서면 저절로 마음이 열리게 된다고 했다. 만중과 사명이 이윽고 암주 앞에 섰을 때였다. 암주에는 상세한 내력의 설명이 새겨져 있지 않았다. 암주는 석탑일 뿐인데도 대하는 사람에 따라 인상이 다르게 느껴졌다.

만중이 궁금하게 여기는 찰나였다. 사명도 궁금증을 견디다 못해 여인들에게 물었다.

"그래, 이 망주한테 어떤 것을 마음속으로 새겨 놓았소이까? 심히 궁금하외다."

이번에는 인혜가 미소를 지으며 대답했다. 성리학을 창시한 주희(朱熹)라는 인물의 영혼을 마음속으로 망주에 새겼다고 한다. 불교나 도교에 비해 유교에서는 철학이 덜 갖춰진 시기였다. 이런 시기에 주희가 나타나서 유교를 철학적 차원으로 승화시켰다. 정호(程顥), 정이(程頤), 주돈이(周敦頤), 장재(張載) 등의 사상을 흡수하여 철학으로 확장시켰다. 유교를 철학적으로 승화시켰다는 관점에서 여인들은 주희에 대하여 매료되었다고 들려준다. 특히 '논어'와 '맹자'에 대하여 주해(註解)를 달면서 철학을 불어 넣었다.

여인들이 조선에 건너와서야 송시열의 명성에 심취했다. 중국의 주자에 비견될 정도의 유학자라는 소문이 천지를 뒤덮었다. 그래서 여인들은 틈만 나면 송시열까지 만나볼 작정이었다. 게다가 송시열은 여자에 대한 교육에 대해서도 배려한다고 알려져 있었다. 그렇기에 더욱 송시열을 만나 얘기를 나누고 싶었다. 가슴속에 숭배하는 마음이 들끓자 송시열은 여인들에게 있어서 성인(聖人)으로 여겨졌다. 그래서 여인들은 매일 한 번씩 암주를 향해 경건하게 절했다.

여인들이 의외로 유교 철학에 대한 견문을 피력하자 사내들은 놀랐다. 단순한 청국의 기생으로 상대할 일이 아님을 느꼈다. 기생은 과거의 직업이었을 따름이고 현세에서는 존중받아 마땅할 성자(聖者)라 여겨졌다. 게다가 여인들이 만나기를 염원하는 인물은 만중이 숭배하는 인물이기도 했다. 그렇기에 만중의 가슴으로 차가운 기류가 밀려들었다.

'이크, 여인들이 풍류를 들먹이는 바람에 추태를 벌인 꼴이 아닌가? 여인들의 머릿속엔 성리학의 이론이 남실대지 않는가? 과거에 기생이었다는 말만 떠올리고 너무 품위 없이 행동하지 않았는가? 어쨌든 여인들한테 정통으로 한 방 공격당한 꼴이로군.'

사명도 만중만큼 놀라서 가슴이 후들거렸다. 사명도 생각에 잠겨 잠시 할 말을 잊었다.

'여인들이 사내와 성교를 하고는 망주로 데려온 저의가 뭘까? 생각할수록 괴이한 일로 여겨지네. 그런데 왜 만나자마자 추파를 던지며 김공과 나를 유혹했을까? 혹시라도 김공과 내가 서인임을 간파하고 있었던 탓일까? 도대체 여인들의 진정한 정체는 무엇일까?'

망주로 인하여 만중과 사명은 마음속으로 크게 놀랐다. 유교의 철학을 알 정도라면 여인들은 이미 성자라 여겨졌다. 이들을 발가벗겨 가슴에 품고 놀았다니 생각할수록 얼굴이 뜨거워졌다. 모를 때엔 실수였다고 치더라도 알고 난 뒤엔 상황이 달랐다.

만중은 만중대로 고뇌에 잠겨 허둥대었다.

'이 여인들도 혹시 남인들이 설치해 놓은 덫은 아닐까? 묘하게 나의 이동로를 파악하여 남인들이 덫을 놓은 것 같거든. 도대체 남인들은 나랑 무슨 골수 깊은 원수가 되었을까?'

사명은 사명대로 망주를 노려보면서 내심으로 번민했다.

'여인들이 구사하는 조선어가 너무나 유창한 게 의심스러워. 중국어 발음이 너무나 완벽하여 중국인으로 여기긴 했지만. 혹시 남인들이 매수한 은밀한 조직체의 여인들은 아닐까?'

만중과 사명이 갑자기 넋이 빠진 듯 망주를 바라보기만 했다. 이때 여인들이 미소를 흘리며 인혜가 먼저 입을 열었다.

"낭군님들, 고맙사와요. 저희들을 더러운 계집이라 여기지 않고 따뜻이 대해 주셔서 말이옵니다. 저희들은 배운 것은 얕지만 세상의 운기는 항상 느끼나이다. 그대들한테 저희들을 만난 것이 나중에 생각날 때가 올 서외다. 그때가 모쪼록 좋은 때이기를 간절히 기원하나이다."

만중이 미연의 말을 듣다가 흠칫 가슴이 떨림을 느꼈다. 마치 세상을 예견하는 보살이 나타난 느낌이 든 탓이었다. 순간적으로 만중에게도 강렬한 느낌이 밀려들었기 때문이다. 우주를 다스리는 신이 항시 인간 세계를 굽어보는 느낌이 들었다. 언제 어디서나 경건하게 살지 않으면 죄를 받으리라는 느낌이 컸다.

여인들이 누각 옆의 호수에 이어진 물웅덩이로 갔다. 웅덩이 옆에는 괭이와 소쿠리와 목재 물통이 놓여 있었다. 여인들이 평소에 관리하는 웅덩이로 여겨졌다. 키우던 메기라면서 익숙한 솜씨로 7마리의 메기를 소쿠리에 건져 올렸다. 메기가 담긴 물통을 사명이 들고 걸었다.

일행이 여인들의 초가로 되돌아온 뒤였다. 여인들이 부지런히 메기 매운탕을 장만하여 아침 밥상을 차렸다. 이윽고 일행이 식탁에 앉아서 메기 매운탕으로 식사를 했다. 그러면서 여인들은 조만간 상인들을 만나서 결혼하겠다고 밝혔다. 여인들이 지닌 재력으로 장사를 하면 많은 부를 누리리라 말했다. 장사를 하다가 망하더라도 그렇게 큰 타격은 받지 않으리라고도 예견했다. 묘한 것은 여인들의 관점이었다. 여인들은 사내들을 관리라고 확실히 믿는 모양이었다. 여인들이 마취제를 사용했던 탓이지만 사내들한테는 신비스러운 면으로 비쳤다.

아침을 먹고 난 뒤엔 여인들이 사내들한테 배를 타자고 제안했다. 여인들 소유인 거룻배를 저어 호수를 둘러보자고 제안했다. 은근히 바라던 바였지만 여인들이 이처럼 배려해 줄 줄은 몰랐다. 사내들이 일제히 흔쾌히 동의하자 여인들이 미소를 지었다. 사내들이 아무래도 마음에 쏙 든다는 표정이었다.

이윽고 일행이 거룻배에 올라탔다. 거룻배는 넓고 커서 족히 8명까지는 탈 만한 크기였다. 여인들이 만중과 사명에게 노 젓는 법을 알려주었다. 그러고는 노를 만중과 사명에게 안겼다. 만중과 사명이 힘껏 노를 젓자 배는 살같이 수면을 달렸다. 인혜가 사내들을 향해 말했다.

"부안호는 변산반도의 심장이나이다. 변산반도에까지 와서 부안호 구경을 못한다면 제대로 유람하지 못한 거외다. 저희들도 결혼하면 부안호를 떠날 가능성이 크외다. 그때를 대비하여 가슴에 아름다운 추억거리를 만들고 싶나이다. 어제 저녁의 일들도 그런 관점에서 예쁘게 봐 주시와요. 세상의 기녀들이라고 해서 모두 난잡스럽지는 않사와요. 저희들도 추억거리를 찾던 중에 그대들처럼 멋진 낭군들을 만났나이다. 하늘이 아무래도 연약한 저희들에게 멋진 추억거리를 제공한 것 같나이다."

만중이 노를 저으면서 인혜의 말에 응답했다.

"그대들을 알게 되어 너무나 기쁘외다. 절세적인 미모와 풍도를 갖췄으면서도 유학의 도에까지 달통하여 정말 존경스럽소이다. 그내들로 인하여 진정한 풍류가 뭔지를 확실히 알 것 같소이다."

미연이 깔깔 웃으며 만중의 말에 응답했다.

"저희들에겐 아무래도 그대들이 존귀한 벼슬아치로 보이옵니다. 어쨌든 그럼에도 불구하고 여인들을 다루는 솜씨도 놀랄 정도였사와요. 그대들이 건강하다는 징표라 여겨지나이다. 여기를 떠나더라도 부안호만 떠올려도 저희들의 숨결이 새롭게 기억날 거외다. 그런

점은 그대들도 저희들한테 충분히 고마워해야 할 거외다."

　부안호는 마상봉에서 남서 방향으로 길게 드러누운 호수였다. 동일한 500장 높이의 두 봉우리인 마상봉과 중매봉이 호수를 에워쌌다. 남북으로 돌출한 봉우리 사이에 광막하게 펼쳐진 호수가 부안호였다. 호수를 따라 북서쪽에서 남동쪽으로 20리 길을 배로 달리기로 했다. 배를 저으면서 세상에서 겪은 온갖 얘기들을 서로 털어놓기로 했다. 하지만 만중과 사명은 절대로 관직에 관한 얘기는 꺼내지 않았다. 발설한 얘기는 언제나 휘돌아서 공격당하는 빌미가 되기도 하는 탓이었다.

　관직 얘기를 꺼내지 않더라도 세상에는 너무나 화제 거리가 많았다. 거리나 시장에서 보고 들은 일만 해도 엄청나게 많았다. 청나라에게 수모를 당한 일만 해도 엄청난 이야기 거리였다. 왕이 청 태종에게 무릎을 꿇고 이마를 땅바닥에 찧었다니? 조선의 국력이 강했다면 상상할 수나 있었던 얘기였을까? 이성계가 위화도에서 회군할 당시 규모의 병력만 있었어도 수모를 겪었겠는가? 지난해에 병조판서를 맡았던 만중이기에 청나라로부터 받았던 왕의 수모가 연상되었다. 병권의 최고 지위자가 결코 아무나 되는 것은 아니었다.

　숙종의 관점에서 만중은 병권을 장악할 만한 인물로 여겨졌다. 그랬기에 병권 최상의 수장인 병조판서에 임명했다. 숙종의 관점대로 만중은 최단 시일에 병권을 장악한다는 점이 느껴졌다. 숙종이 사열을 원할 때면 언제든지 조련된 병마의 위용을 보여주었다. 결코 체계적인 훈련이 없으면 시연되지 못할 현상이었다. 병권의 수장으로서 수시로 현장을 둘러보면서 장수들을 독려한 탓이라 여겨졌다. 하지만 세상의 일은 묘한 터였다. 왕이 맡긴 일이어서 만중이 업무를 잘 수행해도 말들이 많았다.

만중의 재능이 너무나 빼어난 탓이 컸다. 일을 맡기기만 하면 빠른 시일 내에 업무를 장악하곤 했다. 일 처리 속도가 누구보다 빠른 점이 섬뜩할 지경이었다. 숙종은 자신의 인척으로서 만중을 마음속으로 우대하는 것은 사실이었다. 하지만 그 누구든 자신의 자리를 위협하면 죄다 적으로 간주했다. 만중이 왕가의 다른 인물을 떠받든다면 너무나 위험한 일이었다. 누구보다도 빠른 시일 내에 왕을 내쫓을 수도 있는 문제였다. 이 점을 떠올리면서부터 왕은 은밀히 사람들을 동원했다.

누구도 눈치 채지 못할 방식으로 만중을 감시하기 시작했다. 만중이 집을 나서서 상대하는 인물이 누구이며 만나는 빈도까지 파악했다. 만중을 감시하는 인물은 수시로 바뀌어졌다. 인물을 고정시키면 당장 만중이 알아차릴 것이기 때문이었다. 숙종에겐 연산군과 광해군의 일이 항상 거울처럼 떠올랐다. 군왕으로서 신하 관리를 못하면 곧바로 내쫓긴다는 사실에 가슴을 떨었다. 그러기에 동일한 전철을 밟지 않으려고 내심으로 애쓰는 중이었다.

인척은 자신을 보호하는 방패라고 숙종이 생각했다. 그러다가도 자신의 명예와 신분을 위협하면 의금부를 통하여 곧바로 응징했다.

만중한테는 숙종의 처세술에 상당히 위험한 요소가 많다고 느껴졌다. 하지만 숙종은 왕이고 자신은 신하일 따름이지 않았는가?

만중은 거룻배 위에서도 여인들을 첩자일지도 모른다고 여기며 경계했다. 유사시에 여인들이 배를 전복시킬 경우까지도 고려하여 대비했다. 여인들이 배를 뒤집는 경우에는 곧바로 저고리를 벗을 작정이었다. 저고리만 벗으면 상체에 휘감긴 공기 주머니가 부풀어 오를 터였다. 공기 주머니는 만중이 물가에 도착할 때까지 만중을 띄워줄 거였다. 만중은 배에 오르기에 앞서서 사명의 몸에도 공기 주머니를 부착시켰다. 이 일을 여인들이 모르게 비밀스럽게 추진한 만중이었다.

물속에서는 일반적인 완력이 통하지 않음을 만중은 꿰뚫어 보았다. 그랬기에 누구보다도 안전 유지에 만전을 기했다. 거룻배가 운행 도중에 가라앉아도 충분히 대책이 마련된 셈이었다. 여인들만이 이러한 사내들의 복잡한 마음을 헤아리지 못할 따름이었다.

여인들은 배에서 준비한 음식들을 꺼내 주었다. 배를 모는 사내들한테 간간이 휴식을 취하게도 했다. 호수의 중앙에 이르러서는 여인들이 배를 멈추게 했다. 그러고는 여인들이 비파를 꺼내 당나라 때의 악곡을 연주했다. 다년간 기방에서 수련했던 선율이 쏟아지자마자 사내들의 마음이 뒤흔들렸다. 여인들이 탄주하기만 하면 어떤 악곡도 천상의 선율로 착각될 지경이었다.

이때 만중은 여인들의 행동을 은밀히 지켜보았다. 언제라도 불상 사가 생기면 곧바로 대응할 자세를 취했다. 하지만 여인들은 순수한 정감으로 시종 사내들을 대했다. 호수의 남동쪽으로 배를 달렸다가 다시 원래의 위치로 되돌아왔다. 배를 되돌리는 과정에서도 만중이 우려한 일은 생기지 않았다. 정말 여인들은 월궁의 선녀들처럼 풋풋 한 정감으로 사내들을 대했다. 때로는 사내들한테 안기기도 했고 사 내들을 갑판에 눕혀 애무하기도 했다. 여인들의 손길이 닿을 때마다 사내들의 피부는 새롭게 돋아나는 느낌이었다.

만중은 얼어붙은 마당의 연못을 바라보며 중얼댄다.

'일생 중 그때만큼 환상적이었던 때는 없었어. 유배당하는 처지이 지만 그때의 추억만 떠올려도 황홀하기 그지없어. 지금쯤 그녀들은 소망대로 결혼했을까? 어떤 사내들이 그녀들과 결혼했을지 궁금하 기도 하고 부럽기도 해. 그녀들과 결혼한다면 평생 놀고먹어도 될 팔자가 아니었던가? 어떤 사내들이 여인들한테 선택받았을지 정말 궁금해.'

여인들과 함께 사흘을 부안호에서 지내면서 만중은 진정한 행복감 을 느꼈다. 그녀들의 숨소리만 들어도 감미롭기 그지없었다.

만중은 점차 가슴으로 파고드는 바람결이 차다고 느껴진다. 그대 로 밖에서 머물다가는 감기에 걸릴 듯한 기분이다. 부엌에 들어가서 아궁이에 불을 지펴야겠다고 생각한다. 이래저래 아무런 소식이 없 이 1687년이 저무는 모양이라 여겨진다. 1687년 9월에 하필이면 탄핵을 받아 유배된 거였다. 왕의 마음이 평온했다면 전혀 문제도 되지 않을 일이었다. 헛소문을 들려준 사람을 밝히지 않아서 유배를 당하다니? 가슴에서 씁쓸한 웃음이 터져 나온다.

# 새해를 맞다

먹구름 속을 헤쳐 나가는 달처럼 한 해가 성큼 흘렀다. 만중이 초가에서 일어나자마자 마당으로 나가 연못에서 세수를 했다. 연못의 표면은 여전히 살얼음으로 덮였지만 얼음을 깨고 세수했다. 얼굴과 손을 수건으로 닦은 뒤다. 마당을 가볍게 달리면서 추위로부터 몸을 조절한다. 그러다가 사립문을 열어젖힌다. 사립문을 일찍 열면 복을 많이 받는다는 옛 말을 떠올린다.

사립문 곁에 쌓인 장작을 안아다 부엌으로 옮긴다. 쌀을 씻어서 솥에 안치고는 부엌에 불을 지핀다. 솔가지를 펴서 불을 지피고는 장작을 아궁이로 밀어 넣는다. 서서히 장작에 불이 옮겨 붙으면서 아궁이가 불길로 차오른다. 아궁이에 장작을 밀어 넣으며 만중이 생각에 잠긴다.

'작년에 이리 올라온 뒤에 그냥 세월만 보냈구먼. 올해에는 소설 한 편을 꼭 만들어야 되겠어. 하루에 조금씩 쓰도록 하자. 뭐든 단번에 이루어지지는 않는 법이니까.'


아궁이에 불을 피우며 한 해를 알차게 보내겠다고 마음속으로 다짐한다. 이윽고 만중이 밥을 지어 아침 식사를 한 뒤다. 설거지까지 마치고는 따뜻한 방에 앉아 있을 때다. 사립문에서 군수의 목소리가 들린다. 만중이 급히 사립문으로 달려가니 군수가 손을 들어 인사를 한다. 반가운 마음에 군수와 손을 잡고 인사를 나눈 뒤다. 군수가 만중에게 말한다.

"오늘은 손님이랑 같이 왔소이다. 누군지 궁금할 텐데 만나보면 알게 되리라 여겨지외다."

군수가 말을 마치고는 고개를 돌려 뒤를 바라본다. 그러자 군수의 등 뒤로부터 40대 초반의 낯선 사내가 나타난다. 군수가 사내를 향해 말한다.

"이리 와서 나한테 말했던 내용을 빠짐없이 전하기 바라외다."

만중의 눈에 비친 사내는 확실히 처음 대하는 인물이다. 사내는 활달하고 당찬 모습으로 만중에게 다가와 인사한다.

"대감마님, 저는 정홍수(鄭洪秀)라는 상인이옵니다. 혹시 서인혜를 아시는지 여쭙사옵니다. 저는 그녀의 장부(丈夫)가 되어 개성 상단에 소속되어 있사옵니다. 제 내자(內子)가 대감마님을 자주 칭송하여 찾아뵙게 되었사옵니다."

"오, 그렇소이까? 그러면 마루에 가서 어디 얘기를 상세히 들어봅시다."

만중이 살펴보니 홍수의 나이는 사명과 비슷해 보인다. 군수는 만중을 향해 간단히 말한다.

"내가 여기에 온 건 저 사람의 신분을 확인하려는 것이었소이다. 일단 신분이 확인되었으니 의심하지 않고 돌아가겠소이다. 나는 둘러볼 데가 있어서 나중에 다시 찾아오겠소이다."

만중이 군수를 향해 응답한다.

"관노를 시키지 않고 이처럼 직접 찾아 주어서 고맙소이다. 군수님이야말로 내가 소중히 여기는 벗이외다. 저녁에 들러주면 나랑 술을 한 잔 나누사이다."

군수가 돌아간 뒤다. 만중이 훈기가 도는 아랫목으로 홍수를 데리고 들어간다. 방에 서로 마주 앉았을 때다. 만중이 홍수에게 궁금한 표정으로 묻는다.

"부인(夫人)은 잘 지내시오? 그런데 내가 여기에 있다는 것은 어떻게 알았소? 몹시 궁금하니 상세하게 들려주기 바라오."

홍수가 멋쩍은 표정을 슬쩍 짓더니 침착하게 말한다.

"얼마 전에 군수님과 대감마님이 선천 포구에서 배를 탔습지요? 그 날은 수군들과 함께 움직여서 다가갈 수가 없었사옵니다. 그 날 저희 부부가 포구에서 대감마님 일행을 봤사옵니다."

홍수의 얘기가 이어져서 만중이 귀를 기울인다. 상선(商船)에서 인삼과 비단을 포구에 내려놓다가 만중을 봤다. 당시에 인혜가 놀라 만중을 계속 주시하자 홍수가 누구냐고 물었다. 아는 사람 같기는 한데 다른 사람일지도 모른다며 인혜가 망설였다. 그래서 홍수가 어촌의 어부들한테 배를 탄 사람들이 누구냐고 물었다. 그랬더니 군수 일행이라고 해서 몹시 놀랐다. 그러고는 그 이후에 은밀하게 만중에 대하여 홍수가 알아보았다. 병조판서와 판의금부사를 지냈던 관리로서 선천에 유배되었다는 사실을 알아내었다.

이 사실을 알고는 인혜가 홍수에게 말했다. 작년에 만중이 친구랑 변산반도에 유람을 왔었다고 들려주었다. 그때 그녀가 살던 민가를 만중이 방문해서 알게 되었다고 들려주었다. 그때는 만중이 그처럼 높은 관리인 줄도 몰랐다고 말했다. 인혜가 홍수한테 말하더라고 했다. 어쨌든 예전에 알고 지냈던 연분이라 찾아서 인사를 하자고 했다.

홍수가 배소를 찾기로 한 날에 미연이 인혜를 찾아왔다고 한다. 그렇지 않았다면 같이 방문할 작정이었다고 말한다. 인혜를 떠올리자 그녀에 대한 그리움이 불길처럼 피어오른다. 그런 기색을 감춘 채 한껏 우아한 표정으로 홍수를 대한다.


홍수가 한껏 예의를 갖추며 말한다.

"대감마님, 저희 부부는 상인이기 때문에 재력은 좀 여유가 있사옵니다. 대감마님이 생활하는 데 도움이 되라고 금전을 조금씩 드리고 싶사옵니다. 군수님을 거치면 혹시 말썽이 날지 몰라서 직접 드리려고 왔사옵니다. 만약 거절하신다면 제 내자가 너무 슬퍼할 것이옵니다. 저보고 반드시 전해 달라고 강조했기 때문이옵니다. 제발 저희 부부의 마음을 받아 주시옵소서."

만중이 곧바로 응답한다.

"뜻은 고맙소만 도저히 받아들일 수가 없소. 내가 관리의 입장에서 금전을 받아도 문제가 되는 일이오. 하물며 유배 온 죄수로서 금전을 받다니 말이나 되겠소? 어디 바깥에 나가서 사람들에게 물어보시오. 그 누가 나를 온전한 사람이라고 판단하겠소이까?"

홍수가 예측했다는 표정을 지으며 인내심을 가지고 천천히 말한다.

"저도 그 정도는 알고 있는 사람이옵니다. 누가 금품을 준다고 해서 관리를 지냈던 사람이 선뜻 받겠나이까? 당연히 일반인들의 관점에서는 있을 수 없는 일이겠습지요. 하지만 제 내자는 대감마님을 소중한 지기로 여긴다고 밝혔사옵니다. 신분을 초월한 지기가 무엇을 뜻하는지 저도 잘 아옵나이다. 지기란 생명마저도 주고받을 수 있는 사이 아니시옵니까? 저는 내자의 품격을 존중하옵니다. 그러기에 대감마님마저도 진심으로 존경하옵나이다."

의외로 사내한테서는 상당한 결기가 느껴진다. 개성 상단에 소속되어 있다면 보통 인물은 아닐 거라고 믿긴다. 게다가 말하고 행동하는 품격이 확연히 당당하면서도 우아하게 느껴진다. 뛰어난 인물임에 틀림없어 보인다. 인혜가 제대로 배우자를 잘 골랐다는 느낌이 든다. 적어도 홍수 같은 품격이라면 세상을 당당하게 살리라 여겨진다.

어설픈 격식으로 말했다가는 오히려 홍수한테 지탄을 받으리라 여겨진다. 만중은 잠시 생각에 잠겼다가 가슴을 펴고 말한다.

"솔직히 오늘과 같은 일이 있을 줄은 몰랐소. 세상이 넓고도 좁은 데라는 것을 다시 한 번 느꼈소. 나는 천성적으로 남들한테 신세를 지는 것을 좋아하지 않소. 하지만 그대의 진정에 내가 감화를 받아 요청을 받아들이겠소. 언젠가 내가 자유로운 신세가 되면 잊지 않고 보답하겠소. 정말 감사하오."

홍수가 보따리를 만중에게 건네고는 사립문을 빠져 나간다. 신분을 초월하여 진실한 마음이 일으키는 감동이 어떤가를 절실히 느낀다. 만중은 눈시울에 흘러내리는 눈물을 지우며 사립문 밖을 내다본다. 언덕의 능선 너머로 사내가 자취를 감출 때까지 바라본다. 그러다가 사내가 시야에서 사라지자 등을 돌려 방으로 들어선다. 방에 놓인 선물 보따리를 풀어 본다. 거기에는 의복 2벌과 내의 및 봉투 2개가 들어있다.

봉투 하나에는 일용품을 충당하는 경비가 담겨 있다. 봉투 겉봉에도 일용품 경비라고 쓰여 있다. 다른 봉투에는 인혜가 만중에게 보낸 편지가 담겨 있다. 봉투를 뜯어보니 한문으로 작성된 편지다. 남편인 홍수가 봐서는 무슨 말인지 알아보지 못할 문장이다. 그래서 한문으로 된 편지를 써서 보낸 모양이다. 문장을 언문으로 헤아려 연결시켜 본다.

## 김 상공

그대를 부안호에서 만나 지기가 된 것을 천지신명께 감사드리는 심정이옵니다. 제 가슴에 담긴 지기는 오직 그대일 따름이나이다. 저는 그대가 떠난 뒤에 사흘간을 의식을 잃고 쓰러져 누웠사옵니다. 미연이 아니었다면 회생하지 못했을지도 몰랐습지요. 당시에 죽었어도 저는 행복했으리라고 여기옵나이다. 하늘의 옥황이 보낸 듯 빼어난 그대를 만나 가슴이 벅찼사와요. 그랬기에 그대의 품에 안겼던 추억만으로도 황홀하여 죽었어도 행복했으리라 여기옵나이다. 보낸 보따리는 소첩의 마음이니 긴요하게 쓰시기 바라나이다.

인혜 드림


서간문을 읽고 나자 또 다시 만중의 눈시울에 눈물이 흐른다. 짧은 순간의 기억을 가슴에 담아 두었다가 서간문을 보내다니? 기왕이면 만나 보았으면 좋았으리라 여기면서도 고개를 흔든다. 자신의 욕심이 너무 지나치다고 스스로를 질책하는 의미다.

'그래, 좋은 낭군을 만났구먼. 삶의 시간이 제한되어 있는데 알차고 행복하게 살아야지? 부디 행복하게 잘 살기를 바라오.'


만중은 솥을 씻고는 가득히 물을 채운다. 그리고는 솥뚜껑을 닫고는 아궁이에 불을 지핀다. 새해를 맞이하여 목욕을 하려는 의도에서다. 따뜻한 물로 몸을 씻어서 재앙을 내쫓으려는 마음도 간절하다. 잠시 후에 물이 끓자 바깥으로 나가 사립문을 닫는다. 지나다니는 사람들이 감시 초소로 인하여 없다는 것도 잘 안다. 그럼에도 만약에 대비하여 사립문을 닫는다. 목욕하느라고 부끄러운 알몸을 남들에게 보여주기 싫기 때문이다.

마당의 연못에서 물을 충분히 퍼서 물통에 담는다. 끓는 물과 섞어 가면서 목욕을 할 작정이다. 커다란 나무 물통에 따뜻한 물을 붓고는 만중이 알몸을 담근다. 들어가서 앉으니 물이 목까지 찰랑댄다. 물통은 만중이 가부좌로 앉을 때의 넓이보다 약간 넓은 편이다. 만중이 뜨거운 물에 몸을 담그고는 생각에 잠긴다. 만중이 눈을 감자마자 2년 전 부안호의 정경이 밀려든다.

'아, 그때가 그리워. 고작 사흘에 불과했지만 얼마나 감미로웠던 나날이었던가? 밤이면 운우지정에 몰입하여 황홀했고 낮이면 호수를 휘젓고 다녔지. 이제 다시는 내게 그런 꿈같은 시절은 없겠지. 바란다는 자체가 허욕이겠지. 어쨌든 그때가 한없이 그리워.'


만중의 머릿속으로 부안호의 정경이 실제 장면처럼 떠오른다. 출렁대는 물결에 햇살도 은빛 물고기의 비늘처럼 눈부시게 반짝거리지 않았던가? 넷이 배에서 시를 읊다가 노래를 부르다가 술잔을 기울였다. 눈앞에는 선경의 선녀들처럼 요염한 여인들이 연신 교태를 부렸다. 그러다가는 가슴에서 정감의 불길이 치솟으면 사내들을 애무해대었다. 그마저도 지치면 갑판에 드러누워 시린 하늘을 하염없이 올려다보았다. 여인들이 무엇을 생각하는지를 만중이 추측해 보았다.

'미래에 어떤 낭군을 만날지 상상하는 것일까? 아니면 나와 사명을 어떻게 애무하여 녹초로 만들지를 생각하는 것일까? 하여간 여인들의 손길에는 정신을 마비시키는 듯한 절묘한 기술이 담겼어.'

당시에 호수에서 배를 저으면서 만중이 이런 생각에도 잠겼다. 하루 종일 배를 저어도 인적이라곤 없던 호젓한 산중의 호수였다. 그때 느닷없이 사명이 배를 젓다가 충동적으로 여인들에게 제안했다.

"배를 저어도 인적이라곤 보이지 않았잖소이까? 선녀처럼 아름다운 그대들이라 그대들의 춤 동작이 어떨지 참으로 궁금하외다. 어떻게 춤을 보여줄 수 있겠소이까?"

사명의 말에 미연이 미소를 지으면서 응답한다.

"여기는 대자연과 호수와 우리들밖에는 없잖나이까? 풍류를 즐기시려면 그대들도 일어나서 함께 춤을 추도록 하사이다. 춤이란 마음을 담아 우주로 내쏟는 사람의 아름다운 동작이라 여겨지옵니다."

미연의 말에 인혜가 환호성을 터뜨리며 말했다.

"미연아, 어쩜 내가 하고 싶은 말을 그렇게도 잘 하니? 자, 그대 낭군들이시여! 지금부터 일어서서 함께 춤을 추사이다."


여인들의 진심이 담긴 말이 사내들의 마음을 순간적으로 감동시켰다. 겉과 속이 일체가 되는 군자의 도리를 실현하고 싶었다. 마침내 만중과 사명도 일어나서 자세를 취했다. 사명이 우스꽝스런 표정을 지으며 만중을 향해 말했다.

"세상에 태어나서 춤이라고는 춰 본 적이 없는 이 몸이오. 오늘 새로운 길을 개척하려니 상당히 우스꽝스럽소이다."

만중도 사명을 바라보며 응답했다.

"나도 마찬가지요. 우리는 중국 춤 동작을 생애 최초로 흉내를 내게 되겠소이다."

만중의 말이 떨어진 직후였다. 미연과 인혜가 몸을 휘돌리며 손과 발을 놀려 춤추기 시작했다. 만중과 사명도 여인들의 동작을 흉내 내며 신명이 나서 우쭐거렸다. 그러자 여인들이 깔깔거리며 박수를 쳐대며 좋아했다. 그러다가 취흥에 휘감겨 일행이 번갈아 가며 시가를 읊조렸다. 시가 분야에선 만중과 사명이 대단한 실력자들이었다. 만중은 과장에서 장원급제를 했다. 사명은 성균관에서 장원을 하여 왕명으로 과거 합격으로 인정받았다.

중국의 시인들이 남긴 숱한 명시들을 다 꿰뚫고 있는 사람들이었다. 게다가 자신들의 창작 실력도 빼어난 터였다. 이들은 바로 배에서 자신들이 창작한 시를 시가로 읊조렸다. 인혜와 미연은 청나라 수도인 베이징에서도 알아주는 명기들이었다. 베이징에서도 알아주던 기녀들의 시가 실력은 만중과 사명 못지않았다. 그녀들도 시의 창작에는 빼어난 재능이 있었다. 사내들이 창작시를 읊으면 여인들도 곧바로 창작시를 읊었다. 문장이 눈부시게 아름다워서 듣는 청각이 연신 간지러울 지경이었다.

만중이 거룻배에서 남녀가 가무를 즐기던 장면을 떠올리며 얼굴을 붉힌다.

'휴우, 다시는 그런 시절이 오지 않겠지? 너무나 몽환에 가까운 분

위기였어. 언제든 그 시절로 돌아갈 수만 있다면 원이 없을 정도야.'

보따리에 든 내의를 보자 인혜와 미연의 체향이 그리워진다. 어쩜 그다지도 나긋거리면서 황홀하게 애무를 해 주었던지 감탄스럽기 그지없다. 다시 거슬러 오를 수 없는 시간임을 알아차리자 더욱 서글퍼진다.

'한 번 흘러간 물은 다시 돌아오지 않는 법이지. 왜 다시 돌아와 흘러내리면 안 되는 걸까? 도대체 왜 그래야만 하는 걸까? 왜? 왜? 왜?'

부안호의 추억에 매료되어 보따리를 펼치고는 어쩔 줄을 모르는 만중이다. 한참 엉뚱한 생각에 잠겼다가 사립문을 닫아 놓았다는 생각이 떠오른다. 사립문을 연 뒤에는 곧바로 방으로 들어선다. 목욕까지 끝낸 뒤라 내의를 갈아입는다. 내친 김에 저고리와 바지도 새 옷으로 갈아입는다. 새 옷이라 옷에서 나는 냄새도 마냥 향긋하다.

갈아입느라고 벗었던 옷들은 물통에 담아 연못으로 들고 간다. 거기에서 깨끗이 씻어서 마당의 빨랫줄에 널 작정이다. 유배를 당하니 여자들이 했던 일을 하지 않을 수 없다. 그럴 때마다 아내와 어머니의 얼굴이 잠깐씩 떠오른다. 호강을 시켜 주어야 할 처지에 유배당한 신세라니?


홍수가 사립문을 나서기 전에 만중에게 말했다.

"아마 내자는 여자라서 여기로 오기는 힘들 것이리라 생각하옵니다. 주변의 눈치를 봐야 하기 때문임을 아시겠습지요? 제가 정기적으로 드나들면서 금품을 전하겠사옵니다."

만중은 회즙(灰汁)을 넣은 물에 빨래를 담가 삶는다. 그런 뒤에 연못에다 빨래를 담가 방망이로 두드려 빨래를 씻는다. 그런 뒤에 깨끗하게 헹궈 마당의 빨랫줄에 널어 말린다. 그러면 빨래는 뽀얀 색채로 건조가 된다.

마당에 빨래를 널고 손을 씻고는 방에 들어선다. 어수선한 마음을 추슬러 보려고 벼루에 먹을 간다. 먹을 갈아서 화선지에 색을 칠할 작정이다. 화선지가 빨아들이는 색감을 보면서 다음에는 그림을 그릴 작정이다. 선비라면 취미로 그림을 그리는 것이다. 꼭 누구한테 배워서 그림을 그리는 것이 아니다. 붓과 화선지가 있고 본인이 수련하면 성취가 있으리라 여겨진다.

선비들의 사랑방에는 항시 화선지와 벼루가 있기 마련이다. 마을을 지나던 선비가 들러 하룻밤을 자면 묵화를 쳐서 건네준다. 선비들이라면 당연하게 여기는 풍조다. 그림을 못 그리면 글씨라도 써서 남기고 떠나는 게 관례다. 만중도 서화에는 일가견이 있는 인물이다. 담장 위에 앉아 우는 새를 유년기에 그린 적도 많다. 하필이면 우는 새를 그리느냐고 어머니한테 질문을 받은 때도 있었다. 하여간 눈앞에 드러난 형상을 비슷하게 그린다는 것은 재미있는 현상이었다. 자신만 만족하는 게 아니라 주변에서도 그럴싸하게 봐 주니 즐거웠다.

이윽고 만중이 붓을 들어 화선지에 먹물을 칠한다. 먹물이 슬쩍

닿기만 해도 먹물이 잘도 번져 나간다. 종이에 닿기 전에는 예상하지 못했던 형상들마저도 기묘하게 펼쳐진다. 만중은 서서히 희열감을 느끼며 채색의 재미에 몰입한다. 농담의 색조가 뒤엉켜 어우러지는 현상을 대할 때마다 가슴이 설렌다. 붓질에 우주의 섭리가 나타나는 듯하여 자신도 모르게 경건해진다. 붓이 화선지를 밀고 나가면서 거룻배의 형상을 빚어낸다. 붓질에서 잊힌 부안호의 추억이 생생하게 가슴속으로 밀려든다.

만중은 화선지에 그림을 그리다 말고 생각에 잠긴다.

'내가 화공이 아니라서 섬세한 그림은 그리지 못하잖아? 하지만 지금까지 연습한 농담(濃淡)의 효과를 살려 그림을 그려 봐? 누가 산중에까지 와서 내 그림에 시비를 걸지는 않겠지? 그냥 과거를 단순한 추억 속에서만 묻어 버리기에는 정말 아까워. 그림이 신통하지 않으면 글자로 적어서라도 추억을 건져 올려야 해. 이게 선천에서 내가 할 일이라고 봐.'

만중은 그림을 그리면서도 작품 구상을 해 본다. 부안호에서의 추억을 있는 그대로 썼다가는 완전한 미친놈으로 취급되리라 여겨진다. 세상의 어느 누구도 그런 정경을 인정하지 않으리라 여겨진다. 그처럼 감미롭고 매혹적인 정경은 소설 세계에서만 가능하다고 여겨진다. 가상적인 세계를 현실처럼 꾸미는 것이 작가가 아닌가? 만중은 어려서부터 삼국지연의를 비롯한 소설들을 즐겨 읽었다. 중국의 작품뿐만 아니라 조선의 작품도 열심히 읽었다. 그래서 언문에 대하여 독특한 주관을 가졌다.

'조선의 작품은 구수한 매력이 있는 언문으로 써야 위상이 높겠어. 언문 자체의 강력한 언어적 느낌을 도외시해서는 안 될 일이야. 지금껏 살아오면서 쉽사리 말하지 못할 추억이 어디 한두 가지인가? 그래, 이들을 효율적으로 엮어서 현실만큼이나 사실적으로 써 보는 거야. 사람들한테는 누구에게든 감흥이라는 게 있기 마련이야. 내가 쓴 작품이 훗날 누구의 가슴을 뒤흔들지는 아무도 모르잖아?'

만중은 먹물이 마르자 다시 벼루에 물을 적셔 먹을 간다.

"서걱! 서거억!"

벼루와 먹의 궁합이 잘 맞는 느낌이다. 둘이 마찰되어 금세 진한 흑색을 토해 낸다. 만중은 먹을 갈면서도 신기하게 여긴다.

'아무래도 사람들이 대단한 것 같아. 어떻게 검정색을 나타내는 먹을 만들 생각을 했을까? 먹으로 글씨도 쓰고 그림도 그리고 말이야. 얼마나 많은 시인 묵객들이 먹을 이용하여 작품을 남겼던가? 돌아보면 사람은 떠나고 없는데 그들의 작품만 세상을 떠돌고 있잖아?'

만중의 귀로 어느새 부안호에서 찰랑대는 물소리가 밀려든다. 환희에 찬 탄성을 터뜨리며 만중이 화선지에 붓을 갖다 댄다. 붓 끝에는 진한 먹물이, 중앙에는 옅은 먹물이 배어 있다. 붓이 화선지를 지나자마자 부안호의 물결이 파동이 되어 살아난다.

# 암울한 정월

선천에 온 지 2년째인 1688년 1월 하순경의 점심나절이다. 세상은 싸늘한 눈으로 뒤덮여 온통 하얀 빛으로 굽이친다. 어디를 둘러봐도 흰빛만이 세상을 가득 채우고 있다. 만중은 점심 식사를 마친 뒤에 잠시 마당을 서성거리던 중이다. 문득 사립문에서 인기척이 들린다. 35살의 박정영이 말에서 내려 만중을 기다리고 있다. 만중이 반갑게 맞아 그를 대청으로 데려간다.

정영이 만중을 바라보며 입을 연다.

"대감, 일의 방향이 수상하게 흘러가고 있는 모양이외다. 병판인 사명 형님이 알아보고 저한테 전하라고 저를 보냈소이다."

이야기의 흐름이 수상하게 돌아가기에 만중이 정영을 방으로 데려간다. 방에 들어서자마자 만중이 정영에게 묻는다.

"아우, 혹시 조정에 무슨 변화가 생겼소? 멀지 않은 선천까지 말을 몰아 달려오다니?"

정영이 슬쩍 만중의 눈치를 살피더니 나지막한 목소리로 말한다.

"1월 5일을 기하여 판의금부사에는 여성제란 분이 임명되었소이다. 양사(兩司)에서 대감의 유배령을 거두어들이라는 청을 왕에게 올리기를 단념한다고 밝혔소이다. 바로 지난 1월 8일의 일이었습지요. 또한 1월 20일에는 조사석 대감을 좌의정에 임명했소이다. 1월 22일에는 윤지선이란 분을 도승지에 임명했소이다."

만중은 가슴이 철렁 내려앉는다. 그렇게도 우려하던 일이 터졌기 때문이다. 그간 주기적으로 사간원과 사헌부에서는 만중의 유배를 해제하라고 왕에게 건의했다. 그랬는데 해가 바뀌면서 양사에서 유배 해제 건의를 포기한다고 밝혔다니? 만중의 전신에서 바람이 빠져나가는 느낌이었다. 정영이 불안한 표정을 지으며 만중의 기색을 살핀다.


이윽고 둘 사이에 술상이 놓였을 때다. 만중이 편안한 목소리로 정영에게 말한다.

"요즘 병판은 어떻게 지내고 있는지 궁금하네? 병권을 장악한다는 의미가 상당히 크고 중요하거든."

정영이 안타까운 눈빛으로 만중을 보며 얘기를 이어 간다. 만중이 선천에 올라온 이후로 유배령을 철회하라고 대관들이 꾸준히 상소했다. 하지만 왕은 항상 만중이 뭔가를 숨긴다면서 거절만 해 왔다. 그런 판이었는데 양사에서도 유배령 철회 건의를 포기했다는 얘기였다. 이 말은 엄청나게 절망적인 의미를 준다고 간주되었다. 만중의 가슴으로 암울한 절망의 기류가 흘렀다. 양사의 대관들을 믿고 있었는데 뭔가 기류가 심상치 않게 느껴졌다. 대관들이 건의를 포기했다면 왕이 사약을 내려도 대처할 길이 없다.

만중의 복잡한 심정을 파악한 듯 정영이 초가를 떠나려고 한다. 만중이 만류했지만 들를 데가 있다는 핑계를 대며 정영이 일어선다. 만중도 더 만류할 구실이 없어서 사립문 바깥까지만 배웅해 준다. 말에 오른 정영은 초소가 있는 능선을 향해 내달린다. 배소의 초가에서 능선의 초소까지는 1리만큼 떨어져 있었다. 정영의 자취가 사라진 뒤에야 만중이 집으로 들어선다. 전신에 기운이란 기운은 다 빠진 상태다. 마루에 올라서며 만중이 마음속으로 중얼댄다.

'아, 이것 참 보통 일이 아니로구먼. 설사 죽는 한이 있어도 사명을 들먹일 수는 없어. 나한테 유일한 지기인 사명을 들춰내어서는 안 돼. 그렇다면 결국 내 무덤은 선천에 마련되는 걸까? 참으로 더럽게 안타까운 일이야. 이 일을 어떻게 해결해야 할까? 정말 가슴이 타네.'


머리가 터질 듯 어지러워 만중이 잠시 정신을 통일하기로 한다. 마당 어귀의 막대기를 주워들어 본국검의 동작을 시연하기로 한다. 제일 먼저 지검대적(持劍對敵)의 자세를 취하며 전방을 노려본다. 칼을 수직으로 세워 칼자루를 왼쪽 가슴 언저리에 둔 자세다. 이때 두 발이 나란히 붙은 형세다. 여기서 오른발을 등 뒤로 회전시키며 칼날로 아래로 후려친다. 칼날로 아래로 휩쓸어가다가 적의 허리 부근을 겨누고 우뚝 선다. 소위 우내략(右內掠)이라는 검식이다. 지검대적부터 시우상전(兕牛相戰)까지 33개의 검식을 차례대로 시연한다.

뜨거운 차 한 잔 마실 시간에 걸쳐서 시연을 마무리한다. 겨울이지만 검술을 수련하고 나니 전신이 개운해진다. 병조판서가 되면서부터 전문적인 검술을 체계적으로 수련한 만중이었다. 병권의 수장이라면 최소한 전략을 비롯한 검술은 알아야 한다고 여겼다. 그래서 집중적인 수련을 반복한 터였다. 감성이 빼어난 터에 체계적인 수련을 하니 성취가 놀라울 정도였다. 그러다가 어느 날 이후로는 검술에 있어서 상대가 없을 지경이었다.

검술 수련을 한 뒤에 문득 머릿속에 떠오르는 영감이 있었다. 머릿속을 안정시키기 위해 여행이 필요함을 느꼈다. 작년 후반부에 군수와 함께 구경했던 태화도가 머릿속에 떠올랐다. 만중에게 태화도는 신비로운 지형으로 여겨졌다. 폭이 5리에 달하고 둘레가 12리인 섬이었다. 하지만 섬 중앙에 치솟은 산악의 형세가 예사롭지 않게 비쳤다. 당시에 섬을 자세히 탐색하고 싶었지만 회를 먹느라고 기회를 놓쳤다. 그래서 언젠가 미래에 다시 찾으리라 기약하고 섬을 떠난 터였다.

정영이 다녀가고 나니 만중에게 희망이란 사라진 느낌이었다. 만중의 생각으로 아무래도 왕이 신하들에게 압력을 가했으리라 여겨진다. 왕의 심기를 불편하게 하면 왕에게는 의금부가 위협의 수단이었다. 누구든 의금부에만 들어서면 주눅이 들어 힘을 잃게 마련이었다. 사명에게 정영이 있듯 만중도 심복을 거느리고 싶다. 그래야 유사시에 급한 연락도 취할 수 있으리라 여겨진다. 그래서 주변에 적당한 인물을 떠올려 본다. 그러다가 홍수에게 생각이 미친다. 인혜와 만중이 친하기에 홍수가 좋은 심복이 되리라 여겨진다.

홍수가 초가에서 빠져 나가면서 만중에게 들려준 말이 떠오른다. 주기적으로 초가를 방문하여 생필품을 구입할 자금을 제공하겠다고 했다. 홍수의 의견은 아무래도 인혜의 호의로부터 나온 듯했다. 도움이 필요할 때엔 기탄없이 받아들이겠다고 만중이 작정한다. 그러다가 만중이 권세를 회복하면 충분히 보답하리라 생각한다.

생각하면 생각할수록 마음이 처량해지는 만중이다. 원칙적으로 유배인한테는 외부인들이 마음대로 접근해서는 안 되는 일이었다. 국법이 이렇게 통제를 하는 상태였다. 하지만 이사명은 만중의 지기이기에 정영을 선천까지 보낸 거였다. 하지만 만중의 소식을 한양으로 전할 심복이 없어서 잠시 번민했다. 홍수라면 좋겠다고 생각하지만 홍수가 원치 않으면 어쩔 수가 없다. 이런 상황을 떠올리자니 자꾸만 가슴이 탄다.

'진작 나도 사명처럼 심복을 심어 두는 건데 무척 아쉬워.'

심복을 거느리기 위해서는 경제력에 있어서 윤택해야만 했다. 만중 정도의 재력이라면 충분히 심복을 거느릴 처지가 되었다. 그랬는데도 심복을 두지 못했던 자신의 신세가 처량하게 느껴졌다. 이사명이 떠받들던 인물은 영의정을 지냈던 김수항이다. 사명은 김석주, 김익훈과 함께 호흡을 맞춰 김수항을 떠받들었다. 하지만 만중의 관점에서는 송시열을 능가할 인물이 보이지 않았다. 그래서 줄곧 송시열을 추앙하며 송시열을 비방하는 무리들은 적으로 간주했다.

사람의 고리인 인맥에 대하여 만중이 깊은 생각에 잠긴다. 1675년에 벌어진 궁중의 사건이 머릿속으로 밀려든다. 그간 음험한 소문들이 대궐 바깥에까지 나돌았다. 그래서 백성들에게도 궁궐에 대한 경배심이 바닥에 떨어질 지경이었다.

1675년 3월 12일에는 김우명이 복창군과 복평군에 대하여 상소문을 올렸다. 복창군과 복평군은 숙종의 당숙이었다. 숙종의 아버지인 현종과는 사촌형제들이었다. 복창군은 김상업이란 궁녀와 복평군은 귀례라는 궁녀와 사통을 했다. 왕이 아닌 사람이 궁녀를 건드렸다는 것은 왕을 업신여긴 행위다. 이 행위 자체만으로도 처형되어야 할 중대한 범죄였다. 숙종의 어머니인 명성왕후의 부탁으로 관련자 4명을 유배시키는 것으로 종결되었다.

1675년 당시의 복창군과 복평군은 유배를 떠나면서 겨우 목숨을 건졌다. 명성왕후의 부탁이 있어도 숙종의 의지가 약했다면 관련자들은 처형되었을 터였다. 당시에 만중은 정3품인 호조참의의 직책을 맡고 있었다. 그 당시가 얼마나 불안했던지 생각하기조차 끔찍할 지경이었다. 왕가의 인물일지라도 처신을 잘 못하면 곧바로 죽음으로 연결되었다.

만중은 과거의 기억을 떠올린다. 복창군 형제에게 1675년 3월 15일에 유배지가 통보되었다. 복창군은 영암으로, 복평군은 무안으로 유배지가 결정되었다. 이들과 사통한 귀례는 갑산으로, 김상업은 삼수로 유배지가 결정되었다. 김우명이 상소를 올린 지 사흘 만에 유배를 가게 되었다. 유배를 떠났던 복평군 형제를 9월 16일에는 서용하도록 왕명이 내려졌다. 서용이란 면관(免官)되었던 사람을 다시 벼슬자리에 등용시키는 일이다. 처형될 죄를 6개월의 유배형으로 감형받은 복평군 형제들이었다.

씁쓸한 미소를 머금으며 만중은 자신의 신세를 떠올린다.

'궁녀를 건드려도 6개월만 지나면 죄를 없애 주었잖아? 그런데 헛소문 발설자를 말하지 않았다고 해서 해를 넘겨도 방치하다니? 생각하면 생각할수록 기가 막힐 따름이야. 도저히 가슴속에서 불길이 치솟아 견뎌내기가 어려워.'

전쟁터 같았으면 불화살이라도 하늘로 쏘아 올리고 싶은 심정이다. 아니면 밖으로 나가서 말을 타고 종일 달리고 싶은 마음이다. 마음에 초조감이 생긴다고 해서 마음대로 초가를 벗어날 수는 없다. 마음이 초조할수록 대범한 사람처럼 처신할 필요가 있다고 여긴다. 그래야 뒤탈이 없다는 것도 안다.

만중은 다시 방으로 들어가서 벼루에 먹을 간다. 먹을 간 뒤에 그림을 그릴지 글씨를 쓸지는 작정하지 않았다. 먹을 갈면서 미래의 대책을 세울 작정이다. 먹을 갈고 있을 때다. 과거 부안호에 머물렀을 때의 인혜의 얼굴이 밀려든다. 어쩌면 세상에서는 보지 못할 정도의 수려한 미인이었던지 생각할수록 놀랍다.

단순히 이성이라는 관점만이 아니었다. 호반의 초가에서나 거룻배 위에서나 무르익은 인간의 정취를 안겨주었다. 그냥 가만히 함께만 있어도 마냥 가슴이 평온해지는 대상이었다. 원시 음양의 기운으로 남녀가 화합할 때의 짜릿한 전율감은 어땠는가? 남녀가 서로를 존경하는 처지에서 휘감기는 정감의 교류는 환상적이었다. 살짝 상대의 숨결만 닿아도 황홀함의 격랑에 휘말려 실신할 지경이었다. 심신이 완벽히 어우러지는 화합은 몽환적인 절정감을 내뿜었다.

특이한 점은 상대의 마음조차도 연신 물결처럼 전해지는 현상이었다. 도공이 도자기를 빚을 때 도자기와 공감하는 듯한 느낌이 밀려들었다. 어떤 손놀림이나 숨결에도 부드러운 미풍이 휘감기는 느낌이 들었다. 심신으로 통하는 이성간의 화합은 우주가 제공한 최상의 감미로움이라고 여겨졌다. 상대를 가슴에 품고서도 연신 그리움이 사무쳐 울먹일 지경이었다. 연정을 품은 상대에게 깃털처럼 허허로운 마음으로 안기며 아늑함에 젖었다.

배우자와 살면서 느꼈던 정감과는 결이 색다른, 황홀하기 그지없는 정감이었다. 나이와 성별을 초월하여 서로에게 매혹적인 연정을 발출한 날이었다. 하늘과 호수와 인간이 합치된 관점에서 남녀가 거릇배로 부안호를 떠돌았다. 가식이라곤 전혀 없는 청정한 교류의 들 뜬 시간들이었다. 넷이 거룻배에서 춤추며 시가를 읊었던 시간은 평온함과 황홀함의 극치였다.

사간원이나 사헌부에서 온갖 예절을 치장하여 관리들의 결점을 찾던 대관들이라니? 어떤 대관들의 말에 귀를 기울여도 공경(恭敬)하는 기운이 담겼다. 하지만 대관들의 처신은 고도로 위장된 가식 덩어리에 불과했다. 무쇠가 아닌 감정을 가진 인간이라면 누구나 피부로 느끼는 정경이었다. 지난 세월에 지겹도록 보아온 인간의 가식적인 행위에 질식할 지경이었다.

그런데 부안호에서 여인들과 함께 했던 시간들은 청아하기 그지없는 순간들이었다. 발출된 춤은 원시의 순수를 드리운 잔영일 따름이었다. 호수의 수면을 가르던 시가의 선율은 자연과 교감하는 인간의 몸짓이었다. 원시의 인간들이 누렸던 아스라한 추억의 공간이 부안호에서 재현된 거였다. 수도승이 최고의 경지에 올라서듯 생애 최초의 진솔성을 체험한 시점이었다.

세상에 태어나서 그런 경지에 접했다는 것은 전율할 만큼의 성과였다. 결코 이후에는 그 어디서도 재현되지 못할 세계라 여겼다. 당시에 만중은 커다란 깨달음을 느꼈다. 사람이 경건하다는 것과 경건한 흉내를 낸다는 차이가 극명하다는 점이었다. 진솔한 자세로 거룻배에서 어우러졌던 남녀들 모두가 서로의 스승이리라 여겨졌다. 자신의 품성보다 떠 뛰어난 품성을 지녔다면 스승이라고 여겨졌다. 이런 관점에서 남녀들 넷은 각자의 특출한 장점을 지니고 있었다.

거룻배를 젓다가 넷이 일제히 뱃바닥에서 쉴 때였다. 일부는 드러 눕고 일부는 앉고 일부는 서 있기도 했다. 호수의 폭은 너무나 넓었 으며 호수를 지나는 배는 딱 하나였다. 아무리 주위를 휘둘러 봐도 인기척이라곤 없는 원시의 공간이었다. 원시의 공간에서 평온하고 아늑한 모습으로 남녀가 함께 어우러졌다. 누구도 어색하다거나 마 음이 불편하다고 느낀 사람들은 아무도 없었다. 적어도 넷의 생각은 완전히 일치되어 있었다. 어우러진 남녀가 춤추고 시가를 읊었던 것 은 멋진 추억으로 기억되었다.


상대를 생각하기만 해도 저절로 마음이 평온해지던 나날이었다. 상대한테로 손이 나가기도 전에 따스한 정감이 빛살로 상대에게 다가 갔다. 그런 느낌에 공감한 상대가 평온한 자세로 상대의 영혼을 받아 들였다. 영혼과 영혼과의 공명 현상이 서로를 밀착하게 만들었다.

당시에 부안호에서 만중은 너무나 큰 감동을 느꼈다. 그처럼 매혹 적인 유람은 생애 처음이자 마지막이라는 느낌에 흠뻑 빠졌다. 그렇 다고 하여 금전이나 물품으로 여인들의 마음을 움직인 것이 아니었 다. 우주에 처음 인간이 출현했을 때의 경건함으로 여인들을 대했 을 따름이었다. 중국 기녀들인 여인들도 그녀들 고유의 관점이 있었 다. 대단치 않으면서도 온갖 허세를 부리려는 사내들한테서 너무나 질린 상태였다. 묘하게도 만중과 사명을 대하니 동화 속의 소년들을 만난 느낌이었다.

가만히 귀를 기울여 들을수록 사내들의 말에는 넓은 세상이 꿈틀 거렸다. 그들의 몸짓에는 허다한 선비들이 꿈꾸는 구도(求道)의 세계 가 출렁거렸다. 마음을 열기만 해도 별빛을 껴안듯 그지없는 정성으 로 다가서는 그들이었다.

인혜와 미연이 처음 만중과 사명을 영육으로 받아들인 날의 밤이 었다. 긴 세월 동안 숱한 남정네들과 통정해 온 중국의 기녀들이었 다. 인혜가 먼저 만중을 몸속으로 받아들이면서 청아한 느낌에 휘감 겼다. 묘한 것은 인혜뿐만이 아니었다. 만중도 한없이 독특하면서 도 진한 흥분을 경험했다. 단순히 육체적인 쾌감뿐만이 아니었다. 마치 신선이 산을 너울너울 나는 느낌이 들 지경으로 감미로웠다. 오랜 세월 동안 꽉 막혔던 가슴이 툭 터지는 느낌이었다. 생각할수 록 경이로움에 몸을 가누기 힘들 정도의 쾌감이기도 했다.
만중이 기묘한 느낌에 젖어 있을 때에 인혜가 만중에게 말했다.
"그대가 아무리 숨겨도 그대만의 품격이 기류로 느껴지외다. 정말 청아하기 그지없으면서도 향긋한 느낌이 들어 몸이 마비될 지경이나 이다. 결혼하여 가정을 가졌을 텐데도 어쩜 소년처럼 청순한지 감탄 스러울 정도이옵니다. 게다가 춤과 시가에까지 두루 재능이 있으리라 고는 상상도 못했사와요. 정말 한량들 중의 한량인 것 같사옵니다."
인혜의 말이 끝나자 만중이 그녀를 소중히 안고 애무하기 시작했 다. 만중의 손길에서 번진 관능의 불길이 인혜의 몸을 태우는 느낌 이었다.

이때 초가의 건넌방에서는 미연이 사명을 향해 입을 열었다.

"이공, 이제 영육으로 그대를 체험하고 싶사와요. 지금껏 아무한 테나 이런 방식으로 상대한 적은 없었나이다. 이런 마음이 드는 건 생애에 걸쳐서 드문 경우외다. 선경의 신선 같은 품격이 그대로부터 느껴졌나이다. 이제 진정으로 그대와 한 몸으로 어우러지고 싶사와요."

미연의 말에 사명이 팔을 벌려 그녀를 안으며 말했다.

"내가 할 말을 그대가 방금 말했소이다. 나도 그대와 원 없이 어우러지고 싶소이다."

이윽고 미연이 사명의 품속으로 파고들기 시작했다. 사명에게 미연의 접근은 시리도록 섬뜩한 육체적인 쾌감이었다. 배우자나 일상적인 기방에서 못 느끼던 독특하면서도 매혹적인 전율감이 흘러들었다.

인혜와 어우러져 환희에 버둥대느라고 잔뜩 기력이 쇠진한 상태였다. 체념하다시피 누워 있는 만중의 가슴으로 비단결처럼 매끄러운 손길이 닿았다. 인혜의 손바닥이 만중의 가슴으로 밀려들자 황홀감이 금세 솟구쳐 올랐다. 인혜가 요술을 부리듯 만중의 아랫도리에 뜨거운 숨결을 내뿜었다. 영혼으로 다가드는 여인 손길 하나에서조차 연정이 충분히 느껴질 지경이었다.

영육의 교합이 이루어 내는 강력한 흡인력이 전신을 황홀하게 했다. 얼마만큼 다가왔다가 어느 정도로 물러서는지 숨결만으로도 느껴질 정도였다. 만중도 미연과 보조를 맞추어 애무하니 미연의 숨결도 불볕처럼 뜨거워졌다. 안방과 건넌방에서 매혹적인 숨결이 연신 발출되었다.

미풍에 나부끼는 깃털처럼 서서히 내뻗다가 불길처럼 왈칵 치솟기를 반복했다. 이미 의식은 허물어질 대로 허물어졌다고 여겨질 지경이었다. 극점에 다 닿았다고 여겨지면 엷은 미풍처럼 열기가 회오리쳐 밀려들었다. 이 무렵부터 만중은 거의 실신 상태에 접어들었다. 가만히 있어도 몸이 자꾸만 방바닥으로 미끄러져 나가는 듯했다. 이런 상태에 이르자 머릿속에서 격렬한 섬광이 연이어 터지는 듯했다. 자칫 뇌혈관이 터져 죽음에 이를 듯한 느낌마저 들었다. 설사 죽음에 이를지라도 상대와 사무치게 어우러지다가 스러지고 싶은 느낌이었다.


만중이 먹을 갈아 화선지에 그림을 두 장째 그릴 때다. 사립문 바깥에서 누군가 만중을 부르는 소리가 들린다.

"대감마님, 계십니까?"

친숙한 목소리라서 고개를 내밀어 보니 장작을 실은 마차가 도착했다. 관노인 희준과 연길이 장작을 가슴에 안고는 부엌으로 옮긴다. 장작이 비를 맞으면 안 되기에 부엌까지 들여놓는다. 부엌 내부에 금세 장작이 수북이 쌓인다. 만중이 희준에게 봉투를 전한다. 봉투 속에는 군수에게 보내는 서한이 들어 있다. 태화도로 가서 바람을 쐬고 싶다는 내용이 들어 있다. 이 정도의 의사만 비치면 군수가 알아서 일정을 조절하리라 여겨진다. 현재까지는 군수가 만중에게 친구로서의 신의를 잘 지키는 편이다.

　모르긴 해도 서한만 전달되면 이틀 이내로 군수가 찾아오리라 여겨진다. 지금처럼 마음이 암울한 상태에서는 군수와 함께 지내고 싶어진다. 이윽고 장작을 다 옮긴 희준과 연길이 마차를 몰고 떠난다. 만중은 그들이 사라질 때까지 바라보다가 마당으로 들어선다. 마당의 연못을 바라보면서 만중이 상념의 물결에 휩쓸린다.


　만중이 읽었던 도교(道教)에 대한 서적을 떠올린다. 도교의 도술(道術)에 의하면 하늘에 날아오를 수도 있었다. 사람이 수중에 들어가서도 물고기처럼 호흡할 수도 있었다. 만약 수중에서 호흡만 하면 용왕을 만날 수도 있으리라 여겨진다. 연못을 바라보면서 중국에서 제일 크다는 동정호를 떠올려본다. 동정호의 규모 같으면 호수 속에 용왕이 살고 있으리라 여겨진다. 어디까지나 상상이지만 소설을 쓴다면 용왕을 대하는 장면을 나타내고 싶어진다. 현실에서는 이루어지지 않을 분야도 소설에서는 독자들의 상상력을 흡수하리라 여겨진다.

　용은 물속에 사는 동물이며 온갖 조화를 부린다고 알려져 있다. 사나운 바람이 불고 천둥이 치는 것까지도 용의 조화라 여겨진다. 용을 본 일이 없어도 사람들은 용의 존재를 믿는다. 물속은 아무나 접근할 수 없는 신묘한 세계라는 점도 부각된다. 만중은 자기 자신도 모르게 중얼댄다.

　'제발 이번에 위기를 극복할 수 있는 지혜를 얻기를 원해. 태화도 같으면 뭔가 그럴 듯한 일이 생길 것도 같아.'

# 태화도의 동굴

만중이 관노에게 편지를 들려 보낸 지 사흘째 되던 아침나절이다. 군수가 마차를 타고 사립문 앞에 내려서서 초가에 들어선다.

"대감, 이젠 좀 마음이 편안해졌소이까? 지난번에는 너무 불안해서 내가 대감의 눈치를 보기 바빴소이다. 오늘은 마차를 타고 포구로 나갑시다. 단출하게 저와 대감 둘이서만 유람을 합시다. 마차는 내가 잠시 부른 거외다. 여기서 포구까지는 어차피 마차를 타야 할 거리외다."

만중이 군수에게 말한다.

"군수님, 어떻게 식사는 했소이까? 아직 못했으면 내가 차려 주겠소이다."

군수가 껄껄거리며 웃더니 만중을 보며 말한다.

"그래도 아침이고 해가 약간 밝아진 시각이외다. 설마 이때까지 내가 밥을 굶었겠소이까? 식사를 끝냈으면 금방 준비하고 나오시오. 나는 마차에 가서 기다리고 있겠소이다."

만중은 방으로 들어가서 간편한 의복을 찾아 입는다. 지난번에 홍수가 갖다 준 옷이 무난한 평상복으로 여겨져 착용한다. 옷을 입으면서도 마음속으로 인혜와 홍수에게 고마움을 느낀다. 바깥에서 의복을 사서 보내지 않으면 관노들한테 심부름을 시키면 된다. 재력으로는 아직 견딜 만하기에 만중이 편안한 마음으로 마차에 오른다. 마차에 군수와 나란히 앉자 마부가 말을 몰아 달린다. 나라에서 길을 잘 닦아 놓은 편이다. 바퀴에 실리는 진동이 거의 느껴지지 않을 정도로 평탄한 도로다.

그럼에도 마차 내부에는 두꺼운 담요가 깔려 있다. 바퀴의 충격을 흡수하려는 배려로 여겨진다. 마차가 언덕 위의 초소에 도착했을 때다. 군수가 초소의 관졸한테 말한다.

"잠시 대감과 함께 들를 데가 있어서 다녀오겠소. 긴급한 연락 사항이 생기면 언제나 관아로 연락해 주기 바라오."

관졸 2명이 일어나서 경건하게 머리를 숙여 명령을 받아들인다.

마차는 경쾌한 속도로 선천 포구를 향해 달린다. 선천 포구까지는 30리 길에 이른다. 마차를 달린 지 한 시진이 못 걸려서 포구에 도착한다. 포구에 도착한 뒤에 군수가 마부한테 말한다.

"수고했소이다. 나중에 다시 되돌아가야 하니까 저녁 무렵에 포구에서 기다리시오. 그럼, 나중에 봅시다."

군수의 말이 떨어지자 마부는 고개를 끄떡이고는 선천역으로 말을 되돌린다. 마부와 마차가 시야에서 사라지기도 전에 포구에는 어선이 기다리고 있다. 선실을 갖춘 어선이라 바라만 봐도 안정감이 느껴진다. 2명의 어부가 노를 든 채 군수와 만중을 기다린다. 포구에서 남서 방향으로 100리쯤 떨어진 곳에 태화도가 있다. 만중과 군수가 오르자 40대 중반의 뱃사공 둘이 배를 몬다. 노를 젓는 맵시가 날렵하기 이를 데 없다. 자그마치 2시진쯤 배를 저어야 섬에 도착하게 된다.

군수와 만중이 선실 안으로 들어간다. 선실 내에는 이미 술상이 마련되어 있다. 군수와 만중이 편안한 마음으로 서로의 술잔에 술을 따른다. 하늘은 연한 비취색을 드리우고 있으며 물결은 잔잔하다. 배가 달리기에는 최상의 조건이라 여겨진다. 만중과 군수가 서로 마주 보고 술잔을 들고 미소를 짓는다. 오랜만에 느끼는 편안한 정감에 둘이 취하는 듯하다. 만중이 군수를 향해 먼저 입을 연다.

"군수님, 나를 위해서 이처럼 시간을 할애해 주어서 정말 고맙소이다. 유배 온 뒤에 해를 넘기자 마음이 무거워졌소이다. 조정에서 내 존재를 잊으면 나는 선천에서 죽어야만 할 거외다. 작년 9월에 도착할 때만 해도 금세 유배가 해제되리라 여겼소이다. 그랬는데 해를 넘기자 상심이 커지면서 불안감이 치밀어 올랐소이다."

군수가 과실주(果實酒)인 오갈피주를 들면서 잠시 생각하다가 만중에게 말했다.

"대감, 너무 걱정 마사이다. 왕의 인척이면서 중신으로 오랜 동안 봉사해 왔잖소이까? 이런 경력을 감안하면 올해 후반에는 좋은 소식이 있을 거외다. 아무렴 좋은 소식이 있어야 하고 말고요. 아니면 다음 달에라도 유배가 해제될지 기다려 봅시다."

둘이 대화할 때엔 숙종을 군왕이니 전하라는 용어를 사용하지 않는다. 그냥 '왕'이란 용어로 둘이 대화를 나눌 따름이다. 아부하거나 아첨하는 기색을 일부러 차단하려는 마음의 작용이라 여겨진다.


2시진이 흐른 뒤다. 배는 태화도 북쪽 해안에 만중과 군수를 내려놓는다. 어부들이 배를 이동시키면서 군수에게 말한다.

"군수님, 저희들은 지금부터 그물로 물고기들을 건져 올려야 하나이다. 넉넉잡고 석양이 질 무렵에 두 분을 모시러 오겠사옵니다."

군수가 알았다는 뜻으로 어선을 향해 팔을 크게 흔들어 준다. 어선은 태화도 서쪽을 향해 물살을 가르며 달려간다.


어선이 시야에서 스러진 뒤다. 군수가 만중을 향해 말한다.

"대감, 기운을 내고 이제부터는 가고 싶은 데를 알려주사이다. 섬 주민들의 설명에 따르면 섬의 폭은 6리 정도라고 했소이다. 둘레는 대략 30리에 이르는 모양이외다. 해안을 먼저 둘러보겠소이까? 아니면 내륙을 먼저 둘러보겠소이까?"

군수의 말에 만중이 곧바로 응답한다.

"지난번에는 해안 길을 좀 둘러보지 않았소이까? 오늘은 내륙에 무엇이 있는지를 둘러봅시다. 작지 않은 섬이 무인도라니 약간 기분이 이상하외다."

둘은 마음이 통일되자 해안의 북쪽에서 남쪽으로 발걸음을 옮긴다. 북쪽 해안에서 남쪽을 향하자 지형이 점차 가팔라진다. 언덕이 연결되면서 서서히 산악으로 이어지고 있다. 어디를 둘러보나 사람의 발자취는 보이지 않는다. 따라서 산악을 따라 형성된 산길도 눈에 띄지 않는다. 산등성이가 시작되면서부터는 고도가 확연히 높아진다. 대략 100장 높이의 봉우리에 올라서자 골짜기로 통하는 길이 연결된다. 의외로 골짜기마다 유량이 풍부한 물이 보인다. 아마도 지하수가 하천을 따라 노출된 모양이라 여겨진다.

군수와 만중이 골짜기 아래를 굽어보면서 놀란다. 인간의 손길이 닿지 않은 천연적인 수목의 숲이 펼쳐져 있다. 산뜻한 색채와 그윽한 수목의 향기에 정신이 개운해지는 느낌이다. 만중은 빼어난 경치에 취한 듯 한동안 골짜기를 굽어본다.

군수가 만중을 향해 말한다.

"쉬었으니 또 이동하사이다. 풍광이 빼어나다고 해서 멈춰 서 버려서야 되겠소이까? 저 골짜기 아래엔 더욱 비경이 담겨 있으리라 여겨지외다."

만중이 고개를 끄떡이며 발걸음을 옮긴다. 무엇보다도 골짜기 아래에 발달된 커다란 소(沼)가 시선을 끈다. 소의 넓이는 직경이 10여 장에 이를 정도다. 청옥과 비취가 내리깔려 반짝이는 듯 수면은 신비한 색조를 내뿜는다. 만중과 군수가 소 주변의 암벽을 훑어볼 때다. 인기척에 놀란 꿩 한 마리가 다복솔로부터 허공으로 치솟는다. 느닷없는 꿩의 출현에 잠시 놀랐지만 다복솔로 향해 다가간다. 둘이 다복솔을 조심스레 들어 올리는 순간이다. 가려졌던 시커먼 동굴 구멍이 눈에 띈다. 다복솔에 의해 출구가 완전히 가려졌던 모양이다.

만중과 군수가 호기심이 실린 눈빛으로 구멍 내부를 들여다본다. 동굴 구멍의 입구는 두 사람이 나란히 걸어갈 정도의 크기다. 동굴 천장의 높이도 어른이 팔을 뻗어도 닿지 않을 정도다. 동굴의 폭은 어른의 발걸음으로 여섯 걸음쯤의 거리에 해당한다. 동굴 내부는 바위로 이루어졌는데 전형적인 석회암 지형으로 보인다. 석회암 동굴의 특징은 바다에 있던 것이 치솟아서 드러난 것이다. 만중도 남해안 해변을 유람하면서 지형에 박식한 학자들로부터 들어서 알았다.

군수가 들고 있던 바구니 속에서 솜방망이를 꺼낸다. 방망이에 솜을 휘감아 놓은 것이다. 그러고는 부싯돌을 켜기 시작한다. 서너 번 공을 들이자 불이 켜진다. 솜방망이에 불길이 실리자 금세 주변이 대낮같이 환하게 밝아진다. 불붙은 솜방망이 하나를 만중에게 건네주며 말한다.

"석동(石洞)이라서 동굴이 무너질 염려는 없겠소이다. 내부가 어떤지 둘러보고 싶지 않소이까? 혹시 신선이 머물던 별천지일도 모르잖소이까?"

만중이 싱긋 웃으며 응답한다.

184

"신선의 별천지라면 우리가 곧바로 신선이 될 수도 있지 않소이까? 이럴 경우에는 유서라도 써 놓고 들어가야 되지 않겠소이까?"

만중과 군수가 마음이 통하여 일단 동굴 내부로 들어가기로 한다. 들어가다가도 좀 위험한 일이 예측되면 곧바로 되돌아 나오기로 한다. 석회동굴이긴 하지만 동굴의 길이는 그리 길지가 않다. 길이가 대략 10여 장에 이른다. 높이는 어른 키 3배 정도의 평균적인 높이를 이룬다. 입구에서 5장쯤의 거리에는 원형으로 이루어진 대형 공간이 펼쳐져 있다. 직경이 3장에 이르는 원형 공간이다. 의외로 이 부분에서 시설물들이 눈에 띈다.

공간의 중앙에는 가로가 3자이며 세로가 넉 자인 석상(石床)이 있다. 석상은 화강암질의 돌을 매끈하게 다듬어서 만들어 놓은 것이다. 석상 뒤의 벽면을 따라 고운 자갈이 깔려 있다. 자갈은 아마도 침상 용도로 사용되었으리라 여겨진다. 자갈 위를 살피다가 만중과 군수가 인골 무더기를 발견한다. 둘이 다소 놀랐지만 마음을 가라앉혀 인골 형태를 살핀다. 세월이 얼마나 흘렀는지 가늠되지 않을 정도다. 인골 외부의 의복이나 살은 삭아서 보이지 않는다.


만중이 석상 주변에서 의외의 서책을 발견한다. 서책의 표면에는 한자가 적혀 있다.

'仙修秘錄(선수비록)'

책의 크기는 가로 및 세로가 한 뼘 크기에 달한다. 책의 두께는 한지 종이로 20장 분량으로 두께가 작은 편이다. 하지만 책 속의 내용은 특별히 어렵게 여겨지지 않는다. 책에 기록된 내용은 운동하는 그림과 거기에 관련된 설명이다. 만중과 군수가 함께 책장을 쭉 넘겨본다. 군수의 눈에는 특별한 내용으로 비치지 않는 모양이다. 운동하는 그림에 상세한 설명을 덧붙여 놓은 정도로 해석하는 모양이다.

하지만 만중의 눈에는 아무래도 독특한 느낌이 전해진다. 결코 단순한 동작을 늘어놓은 것 같지는 않아 보인다. 둘이 책을 처음 발견했던 위치를 살펴본다. 처음 위치는 석상 아래쪽이었다. 책과 인골과의 관계를 찾으려고 책장을 끝까지 넘겨본다. 마지막 책장에는 기력이 쇠진했던지 글씨가 잔뜩 흐트러진 상태였다. 마지막에 휘갈겨 쓴 글자는 '水公眞人(수공진인)'이란 4글자다. 뒤로 갈수록 필력이 둔화되어 글씨가 마구 갈겨진 느낌이다.


이런 현상에 대하여 만중은 나름대로 분석한다. 아마도 이 책은 단숨에 기록된 것은 아니리라 여겨진다. 긴 세월에 걸쳐서 부단히 만들어졌으리라 여겨진다. 책 후반부의 글씨는 휘갈겨져 있어서 글씨로 보기 어려울 지경이다.

'선수비록의 수공진인이라니!'

만중은 중얼대면서 책자의 글을 꼼꼼히 읽어본다. 수공은 물에 대한 연구를 많이 한 사람을 나타내리라 여겨진다. 그래서 수공은 실제 인물의 이름이 아니리라 여기는 만중이다. 도교(道敎)에서도 물에 대한 성찰이 많았다고 여긴다.

'대관절 누가 물에 대한 생각을 집요하게 했을까? 생각할수록 의

심스러우면서도 기묘한 생각이 들어.'

만중이 이런 생각에 잠겼을 때 군수가 책자의 그림을 가리킨다. 하지만 만중에게는 그림이 조금도 특별하게 여겨지지도 않는다. 그런데도 군수가 그림을 보고 탄성을 터뜨리며 말한다.

"둥지에서 비상했다가 되돌아올 때까지의 연속적인 매의 날개 모습이외다. 그런데 정작 매의 그림이나 날개의 표시는 어느 곳에도 없소이다. 아무래도 이 책은 하늘을 비상하려는 사람이 남긴 작품이라 여겨지외다. 그렇지 않고는 이처럼 생생하면서도 역동적인 동작이 표시될 수가 없소이다. 태어나면서부터 화공이었던 사람일지라도 날개의 동작을 사실적으로 나타내기는 어렵다고 보외다. 새의 조상이거나 자신이 새인 사람만이 그릴 수 있는 그림이외다."

군수의 말에 한참 귀를 기울여 듣다가 만중이 응답한다.

"그렇다면 이 책의 저자는 인간이 아니라 옥황상제라고 여겨지외다. 옥황상제가 남겼다는 문헌을 아는 게 하나라도 있소이까? 내 추측으로는 전혀 들어보지도 못했으리라 믿소이다. 세상이 오죽이나 넓소이까? 넓은 세상을 다스리는 사람이 언제 글을 쓰겠소이까? 손대기에도 너무나 광활한 세계가 아니겠소이까? 신령이라 할지라도 세상을 다스리는 자체가 얼마나 놀랍겠소이까? 이런 판에 책까지 쓸 신령이 존재하겠소이까?"

둘은 동굴 바닥에 마침내 엉덩이를 내려놓고 앉는다. 앉아서 편안한 마음으로 서로의 속내를 터놓는다. 둘은 마침내 각자가 책을 처음부터 끝까지 훑어보기로 한다. 둘이 동시에 책을 봐서는 상념이 흐트러질 우려가 높았기 때문이다. 상대가 책을 볼 때 다른 사람은 생각을 체계화시키기로 한다.

먼저 만중이 책을 들어 꼼꼼히 살피기로 한다. 만중의 눈에 책의 그림은 물고기들의 도약으로 비친다. 한두 마리가 아닌 수백수천 만 마리 물고기들의 집단 도약이다. 생각하면 생각할수록 기묘하여 형용할 수 없는 변화를 드러내는 듯하다. 물고기들의 집단적인 몸놀림이 너무나 상세하게 표현되어 있다. 물고기들의 동작들을 상세하게 묘사할 존재는 용왕밖에 없다고 여긴다. 그렇다면 용왕이 책을 쓴 것인가? 광대한 물속을 둘러보기만 해도 시간이 모자랄 판이다.

책의 저자가 옥황이나 용왕도 아니라면 도대체 어떤 인물일까? 그의 이름이 과연 수공일까? 책 그림의 수준으로 본다면 수공이라 불려도 손색이 없다고 여겨진다. 단순히 물속을 헤엄쳐 다니는 동작들은 아니다. 수면으로 뛰어드는 영상처럼 느껴지는 그림의 동작들이 많다. 그러다가 물속에서 다시 뛰쳐나오는 느낌의 동작들도 많다. 그런가 하면 물속에서 종횡으로 나돌아 다니는 듯한 동작들도 많다. 이런 관점에서 바라보면 아무래도 저자는 용왕이어야 했다. 용왕이 아니고서는 도저히 그려 내지 못할 그림이라 여겨진다.


용왕의 진전을 물려받은 사람이 있다면 가능하리라고도 생각된다. 만중은 생각에 잠긴다.

'용왕의 진전을 물려받은 사람이라니? 사람으로서 누가 용왕의 진전을 물려받겠는가? 하여간 이번의 동굴 탐사의 최대 수확은 이 책자야. 이 책자에 담긴 내용을 분석하는 길이 아주 중요한 일이라 여겨져.'

만중이 깊은 상념의 골짜기를 배회하고 있을 때다. 군수가 속삭이듯 만중에게 말한다.

"지금 발자국 소리가 대감의 귀에 들리외까? 아까부터 경미한 소리가 들렸는데 내가 주의력을 기울여 듣고 있었소이다. 아마 이 동굴에 다른 사람들이 들어온 것 같소이다. 유사시에는 생명을 건 대결이 일어날 수도 있소이다. 선천적으로 남을 살해하고 싶은 욕정에 시달리는 사람들이 있기 마련이외다. 그들에게는 법이나 상식이 통하지 않는 거외다. 그들이 칼을 들이밀면 길은 두 가지뿐이외다. 그들에게 살해당하거나 그들을 죽여서 없애는 길이외다."

만중의 표정이 일시에 변한다. 그도 아까부터 경미한 인기척을 느끼던 중이다. 때가 되면 군수에게 말하려고 했다. 그랬는데 군수가 먼저 만중에게 들려주었다. 만중에게는 군수가 아무리 봐도 보통 인물이 아니리라는 확신이 든다. 군수의 눈빛이나 동작이나 표정에서 만중은 예사롭지 않은 인물이라고 간파했다. 만중이 군수에게 슬쩍 말을 던진다.

"혹시 본국검을 수련한 적이 있소? 군수님 덕을 보려면 군수님이라도 무술 실력이 있어야 하지 않겠소이까?"

군수가 만중의 의도를 알아차리고는 즉시 응답한다.

"본국검뿐이겠소이까? 관졸을 다스리기 위해서 검술을 수련했소이다. 유사시에 나 혼자 정도는 충분히 지킬 수 있소이다. 하지만 대감까지 보호할 수 있을지는 장담하지 못하겠소이다."

만중이 빙그레 웃으면서 응답한다.

"군수님 자신만 보호하면 되는 거외다. 나는 이래 봬도 달아나는 재주는 뛰어난 편이외다. 냅다 후려치고는 그대로 달아나 버릴 줄은 아나이다."


군수가 만중을 향해 눈썹을 찡긋하여 신호를 보낸 뒤다. 느닷없이 군수가 큰 소리로 웃어대며 말한다.

"어허 하하하! 동지들 숨어 있지 말고 몸을 드러내시오. 당당하게 우리를 찾은 용건을 말해 주기 바라오."

일시에 동굴 내부에 스산한 바람이 일더니 솜방망이의 불이 깜빡거린다. 자칫하면 불이 꺼질 지경이다. 바로 이때 검정색 복면을 한 두 괴인들이 나타난다. 얼굴을 가렸기에 나이는 물론이거니와 성별마저 식별하기 어려울 지경이다. 흑의(黑衣)의 괴인이 날카로운 음색의 중국어로 만중과 군수에게 말한다.

"너희들이 들고 있는 책자를 우리들한테 건네줘. 너희들은 아무리 봐도 해득하지 못할 거야. 하지만 우리들한테는 귀중한 보물이 되는 책자야. 책자만 건네주면 목숨은 살려주겠어. 우리한테 옷도 필요하기에 너희들이 입은 옷도 다 벗어 줘. 순순히 응하면 살아날 것이요 반항하면 곧바로 죽여 버리겠어."

만중과 군수가 뭐라고 대꾸하기도 전이다. 황의(黃衣)의 괴인이 연이어 중국어를 쏟아낸다.

"우리가 셋을 셀 때까지 응하지 않으면 그대로 목을 치겠어."

만중의 표정이 싹 변한다. 애초부터 자신들의 목숨을 노렸다니? 만중과 군수가 땅바닥에서 돌멩이를 신속히 주워 괴인들을 향해 겨눈다. 대뜸 군수가 유창한 중국어로 말한다.

"우리가 조선인이라는 걸 알면서도 일부러 중국어를 썼지? 여기는 청나라가 아니라 조선 땅의 섬이라고. 그런데도 의도적으로 중국어를 써? 우리가 너희 말을 못 알아들어서 죽였다고 할 작정이었지? 하지만 세상의 일이란 그렇게 만만치 않아."


중국에 파견될 경우를 대비하여 관리들은 중국어를 익혔다. 특히 군수와 만중은 평소에도 중국인들과 중국어 대화를 즐기는 편이었다. 이번에는 만중이 돌멩이로 괴인들을 겨누며 유창한 중국어로 말한다. 만중과 군수는 각자 2개씩의 돌멩이를 들고 괴인들을 겨눈다.

"중국 무당검법(武當劍法)의 '투석격성(投石擊星)'이란 말을 들어보았는지 모르겠군? 돌을 던져 별을 맞힌다는 얘기 말이야. 돌에 별이 깨어지는 판인데 너희들이 견뎌낼지 궁금하네?"

괴인들의 눈빛이 잠시 흔들린다. 이때를 기하여 일제히 군수와 만중의 돌멩이들이 허공을 난다. 약속한 듯 동시에 날아간 돌멩이들이다. 칼로 어느 것을 막으려고 해도 하나에는 얻어맞게 될 터다. 괴인들이 너무 놀라 일제히 몸을 던져 땅바닥에 나뒹군다. 황의인은 오른팔 어깨에 돌멩이를 맞고 비틀거린다. 흑의인은 왼쪽 가슴에 돌멩이를 정통으로 맞고 주춤거린다.

　괴인들이 미처 자세를 가다듬기도 전이다. 사내와 만중이 달려들어 괴인들의 칼을 빼앗아 든다. 그러고는 괴인들의 울대에 칼끝을 갖다 대고 괴인들을 노려본다. 예상치 못했던 사내들의 공격에 괴인들이 속수무책의 상태다. 만중과 군수가 눈빛을 나누는 찰나다. 만중과 군수가 일제히 칼을 내던지며 괴인들한테로 달려들어 주먹질을 날린다. 빛살처럼 빠른 속도로 주먹을 번갈아가며 괴인들을 얼굴을 두들겨댄 뒤다.

　창졸간에 괴인들이 불의의 습격을 받아 거의 실신할 지경이다. 이때 만중과 군수가 괴인들의 발복을 허리띠로 묶는다. 괴인들로부터의 불의의 반격을 막기 위함이다. 그러고는 괴인들의 얼굴에서 복면했던 수건을 풀어 젖힌다. 괴인들의 얼굴이 드러났을 때다. 만중과 군수가 놀라 서로의 얼굴을 바라본다. 너무나 평범한 용모의 20대 후반의 여인들이기 때문이다. 젊기는 하지만 여성의 매력이라곤 전혀 발산되지 않는 수더분한 여인들이다.

　이미 여인들의 얼굴은 사내들의 주먹에 맞아 퍼렇게 멍이 들었다. 여인들은 사내들의 급습으로 여전히 정신을 못 차리는 모양이다.

# 청국의 여검객

선천의 태화도 동굴을 탐사하던 날이다. 느닷없이 석회동굴로 두 괴인들이 찾아든다. 그러고는 장검을 뽑아 만중과 군수를 위협하던 찰나다. 관병들을 다스렸던 만중과 군수였기에 기지를 발휘하여 괴인들을 선제공격한다. 그 결과로 괴인들이 동굴 바닥에 나뒹군다. 기회를 놓치지 않고 만중과 군수가 괴인들의 발목을 묶는다. 그런 뒤에 괴인들의 얼굴에서 복면했던 수건들을 풀어 젖힌다. 놀랍게도 괴인들은 20대 후반의 여인들로 밝혀진다. 하지만 여인들이 무인(武人)임을 염두에 두고 만중과 군수가 조심스럽게 노려본다.

여인들은 만중과 군수의 돌연한 주먹 습격에 얼굴이 퍼렇게 멍들었다. 군수가 만중을 향해 잠시 눈을 찡긋거리더니 일부러 중국어로 말한다.

"청국을 배신했던 첩자들이 바로 이 여자들이었어. 이 자들 탓에 우리가 사흘간이나 잠도 못 잤잖아? 여기서 곧바로 길들여서 왜구들한테 팔아 넘겨야 되겠어. 그래야 고생한 대가가 생기잖아?"

만중도 여인들을 격분시키려고 일부러 엉뚱한 말을 큰 목소리로 내뱉는다.

"나도 사흘 동안 아랫도리를 쓰지 못했더니 발광할 지경이야. 너는 어떤 애부터 발가벗길 거야? 네가 먼저 정하면 남는 애를 내가 데리고 놀게."

이런 얘기를 나누면서 만중과 군수는 여인들의 신분을 밝힐 작정이다. 위기에 내몰리면 여인들이 스스로의 신분을 밝히리라는 의도에서다. 솜방망이의 불길은 아직 상당 시간을 견뎌 내리라 추정된다.


만중은 군수가 섬뜩하게 무서워지는 느낌이 든다. 평소에 보여주던 인상과는 전혀 다른 모습을 연이어 드러냈기 때문이다. 다소 당찬 모습이 보이기는 했지만 관졸들을 대하던 기풍으로 인식된다.

이때 두 여인들이 적의를 드러내며 자유로운 팔로 반격을 시도한다. 두 발이 묶여 있어도 펄쩍펄쩍 뛰며 팔을 휘두르며 대든다. 이때 만중과 군수가 잠시 의논하려고 서로 바라볼 찰나다. 두 여인이 두 발로 뛰어 만중과 군수의 대퇴부를 걷어찬다. 잠시 방심한 찰나에 공격을 받았기에 만중과 군수가 나뒹군다. 발목이 묶인 상태에서 시도된 양 발 앞차기의 위력이었다. 대퇴부가 공격당하면 근육이 마비되어 적으로부터 항거할 수 없게 된다.

만중과 군수가 마비된 상태에서 버둥거릴 때다. 여인들이 발목의 허리띠를 풀려고 하면서 수도로 사내들의 경동맥을 후려쳤다. 어찌나 손끝이 매운지 사내들이 자칫 의식을 잃을 뻔했다. 연거푸 공격을 당해 자칫 생명마저 위태로울 지경에 빠졌다. 여인들이 발목의 허리띠를 풀고 칼만 쥐면 끝장이 나는 터였다. 검객의 손에 칼이 잡히면 정황은 종결되는 터였다. 만중과 군수가 충격을 견뎌 내며 신속히 몸을 일으켰다. 그러고는 여인들이 발목의 허리띠를 푸는 것을 가까스로 제지시켰다.

생명이 위기에 봉착한 순간을 벗어난 뒤다. 자칫 잘못했으면 목숨까지 잃었으리라는 생각에 직면했을 때다. 사내들의 자제력을 유지시키던 이성의 끈이 내풀려 버렸다. 만중이 여인들이 지녔던 칼들을 동굴 바깥의 수풀에 감춘다. 만중이 칼을 버리고 동굴로 다시 들어설 때다. 여인들과 군수가 어우러져 주먹과 발로 난투 중이다. 아무리 봐도 여인들은 전문적으로 무술을 수련한 사람들로 보인다.

내뻗는 주먹과 발길질이 정교하기 그지없으며 대처 능력이 탁월하다. 화가 난 군수가 달려들지만 여인들의 발길질과 주먹질에 막혀 쩔쩔맨다. 만중이 여인들의 무술에 탄복하면서도 화가 치밀어 여인들에게로 달려든다. 관졸들을 훈련시키는 무관을 통하여 과거에 수박(手搏)을 익혔다.

만중이 가세하면서 대결이 일대 일의 형세로 전환되었다. 이때는 여인들의 발목을 묶었던 끈들도 저절로 풀려 버린 상태였다. 휘청대던 군수가 느닷없이 자세를 가다듬으면서 맹공격을 퍼붓는다. 발길질이나 몸놀림은 여인들이 너무나 탁월한 상태다. 하지만 만중과 군수는 파괴력이 실린 동작으로 맞겨루는 중이다. 두어 차례 팔을 휘돌리던 만중에게 감각이 살아난다. 손바닥으로 상대의 관자노리를 치면서 다른 손으로 명치를 내지른다. 평범해 보이고 수월한 동작으로 비치지만 엄청난 파괴력이 담겼다. 당장 여인이 비명을 내지르면서 땅바닥으로 폭 쓰러진다.

군수도 상대 여인의 오금을 팔로 껴안아 뒤로 넘겨 제압한다. 길지 않은 시간에 동굴 안에서는 격렬한 싸움이 벌어졌다. 무술을 수련한 여인들을 가까스로 제압했지만 한껏 불안한 상태다. 단 한 번의 기습 공격으로도 실신당할 수 있기 때문이다. 만중의 느낌으로 여인들은 전문 암살 훈련을 받은 관병으로 여겨진다.


여인들이라고 얕봤던 군수가 여인들에게 많이 맞았던 편이다. 코에서도 피가 흐르고 관자노리가 벌겋게 달아오른 상태다. 심한 모멸감을 느꼈던지 군수가 숨을 헐떡이며 고함을 지르듯 말한다.

"너희들은 내 느낌으로 아마 암살 훈련대의 무관으로 느껴져. 누구를 죽이려고 잠입했는지를 밝히지 않으면 여기서 죽여서 파묻어 버리겠어. 너희들이 장검을 빼들고 달려든 때부터 암살 행위가 시작된 셈이야. 내가 이곳 치안을 담당하는 사람으로서 결코 용서하지 않겠어. 어디에서 칼을 뽑아들고 사람을 죽이겠다고 달려들어? 빨리 말하지 못할까?"

군수의 몸뚱이에 깔린 채로 여인이 군수에게 말한다.

"지금 당신이 나를 제압했다고 생각하는 거야? 순진하기 그지없구면. 하지만 멍텅구리들은 아닌 것 같아. 너희들을 제거시켜 달라는 부탁을 받고 온 게 사실이거든. 누가 우리를 고용했는지는 너희들이 제대로 우리를 제압하면 알려주겠어."

만중과 군수의 얼굴 표정에 스산한 파동이 인다. 극도의 인내심으로 버텼던 만중이 끝내 화를 터뜨리며 말한다.

"뭐라고? 너희들이 우리를 살해하려고 의도적으로 동굴로 왔단 말이지? 그렇다면 세상의 일이란 공평해야지. 너희들을 보낸 사람을 밝히지 않으면 너희들은 여기에서 살해될 거야. 너희들은 이미 사형이 확정된 존재들이야. 우리를 죽이려 했기에 도저히 살려둘 수가 없어."

만중에게 제압된 황의의 여인이 만중을 향해 말한다.

"어디 자신 있으면 다시 한 번 겨루어 보자고. 동굴 지형에 익숙하지 않았던 탓에 실수로 졌을 뿐이야. 어때 다시 한 번 해 보지 않을래?"

만중이 곧바로 응답한다.

"좋아! 아무래도 억울해서 패배를 인정하지 못하겠다는 거지? 이제 신물이 나게 패배를 인정하게 해 줄게. 살해 기술이 모든 사람한테 통하지는 않는다는 것을 깨우쳐 주겠어."

말을 마치자마자 동굴의 출구를 막아서며 여인을 향해 자세를 취한다. 군수도 동굴의 출구를 막아서며 깔렸던 여인을 벗어나게 해준다. 남녀가 묘하게도 재대결을 위해 서로를 노려본다.

이윽고 황의의 여인이 몸을 솟구쳐 회전하면서 만중의 배를 걷어찬다. 체중이 실린 발길질이라 만중의 머릿속에 섬광이 일 지경이다. 만중이 배를 움켜쥐며 서너 걸음 물러서다가 여인에게로 달려든다. 섬광처럼 빠른 손놀림으로 좌우 손바닥으로 여인의 머리와 배를 공격한다. 어떤 각도로 여인이 몸을 비틀어도 손바닥은 머리와 배를 가격한다. 관자노리와 이마와 뺨과 뒤통수를 손바닥이 쉴 새 없이 두들겨댄다. 아무리 여인이 발길질로 막아 보려고 해도 소용이 없다. 심지어 공격에 사용된 여인의 발목마저도 만중의 손바닥에 정통으로 맞았다.

그러자 여인의 자세가 허물어지더니 그대로 땅바닥에 쓰러져 나뒹군다. 만중이 달려가 쓰러진 여인을 일으켜 세우며 말한다.

"숨을 좀 추슬러. 내가 기다려 줄 테니 회복되면 곧바로 공격하라고."

여인이 한층 눈빛에 독기를 내뿜으며 자세를 가다듬으며 만중을 노려본다.

한편 군수와 겨루는 흑의 여인의 발놀림도 현묘할 지경이다. 어떤 각도에서든 몸만 솟구치면 발끝이 군수의 몸에 작렬한다. 여인에게 접근 거리를 주지 않으려고 밀착하여 군수가 손바닥을 내뻗는다. 만중의 눈에 군수도 수박에는 상당한 수련을 쌓았음이 드러난다. 그의 발길질과 손바닥 공격은 항시 일정한 보행 궤도에서 이루어진다. 체계적인 수련이 없었다면 결코 흉내 내지 못할 동작들이다. 하지만 상대 여인의 발길질에는 항시 체중이 실려서 위력이 느껴졌다.

여인의 동작이 느려지기만 하면 곧바로 군수의 수도가 여인에게로 작렬했다. 수도가 노리는 부위는 경동맥과 옆구리와 배와 얼굴이었다. 손바닥으로 방어 형세를 취하다가도 수도로 신속히 상대를 공격하곤 한다. 여인들이 충분히 패배를 인정할 때까지 격투가 지속될 형세다. 그런 중에서도 사내들은 파괴력이 큰 주먹은 사용하지 않는다. 상대에게 굴복을 승복시키려고 할 뿐 해치고 싶지 않기 때문이다.

격투가 장기적으로 진행되면서부터 여인들의 숨이 가빠졌다. 그리하여 피로가 급격히 휘몰려 여인들은 서 있기조차 힘들 지경이다. 여인들이 마침내 힘에 부쳐 패배를 시인하기에 이른다. 먼저 황의 여인이 만중에게 말한다.

"상공, 패배를 시인하나이다. 제 목숨을 내놓겠사와요."

말과 함께 피곤한 기색으로 만중 앞에 무릎을 꿇는다. 흑의 여인도 숨을 몰아쉬며 군수를 향해 무릎을 꿇으며 말한다.

"저도 상공께 패배했음을 인정하나이다. 저를 죽여도 좋사옵니다."

사내들 역시 기력이 고갈된 상태다. 주먹을 쓰지 않고 제압하려 신경을 썼기에 급격히 피로해졌다. 군수가 흑의 여인을 바라볼 찰나다. 흑의 여인이 기진하여 땅바닥에 드러눕더니 가만히 눈을 감는다. 눈감은 채로 호흡을 추슬러 피로를 회복하려는 기색이 드러난다. 흑의 여인이 나뒹굴자 황의 여인도 땅바닥에 나뒹굴며 만중에게 말한다.

"저희들의 처분은 상공에게 맡길게요. 너무 피곤하고 힘들어 죽겠사와요."

만중도 마음 같아서는 여인들 곁에 나뒹굴며 눈을 감고 싶어진다. 해가 지나도 풀리지 않는 유배에 자객까지 만나지 않았는가? 어쩌다가 신세가 이처럼 공허해졌는지 통곡하고 싶어진다. 생사를 초월하여 만중이 슬픔에 잠겨 있을 때다. 군수가 나뒹군 여인들을 향해 말한다.

"분명히 패배를 시인한 거지? 자객이 패배를 시인한다면 죽음밖에는 돌아갈 것이 없어. 정말 죽어도 억울하지 않겠어? 불만이 있으면 지금이라도 재대결할 기회를 주겠어."

흑의 여인이 나뒹굴어 가물가물한 목소리로 대꾸한다.

"패배를 인정한 이상 죽음을 달게 받겠사와요. 마음대로 죽여주사이다."

황의 여인도 곧바로 절명할 듯 가쁜 숨을 내쉬며 말한다.

"이미 패배했다고 시인했잖았나이까? 이미 목숨은 포기했으니 마음대로 하사이다."


바로 이때다. 군수가 은근한 목소리로 여인들에게 말한다.

"내가 다른 제안을 할게. 마음이 있으면 수용하고 그렇지 않으면 너희들의 목숨을 거둘게."

여인들은 완전히 생명을 포기한 듯 대꾸조차 하지 않는다. 군수의 목소리가 이어진다.

"딱 한 달만 색노(色奴)가 되어 준다면 목숨만은 살려주겠어. '색노' 란 성의 노예라는 말인데 생각해 봐. 딱 다섯을 셀 때까지만 기회를 주겠어."

군수가 이번에는 만중을 향해 말한다.

"대감, 제 생각이 어떻소이까? 싫다면 대감이 이 둘을 베어 죽여도 원망하지 않겠소이다."

만중에게도 돌연한 생각이 떠오른다. 사람들이 극한 상황에 처하면 어떻게 처신할지 궁금해진다. 그래서 만중도 일부러 큰 소리로 군수에게 응답한다.

"나도 이 여자들이 너무 평범하게 생겼지만 싫지는 않소이다. 죽이기 전에 색정을 베푸는 것도 미덕이라 여겨지외다."

나뒹굴던 여인들이 벌떡 일어나 앉으면서 새된 목소리로 떠들어댄다.

"뭐라고 말하나이까? 우리를 겁간한 뒤에 죽이겠다고 했나이까? 정말 왜 이러시나이까?"

"정말 잔인하나이다. 죽이려면 곱게 죽일 일이지 굳이 몸까지 짓이겨야 시원하겠나이까?"


만중과 군수가 눈빛을 주고받은 직후다. 군수가 여인들은 향해 일부러 짓궂게 말한다.

"이미 생명을 버리겠다고 작정했다면서? 기왕이면 운우지락의 봉사를 받고 죽는 것이 좋은 일이잖아? 왜 색정이 취향에 안 맞아?"

덩달아 만중도 일부러 달콤한 목소리로 여인들에게 말한다.

"젊은 나이에 색정도 나누지 못하고 죽으면 얼마나 억울하겠어? 그래서 옛말에 처녀 귀신이라는 말이 생긴 거야. 하필이면 처녀 귀신이라는 꼭지를 달아야 귀신의 마음이 편하겠어? 귀신으로 지내는 한 영원한 굴욕이 될 거야. 그래도 그냥 죽고 싶어?"

황의 여인이 의외로 미소를 흘리면서 만중에게 말한다.

"저희들의 몸을 연 순간에 그대들의 목이 잘릴지도 모르는데 괜찮겠어요? 그래도 괜찮다면 마음대로 하사이다."

황의 여인의 당찬 대답을 듣자 만중과 군수의 표정이 달라진다. 여인들에게 무슨 꿍꿍이가 작용하는지 몰라 의심스러웠기 때문이다.

'여인들의 몸을 연 순간에 목이 잘릴지도 모른다고?'

여인들의 몸에 아직도 비장의 무기가 감춰졌을지도 모르리라고 여겨진다. 다른 관점으로는 여인들과 색정을 나누면 여인들에게 매혹되리라는 말로도 비친다. 만중이 두 가지의 관점을 슬며시 조선어로 군수에게 들려준다. 군수도 고개를 끄떡이며 나지막하게 만중에게 속삭인다.

"대감, 일단 핑계를 붙여서 이들을 살려 심복으로 삼지 않겠소이까? 심복이 되기만 하면 우리한테 이득이 많을 거외다."

만중도 같은 생각을 하던 참이다. 그래서 만중도 고개를 끄떡여 군수의 의견에 동의한다.

군수가 중국어로 여인들에게 말한다.

"아무래도 너희들은 처녀 귀신이 되고 싶은 모양이지? 너희들의 소원이 정녕 그렇다면 할 수 없지. 대감, 감췄던 칼을 가져 오시오. 이 년들 때문에 시간이 너무 지체된 것 같소."

군수의 말에 만중이 몸을 일으킬 때다. 여인들이 무릎을 꿇고는 만중의 다리를 하나씩 붙잡으며 말한다.

"상공, 저희들이 당장 성 노리개가 되겠사옵니다. 그러니 부디 저희들을 살려주사이다."

"살려만 주신다면 상공을 위해 뭐든 다 하겠나이다."

하지만 이미 시기가 늦었다는 듯 만중이 동굴을 빠져나간다. 그러더니 장검 두 자루를 들고 들어선다. 장검 한 자루를 만중이 군수에게 넘긴다. 그러고는 여인들을 향해 중국어로 말한다.

"무예가 출중한 그대들이여! 굴욕을 자초하기보다는 명예롭게 이승을 하직하지 않겠소이까? 무술을 숭상하는 그대들에게 소중한 명예를 안겨 드리겠소이다."


만중의 말이 떨어지자마자 여인들의 안색이 일제히 변한다. 그러더니 황의의 여인이 만중을 바라보며 말한다.

"저희들이 그렇게도 간청했건만 칼을 들고 오시나이까? 목을 치겠다면 치사이다. 이제는 살려 달라고 애걸하지 않겠나이다."

흑의의 여인도 만중을 향해 말한다.

"무인답게 구차한 용서를 구하지 않겠나이다. 목을 치려면 당장 치사이다."

만중이 알았다는 듯 고개를 끄떡이더니 여인들을 향해 말한다.

"참으로 무인들의 세계가 얼마나 숭고한지를 알겠소이다. 좋소이다. 조선에 침투한 그대 무인들에게 최대의 영예를 부여하겠소이다. 편안히 눈을 감으시오. 이승의 세계란 한 순간의 꿈에 불과한 법이외다. 그대들, 잘 가시오."

말을 마치자마자 칼을 뽑아든다. 당장 칼날이 여인들의 목으로 날아들 형세다. 숨을 들이쉬며 황의 여인에게로 만중이 다가서는 순간이다. 황의 여인이 황급한 목소리로 말한다.

"잠깐만요. 기왕 죽기로 했으니까 태어났던 본연의 알몸 상태로 죽고 싶나이다."

흑의 여인도 덩달아 만중을 향해 말한다.

"저도 마찬가지이옵니다. 저희들이 알몸이 될 때까지 조금만 기다려 주사이다."

만중이 서늘한 음색으로 말한다.

"빨리 하시오. 인내력이 한계를 벗어났소. 조금이라도 꾸물대면 곧바로 칼날을 휘두르겠소."

군수는 만중의 기세에 눌려 뒤로 물러서서 지켜만 볼 따름이다. 이윽고 여인들이 겉옷부터 벗더니 속옷까지 말끔히 벗은 상태다. 그러고는 만중 앞에 나란히 서서 천천히 눈을 감는다.


바로 이때다. 순간적으로 만중에게 암울한 미래가 떠올랐다. 유배로 인해 자칫하면 선천에 뼈를 묻어야 할지도 모르리라 여겼다. 죽음에 앞서서 여인들이 알몸을 노출시킨 것에 커다란 충격을 받았다. 여인들이 육체를 드러내어서라도 마지막까지 사내들의 마음을 바꾸고 싶었으리라 여겨진다. 생명을 내건 중대한 결단이었으리라 생각된다. 죄수인 처지에 당당한 무관(武官) 여인들을 너무 괴롭혔다는 자괴감이 일었다. 느닷없이 만중이 울음을 터뜨리더니 칼을 곁의 여인에게 넘겨주며 말한다.

"그대들은 무인의 절대 경지에 도달했소이다. 죽어도 영원히 부끄럽지 않을 무인들이외다. 하지만 나는 용렬하기 그지없는 사내일 따름이외다. 번잡한 세상에서 남들의 눈치나 살피며 살아가느니 그대들한테 죽고 싶소이다. 정말 명예스러운 무인들인 그대들한테 죽고 싶소이다."

제일 먼저 놀란 사람은 칼을 받아 든 여인이다. 황의를 입었다가 알몸이 된 여인이다. 칼을 받아 들자마자 복잡한 상념이 섬광처럼 휩쓸려든다. 애초의 생각대로라면 당장 만중의 목을 베었으리라 여겨진다. 묘한 것은 여인의 심리 변화인 모양이다. 무방비 상태라 목을 치면 숨이 끊길 것이 명확한 터다. 그랬음에도 만중이 죽여 달라고 그녀한테 칼을 내맡기지 않았는가?

황의를 입었던 여인이 본능적으로 칼을 치켜든다. 창졸간의 변화에 여인도 무척 놀란 모양이다. 만중을 벨 만도 한데 한숨을 내쉬더니 칼을 땅바닥에 내던진다. 여인들은 기력이 고갈되었고 군수의 손에도 장검이 들리지 않았는가? 만중의 목을 쳐도 군수의 칼을 피하지는 못하리라 여긴 모양이다. 만중의 변화도 놀라웠지만 대응하는 여인의 변화는 더욱 더 놀라웠다. 곧바로 여인이 만중을 향해 망설이지 않고 말한다.

"우리가 만난 것은 전생에서부터 연분이 있었던 것 같나이다. 내게 칼을 되돌려 준 순간에 나는 느꼈사와요. 그대는 속된 사내가 아닌 절대 경지의 선인(仙人)임을 말이옵나이다. 그대를 영원한 상전으로 모시고 싶사와요. 저희를 비천하게 여기지 않는다면 저희들을 거두어 주시기를 진심으로 바라나이다. 취향에 안 맞더라도 최소한 여인으로 품어 주기를 바라나이다."

말을 마치자마자 알몸 상태로 만중을 껴안는다. 만중이 잠시 눈물을 글썽이며 생각에 잠겼다가 결단을 내린다. 여인을 안아 들고는 동굴 깊숙한 곳으로 자취를 감춘다. 그러자 흑의를 걸쳤던 여인도 알몸 상태로 다가가 군수를 껴안는다. 군수도 반사적으로 여인을 안아서 옆으로 들어올린다. 그러고는 군수도 동굴 내의 다른 장소로 여인을 데려간다.

한동안 시간이 흐른 뒤다. 남녀 넷이 환한 표정으로 으슥한 곳에서부터 통로(通路)로 걸어 나온다. 만중과 군수가 서로에게 축하한다. 든든한 심복을 얻게 되어 진심으로 축하한다고.

# 배소의 조력자들

　태화도의 동굴에서 만중과 군수가 청국의 여검객들을 만난 날이었다. 청국에서는 태화도를 동경의 세계로 여기고 있었다. 중국 도교의 일파가 산둥반도를 벗어나 태화도에서 정착한 적이 있었다. 그때 전설적인 선생술(仙生術)의 비록을 남긴 도인이 수공진인(水公眞人)이었다. 보물적인 책자를 찾고 싶어도 조선의 수군들 탓에 접근하기가 어려웠다. 그러다가 오랜 세월이 흘러서 여검객 둘을 청국이 고용했다. 여검객들은 청국의 여군들 중의 검술 달인들이었다. 그래서 국가가 거금을 들여 여검객을 태화도로 은밀히 잠입시켰다.

　하지만 공교롭게도 동굴에서 만중과 군수를 만나게 되었다. 결코 만중과 군수의 생명을 노린 자객은 아니었다. 하지만 만중과 군수에겐 자객들로 비쳤다. 여인들이 아무리 자객이 아니라 밝혀도 사내들은 믿으려 하지 않았다. 흑의를 걸쳤던 여인의 이름은 설하영(薛霞影)이었다. 황의를 걸쳤던 여인은 주지은(朱芝隱)이었다. 동굴에서 하영과 군수가 색정을 나누었다. 지은은 만중과 색정을 나누면서 황홀감에 연신 몸을 떨어대었다.

만중은 아침을 먹은 뒤에 따뜻한 방에서 그림을 그리려고 한다. 시와 소설은 붓만 들면 창작이 쉽게 되는 터다. 하지만 그림은 좀처럼 만중의 마음에 들지 않는다. 안개가 피어오르는 정경이라거나 햇살이 퍼지는 모습을 그리고 싶었다. 하지만 붓만 들면 원하던 그림과는 거리가 멀어져 버린다. 그래서 잘 안 되는 영역을 성취해 보려고 붓을 든다. 하지만 붓을 씻을 때에는 언제나 허탈감에 시달리기 마련이다. 마음에 품었던 것을 표현하지 못하니 가슴이 한없이 공허해진다.

만중은 벼루에 먹을 갈면서 심복인 28살의 지은을 떠올린다. 그녀는 만중에게 약속했다. 만중이 선천에 머물 때까지만 심복이 되어 주겠다고. 만중의 유배가 풀리면 중국으로 되돌아가겠다고 밝혔다. 중국으로 돌아가서는 무관(武官)과 결혼하여 병영에서 머물고 싶다고 들려주었다. 만중과의 약속으로 배소에 드나들 때엔 남장 차림을 하기로 했다. 하영도 군수의 심복이 되었기에 하영과 지은은 자주 만나는 편이다.

만중이 지은을 떠올리면서 자신도 모르게 중얼댄다.

'참으로 내겐 다시없을 행운이었어. 어쩌면 세월을 초월할 만큼 영혼이 통하는 여검객인 줄은 몰랐어. 참으로 무섭도록 조화로운 호흡이기도 했어. 생각 같아서는 영원한 지기로 삼고 싶을 지경이야. 하지만 그녀를 배려하여 선천에 있을 때만 심복으로 삼기로 했지.'

만중은 동굴에서 지은과 교합을 하며 오랜만에 색정을 듬뿍 느꼈다. 아내와는 멀리 떨어져 있느라 교합을 나눌 수가 없다. 이런 판에 지은을 만나 색정을 나누니 새롭게 태어난 느낌이었다. 평범한 용모임에도 당당하면서도 우아한 지은의 매력에 영혼이 심취될 지경이다. 태화도의 동굴로 인하여 군수와도 한결 친하게 되었다. 둘이 같은 동굴에서 심복을 구하게 되었기 때문이다.

만중이 지은의 향기로우면서도 단아한 성품을 색조로 나타내 보려고 한다. 붓에 배어든 먹물에 물을 침투시켜 화선지에 그리려고 한다. 만중은 스스로의 기준을 설정한다. 그림이 자신의 마음에 들면 그림의 상단에 별표를 그린다. 불만족스러우면 세모를 그리기로 한다. 만중의 그림에는 거의 날마다 세모가 부착된다. 그러면 그럴수록 만중에게는 그림을 그리고픈 욕정이 생겨난다.

마침내 만중이 붓에 먹물을 침투시켜 화선지에 갖다 댄다. 붓이 지나친 자리에서 먹물이 다채롭게 퍼져 나간다. 만중이 경이로운 마음으로 화선지를 들여다본다. 이때 만중의 머릿속으로 한양의 정경이 연상된다.

양사의 대관들이 만중의 유배를 철회하라고 상소하기를 포기했다니? 숙종의 마음이 더욱 만중에게서 멀어졌다는 징표라고 여겨진다. 숙종이 자신을 의심한다는 사실이 영 개운하지 않다. 분명히 한 때는 자신을 절대적으로 신임했던 왕이었기 때문이다. 그런 왕에게 이제는 만중이 하찮은 존재로 변했다는 얘기다.

이사명과 숙종이라? 친구를 선택하느냐 왕을 고르느냐가 문제였다고 여겨진다. 이사명은 현재로서는 만중보다도 처신을 잘 하는 것으로 드러났다. 사명은 병조판서인 반면에 만중은 유배당한 죄인일 뿐이기 때문이다. 하지만 사명도 분명히 헛소문을 퍼뜨린 사람임에 틀림없다. 그러기에 언젠가는 왕으로부터 응징을 받으리라 여겨진다. 왕에게서 응징받든지 왕을 내몰든지 두 가지의 길이 있을 따름이다.

만중의 판단으로 사명의 처세술은 탁월한 편이다. 그래서 끝내 왕에게서 추방되지 않을 수도 있으리라 여겨진다. 그렇다면 만중 자신만 쓸쓸히 도태되리라 생각된다. 생각하면 생각할수록 기가 막힐 일이다.

만중은 화선지에 붓으로 선을 그으면서 생각에 잠긴다.

'지금부터는 나도 심복을 잘 활용할 필요가 있어. 이사명한테 주기적으로 보내어 필요한 정보를 입수해야겠어. 사명 이외에 집에도 보내어 어머니와 아내의 안부도 살펴야겠어. 이렇게 하는 데엔 지은만큼 빼어난 인물도 드물겠어. 군수한테 부탁하여 지은과 하영에게 조선어를 가르치도록 해야 해. 조선어를 지도할 사람으로는 서당의 훈장이면 충분할 거야.'

만중은 동굴에서 지은과 땀을 흘리며 교합할 때를 떠올린다. 드러
누워 만중과 얼싸안고 황홀경에 취하여 몸을 떨 때였다. 만중과 잔
뜩 어우러진 상태에서 출렁대는 여인의 몸놀림에는 격랑이 일었다.
빠를 때엔 급류가 치닫듯 격렬한 형세를 보였다. 느릴 때엔 미풍에
팔랑거리며 떨어지는 나뭇잎처럼 평온한 선율로 흔들거렸다. 그녀
의 몸이 만중의 사타구니를 죄었다가 풀어주는 감각에도 청아함이
실렸다. 기력을 내쏟을 시점에서 몸을 떨면서 만중의 쾌감은 급격히
고조되었다.

이런 상황이 반복되다가 만중이 연이어 격렬하게 기력을 발산한
직후였다. 전신이 노곤하여 도저히 젊은 여인의 몸놀림에 보조를 맞
추기가 어려웠다. 나무토막처럼 나뒹군 만중을 바라보면서도 지은
은 조급해 하지 않았다. 미소를 머금으며 부드러운 숨결로 만중의
나신(裸身)을 서서히 어루더듬었다. 스산한 삭정이처럼 오그라들었
던 만중의 살갗에 흥분의 격랑이 밀려들었다. 이때 만중의 머릿속으
로 밀려드는 두려움의 징후가 있었다.

'이 나이에는 격렬하기 그지없는 색정일지라도 안개같이 부드러워
야 할 거야. 그런데도 젊은이들마냥 육정이 너울처럼 치솟는다면 육
신에 무리가 갈 거야. 몸에 무리가 쌓이면 병으로 나타날지도 모르
잖아?'

지은을 만나 평소 이상의 기력을 내뿜었으리라 생각되어 만중이 불
안해졌다. 갑자기 그의 머릿속으로 복상사 등의 낱말이 파도의 포말
처럼 휘몰렸다. 어떤 경우에나 신체에 무리한 조건이 가해지면 위험

해지리라고 만중이 생각했다. 그래서 숨 조절을 하고 있을 때였다.

지은이 나지막한 목소리로 말했다.

"그냥 물 흐르듯 흘러가도록 맡겨 두사이다. 그게 훨씬 자연스럽고 건강에도 좋으리라 여겨지나이다."

색정을 나누는 사이사이로 지은이 만중에게 말했다. 만중이 선천에 머물 때까지는 색정을 나누고 싶다고 했다. 또한 만중의 심복이 되어 만중을 위해 일하겠다는 결의도 보여주었다. 만중에게는 세상에 없던 소중한 보물이 생겼다고 여겼다. 지은이 남장을 하여 한양과 선천을 오르내리겠다고 한다. 지은은 말도 잘 탄다고 들려주었다. 청국의 무관이었기에 말 타기는 기본적인 이동 수단이라고 밝혔다.

동굴에서 영육의 따스한 숨결을 나누면서 만중과 지은이 약속했다. 매달 2번씩은 남장 차림으로 만중을 찾아오겠다고. 군수도 흔쾌히 배소로의 지은의 출입을 허용했다. 만중이 지은에게 말했다. 기왕이면 초하루와 보름에 찾아달라고 말했다.


만중은 머릿속으로 올해 중앙에서 일어날 현상들을 헤아려 본다. 좌의정 조사석이 불안하여 사직을 신청하리라 예측된다. 하지만 왕은 쉽게 허락하지 않으리라 여겨진다. 장옥정이 10월쯤에는 출산하리라는 풍문이 은밀하게 나돈다. 왕위를 계승시킬 아들이기를 숙종은 간절히 바라는 눈치다.

만중이 마음을 집중하여 암벽에 뿌리를 내린 노송을 그리고 있다. 슬쩍슬쩍 붓질을 하다가 마침내 노송을 그리는 수준에까지 도달한 것이다. 스스로 만족하여 한참 들여다보고 있을 때다. 마당에서 인기척이 들리기에 만중이 방문을 열고 내다본다. 수수한 용모의 청년이 미소를 머금으며 만중에게 허리를 굽히며 말한다.

"대감마님, 저를 알아보시겠나이까? 약조에 따라 오늘이 보름이라서 찾아뵈었나이다. 저한테 시킬 일이 있으면 분부대로 따르겠사옵니다."

마당에 선 청년은 남장 여인인 지은이다. 20대 후반의 수더분한 용모의 여인이며 무사다. 그가 칼을 들면 숱한 무사들도 목숨을 내놓아야 할 판이다. 그만큼 지은의 검술 실력은 탁월하여 적수가 없을 지경이다.


만중은 지은을 보자 반가워 마당으로 홀쩍 내려선다. 그러고는 지은의 손을 붙잡아 방 안으로 데려간다. 방에 들어서자마자 지은이 방을 대충 치우고는 만중과 마주 앉는다. 마주 앉은 지은을 향해 만중이 입을 연다.

"선천에서 남동쪽으로 50리 떨어진 곽산에 가면 옥천점(玉泉店)이란 잡화점이 있소이다. 거기에는 사명의 부하들이 머무는 곳이외다. 당신은 거기에 가서 이 서찰만 전해 주면 되오."

만중이 말하면서 봉투 하나를 건넨다. 봉투에는 사명에게 보내는 서찰이 들어 있다. 내용은 간략하지만 서찰에 포함된 의미가 적지 않다. 만중이 지은에게 오가는 여비까지 건네준다. 만중에게서 봉투와 여비를 받아들고는 지은이 곧바로 일어선다. 그러더니 만중을 향해 말한다.

"시간은 빠르게 흘러갈 것이옵니다. 어떤 절망감이 가슴을 내리눌러도 잘 극복하기를 바라나이다. 저는 이만 물러가겠나이다."

애틋한 마음이 들어 만중이 지은의 손을 잠깐 쥐었다가 놓는다. 그러자 지은이 활짝 웃으며 만중을 안아 주고는 초가를 떠나간다.

지은의 모습이 사립문 밖으로 아스라이 사라진 뒤다. 만중이 마당의 연못으로 발걸음을 옮긴다. 만중의 머릿속으로 과거 상념의 물결이 밀려든다. 송시열의 출중한 제자로서 좌의정을 지냈던 이단하(李端夏)가 들려준 얘기가 떠오른다.

송시열이 예조참판으로 지내던 1658년의 일이었다. 송시열은 새벽인 인시(寅時)에 항상 일어나서 서원으로 나갔다. 서원에 배향된 주자를 향해 언제나 경건하게 절했다. 그러고는 자신의 정신을 주자의 정신세계와 비슷해지게 해 달라고 빌었다. 어떤 경우에도 사람에 대해 차별의 마음을 두지 않으려고 애썼다. 그럼에도 상대가 일방적인 적대감을 갖고 공격할 경우가 적지 않았다. 이런 경우에만 예외적으로 자신을 보호하려고 상대를 차별적으로 대했다.

당시 39살의 효종은 북벌을 정열적으로 추진하려고 했다. 이런 분위기에서도 송시열은 언제나 서원에 나가서 주자에게 절했다. 그러면서 청렴하고 강직하면서도 당당한 품성을 갖추려고 노력했다. 그리고 문자 해독이 어려운 부녀자들한테는 언문을 즐겨 가르쳤다. 유학의 선비가 남들의 시선을 초월하여 언문을 가르쳤다는 얘기였다.

바로 이런 성품들이 만중의 가슴에 감동의 물결로 밀려들었다. 흔히들 영수들이 저지르기 쉬운 교만한 품성을 탈피했기에 진정으로 존경스러웠다.

송시열의 이런 성품을 추앙했기에 만중도 사람들을 차별하여 대하지 않았다. 언제 누구를 대하더라도 경건한 마음가짐으로 상대했다. 절대로 상대가 자신한테서 먼저 시선을 돌리지 않도록 상대를 배려했다. 이런 배려 탓으로 만중에게 악감을 품었던 사람들도 만중을 재평가했다. 상대를 존중하고 배려하는 만중의 본성을 파악하고는 다들 만중을 존경했다. 과거에 아무리 만중과 사이가 나빴어도 만중을 대하기만 하면 달라졌다.

지은도 심복이 된 뒤에는 만중을 스승이자 지기로 대하는 모양이었다. 지은은 간간히 만중이 주자의 품성과 많이 닮았다고 들려주었다. 그녀가 영적으로 받아들인 주자의 인상과 만중의 인상이 흡사하다고 들려주었다.

심복이면서도 때때로 연인처럼 대하는 지은이 만중에게는 귀엽게 보였다. 하지만 지은은 엄연히 유학의 대가인 주자를 추앙하는 여인이었다. 그러기에 아무리 지은이 응석을 피워도 만중에게는 송시열의 얼굴이 떠올랐다. 심복을 자처하는 여인일수록 더욱 경건하게 대해야 함을 만중이 깨달았다.

만중의 머릿속으로 기다란 밧줄이 허공에서 나풀대는 느낌이 든다. 주자와 송시열과 인혜와 지은이 하나의 밧줄로 밀려든다. 과거에 기녀인 인혜도 주자와 송시열을 우러러보지 않았는가? 게다가 지은마저도 주자를 추앙한다고 하지 않는가? 단순한 유교의 달인이 아닌 정신적인 지주가 된 주자이지 않은? 이런 관점에서 만중도 가슴속에 주자와 송시열을 함께 품은 상태다.

만중 자신도 어느 때부터인가 새벽인 인시(寅時)에 일어나기 시작했다. 일어난 뒤엔 마음을 가다듬고는 송시열의 품격을 닮기를 염원한다.

'세상 사람들이 다들 일관성 있는 사람을 닮으려고 하고 있어. 나역시 다른 사람들의 표상이 될 품격을 갖추어야겠어.'

만중은 연못을 바라보며 연이은 상념의 물결에 휩쓸린다. 그는 얼음장 아래에서 헤엄치는 물고기들을 바라보며 마음속으로 중얼댄다.

'내가 존경하는 송 대감한테는 색다른 매력이 있어. 언제나 세상 밖의 하늘을 굽어보는 듯한 그윽한 눈빛이 있어. 그를 통해 중국의 주자를 떠올리게 할 정도의 강한 매력이었어. 틈틈이 그 분의 장점을 흡수하여 내 것으로 만들겠어.'

예전에 윤휴가 주자의 경전 해석에 오류가 있다고 밝혔을 때였다. 송시열은 겸허한 마음으로 윤휴를 만나서 토론을 하려고 했다. 경전 주해에 정말 오류가 있는지를 토론하려고 했다. 그 당시에만 해도 윤휴와 송시열의 교분은 양호한 상태였다. 그러다가 대화를 나누면서 서로의 관점 차이가 크다고 깨달았다.

송시열은 주자의 주해는 합당하다고 믿었다. 단순히 믿는 정도가 아니라 주자의 관점까지 확실히 파악했다. 그래서 주자가 유교 경전에 대해 시도한 주해를 높이 평가했다. 경전에 따른 주해가 제시되면서 유교는 철학까지 겸비하게 되었다. 이른바 성리학이란 세계가 유교의 철학에 해당된다. 윤휴는 유교 경전 해석에 대한 자신의 능력을 높이 평가했다. 그래서 당당한 목소리로 주자가 행한 주해의 오류를 지적해 내었다.


송시열과 윤휴와 주자를 떠올리면서 만중은 생각에 잠긴다. 그들에 비하여 자신의 위상은 어떤지 스스로 헤아려 본다. 자신도 경전에 담긴 의미야 충분히 파악한 상태다. 성리학의 핵심 논제인 이기론(理氣論)에 대해서도 이이(李珥)의 기호학파의 관점을 존중한다. 이와 기는 하나의 몸뚱이라는 관점에서 송시열의 견해와 관점이 일치한다. 유교의 철학을 충분히 해득하여 후진 선비들을 배려하는 송시열이 아닌가?

만중은 송시열을 단순히 서인의 영수라고 하여 존경하는 것은 아니다. 북벌에 대해 효종과 의논하여 군마를 조련시키려고 하지 않았는가? 당시의 병마를 훈련시켰던 관리들과 호흡을 맞추려고 최선을 다하지 않았던가? 훈련대장 이완(李浣), 어영대장 유혁연(柳赫然), 좌의정 원두표(元斗杓)와 긴밀하게 업무를 협의했다. 당시의 송시열은 52세의 예조참판으로서 왕명에 의해 북벌을 면밀히 준비했다.

북벌 준비뿐이랴? 세종 때 반포된 언문이 세상에 흡수되도록 열정을 쏟기도 했다. 해독하기 어려운 경서는 언문으로 풀이하여 주변 사람들을 가르치지 않았는가? 아녀자들의 경우에도 예외가 없이 경건한 자세로 학문을 가르쳤다. 말로만 떠드는 선비가 아니라 실제로 자신이 본을 보이는 학자였다. 이단하가 직접 체험했던 것을 한때 만중에게 들려준 적이 있었다. 송시열에 대한 이런 설명 때문에 송시열에 대해 관심이 높아졌다.

또한 1686년 5월 부안호에서의 일마저 송시열을 추앙하게 만들었다. 당시 34살의 중국 기녀들인 서인혜와 옥미연이 만중을 주자신도탑으로 데려갔었다. 그때는 지기인 사명과 함께 부안호를 유람할 때였다. 두 기녀들마저 주자와 송시열을 존경한다고 밝히지 않았던가? 때가 되면 만나고 싶다는 말까지 만중에게 들려주었다. 송시열의 풍도가 얼마나 대단했으면 중국의 기녀들까지 흠모했겠는가? 기녀들이었지만 언제나 주자의 풍도를 흠모하여 신도탑까지 만들어 마음을 닦지 않았던가?

만중은 서인에 몸을 담으면서부터 점차 송시열을 존경하고 따르게 되었다. 인간에 대한 판단이 틀리지 않았음을 알고 만중은 뿌듯하게 생각한다.


배소의 초가에 들렀다가 떠난 지은에 대해서도 만중이 생각해 본다. 태화도의 동굴 속에서 찾은 선수비록(仙修秘錄)이란 책자는 만중이 지니고 있다. 책자의 내용을 군수와 함께 붓으로 베껴 설하영과 주지은에게 주었다. 선수비록의 사본이 이미 여인들에게 전해진 상태다. 여인들이 사본을 받았기에 최소한 2년간은 심복이 되겠다고 수긍했다. 책자의 효용이 어느 정도인지는 몰라도 여인들은 보물을 얻은 기색이었다. 상상을 초월할 정도로 기뻐하는 여인들의 모습을 보니 만중이 혼란스러워졌다.

당시에 여인들에게 사본을 넘겨준 뒤에 만중과 군수가 마주 앉았다. 책자에 담긴 의미가 무엇인지를 진지하게 서로 이야기해 보았다. 도교(道敎)에서만 중요한 의미가 있으리라는 결론만 내리고 토론을 끝냈다. 도교에 대한 견식이 없는 사람들의 눈에는 무용지물로 비쳤기 때문이다. 그럼에도 만중이 원본을 지닌 이유는 따로 있었다. 다음에 청국에 가면 도교의 달인을 찾아 물어 보려는 뜻에서다.

여인들은 사본을 대한 것만으로도 기뻐서 어쩔 줄 모르는 기색이었다. 도대체 뭐가 그처럼 기쁘냐고 물으니 뭔가 대답은 들려주었다. 하지만 만중과 군수는 무슨 뜻인지 알아듣지를 못했다. 도가에 대한 수련이 없는 사람들한테는 의미가 전달되지 못했다. 하지만 만중에게는 짐작되는 게 있었다. 값으로 따지지 못할 엄청난 가치를 지닌 보물이리라는 생각이었다.


표현된 그림의 장면에서는 물속에서 뛰쳐나오려는 동작이 보였다. 어떤 장면에서는 물속으로 뛰어드는 동작도 보였다. 그런가 하면 물속에서 마구 나돌아 다니는 동작들도 보였다. 문제는 배경이 되는 물이 그려져 있지 않았다. 책자의 설명문에서도 물속이라는 단어는 어디에도 보이지 않았다. 처음부터 끝까지 신선의 체형이 되려면 갖추어야 할 동작이라고만 적혔다. 허다한 동작들이 어디에서 행해진다는 조건이 제시되지는 않았다.

지은의 입장에서 만중이 지은을 헤아려 보았다. 지은을 곽산까지 보내려면 일찍 보내야겠다는 생각이 들었다. 활동할 시간적 여유를 많이 주려고 곧바로 지은을 배웅한 거였다.

만중은 배소에 드나드는 사람들을 분석해 본다. 군수가 자신과 마음을 터놓은 소중한 벗이라 여긴다. 군수 다음으로 출입을 자주 하는 사람으로는 지은이 있다. 그녀에 대하여 느끼는 정감은 거의 지기 수준이다. 또 다른 인물들로는 정홍수와 서인혜다. 이들도 주기적으로 드나들며 만중의 생계를 지원한다. 이들 이외의 인물로는 이사명의 심복인 박정영이 있다. 박정영은 검술이 빼어난 무사로서 사명과 만중을 오가는 인물이다. 그 어느 누구도 현재로서는 만중에게 소중하기 그지없는 사람들이다.

만중은 동굴에서 발견된 책자를 틈틈이 바라보면서 머릿속으로 궁리한다. 자신을 도와주는 인물들에 대한 처신 방식에도 도움이 되리라고도 유추한다.


배소를 드나드는 모든 사람들을 최대한의 경건한 마음으로 대하기로 한다. 그런 사람들이 있기에 자신이 용기를 얻는다고 여긴다. 아무도 찾아주지 않는 배소라면 너무 쓸쓸할 것 같다. 쓸쓸함을 견디지 못해 자칫 우울하여 자살이라도 할 듯한 기분이다. 이런 판에 만중의 초가를 드나드는 사람들이 생겼지 않은가? 정말 말할 수 없는 행운이라 여겨진다. 인혜가 방문할 때도 지은처럼 남장 차림새를 한다. 남장 차림새가 여러 가지로 유리한 탓이라 여겨진다. 만중은 이들 모두에게 마음속으로 인간적인 경배(敬拜)를 올린다.

# 선천의 봄

만중은 탱자나무 울타리로 넘나드는 새들의 지저귐으로부터 봄이
왔음을 느낀다. 아침의 눈뜰 무렵에 휘몰리는 새들의 지저귐은 꿈결
처럼 감미롭다. 한양에 살 때는 새 소리를 들은 기억조차 나지 않는
다. 배소의 초가에 머물면서부터는 울타리를 통하여 넘나드는 숱한
소리들을 듣는다. 까마귀, 까치, 박새, 비둘기, 방울새, 황조롱이,
종다리, 호랑지바퀴 들의 울음소리가 탱자나무 울타리를 넘어서 빛
살처럼 자유롭게 훨훨 날아든다. 3월 중순이 되면서부터 종다리의
울음소리가 끊이지 않고 물결처럼 밀려든다.

만중도 가슴속의 불안감을 상당히 떨친 상태다. 3월에 들어서면서
부터 '구운몽(九雲夢)'이란 소설 창작을 시작했다. 8명의 여인들과 1
명의 남자 주인공을 구운(九雲)이란 단어로 표현했다. 이들 남녀들이

겪는 가상의 세계를 꿈에 빗대어 몽(夢)으로 나타내었다.

만중이 38살 때 현궁관(玄宮館)의 여도사들을 만났을 때의 추억이 강렬했다. 평균 연령이 30대 중반의 여도사들의 매력이 너무나 자극적이었다. 절대로 의도적으로 도관을 찾아 나섰던 것이 아니었다. 어쩌다 보니 그렇게 되었지만 여도사들과의 만남은 신화적인 추억이라 여겨졌다.

8명의 여인들과의 교분을 머릿속으로만 간직하기엔 너무나 안타깝다는 생각이 들었다. 그래서 가상의 공간을 통해 은근히 형상화하고 싶었다. 작품을 대할 때마다 여인들의 영혼 세계를 머릿속으로 불러들이고 싶었다. 과거로 돌아갈 수만 있다면 언제든 그 시절로 돌아가고픈 만중이다.


현궁관 일대를 자욱하게 뒤덮었던 수목들의 군상은 추억을 일깨우는 보금자리였다. 너무나 무성한 숲으로 인하여 거대한 도관 건물조차도 뒤덮일 지경이었다. 4채의 거대한 도관 건물을 옮겨 다니며 영혼을 불태우던 남녀들이었다. 꿈속에서나 가능한 일들이 일어났던 시점이기도 했다. 당초에는 사내들 셋이 하루만 도관에서 머물다 떠날 작정이었다. 그랬는데 너무나 몽환적인 쾌감이 커서 닷새를 머문 뒤에 하산했다. 과거로 돌아갈 수만 있다면 언제든 되돌아가고픈 시점이기도 했다.

현궁관의 여자 도인들은 지금 어디서 지내는지 만중에겐 한없이 궁금해진다. 애초의 꿈처럼 그녀들이 돈을 많이 번 점주(店主)가 되기를 빈다. 그리고 일생 행복해지기를 진심으로 기원하는 만중이다.

삶이 힘들어지면 대자연이 수시로 불안감을 해소시킬 기회를 주는 듯했다. 만중은 살아오면서 수시로 자신의 내면을 성찰하곤 했다. 자신이 존재하기 때문에 세상의 존재를 확인한다는 점을 수시로 떠올렸다. 이런 행위를 통해 언제나 자신의 내부에 활력을 채우곤 했다. 끊임없이 팽창하듯 주변을 향해 도전하는 의지를 강화하곤 했다.

만중은 아침밥을 먹은 이후부터 붓을 들어 구운몽을 써 나간다. 붓으로 나뭇가지를 그리듯 줄거리를 쓱쓱 써 나간다. 이야기 골격을 갖춰 나가다가 마음에 안 들면 고치기로 한다. 마지막 붓을 놓기 전까지는 몇 번을 고쳐도 상관이 없다. 어떻게 해서든 쭉쭉 이야기를 밀고 나가는 게 기본이라 여겨진다.

억압된 처지의 사람들이 작품을 읽으면 마음이 후련해지게 하고 싶어진다. 선비들이나 평민들 중 누가 읽더라도 재미와 흥취를 안겨주고 싶다. 그래서 만중은 주인공의 신분을 설정하느라고 신경을 쓴다. 선비를 주인공으로 설정하면 자칫 지은이의 일대기로 오해받을지도 모른다. 그리하여 주인공을 수도승으로 설정해 보기로 한다. 수도승의 체험의 폭이 제한될 가능성이 크다는 점이 문제점으로 여겨진다.

체험의 폭을 떠올리다가 만중이 생각에 잠긴다. 선천 일대의 산야를 유람하는 것도 좋은 계기가 되리라 여겨진다. 선천 일대를 유람하는 것은 군수도 좋아하리라 여겨진다. 군수는 활달한 성품에 흥취

또한 남달리 우아한 편이다. 군수와 평복 차림으로 선천 일대의 평야와 산야를 둘러보기를 원한다. 만중이 잠시 시간을 헤아린다. 배소를 찾아오는 관노에게 서한을 전할 작정이다. 그러면 관노가 서찰을 군수에게 전하게 된다. 생각이 여기에 미치자 한지를 펴고 군수에게로 서간(書簡)을 작성한다.

잠시 몇 글자를 써서는 봉투에 넣어 둔다. 이틀 뒤에 관노에게 전해 줄 작정이다. 서간을 작성한 뒤에는 잠시 휴식을 취하러 마당으로 내려선다. 가시투성이의 탱자나무 울타리를 통해 밀려드는 바람결부터 부드럽기 그지없다. 모처럼 부드러운 바람에 전신을 맡기니 하늘을 날 듯 경쾌해진다.

하늘을 올려다보니 되돌릴 수 없는 아련한 그리움이 피어오른다. 자신도 모르게 상념의 늪에 빠져 만중이 중얼댄다.

'예전의 여도사(女道士)들은 지금 잘 지내는지 궁금하구나. 어쩌면 몽환 같은 세계의 주인공들이 되어 나타났는지 생각할수록 신비로워. 너무 오래 전의 일이었어. 이젠 영원한 가슴속의 추억으로만 의미가 있을 따름이야. 지금 세상에 도사가 있을 리도 없잖아? 왜 과거로 되돌아갈 수 없는지 아쉬울 따름이야.'

이틀이 지나서 관노가 초가를 방문했을 때다. 만중이 군수에게 쓴 서찰을 관노한테 건네며 당부했다. 가는 대로 곧바로 군수한테 전해 달라고. 그리고 난 바로 뒷날에 군수가 마차를 타고 배소에 도착했다.

아침 식사를 갓 마쳤을 때다. 말 울음소리가 들려 나가 보니 군수가 마차에서 내리는 중이다. 군수가 활짝 미소를 지으며 만중을 향해 말한다.

"오늘은 날씨가 참 좋소. 오랜만에 선천의 봄 구경을 나가 봅시다. 겨우내 얼어붙었던 산천이 얼마나 녹았는지 함께 둘러봅시다."

만중이 군수에게 아침 식사는 했느냐고 물어본다. 군수가 아침밥을 일찍 먹고 출발했다고 들려준다. 군수가 잠시 기다리는 사이에 만중이 평상복을 갖춰 입고 나온다. 40대 중반의 마부가 마차의 문을 열어준다. 군수와 만중이 마차의 객실에 오른다. 객실 바닥에는 충격 완화용으로 두꺼운 담요가 깔려 있다. 군수와 만중이 담요 위에 올라 앉아 창밖을 내다본다. 군수가 신호를 보내자 마부가 말을 몰아 달리기 시작한다.

친구인 군수를 만나 함께 마차를 타니 가슴이 설렌다. 확실히 세상은 엄청나게 포근해졌다고 여겨진다. 어디를 가나 연한 실타래 같은 아지랑이가 곧잘 피어오른다. 그만큼 대지의 곳곳이 따사로워졌다고 여겨진다. 고갯길을 올라 초소를 지나니 내리막이 시작되면서 평야가 가없이 펼쳐진다. 선천 일대의 산자락이 끝나는 부위에 분지처럼 펼쳐진 지형이 특색이다. 마차의 창문 밖으로 아늑하고 평온한 대지의 바람결이 흘러든다. 겨우내 얼어붙었던 긴장된 마음이 송두리째 녹아드는 느낌이다.

선천 분지의 직경은 10리에 달한다. 원형의 반반한 지대의 대부분이 밭이고 일부가 논으로 되어 있다. 선천은 유배지로 조정에서 관리하기에 마찻길이 잘 닦여 있다. 농로 사이의 곳곳으로 마찻길이 연결되어 있다. 밭의 대부분에는 보리와 밀이 심겨 바람결에 남실댄다. 남실대는 푸른 보리밭이 마치 바다 같다는 생각이 물씬물씬 든다. 보리와 밀은 5월 초순이 되어야 제대로 다 자란다. 보리밭의 둑에 심긴 배꽃나무의 배꽃이 화사하게 때때로 시야로 밀려든다. 마부는 일부러 느릿한 속도로 마차를 몬다. 아마도 군수의 지시를 그렇게 받은 모양이다.

바람이 크게 불지 않는데도 보리밭의 어린 보리들이 몸을 떨어댄다. 숱한 몸 떨림이 파동이 되어 파도처럼 들녘으로 밀려간다. 마차 문밖으로 끝없이 요동치는 보리밭을 보며 만중은 가슴이 설렌다. 그러면서 마음속으로 중얼댄다.
'제발 올해 선천에서의 유배가 풀리기를 바란다. 일단 유배만 풀리면 새로운 삶이 시작될 수 있을 거야. 왕의 마음이 제발 좀 너그러워졌으면 좋겠어. 왕의 마음이 너그러워야 신하들이나 백성들의 신세도 여유가 생기지 않겠는가?'
만중이 생각에 잠겨 있을 때다. 군수가 만중을 향해 흥겨운 목소리로 말한다.
"대감, 확실히 봄은 봄인 것 같소이다. 온 세상이 푸른 보리와 밀로 덮인 것 같소이다. 우주에서 내려다보면 우리도 보리 한 포기 정도로나 여겨지겠소이까? 나도 모처럼 업무를 떨치고 바람을 쐬니 숨이 틔는 느낌이외다. 너무나 각박하게 달려온 삶이었던 것 같소이다. 달리고 싶지 않더라도 달음질칠 수밖에는 없는 현실이 답답하게 여겨지외다.”

만중도 군수의 말에 고개를 끄떡이며 응답한다.

“군수님 덕으로 봄을 감상하게 되어 정말 고맙소이다. 참으로 하늘에서 내려다보면 미약하기 그지없는 대상이 사람이 아니겠소이까? 그러면서도 세상을 사람들이 주무른다는 착각에 사로잡혀 있으니 좀 우습겠습지요? 때때로 사람들의 마음도 꽃향기처럼 향긋하게 퍼져 나가면 좋겠소이다. 그리하여 서로를 이해하고 화해할 수 있다면 얼마나 좋겠소이까? 봄을 봐도 봄처럼 마음이 가벼워지지 않아서 상당히 답답하외다.”

마차는 울퉁불퉁한 길을 천천히 걷듯 달린다. 바퀴를 통한 진동이 거의 느껴지지 않을 정도다. 군수가 마차 안에서 보자기를 푼다. 보자기에 관노가 준비한 술과 안주가 그릇에 담겨 있다. 노릇노릇하게 구운 파전과 새우튀김이 술안주로 준비되어 있다. 술은 살구로 빚어 만든 과실주다. 둘이 술잔에 술을 채워 창밖을 내다보며 서로의 마음을 나눈다. 군수가 보리밭에 일어나는 파동을 바라보며 입을 연다.

“요즘 지은과는 잘 지내고 있소이까? 나도 하영과 계속 교분을 나누는데 알면 알수록 보물이라고 생각되외다. 무관이면서도 어쩜 그리 운치가 있는 여인들인지 정말 감탄스럽소이다. 대감의 생각은 어떻소이까?”

만중도 활짝 웃으면서 곧바로 응답한다.

“태화도가 혹시 전설의 도원경은 아닌지 모르겠소이다. 어쩜 그렇게도 무술과 심성이 우아한 여인들을 만나게 되었는지 놀랍소이다. 게다가 우리의 심복으로서 일관된 신의를 보여주어 너무너무 감탄스러울 지경이외다. 우리가 꿈을 꾸었던 건 아니겠습지요?"

만중도 미소를 머금으며 응답한다.

"그런 기회는 일생을 되돌아 봐도 다시는 생기지 못할 거외다. 정말 그런 기회를 어디서 구하거나 만날 수 있겠소이까? 그나마 우리한테 복이란 게 조금은 있었던 모양이외다."

군수가 만중의 술잔에 술을 채운다. 만중도 군수의 술잔에 술을 따르며 생각에 잠긴다.

'중국 기녀들인 서인혜와 옥미연을 만났던 것도 정말 행운이었어. 어쩌면 인간의 덕성과 기예를 겸비한 미녀들이었는지 놀라웠어. 또한 주지은과 설하영이란 중국인 여자 무관들은 또 어떤가? 무술과 고운 심성을 갖춘 여인들이 아닌가? 게다가 예전에 만났던 8명의 여자 도인들은 또 어땠는가? 이들 여인들에 대한 추억만으로도 훌륭한 소설의 소재가 될 지경이야. 어떤 경우에도 자연스러운 만남이었지 의도된 만남이 아니었잖아?'

세상에는 엄청난 노력을 들여도 이루지 못할 것이 많은 터다. 만중이 겪었던 3건의 여인들에 대한 추억은 보물급의 체험들이었다. 몇 번을 고쳐 태어난다고 해도 재현하기 어려우리라 여겨진다. 그러기에 과거에 대한 추억이 더욱 소중하다고 여겨진다.

선천 분지의 중앙을 북서 방향으로 흐르는 개천이 있다. 선천 골짜기에서 발원된 개천은 곧장 35리 길을 내달린다. 그러다가 청강에서 남서 방향으로 기운차게도 물길의 방향을 비튼다. 청강에서 남서로 달리던 개천은 철산군과 선천군의 경계를 이루며 흘러간다. 그리하여 마침내 선천에서 70리 물길을 달려서 서해에 도달한다. 적유령 산맥에서 흘러내린 물줄기라서 평소에도 유량이 풍부한 하천이다.

군수와 만중은 개천가에 마차를 세우고 잠시 휴식을 취하기로 한다. 군수와 만중이 휴식을 취할 때에 마부가 마차를 몰고 달려간다. 선천역으로 가서 말에게 여물을 먹이기 위함이다. 선천역은 개천에서 3리가량밖에 떨어져 있지 않다. 금세 여물을 먹이고 돌아올 수 있는 거리다. 마부가 마차를 몰고 떠난 뒤다. 군수와 만중이 개천가의 솔숲에 대자리를 펼치고 마주 앉는다. 솔숲이 울창하여 따가운 햇살을 잘 가릴 정도다. 둘은 보자기를 풀어 술과 술안주를 꺼내 든다. 그리고는 술잔에 술을 채워 입에 가져가며 풍광을 감상한다.

개천의 물속에는 굵은 몸통의 피라미들이 이리저리로 마구 몰려다닌다. 줄지은 무리의 수가 어마어마할 지경이다. 하천이 맑고 먹이가 풍성한 탓이라 여겨진다. 하천의 곳곳에서는 매를 닮은 물수리들이 연신 물속으로 곤두박질한다. 곤두박질했다가 수면에서 치솟을 때마다 발톱에는 물고기가 꿰어져 있다. 생존의 방식으로 부단히 단련된 몸놀림으로 여겨진다.

만중은 물수리들의 물고기 포획 과정을 경이로운 시선으로 바라본다. 대여섯 마리의 물수리들이 두어 차례 곤두박질하더니 어디론가 훨훨 날아간다. 먹을 만큼만 먹고는 뒤돌아보지 않고 떠나는 맵시가 깔끔하게 비친다.

군수는 다른 관점에서 생각했던 모양으로 입을 연다.

"포획 기술을 갖게 되기까지 얼마나 고된 수련을 했을지 먹먹하외다. 포획하지 못하면 굶게 되잖소이까? 정확히 물고기의 이동 방향을 포착해야만 가능한 기술이란 말이외다. 정말 세상을 산다는 게 어떤 의미인지 절절하게 느껴지외다."

만중도 군수의 말에 공감하여 머리를 끄떡인다. 먹이를 포획하지 못하면 굶지 않을 수 없기 때문이다. 먹이를 붙잡지 못하면 굶어야 하다니? 자연의 질서로 그 이외엔 길이 없기에 가슴이 답답해진다.

물수리를 바라보던 만중의 머릿속으로 과거의 상념이 물결처럼 밀려든다. 문득 대관에 재직하던 기억이 머릿속으로 밀려든다. 대사간과 사헌부 관리들의 업무가 선비들의 비위를 들추어 탄핵하는 일이다. 이 업무를 소홀히 하면 일을 태만히 한다고 질책받기 마련이다. 질책받지 않으려면 관리들의 언행을 면밀히 살펴야 한다.

'털어서 먼지 안 나는 사람이 없다.'

묘하게도 이 말에서 비켜 가는 사람이라곤 없었다. 아무리 고고하고 단아해 보여도 자세히 살피면 허점들이 불거져 나왔다. 단순한 허점의 양이 문제가 아니었다. 허점의 질도 과도하다고 느껴지는 대상이 한둘이 아니었다. 처음에는 타인들에게만 문제가 있으려니 여겼는데 그게 아니었다. 만중 자신도 그들과 별로 다르지 않을지도 모른다고 느껴졌다. 자신의 언행도 단정하지 못했을지도 모른다고 여겨지자 머릿속에서부터 소용돌이가 일었다.

풍류(風流)로 여겨지는 사실들도 남들의 시점에선 사악(邪惡)하게 비칠지도 모를 일이었다. 과거 8명의 여자 도인들과의 교류를 떠올려 보았다. 대관들의 입장에서 바라보면 해괴하기 그지없는 현상으로 간주될지도 모를 일이었다. 여인들의 목욕 장면을 은밀히 구경했다는 것만으로도 성토될 여지가 있었다. 만약 대관들이 정보를 입수하여 탄핵한다면 논란을 피하기 어려우리라 여겨졌다. 처벌될 여지가 있는 언동은 사악한 행위일지도 모르리라 여겨졌다.

만중이 그토록 속으로 풍취에 흥겨워하던 것들에 생각이 미쳤다. 중국 기녀들인 서인혜와 옥미연을 만난 것은 도원경(桃源境)을 찾은 듯했다. 또한 주지은과 설하영을 만난 것도 몽환적 세계의 일로 느껴졌다. 만중의 양심으로는 여인들을 충분히 배려하며 존중한 만남들이었다. 그랬음에도 불구하고 대관들의 관점에서는 사악(邪惡)한 행위로 간주되리라 여겨졌다.


사람들 관점의 차이가 무섭다고 여겨진다. 입장을 바꿔 생각하니 과거의 취흥들이 족쇄라고 여겨질 지경이다. 마음의 동요가 만중의 마음을 억누르는 기분이다. 이런 만중의 마음과는 달리 군수가 말을 잇는다.

"나한테 설하영은 꿈속의 여인 같기만 하외다. 무예와 덕성을 겸비한 우아한 여인으로 여겨졌소이다. 어쩜 그리도 심성이 고운 여인

232

을 만났는지 생각할수록 감격스럽기 그지없소이다. 평범한 용모에서 발산되는 매혹적인 향취이기에 더욱 감동스럽소이다."

만중도 군수의 생각에 공감한다. 군수가 침묵한다면 절대로 주지은과 설하영의 일은 비밀로 유지되리라 믿긴다. 사람의 가슴이 따사로워지자 계절의 정취가 제대로 가슴으로 파고든다. 봄의 들판으로 하염없이 나부끼는 미풍의 여운을 떠올린다.

보리밭의 보리들이 기지개를 켜는 듯한 교태로움이 만중의 가슴으로 느껴진다. 밀밭의 밀들이 기나긴 수염을 나부끼면서 환희를 터뜨리는 듯하다. 광막한 벌판으로 망아지들이 떼를 지어 달리는 듯한 자유로움이 술렁댄다. 야생 벚꽃의 향기가 산등성이를 따라 파도처럼 밀려 내린다. 종다리의 나른한 울음소리도 먼 지평선의 끝자락을 향해 휩쓸린다.

정말 봄기운에 가슴이 녹아내린 듯 군수가 말을 잇는다.

"심복이라기보다는 선계(仙界)의 스승 같다는 느낌이 자꾸만 드외다. 내 생애에 있어서 이런 느낌이 드는 건 정말 처음이외다. 마음에 와 닿는 파동의 의미가 뭔지 두려워지외다. 이런 나의 마음을 뭐라고 설명해야 할지 모르겠소이다."

만중이 대자연을 향해 떠들고 싶은 말을 군수가 말하는 듯하다. 만중과 군수의 마음이 완전히 서로 공명하여 서로의 가슴으로 남실댄다. 만중에게도 주지은은 단순한 심복이 아니라 여겨진다. 지은의 눈빛을 마주 대하면 가슴이 정화되는 느낌이 든다. 지은은 현세에서는 찾기 어려운 너무나 심성이 고운 여인이라 느껴진다. 현세가 아닌 선계에서 사는 선녀들의 심성을 지녔으리라 여겨질 정도다. 그녀들의 풍도도 너무나 우아하여 한밤중에 달빛을 대하는 느낌이다.


군수와 둘이서 신명이 나서 개천가의 솔숲에서 대화를 나눌 때다. 여물을 섭취한 말이 모는 마차가 달려온다. 군수가 대자리를 말아서 이동할 준비를 한다. 만중이 군수를 향해 말한다.

"군수님, 여기까지 오면서도 봄 경치를 많이 봤잖소이까? 내 생각으로는 수량도 풍부한 개천인 여기에서 머물다가 돌아가면 어떻겠소이까?"

군수가 빙긋 웃으며 곧바로 응답한다.

"대감은 여기가 상당히 마음에 드는 모양인가 보외다. 일단 알았소이다. 하지만 마부한테 더 좋은 곳이 있는지는 물어보겠소이다."

이윽고 마부가 마차를 몰고 하천가로 달려온다. 마차에서 내린 마부가 군수를 향해 말한다.

"잘 쉬셨사옵니까? 말에게 여물을 먹이는 사이에 가게에 들러 그물과 고추장을 샀사옵니다. 그리고 냄비와 수저도 빌려왔사옵니다."


군수와 만중이 의아한 표정으로 마부를 바라볼 때다. 마부가 말을 잇는다. 마부가 투망질을 잘 하기에 물고기들을 잡아 주겠다고 한다. 그러고는 빌린 냄비에 물고기들을 넣어 매운탕을 끓여주겠다고 한다. 말을 마치자 곧장 그물을 들고 개천으로 들어선다. 개천은 7장가량의 폭으로 시원하게 흘러간다. 마부가 휘몰리는 피라미 떼들을 향해 그물을 던진다. 그물이 확 펼쳐졌다가 수면으로 낙하산처럼 떨어져 내린다. 그물이 물속으로 잠기면서 피라미 떼를 에워싼다. 마부가 그물의 줄을 슬슬 당기자 피라미들이 그물 가득 잡힌다.

마부의 투망질을 바라볼 때 만중의 머릿속으로 영감이 밀려든다. 남을 해코지하려는 무리들도 투망질하듯 잡아들이면 세상이 편안해지리라 여겨진다. 죄인이 아님에도 남들을 괴롭히려는 붕당의 선비들에 대한 생각이 밀려든다. 오로지 자신이 떠받드는 세력만을 위해 최선을 다하려는 사람들을 말함이다. 만중도 문득 서인에 대한 자신의 관점을 떠올리다가 주춤거린다. 남인에 대해 배려해 준 적이 얼마인지를 생각하다가 한숨을 내쉰다.

마부가 서너 차례를 반복하자 제법 많은 피라미들이 잡힌다. 마부가 개천 물로 냄비를 씻어 피라미들을 냄비에 담는다. 그러고는 고추장과 간장 및 마늘과 파를 넣어 간을 맞춘다. 굵은 돌멩이 세 개를 주워 냄비를 올린다. 그러고는 주위에서 마른 나뭇가지들을 주워와 불을 지핀다. 금세 피라미 매운탕이 장만되어 먹음직스런 냄새가 주변으로 퍼진다. 만중과 군수가 마부를 불러 셋이서 대자리에 마주 앉는다.

만중이 마부의 술잔에 술을 채워 준다. 셋이 둘러앉아 매운탕을 안주로 삼아 술잔을 기울인다. 연거푸 두 잔씩의 술을 마셨을 때다. 신분상의 차이로 신경이 쓰이는지 마부가 볼일이 있다면서 떠나려고 한다. 군수가 마부한테 3시진 뒤에 데리러 오라며 경비를 계산해 준다. 고맙다는 표정을 지으며 마부가 마차를 몰고 떠난다.

# 풍문의 잔영

　세월이 눈부신 속도로 흘러 어느새 1688년 5월의 중순이다. 선천의 배소 주변의 산야에도 녹음이 한껏 짙다. 산야에는 온통 아카시아 꽃이 눈부시게 피어 바람결에 휘말려 파드득거린다. 멀리서 간헐적으로 뻐꾸기의 울음소리가 흘러든다. 아마도 웅장한 적유령산맥으로부터 흘러드는 울음소리라고 여겨진다. 뻐꾸기의 울음소리가 흘러들면 슬며시 여름이 접근함을 일깨워 준다.

　선천에까지 조정의 소식이 은밀히 흘러든다. 장옥정이 임신하여 몸에 신경을 쓴다는 소식이다. 여태껏 어느 비빈도 왕의 아들을 낳은 사람이 없었다. 그랬는데 옥정이 임신을 하여 왕의 기대감이 엄청나게 커졌다. 왕자가 출산되면 왕은 그를 곧바로 후계자로 지정하리라 여겨진다. 엄연히 비빈이 있는데도 아들이 없었기에 왕은 후계자에 신경이 쓰였다. 왕권에 힘이 실리려면 후계자가 당당하게 세워져 있어야 한다. 왕은 후계자로 인하여 얼마나 마음을 졸였는지 모를 지경이다.

후손이 끊기면 왕가의 다른 인척 중에서 후계자를 찾아야 한다. 이런 경우가 생기면 왕권 유지 자체가 무척 힘들어진다. 숙종의 당숙들이 은근히 권좌에 욕심을 내는 것이 느껴질 지경이다. 왕권에 도전하는 세력을 방치해서는 안 될 일이다.

옥정이 임신을 하자 얼마나 숙종의 마음이 떨리는지 모를 지경이다. 숙종은 임신한 아기가 사내이기를 간절히 기원한다. 표정을 바깥으로 드러내지는 못하고 마음속으로만 나날이 천지신명께 빌고 있다. 제발 자신의 왕좌를 계승할 자식이기를 간절히 비는 터이다. 마음 같아서는 명산대찰을 찾아서라도 간절히 빌고 싶어진다. 하지만 조선의 기틀이 강력한 유교의 기반이어서 절을 찾지 못한다. 부득불 마음속으로만 천지신명을 향해 꾸준히 치성을 다할 따름이다.

숙종은 조정의 기류를 가만히 파악한다. 1680년 이후로 서인들이 조정을 장악한 상태임을 잘 알고 있다. 숙종은 이전의 어느 왕보다 병권에 대해 관심을 기울인다. 병권의 수장인 병조판서는 자신이 가장 신뢰하는 신하를 임명하고 있다. 그런데 왕왕 병조판서들의 기색이 왕을 불편하게 할 때가 있다. 이럴 때엔 곧잘 사람을 보내어 감시하다가 곧바로 경질시키기로 한다. 그래서 숙종 때 관료들의 임기가 대체로 짧은 편이었다.

숙종은 물속의 수초들이 조류에 휘말리듯 은근히 정세를 살핀다. 만약에 조금이라도 수상한 기색이 보이면 곧바로 의금부를 활용하기로 한다. 일단 거동이 수상한 인물은 대관들을 통하여 탄핵하도록 한다. 연후에는 곧바로 의금부에 하옥시켜 형신을 가하면서 죄상을 밝힌다. 숙종은 자신의 몸 관리부터 철저히 하기로 한다. 그런 뒤에 주변의 정세를 예리하게 분석한다. 원래부터 정치 기류에는 남다른 통찰력을 갖춘 숙종이다. 상황이 변하면 곧바로 대응 수단을 취할 수 있는 처지다.

하지만 숙종은 옥정의 출산에 대하여 가능한 한 말을 아낀다. 궁중에서는 옥정의 임신에 대하여 논평할 인물이 없다. 태후마저도 1683년 12월 5일에 죽었기 때문이다. 태후가 죽고 난 뒤인 1686년 1월에 옥정이 궁궐로 되돌아왔다. 1680년 12월에 태후로 말미암아 출궁당한 뒤 6년이나 걸린 시점이었다. 임신의 공로로 인하여 1688년 3월에는 숙원에서 소의로 직책이 높아졌다. 환궁한 지 2년이 지나자 이윽고 옥정이 임신하게 되었다. 미래에 옥정은 왕비로 책봉될 수도 있는 처지다. 왕자만 출산하면 꿈같은 일이 현실로 이루어지리라 예측된다.

후손이 잉태되었다는 사실이 숙종에게는 너무나 커다란 기쁨이었다. 촛불이 타서 스러지기 직전에 새 황촉을 구한 느낌이었다. 숙종은 날마다 새벽인 인시(寅時)에 일어나 동쪽을 향해 명상에 잠겼다. 태양이 솟는 곳은 언제나 동쪽이었다. 하루가 시작되려면 동쪽에서 태양이 치솟아 올라야만 했다. 솟구치는 해가 없다면 세상은 다시는 열리지 않을 것이기 때문이었다.

왕의 의복은 어느 때보다 깔끔하면서도 정갈해졌다. 우주를 향해 환희와 감동을 전하는 숙종의 경건한 숨결이 담겼다. 조정의 분위기도 눈에 띄게 숙연하면서도 경건해졌다. 어떤 권신이라고 할지라도 처신을 함부로 하지 못했다. 궁궐의 문만 들어서면 보이지 않는 숙연함이 대궐을 장악했기 때문이다.

왕은 1688년 3월을 기하여 옥정을 정2품인 소의(昭儀)에 책봉했다. 다름 아닌 임신을 한 데 따른 격려의 일환이었다. 왕의 이 같은 배려에 대하여 궁궐의 분위기는 묘하게 술렁거렸다. 옥정과 관련된 무리들은 한껏 어깨를 펼 준비를 했다. 언제든 기회만 오면 마음껏 역량을 발휘하겠다고 기염을 토하고 있었다.

한편 전 영의정 김수항 계열 선비들의 기색은 확연히 달랐다. 후궁인 귀인 영빈 김 씨를 지지하는 세력들은 불안에 떨었다. 귀인이 김수항의 종질녀이기 때문이었다. 계비한테서는 일체 임신의 징후가 없었다. 귀인에게서도 임신의 아무런 징후도 없었다. 옥정만 임신하게 되었으니 얼마나 옥정이 황홀할는지 상상이 될 지경이다.

게다가 아무도 모르게 공을 들이는 왕이 아닌가? 3월에 옥정이 소의로 책봉되면서부터 대궐의 분위기는 한결 달아올랐다. 옥정의 오빠인 희재도 왕의 마음에 들려고 노력했다. 이런 희재를 향하여 남인의 영수들이 가까워지려고 슬슬 다가왔다. 남인들이 옥정과 희재와 손을 잡으면 정권이 변하리라 예견되는 국면이었다.

집권 세력인 서인으로부터 남인으로 새로운 권세가 옮겨질 것이 예견되었다. 숙종은 계비인 민 씨에 대해서도 꼼꼼히 살펴보았다. 1681년에 계비가 된 후에 7년이 경과되었어도 계비는 임신하지 못했다. 계비는 왕보다 6살 연하의 여인이었다. 옥정은 왕보다 2살이 많은 여인이었다. 계비와 옥정의 나이 차이는 8살이었다. 옥정이 계비보다 8살이나 나이가 많았다. 한편 후궁인 귀인 김 씨는 계비보다 2살이 적었다.


숙종에겐 계비와 옥정이 비교의 대상이 될 뿐이었다. 귀인 김 씨에게는 애초부터 별로 마음이 이끌리지 않았다. 계비에 휘몰리는 서인들의 숨결이 숙종에게는 별로 달갑지 않았다. 유사시에는 계비를 폐하여 서인(庶人)으로 만들 것까지 고려하고 있었다. 왕비를 잃는 것이 왕위를 잃는 것보다는 낫기 때문이다. 왕비를 포기하면서도 왕권을 유지할 수 있는 길을 내다보는 숙종이었다.

왕은 여인의 품격을 소중히 평가했다. 계비는 왕비로서의 자신의 권세를 누리고자 꾸준히 서인의 영수들을 만났다. 왕에게는 계비가 신료들과 가까이 지내는 것이 불편하게 느껴졌다. 그래서 왕비에게 다가서는 권신들의 움직임을 예리하게 분석했다. 그러다가 조금이라도 낌새가 수상하면 왕비를 내칠 작정이었다. 권신들도 왕을 대하면서 항시 조심스러운 마음을 지녔다. 왕의 기분이 상하면 곧바로 피바람으로 연결되는 것을 봤기 때문이다. 권신들은 느꼈다. 왕이

기존의 유약한 왕들과는 풍도 자체가 다르다는 것을 통감했다.

언제 어느 때 왕명의 지시로 하옥될지 모르는 일이었다. 그런데 간혹 오판하여 스스로의 수명을 단축시키는 무리들도 있었다.


선천의 만중에게도 조정의 소식은 수시로 날아든다. 군수로부터 날아드는 소식이 가장 많은 편이다. 다음으로는 심복인 지은으로부터 많은 소식이 들어왔다. 그 다음으로는 홍수와 정영으로부터 비슷한 빈도로 소식이 날아들었다.

전해들은 소문만으로도 조정의 분위기가 만중에게는 면밀히 그려질 지경이다. 어쩌면 유배 생활이 예상보다 빨리 청산될지도 모르리라 여겨진다. 옥정이 왕자만 출산하면 국가적인 경사가 되리라 여겨진다. 이럴 경우에 왕은 범죄인들에 대한 사면령을 내리리라 예상된다. 만중의 생각으로는 거의 틀림없이 진행되리라 여겨진다. 문제는 옥정이 계집애가 아닌 사내 아기를 출산해야 한다는 점이다. 왕자의 출생이어야만 미래가 보장된다고 여겨진다.

'왕자의 출산이라?'

만중은 어느새 옥정이 왕자를 출산해 주기를 비는 마음이 생긴다. 왕이 얼마나 왕자를 기다리는지는 예전부터 느꼈다. 1680년에 세상을 떠난 왕비는 딸만 셋을 출산했다. 아들을 기대하지 않은 왕이 어디에 있겠는가? 왕비가 죽은 뒤에 1681년에 민 씨가 계비로 들어섰다. 출궁되었던 옥정이 1686년 1월에 환궁할 때까지도 계비는 임신하지 못했다. 그리하여 숙종의 얼굴 표정에는 언제나 근심이 지워지지 않았다. 만중이 선천으로 유배될 때까지도 후손 잉태의 기미는 전혀 없었다.

사람들은 왕에게 자식 복이 없을지도 모르리라는 추측까지 할 지경이었다. 비록 예전에 죽은 왕비가 낳은 공주들이 있기는 했지만. 설사 백성들이 이런 의혹을 제기할지라도 왕으로서는 해명하기 어려운 상황이었다. 대자연에 의한 축복만을 기대할 뿐 다른 길이 없었다.

만중은 5월 중순의 기온을 피부로 느끼면서 마당을 서성거린다. 기다리고 있으면 누군가가 마당으로 나타나 줄 듯한 느낌이 든다. 어쩐지 근래에 들어서 정영이 출입하는 빈도도 작아진 느낌이다. 이 사명한테도 무슨 일이 일어났는지 마음이 찜찜하다.

만중에겐 자신의 미래가 불투명하여 대단히 걱정스럽다. 어떤 경우에서든 지기인 사명에 대한 신의를 끝까지 유지할 작정이다. 지기와의 신의가 단절되면 끝장이라 여겨진다. 세상의 그 어떤 비극보다도 처절한 비극이 예상되리라 생각된다. 만중이 연못가를 서성거리면서 깊은 생각에 잠겨든다.

그에겐 커다란 윤곽이 확실히 잡힌다. 서인과 남인들이 번갈아 내뿜는 강렬한 적개심이 문제라고 여겨진다. 거기다가 숙종의 비빈과 후궁들이 이루어 내는 기류가 만만치 않다. 왕의 여인으로서는 계비와 옥정이 빚어내는 은밀한 대립에 섬광이 인다. 거기다가 숙종이 신하들을 바라보는 관점이다. 후계자가 없는 왕을 신하들이 배척할

지도 모르리라는 불신감이 컸다.

만중이 유배당한 본질적인 면도 신하에 대한 불신감 탓이라 여겨진다. 신하에 대한 믿음이 강하다면 전혀 문제가 되지 않았으리라 여겨진다. 헛소문을 말한 사람을 밝히지 않았다고 유배를 보내다니? 어린 아기들한테 물어도 이해가 되지 않을 현상이라 생각된다. 하지만 유배는 사형 다음 순위의 중형이지 않은가? 흔히 유배 중에 왕으로부터 사약을 받아 죽곤 한다. 특히 숙종 때엔 사사되는 빈도가 많아져서 걱정스럽다. 유배형이 풀리지 않으면 유배지에서 병사하는 것이 관례였다. 그랬는데 이런 관례가 깨지면서 유배자들이 불안감에 시달린다.

기약하기 어려운 현실을 생각하니 만중의 마음이 너무나 무겁다. 등과(登科) 초기에만 해도 너무나 호기롭게 세상을 살지 않았던가? 그랬던 것이 언제부터인지 죽음의 그늘을 떠올리게 되었다니? 유배 기간이 해를 넘기면서부터 부쩍 기분이 울적해졌다. 옥정이 임신하게 되었다지만 왕자를 출산한다는 보장이 없지 않은가? 공주를 출산한다면 방면된다는 희망이 원천적으로 소멸되기 때문이다. 참으로 미치지 않고는 마음을 추스르기 힘들 정도다.

적유령산맥 끝자락 어디에서인지 뻐꾸기가 아까부터 울어댄다. 뻐꾸기가 쏟아내는 선율에 핏방울이 뒤엉키는 기분이 든다. 가슴에 울화가 쌓였다가 풀리지 못하고 핏덩이로 뭉쳤다가 터진 느낌이다.

문득 만중에게 말을 타고 벌판을 달리고 싶다는 생각이 든다. 하지만 승마술을 익힌 적이 없는 만중이다. 말을 탈 줄 몰라도 말에 올라타 달리고 싶어진다. 그만큼 가슴이 옥죄어 폭발할 지경이다. 이런 가슴의 불안감을 해소시킬 생각에 잠기다가 만중이 중얼댄다.

'도저히 그냥 버틸 수가 없는 기분이야. 어디로든 달리지 않고는 가슴이 터져 버릴 지경이야. 할 수 없이 군수에게 도움을 청해야겠군. 나중에 내가 방면되면 은혜를 갚아 주면 되잖아?'

생각이 여기에 미치자 관노가 도착될 시각을 헤아려 본다. 두어 시진 후면 관노가 도착되리라 여겨진다. 곡물과 의복을 정기적으로 갖다 주는 기간이 되었기 때문이다. 만중은 방으로 들어간다. 관노가 초가로 들어설 때까지는 소설을 써 나가기로 한다. 한글 서체가 유난히 아름다운 만중이다. 붓만 들어도 글씨가 저절로 징검다리처럼 연결되는 기분이 든다.


주인공을 남자로 할지 여자로 할지 잠시 궁리해 본다. 가상의 공간인 소설이지만 주인공은 남자로 정하고 싶다. 그래야 만중 자신이 겪었던 일들이 잘 흡수되리라 여겨지기 때문이다. 글씨를 쓰기에 앞서서 생각에 잠긴다. 이야기의 골격을 잡으려고 하는 과정이다. 만중이 삼각산에서 만났던 여자 도인들에 생각이 미친다. 생각할수록 현실에서는 체험하지 못했을 일이라 생각된다.

8명의 여자 도인들은 하늘의 선녀들이라 여겨졌다. 선녀들과의 만남이라니? 생각할수록 마음이 평온해지는 추억이라 여겨진다. 8명의 여자 도인들을 세밀히 나타내기만 해도 작품이 되리라 여겨진다.

붓을 든 채 만중이 더욱 깊이 생각에 잠긴다. 어떻게 끝마무리를 할까도 생각해 본다. 인연의 시작을 끝까지 이어 주고 싶다. 구도자들이었던 8명이 후생의 주인공인 재상과 연계되어 호강을 누린다고 설정한다. 주인공은 8명의 처첩을 거느리고 호사를 누리는 것으로 이끌어 간다. 나중에는 일행이 전생의 구도자들로 환원되어 극락으로 간다고 설정해 본다.

만중은 스스로의 상상력에 만족하며 미소를 머금는다. 그러면서 중얼댄다.

'이미 줄거리를 잡은 것만으로도 소설을 완성시킨 것과 마찬가지야. 줄거리를 잡는 것이 중요하지 쓰는 일이야 문제가 없어. 작품은 시간 날 때마다 꾸준히 써 나가면 될 거야.'

만중은 마침내 한지에 붓을 옮기기 시작한다. 붓을 옮기자마자 저절로 생각들이 종이 위로 실려서 이동하기 시작한다. 주눅 들었던 마음이 어느 결에 평온하게 내풀린다. 부드러운 숨결을 토해 내며 붓을 휘두른다. 곧게 펼쳐지는 글씨를 따라 가슴에 담겼던 생각들이 물결처럼 흘러든다. 글을 쓰면서 창작의 기쁨에 잠겨든다.

'아하, 글을 쓴다는 것이 이처럼 심혼을 뒤흔드는 매력이 있구나. 앞으로는 들판을 쏘다닐 생각이 들면 글을 짓도록 하겠어.'


만중이 한창 글을 써 내려갈 때다. 문밖에서 관노가 부르는 소리가 들린다.

"대감마님, 물품을 가져 왔사옵니다."

만중이 문을 열고 밖으로 나가 관노들을 맞이한다. 쌀과 잡곡과 건어물과 채소들이 채워진 보따리들이 들려 있다. 17살 동갑의 희준과 연길이 짐을 부엌으로 옮긴다. 짐을 다 옮기고 관노들이 떠날 무렵에 만중이 서한을 전한다. 조만간 선천 들판을 둘러보고 싶다는 내용이 담겼다. 관노들이 인사를 하며 사립문을 빠져 나간 뒤다. 만중도 사립문 바깥으로 나가서 관노들이 떠나는 모습을 바라본다. 그들이 경사진 언덕길을 올라 초소를 지난 뒤에야 만중이 돌아선다. 마당의 연못을 향해 만중이 곧장 다가간다.

계절이 계절인지라 연못에는 상당히 많은 물고기들이 헤엄쳐 다닌다. 몸뚱이가 큰 피라미들도 제법 많이 눈에 띈다. 시선이 닿는 곳까지 만중이 물속을 들여다본다. 붕어와 메기 및 버들치와 누치의 모습도 눈에 띈다. 밤하늘을 수놓는 별처럼 휘황찬란한 자태를 뽐내며 물고기들이 수중에서 굽이친다. 어느새 이들 물고기들과 상당히 친해진 만중이다.

서한을 군수에게 보낸 지 사흘째가 되는 날이다. 아침 식사를 하기도 전에 군수가 마당으로 들어선다. 그러면서 묵직한 보따리를 만중에게 건넨다. 보자기 속에는 푸짐한 반찬들이 들어있다. 군수가 만중을 바라보며 입을 연다.

"대감, 잘 지냈소이까? 오늘 아침에는 둘이서 식사를 할 작정으로 왔소이다. 반찬은 솜씨 좋은 관비들이 정성을 기울여 만든 것이외다. 오늘도 지난번의 마부와 마차를 데려 왔소이다. 언제든 매운탕이 생각나면 마부가 끓여 줄 거외다."

"역시 군수님의 배려가 최고라 느껴지외다. 내가 군수님을 만나지 못했다면 어찌 이런 혜택을 누리게 되겠소이까?"

군수가 사립문에서 잠시 기다릴 때다. 만중이 평상복 차림새로 방문을 열고 나온다. 이윽고 사립문 밖에서 만중이 마부를 만난다. 마부가 반가운 듯 만중에게 인사를 한다.

"대감마님, 잘 지내셨사옵니까? 계절이 벌써 많이 바뀌었사옵니다. 원하시는 곳으로 안내해 드리겠사옵니다."

만중이 환히 웃으며 응답한다.

"만나서 반갑소. 마차를 편안하게 모는 느낌이 들었소. 오늘도 멋진 솜씨 기대하겠소."


만중과 군수가 마차에 오르자 마부가 채찍을 든다. 말이 안정된 속도로 천천히 길을 달려 나간다. 금세 경사진 언덕길을 타올라 초소 앞에 이른다. 군수가 관졸을 향해 말한다.

"오늘은 대감을 모시고 잠시 나들이를 하고 오겠소. 혹시 거동이 수상한 사람들이 드나드는지 잘 지키시오. 다녀오겠소."

두 명의 관졸들이 허리를 굽혀 군수와 만중을 전송한다. 언덕을 내려서면서부터는 광활한 평야가 펼쳐져 있다. 평야의 중앙을 가로질러 마찻길이 시원스레 뚫려 있다. 마을 순행을 위해 나라에서 만든 길이다. 해마다 겨울철이면 수령들은 농민들을 동원하여 마찻길을 수리하곤 한다. 조정의 관리들이 순찰하는 데 불편하지 않게 배려해야 하기 때문이다.

마침내 마차는 선천 분지의 중앙을 관통하는 개천 가로 달린다.
개천의 가장자리는 훤히 뚫려 마찻길로도 손색이 없을 지경이다. 개
천 가장자리에는 소나무와 참나무가 어우러진 숲들이 많은 편이다.
만중이 불쑥 군수에게 제안한다.
"북서 방향의 하천을 따라 줄곧 달려 보면 어떻겠소이까? 그러다
가 길이 꺾이면 꺾이는 대로 달리고 싶소이다."
군수가 흔쾌하게 응답한다.
"대감, 나도 언젠가는 개천이 바다로 흘러드는 곳까지 달리고 싶
었소이다. 오늘 우리 마음껏 달려 보사이다. 나도 이 하천이 어디로
하여 바다에 이르는지 무척 궁금했소이다."

둘의 마음이 통하자 군수가 마부에게 지시를 한다. 마부가 군수를
향해 응답한다.
"개천가를 따라 뚫린 길은 그리 길지 않사옵니다. 하여간 하천이
가까운 마찻길을 따라 말을 몰겠사옵니다. 저도 가 보지 못한 길이
라 가슴이 설레나이다."
잠시 마차를 길가에 세우고 군수가 마부에게 술을 권한다. 마부가
고맙다는 말을 연신 토해 내며 술을 들이마신다. 안주까지 맛있게
먹은 뒤에 마부가 마부석에 올라앉는다. 만중과 군수가 마차에 오르
자 말을 몬다. 마부의 말대로 개천가를 따라 내뻗었던 길은 금세 길

이 끊긴다. 마부가 가장 가까운 마찻길을 찾아 마차를 이동시킨다. 길이 아닌 곳으로 마차가 이동할 때에는 진동이 심하다. 하지만 마차는 마찻길에 들어선 뒤로 순탄하게 잘 달린다.

만중과 군수가 마차의 창밖으로 펼쳐지는 풍광에 매료될 지경이다. 후각으로는 쉴 새 없이 아카시아 꽃의 향기가 밀려든다. 강렬하면서도 향긋한 냄새이기에 시종 마음이 편안하게 여겨진다. 꽃향기가 물결처럼 남실대는 평야의 언저리마다 새들도 한껏 즐겁게 지저귄다. 군수의 배려로 둘은 어느새 술잔을 들며 얘기를 나눈다. 술이 체내로 스며들자 전신이 개운해지는 느낌에 휘감긴다. 하천은 선천에서 북서-남동 방향으로 길게 내뻗어 있다. 하천에 나란히 마찻길도 뚫린 상태다. 하천 가장자리가 평야 지대인 특성 탓으로 여겨진다.

만중은 평야를 달리면서 마음에서 들끓는 기류를 추스른다. 분명히 답답하고 안 풀리는 길에는 탈출구가 있으리라 여겨진다. 탈출구는 다른 존재가 아닌 자신만이 뚫을 수 있으리라 생각된다. 선천에서 청강에 이르기까지 30리에 걸쳐서 하천은 북서-남동 방향으로 달린다. 그러다가 청강에서부터 북동-남서쪽으로 방향을 바꿔 달린다. 청강에서부터 20리 길을 달리자 갯내가 콧속으로 밀려든다. 서해가 점차 가까워짐을 의미하는 듯하다. 갯내를 맡으니까 마음이 한결 개운해지는 느낌이 든다. 모든 울화가 흘러가는 개천에 휩쓸려 떠내려가는 느낌이 든다.

# 내면의 파동

　계절이 성큼 변했다. 눈만 뜨면 따가운 햇살이 쏟아지는 여름인 7월이다. 배소의 울타리인 탱자나무에도 숱한 매미들이 달라붙어 귀청이 따갑도록 울어댄다. 여름철이 되면서부터 만중은 방문을 활짝 열어 둔다. 한여름이지만 산자락에 깔린 지형 탓으로 상대적으로 시원한 편이다. 하지만 마당이나 연못에서조차 뜨거운 열기가 느껴질 지경이다. 조금만 움직여도 흘러내리는 땀 때문에 마당으로 내려서기가 두려울 정도다.

　지난 5월에 군수와 함께 하천을 둘러본 일은 커다란 즐거움이었다. 배소의 연못을 관통한 물줄기가 내닫는 곳이 서해임을 확인했다. 선천에서부터 북서로 흐르던 물줄기가 남서로 꺾이는 지점이 청

강이었다. 청강에서 철산군의 장야동까지의 35리를 하천이 남서 방
향으로 내달렸다. 장야동에서 강물은 서해와 합류되었다. 장야동에
서 마차를 세우고는 만중과 군수가 한동안 강물을 지켜보았다.

선천 배소의 연못물이 최종적으로 서해로 흘러드는 지점이 장야동
임도 확인했다. 강물과 바닷물 사이에는 경계가 없었다. 그럼에도
민물고기들은 바닷물로 뛰어들지는 않았다.

하천과 맞닿아 있어도 민물고기들은 바다로 뛰어들지 않았다. 바
다로 흘러들었다면 견디지 못하여 죽을 수밖에 없었으리라. 소금물
의 농도 차이가 물고기의 생태계에 영향을 주었다. 바다를 향해 내
달리다가도 소금기를 느끼는 순간부터 방향을 되돌리는 민물고기들
이었다.

물고기들도 자신의 생명 유지를 위해서는 영역을 잘 지켰다. 마음
껏 뒤엉키는 물줄기에서조차 물고기들은 염분에 맞춰 이동했다. 물
고기들도 보이지 않는 생명의 경계를 잘도 다스린다고 여겨졌다. 하
물며 인간인 자신에게 돌파의 길이 없지 않으리라 여겨졌다. 그 날
만중은 민물고기의 움직임을 통하여 많은 점을 깨달았다.


7월 중순이라 들끓는 열기로 정신을 차릴 수 없을 지경이다. 비록
이런 상태에서도 마음을 추스르고 위기를 조절해야 한다. 병조판서
에서 물러나서 탄핵을 받은 이사명에 대해서 생각하다가 고개를 내
젓는다.

'그도 탄핵받기 시작한다면 모면할 길이 없을 거야. 병권(兵權)이

매력적이기는 하지만 공격받기 시작하면 생명을 유지하기가 힘들어서 문제야. 하지만 그와의 신의만큼은 끝까지 지키겠어.'

한낮의 열기로부터 벗어나기 위해 만중이 연못가에서 옷을 훌훌 벗는다. 완전한 발가숭이가 된 상태로 연못에 뛰어든다. 연못의 깊이가 얕지 않기에 조심스레 연못으로 뛰어든다. 연못에 몸을 담그고는 천천히 헤엄치기 시작한다. 본능적으로 짐승들은 헤엄친다고 알려져 있다. 그래서 만중도 본능적으로 몸을 물에 띄우려고 시도해 본다. 생각만큼 쉽지 않음을 느낀다. 아예 머리를 물에 푹 담근 채 팔다리를 내저어 본다. 몸이 쭉쭉 앞으로 진행함을 느끼게 된다. 예전에 느끼지 못했던 희열감이 전신을 자극한다.

만중이 연못에서 보낼수록 점차 헤엄치는 자세가 안정화되고 세련된다. 만중에게도 점차 물이 친근해지면서 자맥질에도 자신감이 생긴다. 물에서 헤엄친다는 것은 새로운 세계로의 비상이라고도 여겨진다.

'그래, 헤엄은 확실히 매력이 있는 새로운 영역이야. 물살을 가르는 자체에 새로운 돌파구가 보이는 것 같아.'

이런 생각에 잠기면서 만중이 연못에서 한동안 헤엄을 친다. 그간 막연히 가슴을 짓눌렀던 허상의 자취들이 스러지는 듯하다. 바깥에서 보던 물과 물속에서 바라보는 세상이 너무나 다르게 보인다. 다시 두어 바퀴를 물속에서 돌다가 만중이 물에서 빠져 나온다. 가쁜 숨을 몰아쉬며 쩔쩔거리다가 만중이 수건으로 몸의 물을 닦는다. 벗었던 옷을 입고는 천천히 발걸음을 옮겨 마루에 올라선다.

방에 들어서서 붓을 들어 구운몽의 이야기를 써 내려간다. 붓이 종이에 닿았다가 미끄러지는 감촉이 너무나 좋게 느껴진다. 9월까지는 소설을 완성시킬 작정이다. 제한된 기간에 작품을 완성하는 게 의미가 있다고 여겨진다. 이야기이긴 해도 배경을 중국으로 돌릴 작정이다. 조선을 무대로 하면 오해받을 대목이 나타날지도 모르기 때문이다. 중국이어야 아무런 부담도 없이 편안하게 이야기를 펼칠 수 있다.

윤회하는 삶을 나타내기 위해 전생과 후생으로 이야기를 나누기로 한다. 형산(衡山) 연화봉에서 수도하는 승려를 전생의 주인공으로 설정한다. 연화봉에서 수도하던 승려가 동정호의 용궁을 찾아 들어간다. 용왕을 만나서 대화하다가 연화봉으로 되돌아가는 정경을 나타내려고 한다. 연화봉으로 돌아가던 도중에 8명의 여인들을 만나는 정경을 설정하려고 한다. 예전에 만중에게 8명의 여도사들과의 만남이 너무나 인상적이었기 때문이다. 여도사들과의 체험이 소설 속에서 자연스레 스며들도록 하려는 의도를 보인다.

만중은 글을 쓰면서도 무의식적으로 상념의 물길에 휩쓸린다.

'내가 끝내 유배 형벌에서 벗어나지 못한다면 유배지에서 죽게 되리라. 그래서 유배형이 사형 다음으로 무서운 형벌로 알려져 있어. 유배지에서 눈을 감기까지는 저술에 신경을 써야겠어. 그래서 이승

에서 체험하여 깨달았던 모든 것을 용해시켜 나타내도록 하겠어.'

만중은 예전의 추억을 건져 올리며 감회에 젖는다. 38살 때의 풋풋한 추억은 어디에서도 재현하지 못하리라 여겨진다. 그때 30대 중반의 여인들은 지금은 40대 후반이 되었으리라 여겨진다. 추억이 아름다우면서도 슬픈 잔영으로 밀려드는 것은 애잔함 탓이리라 생각된다. 만중에겐 삼각산 현궁관(玄宮館)이 일생의 소중한 추억의 장소라고 간주된다.

기억 속의 과거가 강한 물살이 되어 가슴으로 밀려든다. 옥선과 옥인을 포함한 8명의 여인들은 다들 이채로웠다. 평범한 얼굴들임에도 여인들마다 단아한 품격을 갖추었다. 함께 머물던 시간이 아름다운 추억이 되었다. 만중은 여인들의 향취를 소설에 담고 싶었다.

짙은 눈썹에 서글서글한 미소를 항시 머금었던 옥인이었다. 뽀얀 살결에 오뚝 선 콧날로 청아함을 자아내던 옥선이었다. 만중과 사명과 정영이 머물렀던 현궁관은 꿈속의 궁전이었다. 이들에게 8명의 여인들은 8명의 스승과 같은 느낌을 주었다. 현궁관이 마치 천상의 궁전처럼 여겨졌다. 세 사내들은 현궁관의 천제(天帝)들이었다. 천제가 천궁(天宮)을 다스리듯 이들은 8명의 여인들을 선녀들처럼 받들었다. 참으로 8명의 여인들은 3사내들을 천제처럼 정성을 다해 받들었다. 꽃향기를 바탕으로 한 영혼의 신비한 교류의 현장이었다.

세상에 윤회를 하더라도 어디서도 유사한 정황은 재현되지 못하리라 여겨졌다. 그랬던 만큼 사내들한테나 여인들에게는 그 날의 만남은 몽환적이었다. 이러한 정황은 여인들에게도 마찬가지였다. 여인들도 엄연히 8명의 황제였고 그들에게 사내들은 3명의 신선들이었다. 3명의 신선들을 거느린 여자들은 현궁관의 황제들이자 우주의 황제들이었다. 정신적 쾌락 수준이 육정을 능가하여 우주가 온통 환희와 감동의 세계로 밀려들던 절대적인 몽환의 세계였다. 그랬기에 이들에게는 너무나 시간이 소중하게 여겨졌다.

그랬기에 남녀들 서로가 조금이라도 더 상대와 대화하려고 노력했다. 세상의 모든 진심을 마음에 담아 상대와 얘기하려고 했다. 특히 만중의 마음을 사로잡았던 2명의 여인은 옥선과 옥인이었다. 이들은 다른 여인들보다 한결 우아하면서도 휘감기는 멋이 느껴졌다. 눈썹이 짙은 옥인과 살결이 하얀 옥선은 만중에게 선녀로 느껴졌다. 지극히 평범한 얼굴임에도 단아한 아취를 내뿜는 여인들이었기 때문이다.

만중은 당시에 특별한 정감을 느꼈다. 선정적이지 않으면서도 황홀한 극한 세계를 처음으로 경험한 터였다. 당시의 사내들 셋과 8여인들이 묘하게도 이런 느낌을 지녔다. 세상 어디에서도 맛보지 못할 소중한 체험을 한 거였다. 단아한 성품의 여인들이 말하는 목소리들은 선경의 그윽한 선율로 느껴졌다. 여인들의 눈빛이 반짝일 때마다 도관에는 눈부신 별빛이 흘러드는 느낌이었다. 사명과 정영도 완전히 매료되어 만중과 같은 느낌에 휘감겼다.

당시의 사내들 셋이 삼각산에서 하산하면서 다들 약속했다. 도관에서 일어났던 일은 오로지 셋만 아는 일로 하자고. 그들을 제외하고는 어느 누구한테도 얘기하지 않기로 했다. 그 약속은 충실히 지켜져 왔다고 생각된다. 어느 누구도 그 약속을 깨뜨릴 사람은 없으리라 여겨진다. 누구한테도 당시의 일은 선경의 꿈이었다고 여겨졌기 때문이다. 되돌아가고 싶다고 하여 되돌아갈 수 없는 과거가 아닌가?

상념에 잠기면서도 붓은 한지 위를 잘도 누빈다. 8명의 여도사를 팔선녀(八仙女)로 전환시켜 본다. 팔선녀를 거느리는 사람은 형산의 위(魏) 부인으로 설정한다. 위 부인은 위서(魏舒)의 딸로 여관(女官)으로서 신선이 되었다고 알려진 사람이다. 20살 수도승인 성진(性眞)을 천축국의 승려인 육관대사의 제자로 설정한다. 육관대사는 연화봉에 터를 잡아 주변의 제자들을 가리키는 고승으로 설정한다. 구체적인 구도가 잡히자 붓이 활달하게 잘도 흘러간다. 성진이나 팔선녀 모두가 도술(道術)에 능하다고 나타내기로 한다.

도술을 설정하기만 하면 어려운 대목이 부드럽게 해결되어 가슴이 후련하다. 성진을 동정호의 용궁으로 쉽게 드나들 수 있게 만든다. 도술에 의해서 수중에서도 호흡할 수 있다고 내비친다. 공중을 날아올랐다가 뛰어내리는 기술도 도술로 처리하기로 한다. 이런 도술만 있으면 어디든지 구애받지 않고 이동할 수가 있다. 어떤 물건을 다른 물건으로 충분히 변환시킬 수도 있다. 성진이 동정호를 다녀오다가 팔선녀를 만나는 정경을 나타낸다. 이 와중에서 복사꽃으로 명주(明珠)를 만드는 장면도 표현한다.

성진이 승방으로 돌아와 수도 생활의 공허감에 젖어듦을 나타낸다. 그러다가 합장하여 마음을 가다듬는 장면을 나타낸다.

만중이 잠시 물그릇의 물을 마시면서 생각에 잠긴다.

'옥인과 옥선을 비롯한 여인들은 잘 지내고 있을까? 부디 그녀들이 소망을 성취하여 잘 지냈으면 좋겠어. 그리고 그녀들이 과거에 스쳐간 나도 기억해 주면 고맙겠어. 우주에는 사람의 눈에 보이지 않는 길이 열려 있음을 느껴. 그녀들을 만난 것은 세상에 다시없을 복이기도 했을 거야.'


산바람이 불어드는 도관의 방에서 옥인과 단정히 마주 앉았을 때였다. 그녀의 영혼이 만중의 머릿속으로 파고들며 황홀하기 그지없는 정감을 주었다. 휘감기는 정감은 새벽 바람결에 흩날리는 풍경소리처럼 단아하게 들렸다. 결코 속된 탐닉의 미궁으로 빠져드는 천박한 느낌이 아니었다. 머릿속으로 흘러드는 여인의 잔상에는 청아한 향기가 나부꼈다. 선경의 꽃밭에서 흘러드는 매혹적인 향기가 연막처럼 펼쳐진 분위기였다. 여인과 함께 하는 시간이 선경에서의 체류 같다는 생각이 들었다.

세상을 살면서 그때처럼 특이하면서도 매혹적인 쾌감을 느낀 적은 없었다. 전신이 달아올라 마구 가슴이 터질 지경이었다. 갸름한 얼굴에 단아한 미소를 머금고 옥인이 속삭이듯 말했다.

"사람들마다 전생이 있었다면 내겐 오늘이 전생으로 되돌아간 느낌이 드외다. 오늘 개울에서 목욕하고 그대들을 만나면서부터 새롭게 태어난 느낌이 들었나이다. 결코 이전에는 이런 느낌을 가졌던 적이 없었나이다. 아무리 생각해도 오늘의 일은 꿈을 꾸는 듯하옵니다."

놀랍게도 여인의 입에서 나온 말은 만중의 생각과도 정확히 일치했다. 여인이 만중의 마음을 읽고 말하는 것은 아니라 여겨졌다. 천지신명이 아니고서는 사람의 마음을 정확히 읽지 못하리라 여겨졌다. 이처럼 심성이 고운 여인들을 만났다는 사실 자체에서부터 가슴이 들끓었다. 사람이란 존재 자체도 신비롭기 그지없는 대상이라 여겨졌다.

당시의 만중에게 옥인은 하늘의 선녀처럼 심성이 아름답게 느껴졌다. 묘하게도 8명의 여인들의 성품이 하나같이 잘 닦인 수정처럼 고왔다. 이들을 제외하고는 세상에 심성 고운 여인들은 없으리라 여겨질 지경이었다. 여인들을 바라보는 것만으로도 가슴이 설레었다. 여인들의 체취를 접하는 것만으로도 가슴이 출렁거렸다. 세상 밖의 세상이 밀려들어 가물대는 것처럼 가슴이 뒤설레었다.

특히 옥인이나 옥선은 평생 함께 있고 싶을 정도로 매력적이었다. 강력한 매력의 근원은 신비로움이었다. 눈감고 마주 앉아 영혼을 교류했음에도 한없이 신비롭게 보이던 여인들이었다. 신비로움의 근원은 결코 외모나 행동이 아니라 여겨졌다. 보이지 않는 여인들의 그윽한 정신 세계였다고 생각된다. 짧은 만남의 시간에서 아득한 정신의 영역을 보여준 여인들이 아닌가? 생각하면 생각할수록 다시는 헤어지고 싶지 않은 여인들이었다.

한편 지나온 조정에서의 생활은 어떠했던가? 수시로 눈빛을 번뜩거리며 왕을 비롯한 관리들을 경계해야만 했다. 주변의 어느 누구에게도 마음을 열기 어려운 곳이 조정 생활이었다. 조정에서 말 한 마디만 실수해도 처형되거나 유배를 당했다. 어떤 경우에서든 몸가짐을 반듯이 해야만 했다. 모든 언동은 주변 관리들에게 공격의 빌미를 제공하는 불씨가 되었다. 상황이 이럴진대 어떤 누구도 속내를 쉽게 드러내려고 하지 않았다. 고작 속내를 드러내려는 듯한 시늉을 할 정도에 불과했다.

이런 시늉도 언젠가는 상대를 끌어들이겠다는 지략에 의해 이루어지기 십상이었다. 남은커녕 자신의 마음도 믿지 못하는 생활이 아닌가? 이런 판에 삼각산에서 여인들을 만났다는 것은 꿈같은 일이었다. 마치 전생에서부터 만나기로 기약했던 것처럼 너무나 만남이 자연스럽게 여겨졌다. 상대를 바꿔 가며 이야기를 나누는 데에도 한없이 가슴이 설레었다. 남녀의 만남에는 학식이나 교양을 넘어선 원천적인 그리움이 깃든 듯했다. 세상이 이런 기묘한 그리움들을 사람들의 가슴에 심어 놓은 모양이었다.

옥인이 영혼의 기류를 만중의 머릿속에서부터 거두어들이며 만중에게 말했다.

"어떻게 우리가 이렇게 만나리라고 예측이나 했겠나이까? 만나기로 작정했다고 하더라도 이렇게까지 영혼으로 교합하지는 못했을 수도 있잖사옵니까? 이런 몽환적인 만남의 근원도 분명히 어디에선가 만들어졌으리라 믿사와요. 그렇지 않고서야 어떻게 그대 같은 귀공자들을 만날 수 있겠나이까? 정말 꿈을 꾸는 듯 감미로워 미칠 것 같사와요. 평생 그대들과 함께 도관에서 산다면 너무너무 행복하겠나이다. 그대가 도사가 되어 여인들을 도반으로 거느리고 살 생각은 없나이까? 출세하여 세상에 이름을 남기는 것도 중요하겠지만 이런 삶도 매혹적이잖나이까?"

옥인과 대화를 나누다 보니 엉뚱한 화제에까지 진입하게 되었다. 만중은 여인의 얘기를 듣고 잠시 마음속으로 중얼대었다.

'뭐라고? 나한테 도사가 되라고? 도사가 되어 여인들과 몽환적인 정신적인 교류를 하라고? 하기는 여자들과 영혼을 나누는 일도 도를 닦는 일이기는 하겠지만. 도사가 되면 생계는 어떻게 해결할 건데? 절의 중들만큼이나 인기가 없는 것도 사실이지 않은가? 도관이 자립하려면 풍부한 재원을 구축해야 할 거야. 그렇지 않고서야 당장 살아남기도 어려울 거야.'


만중이 따사로운 눈빛으로 여인의 눈을 들여다보며 옥인에게 응답한다.

"내가 도사가 되었다고 칩시다. 당장 어떻게 생계를 유지할 것인지 막막하게만 느껴지외다. 여태껏 그대 여인들은 어떻게 견뎌 내었는지 무척 궁금하외다. 내게 비법을 알려주면 최소한 검토는 해 보겠소이다."

옥인이 만중의 말을 듣다가 금세 자세를 가다듬으며 말했다.

"정말 도사가 되겠다고 검토해 보겠나이까? 그렇다면 내가 상세한 대책을 알려주겠나이다. 그다지 힘들지만은 않은 길이 따로 있사와요. 중요한 것은 확고한 신념이나이다. 정말 도사가 되겠는지 다시 한 번 생각해 주사이다."

옥인의 말에 홀려서 도사가 되어도 좋겠다는 생각마저 들 지경이었다. 갑자기 만중의 머릿속으로 복잡한 생각이 뒤설레기 시작했다. 느닷없이 온갖 생각이 머릿속으로 밀려들기 시작했다.


어느 결에 만중이 도관의 관주가 된 환영이 너울처럼 드리워졌다. 만중이 눈을 감고 환영의 물결에 몸을 내맡기기로 했다. 중앙 건물인 옥청전의 실내에 여인들이 줄을 지어 서 있었다. 도복 차림의 관주인 만중이 도관에서 옥인을 향해 말했다.

"옥인 도사님은 말해 주시오. 왜 사람들이 번민의 늪에서 버둥거려야 하는지를 말이외다."

옥인이 발걸음을 우측으로 옮겨 내디디며 응답했다.

"사람의 머릿속에는 항시 무엇이라도 차 있어야만 하나이다. 그렇지 않으면 잡념이 들끓기 마련이기 때문이나이다. 잡념이 들끓으면 사람이 당연히 번민하게 되나이다. 이유는 이처럼 간단하기 때문이외다."

만중이 문득 한숨을 쉬며 옥선을 향해 말했다.

"도사 옥선은 말하시오. 우리 앞에 건너기 어려운 욕정의 늪이 나타났다고 가정합시다. 늪을 지나지 못하면 수행은 물론이요 목숨마저 잃는다고 칩시다. 어떻게 이 문제를 해결할지 말해 보시오."

옥선이 근엄한 낯빛으로 자신의 견해를 들려주었다.

"해결 방안을 말하라는 얘기이나이까? 방안이란 너무도 간단하와요. 말 한 마디만으로도 금세 돌파구가 열리기 마련이나이다. 욕정의 숨결도 역시 인간 내부의 정화된 기류라고 여겨지외다. 하물며 목숨까지 위태롭다면 조금도 망설일 이유가 없다고 생각되외다. 마음의 허식을 떨치고 당당히 욕정을 승화시키는 게 옳겠나이다."

만중이 다소 매서운 표정으로 옥선에게 말했다.

"도사도 감정에 얽매어 있는 인간에 불과할 따름이외다. 내 마음이 당장 그대를 여자로 받아들이려 한다면 어떻게 하겠소이까?"

느닷없이 옥선이 깔깔거리며 조금의 망설임도 없이 대답했다.

"뭐가 문제가 되옵니까? 여자로 여겨지면 당신의 영혼을 제 머릿속으로 내품으면 되잖사와요? 그러면 육신이 아닌 영혼적인 결합으로도 둘은 황홀경에 빠질 거잖아요? 봄철이 밀려들 때마다 춘정에 뒤설레는 것은 인간의 본능이 아니온지요? 도대체 뭐가 두려워서 몸을 사리고 그러시나이까? 몸이 달아오르면 색정을 청아한 영혼으로 실어 제게로 보내주사이다."


느닷없이 붓에서 먹물이 화선지 위로 툭 떨어진다. 그 바람에 만중의 머릿속에서 남실대던 환영이 순식간에 스러진다. 만중이 아쉬운 듯한 한숨을 토하면서 붓을 놓고 기지개를 켠다. 먹물이 화선지에 떨어지던 순간의 정경이 자극적으로 느껴진다. 목숨이 스러지는 것도 먹물이 떨어지듯 순간의 일로 여겨지기 때문이다. 만중에게는 대관절 생명이란 어디에서 왔다가 어디로 스러지는지 궁금하다. 숱한 사람들이 세상을 떠났지만 죽은 뒤의 세계는 미궁에 속한다. 아무도 알려고 하지도 않고 알지도 못하는 영역이다.

간혹 무당들이 망령의 원혼을 달랜다면서 저승의 세계를 들먹이기도 한다. 어떨 때엔 무당의 말조차 미심쩍을 때가 적지 않다. 저승의 유무를 떠나 만중은 소중한 생명을 잘 다스리려고 한다. 적어도 생명에 대해서는 어떤 경우에서든 경건한 마음이 드는 만중이다. 이런 생명을 대관들의 논핵으로 좌우하는 조정의 정세가 불만스럽게 여겨진다. 삼사를 만든 취지부터가 영 마음에 들지 않는 만중이다.


또 다시 만중의 가슴에 파동이 일렁댄다. 왕이 된 뒤에 숙종으로부터 사사된 사람들의 수가 엄청나게 많아졌다. 이 사실이 만중의 가슴을 불안하게 만든다. 남인들이나 숙종의 마음에 따라 언제 사약이 내려질지 모르는 국면이다. 왕의 불안한 심리 상태에 휩쓸려서는 안 되는 현실이다. 병조판서는 언제든 왕의 숨결의 상징이다. 왕의 불편한 심사를 제 때에 간파하여 병사들을 통솔해야 한다. 왕과 친해도 말썽이 되고 친하지 않아도 말썽이 곧잘 일어난다.

만중이 상념의 너울에 휘감겨 중얼댄다.

'나에겐 시간이 무척 소중해. 여태껏 생각해 왔던 것을 글로 나타내지 못했어. 글로 남겨야만 내가 죽더라도 읽힐 거리를 사람들에게 제공하는 탓이야. 수필과 소설과 시를 남김없이 글로 다 옮겨야 되겠어. 선천에 있을 동안에는 구운몽을 반드시 완성시키기로 하겠어.'

만중은 쉴 새 없이 머릿속으로 밀려드는 잡념을 성가시게 여긴다.
정신을 집중시켜야만 커다란 자취를 남길 수 있기 때문이다.

# 요동치는 기류

여전히 폭양의 햇살이 난무하는 8월 하순 무렵이다. 구운몽의 창작 작업은 점차 후반부를 향해 치달리는 상태다. 연화도장의 승려인 성진이 부들방석 위에 앉아 참선하다가 잠들었다. 저녁부터 이튿날 새벽까지 꼬박 앉아서 잠이 들었다. 이렇게 잠든 기간을 대략 80년의 인생 노정에 비견하였다.

만중은 생각한다. 앞으로 9월까지는 창작이 완료되리라 여긴다. 자신의 체험이 엄청나게 많이 용해된 작품이어서 정이 많이 간다. 젊었을 시절에 삼각산을 유람하다가 노승으로부터 통소 부는 법을 전수받았다. 68살의 일엽화상(一葉和尙)이란 삼각산 도선사(道詵寺)의 주지승이었다. 주지승은 통소의 달인이었다. 도선사의 마당에는 산새들이 많이 몰려들곤 했다. 주지는 통소를 불 때마다 새들에게로 보리를 한 줌씩 뿌렸다. 새들에게도 이 사실이 알려진 모양이었다. 어느덧 주지의 퉁소 소리가 들리면 새들이 산사로 몰려들었다.

  주지는 새들의 비상하는 모습을 보기를 즐기는 사람이었다. 새들의 비상을 통하여 꿈꾸는 득도의 세계를 감지하려는 느낌이 들었다. 만중이 삼각산을 유람하다가 명찰(名刹)로 알려진 도선사를 찾게 되었다. 그러다가 주지의 퉁소 소리를 듣고 날아 내리는 새들을 바라보았다. 반복된 습관은 새들마저 교육시키는 모양이었다. 처음에는 새들이 단순히 먹이만 먹고 날아가려니 생각했다. 문제는 먹이를 먹고 난 뒤였다. 새들도 탐욕스럽지 않게 느껴졌다. 곡식 몇 알을 주워 먹고는 사찰 마당에서 지저귀며 서성대었다.
  지척에 모이가 있는데도 다른 새들에게 양보를 하면서까지 마당을 서성거렸다. 그러다가 퉁소 소리가 멎으면 그때에서야 하늘로 날아올랐다. 뭔가 새들도 퉁소의 선율에 감응한다고 여겨졌다. 이런 현상을 알아차리자 만중이 주지를 찾았다. 그러고는 경건하게 퉁소의 주법을 배우고 싶다고 부탁했다. 이렇게 하여 보름 정도의 기간이 지나자 만중도 퉁소를 익혔다. 만중은 신명이 나서 퉁소를 불었다. 주지승 대신에 마당에 먹이를 뿌리고 퉁소를 불었다. 새들도 차차 만중의 선율에 길들여졌다.
  그리하여 만중이 나날이 퇴청하여 삼각산을 찾게 되었다. 퉁소의 주법에 어느 정도로 자신이 생기자 집에서도 퉁소를 불었다. 확실히 퉁소의 선율은 특이한 호소력을 지닌 모양이었다. 사람들과 새들의 반향을 불러일으켰다.

뜨거운 기류가 대지를 잔뜩 달구는 8월에 만중이 글쓰기에 몰입한다. 글이란 신묘한 힘을 주기에 더위마저 잊힐 지경이다. 자신이 익힌 퉁소를 양소유와 이소화가 소통하는 수단으로 삼기로 한다. 만중이 불러들이는 새는 사찰 주변의 박새나 곤줄박이 무리들이었다. 그랬지만 작품에서는 두루미들이 선율에 교감하는 것으로 나타내었다. 두루미들은 신선들이 타고 다니는 교통수단으로 여겨졌기 때문이다.

방에서 붓을 들어 만중이 글을 쓰다가 생각에 잠긴다.
'옥정이 임신했다는 소문은 선천에까지 알려졌잖아? 부디 아들을 낳기를 바랄 뿐이야.'
옥정의 아기 출산을 떠올릴 때면 또 다른 상념이 밀려든다. 성리학의 태두(泰斗)인 주자와 송시열과 자신의 관계를 떠올린다. 육체적인 결합 못지않게 중요한 것이 정신세계의 계승이라 여겨진다. 주자의 철학을 내면 깊숙이 파악하여 받아들인 사람이 송시열이다. 단순한 이론을 답습한 정도가 아니라 충분히 본질을 파악한 터였다. 스승과 제자의 관계, 임금과 신하의 관계 등을 소상히 밝혔다. 심지어 복상 문제에까지 이론을 적용했던 인물이었다.
선비란 언제나 가슴이 열려 있는 사람이어야 한다고 말하던 인물이었다. 애초부터 선비들이란 파당(派黨)을 초월해야 한다고 주장하던 인물이었다. 그는 이론대로 남인에 속하는 윤휴와 윤선거와도 잘 지내려고 했다. 송시열을 계승할 만한 인물의 출현이 기대되는 만중이다. 만중 자신도 송시열을 닮고 싶지만 왠지 부족하다는 느낌에 움츠러든다.

해가 강렬한 열기를 내뿜자 방에 있어도 땀이 줄줄 흐른다. 아무래도 연못으로 들어가 몸을 식혀야 하리라 믿는다. 마침내 만중이 수건을 챙겨 들고 방바닥에서 일어선다. 방문을 열고 마당으로 내려서서 연못으로 걸어간다. 마침내 연못가에 도착하자 옷을 훌훌 벗는다. 그러고는 조심스럽게 연못으로 들어선다. 주변의 열기는 따갑지만 물속은 시원하기 그지없다.

적유령 산맥으로부터 흘러드는 물줄기이기 때문에 물이 한없이 맑다. 긴 산악을 굽이치며 흘러들기 때문에 물이 한없이 시원한 편이다. 만중이 물속에 뛰어들자 잠시 물고기들이 달아났다가 금세 다시 몰려든다. 붕어와 피라미와 갈겨니 무리들이 수중을 활개를 치며 나다닌다. 금세 전신에 한기가 밀려들 정도로 물이 서늘하다. 뜨거운 차 한 잔 마실 만큼의 시간이 흐른 뒤다. 만중이 물 밖으로 나와 전신의 물기를 수건으로 닦는다. 옷을 챙겨 입고는 천천히 연못가를 거닌다.

이때 만중의 머릿속으로 어떤 상념의 물결이 밀려든다. 문득 왕인척의 운명에 생각이 미친다. 허견(許堅)이 복선군과 모의를 하다가 둘 다 역모 혐의로 처형되었다. 복창군과 복평군도 역모 연루자로 내몰려 유배지에서 사사되었다. 복창군과 복평군은 궁녀와 사통한 죄로도 유배되었던 인물이었다. 복창군과 복선군과 복평군의 삼복(三福)은 허견으로 말미암아 죽음을 당한 꼴이었다. 적어도 만중의 관점으로는 이렇게 생각되었다.

삼복은 왕의 인척이라는 사실만으로도 언제나 주시의 대상이 되는 존재였다. 그렇기에 안전을 위하여 엉뚱한 생각을 떨쳐야만 했다. 삼복은 정말 나름대로는 언행에 최대한 조심을 해 왔다. 그랬는데도 허견이 은밀히 다가와 복선군을 흔든 셈이었다. 자신들 나름으로 최대한 조심했건만 허견이 내뱉는 말에 위태로워지기 시작했다. 세상은 점차 삼복을 위험한 인물들이라고 여기기 시작했다. 이때부터 삼복의 처지는 언제나 생명의 위협에 노출되게 되었다.

삼복에게는 허견이 죽음을 불러온 원흉이라 여겨졌다. 1680년까지 왕에게 왕자가 있었다면 차후의 왕위가 위태롭지 않았을 것이다. 하지만 왕은 왕비는 물론이요 후궁에게서조차 아들을 출생시키지 못했다. 이런 분위기가 감돌면서부터 왕의 당숙들이 감시의 표적이 되었다. 조금만 잘못되어도 의금부에 붙잡혀 조사를 받을 확률이 컸다. 게다가 역모로 몰리게 되면 좀처럼 벗어날 길이 없는 처지였다.

1680년에 허견이 참수(斬首)되고 삼복이 처형될 때였다. 만중은 참으로 인생의 무상함을 통렬히 느꼈다. 삼복이 왕의 인척만 아니었어도 왕의 표적이 되지는 않았으리라 여겨졌다. 태어난 신분으로 말미암아 허견 같은 속물이 접근하여 사사되기에 이르렀다. 참으로 삼복이 겪었을 번민과 고뇌가 한없이 가슴 시리게 느껴졌다.

그런데 이번에는 동평군이 홍치상으로 말미암아 위협받을 국면에 처하였다. 당숙이면서 한 살 연상인 동평군을 왕은 우호적으로 대했다. 왕의 총애를 받자 동평군은 주변으로부터 시기를 받게 되었다. 시기심이 커서 사소한 일로도 동평군을 헐뜯으려는 일이 빈번히 발생했다. 이런 현상을 바라보면서 만중은 씁쓸한 생각에 잠겼다. 허견과 삼복처럼 홍치상과 동평군도 함께 제거되리라는 느낌이 들었다. 인척과 관련된 권력의 무상함을 재차 느끼게 되는 만중이었다.

아무래도 홍치상과 동평군은 절대로 원래의 수명을 유지하지 못하리라 예견된다. 다만 시간이 문제일 뿐 언젠가는 예정된 궤적을 밟으리라 여겨진다. 만중의 견해로도 홍치상이란 인물은 참으로 교활하다고 생각된다. 하지만 왕의 고모인 숙안공주의 아들이기에 껄끄럽게만 생각할 뿐이다. 이런 홍치상이 사명한테 접근하여 병권에 욕심을 내는 정황이 드러난다. 이런 일로 사명과 만중이 속내를 터놓고 의견을 나눌 작정이다. 만중에겐 사명이 유일한 지기이기에 지기의 안전을 위해 조언할 작정이다.

병권과 관련하여 만중이 병조판서로 있던 때인 1685년의 일이 떠올랐다. 만중이 병조판서로 있을 때의 사명은 도승지로 있었다. 병조판서와 도승지는 왕의 절대적 신임을 받는 관직이었다. 만중과 사명은 남인과 서인을 번갈아 내치는 왕이 두렵게 여겨졌다. 그래서 왕에 대하여 경계하는 마음이 생겼다. 왕과의 사이가 좋아도 왕에게 내침을 당할 때가 있으리라 여겨졌다. 그럴 경우에 대비하여 허점을 만들지 않으려고 노력했다.

당시에 만중은 8월 19일부터 10월 9일까지 2달간 병조판서를 맡았다. 비록 2달간일지라도 병권을 맡는다는 의미는 엄청나게 컸다. 청나라와의 대결을 염두에 두고 대비책을 세워야 했다. 그러면서도 군대의 조직에 대하여도 면밀히 파악할 필요가 생겼다. 군대의 조직을 파악하는 과정에서 의외로 많은 사실을 알아차렸다. 제일 놀라운 것은 병권을 탐내는 사람들이 많다는 사실이었다. 특히 왕가의 후예들이 병권에 관심이 많음을 느꼈다.

왕의 총애를 받는 무리들이 은밀히 병권에 관심을 기울였다. 병력을 동원한다는 자체가 거대한 힘임을 만중이 절실히 느꼈다. 남인이든 서인이든 상당히 많은 선비들도 병권에 눈독을 들였다. 1674년에 숙종이 등극한 이후부터 1685년까지 왕자의 출산 소식이 없었다. 다음 세대의 계승자가 없다는 사실은 왕권 자체를 뒤흔드는 요인이었다.

차기 계승자가 없으면 왕의 인척들이 피라미처럼 파드득거리기 마련이었다. 숙종은 다른 왕들과는 달리 왕자가 나타나지 않아서 오래 번뇌했다. 이런 번민을 거듭하면서 왕은 왕권을 강화시키려고 노력했다. 1674년에 숙종이 등극할 때는 예송 논쟁에서 남인이 승리를 거두었다. 이때 서인들이 대대적으로 내몰림을 당했다. 만중도 대사헌인 윤휴와 우참찬(右參贊)인 허목을 탄핵하다가 파직되었다. 파직되어 다시 정계에 복귀할 때까지는 참으로 스산한 시간들이었다. 과거의 일이기는 하지만 다시는 반복하고 싶지 않은 뼈아픈 사건이었다.

만중은 1679년 12월 10일에 정3품인 예조참의로 관직에 복귀했다. 이 무렵에도 커다란 격랑이 치솟던 시기였다. 서서히 서인들이 조정에서 실권을 장악하려고 힘을 모으던 때였다. 이듬해에는 아니나 다를까 경신출척이 일어나 남인들이 축출당했다. 만중이 관직에 복귀된 것은 경신출척의 전조였을 따름이었다. 바다에 해류가 일 듯 세상에는 신묘한 기류가 이는 모양이었다. 6년 만의 집권 세력의 교체였다. 놀랍게도 이런 교체의 결정에는 숙종의 의지가 강력하게 작용하고 있었다.

붕당의 대결을 지켜보다가 전환이 필요한 부분에서 숙종이 손을 썼다. 손을 쓸 때까지 숙종은 세상의 기류에 초연한 듯했다. 얼이 빠진 듯한 초연한 자세는 선비들의 경계심을 완화시키기 마련이었다. 잠시 붕당의 선비들이 숙종의 존재를 무시할 무렵이면 변고가 터졌다. 한 패거리가 지나치게 결속되면 결속을 해체시키려고 왕이 애썼다. 붕당의 선비들이 떼를 지어 떠드는 것에 시달리는 왕의 방어책이었다.

1685년에 병조판서였던 만중이 도승지인 사명을 만나 비밀스레 의견을 나누었다.

"왕에게 빨리 왕자가 태어나야 일이 되겠소이다. 왕의 신경이 곤두서 있는 것이 후계자 문제 때문이라 여겨지외다. 등극 11년이 지났는데도 아들이 없으니 얼마나 마음이 타겠소이까? 천신이 보살펴서 왕자가 어서 생기면 좋겠소이다."

사명이 만중의 말에 관심을 보이며 물었다.

"왕자의 출산이 오랜 기간 동안 없다면 문제가 되겠습지요? 심지어 음흉한 뜻을 품은 무리들이 나타날지도 모르잖소이까? 이때 누군가 변란이라도 꾸민다면 대책은 세워져 있소이까?"

만중은 나지막한 목소리로 사명의 질문에 응답했다.

"사실은 이공이 이런 질문을 했다는 자체부터가 반역 행위에 해당하외다. 지금 왕은 역대의 어느 선왕들보다 지혜가 뛰어난 인물이외다. 그래서 참으로 놀랄 때가 상당히 많소이다. 간단히 말해서 충분히 대응책이 마련되어 있소이다. 궁궐과 경기 일대를 순식간에 방어할 수 있는 체계외다. 인조 때의 청나라의 내습 같은 규모라도 방어할 수가 있소이다."

사명은 다소 의아한 표정을 지으며 반문했다.

"내 생각으로는 병마의 세력이 그처럼 강해졌다고는 믿기지 않소이다. 병마를 그처럼 잘 훈련시키려면 뛰어난 장수가 있어야만 하외다. 중앙군과 지방군을 그처럼 통제할 만한 인물이 누구란 말이외까? 만약 그 정도의 인물이 있었다면 내가 왜 모르겠소이까? 어디 자세히 좀 들려주기 바라외다."

만중은 인적이 뜸한 호젓한 장소로 사명을 불렀다. 그러고는 궁궐과 경기 일대를 나타내는 지도를 펼쳤다. 궁궐에서부터 경기의 도성과 한강 일대에 배치된 병마의 배치를 설명했다. 유사시에 봉화를 담당하는 장소와 파발마가 출발하는 역을 차례차례로 들려주었다. 내란을 일으키려면 최소한 3,000여 명의 병사가 필요하다고 말했다. 숙종 때에 신설된 금위영의 병사들만으로도 반란군은 제압되리라 예견했다. 차기의 병판으로 거론되는 이숙(李翻)이 조선 무예의 달인이라고 했다.

이숙이 지휘를 한다면 반란군은 초기에 진압되리라 들려주었다. 이숙은 문관으로 등과했으면서도 은밀히 무예를 익힌 무관이었다. 그래서 병마를 가장 빼어나게 조련할 장수이기도 하다고 했다. 이숙은 확실히 보통 인물은 아니라고 만중에게 비쳤다. 만중도 은밀히 무술을 수련하여 병마를 조련시킬 만한 인물이었다. 그리하여 조선검(朝鮮劍)의 대표적인 검객이기도 했다. 하지만 이숙에게는 비교할 바가 못 된다고 자인하는 처지였다.

이숙이란 말을 듣자 사명도 인상을 찌푸렸다. 언젠가 선발된 7명의 정예 검객들을 인솔하고 도성을 순찰할 때였다. 느닷없이 복면을 한 괴한이 장검을 들고 길을 막았다. 당시에 사명도 장검을 휴대한 상태였다. 사명을 비롯한 8명의 검객을 상대로 괴한이 칼을 휘둘렀다. 괴한의 몸놀림은 침착하기 그지없었으며 현란할 정도로 날렵했다. 괴한의 손길만 펼쳐지면 검막(劍幕)에 갇혀 벗어나기가 힘들었다.

결국 8명의 검객들은 괴한을 막지 못했다. 사명은 그 날 이후로 충격에 휩싸였다. 그의 검술을 제압할 상대를 만났다는 놀라움 탓이었다. 세월이 흐를수록 그럴 만한 인물을 유추해 봤다. 만중이 들먹이는 이숙의 얘기를 들었을 때였다. 언젠가 이숙과 검술 대결을 해 봐야겠다고 별렀다. 대결을 통하여 혹여 그가 괴한이었던지를 알아낼 심산이었다. 조선검의 명예를 걸고 언젠가 이숙과 반드시 대결해야겠다고 별렀다.

만중은 사명에게 요점을 추려 말했다. 왕의 곁에 이숙이 있는 한 왕은 안전하리라 말했다. 분명한 것은 만중도 이숙과 검술 대결을 하지 못했다. 무관들은 서로의 실력을 확인하고 격려하려고 때때로 대결하곤 했다. 이숙의 무예는 탁월하여 만중은 그의 상대가 못 되리라 여겼다. 하지만 만중은 자신의 검술을 부단히 수련하는 중이었다. 병권을 다스리는 데 발생되는 불상사를 해결하려면 무술을 갖춰야 바람직했다.

만중은 비상사태에 처하면 이숙을 불러 병마를 운용할 작정이었다. 사명은 만중이 들먹인 이숙에 대하여 깊이 생각해 보려는 표정이었다.

당시에 만중에게 비친 사명의 표정이 예사롭지 않다고 느껴졌다. 병권에 대한 욕심이 엄청나게 많다고 여겨졌다. 만중은 지기로서 사명이 엉뚱한 생각에 잠기지 않기를 바랐다. 때가 되어 병권을 맡게 되면 최선을 다하면 되리라 여겨졌다. 하지만 사명이 관심을 갖는 것은 단순한 병권이 아닌 듯했다. 병권을 이용한 반역 행위마저 꿈꾸는 듯하여 만중이 섬뜩함을 느꼈다. 그리하여 여유를 가지고 사명의 마음을 누그러뜨려야겠다고 생각했다.

만중이 연못에서 목욕한 뒤에 방에서 작품을 계속 써 내린다. 작품을 써 내리면서도 수시로 상념에 휩쓸리곤 하는 만중이다.

만중은 인간 세상의 특출한 인물의 의미를 수시로 떠올린다. 과연 어떤 인물이 세상을 장악할 만한 특출한 사람인지 궁금해진다. 한때 자신도 세상에서 빼어난 인물이라 여긴 적이 있었다. 하지만 유배를 당하고 보니 빼어난 인물은 따로 있다고 여겨졌다. 어떤 인물은 유배를 당하자마자 금세 복직되기도 했다. 예전에는 무심코 봐 넘겼던 일들이 근래에는 예사롭지 않아 보인다.

세상 변화의 어려움을 구운몽에 담아 보려고도 한다. 양소유가 승승장구하는 듯하지만 작품의 내면에는 절절함이 담겨 있다. 남을 탄핵하기도 하고 남으로부터 탄핵받기도 한 만중이다. 과정이야 어떻게 되었든 슬기롭게 세상을 헤쳐 나가야 할 판이다. 그래서 세상 떠난 시점에 들을 세상의 평가가 궁금해지는 터다. 평가를 잘 받고 싶다고 하여 좋게 평가받는 것은 아니다. 타인들의 관점 또한 중요하다고 인정하는 만중이다. 근래에는 자신과 타인들의 교차하는 관점에 관심이 쏠리는 만중이다.

구운몽의 육관대사와 주인공 성진은 도술에 통달한 인물로 나타낸다. 앉아서 남의 머릿속에다 예정된 꿈을 펼치는 능력의 소유자가 육관대사다. 그것도 성진 한 명에 국한되지 않는다. 위 씨 부인 팔선녀들의 머릿속에까지 꿈을 동시에 펼쳤다. 인생이 허무하다는 점을 깨닫게 만드는 각본으로 짜인 꿈이다. 남의 꿈을 조절하는 점은 사람의 능력으로는 불가능하다. 달리 말하면 육관대사는 신불(神佛)과 같은 존재라는 얘기다. 문제는 육관대사 본인에만 국한되는 것이 아니다. 성진과 팔선녀들한테까지 신묘한 도술을 펼친다는 점이다.

만중은 붓으로 글을 써 내려가면서도 연신 생각에 잠긴다. 어떨 적에는 유배당한 것이 꿈처럼 느껴질 때가 많다. 하룻밤 잠에서 깨어나면 자신은 한양의 자택에 누워 있으리라고도 여겨진다. 배소의 생활이 고달플수록 그런 환상에 잠긴 적이 무척 많다. 언젠가 시간이 흐르고 나면 가슴 시린 추억이 되리라 여긴다. 하지만 배소의 생활은 한없이 공허하여 미칠 지경이다. 비록 군수가 마음을 열고 돌봐 주기는 하지만 부담스럽게 느껴진다. 대등한 입장이 아니고서는 진정한 친구가 되기는 어렵다고 여겨진다.

붓으로 써 내려가는 작품을 거듭 머릿속으로 헤아려 본다. 그러면서 계속 줄거리를 이어 붙인다. 이야기의 어느 부분에서도 불필요한 군더더기가 있어서는 안 되리라 여긴다. 작품을 통하여 사람들이 생각을 공유한다는 점에 매력이 있다고 느껴진다.

양소유가 과거 시험을 보러 가다가 수양버들이 휘늘어진 누각을 바라본다. 수양버들이 너무 아름다워 시를 지어 낭랑하게 읊조린다. 이 시를 진채봉이란 규수가 듣게 된다. 먼발치에서 남녀가 서로를 대하고도 가슴에 파동이 밀려옴을 느낀다. 그래서 이튿날 낮에 가까운 거리에서 만나자고 약속한다. 하지만 이튿날에는 당나라에 변란이 일어나 과거가 연기되는 일이 발생한다. 진채봉이란 여인도 주인공이 만날 수 없게 되어 버린다. 이런 대목의 설정에서 만중은 세상살이가 쉽지 않음을 드러낸다.

세상의 일이 정해진 각본대로 진행되는 것만은 아님을 밝힌다. 그러면서도 마음은 자유로운 물결처럼 뒤설렐 수 있음도 나타낸다. 낙양의 누각에서 진행되는 시회(詩會)에 참가하여 양소유가 시를 지어 제출한다. 시를 평가하는 인물은 관리나 선비가 아니라 빼어난 기생인 계섬월이다. 계섬월이 좋다고 평한 사람이면 틀림없이 과거에 합격될 지경이다. 그 날 양소유의 시가 계섬월에 의해 뛰어나다고 평가를 받는다. 작품이 빼어나면 하룻밤을 동침한다고 약속한 계섬월이었다.

계섬월과 하룻밤을 묵으면서 양소유가 이야기를 나눈다. 계섬월이 만중에게 말한다. 틀림없이 과거에 장원급제하고 미래에는 재상에까지도 이르게 되리라고 예측한다. 양소유가 아직 미혼이라고 밝히니 정경패라는 소녀를 만나보라고 권한다.


붓을 잠시 멈추고 만중이 생각에 잠겨 중얼댄다.
'정경패! 정경패라니!'

만중은 자신이 상상하는 최상의 인물들을 정경패와 이소화로 형상
화시킨다. 이들 인물들에게 자신이 꿈꾸던 최상의 가치를 부여하기
로 작정한다. 정경패는 누대 재상가의 자녀로 묘사한다. 이소화는
왕의 누이동생으로 설정한다. 정경패와 이소화를 어떻게 양소유의
공동 배우자로 삼을 것인지를 구상한다.

결코 작품이라고 하여 아무렇게나 처리할 문제가 아니라 여겨진
다. 두 가문의 자존심이 상처 입지 않도록 구성해야 하리라 여긴다.
황실과 재상의 가문을 대등하게 연결시키려는 구상이 만만치 않게
느껴진다. 만중은 벼루에 먹을 갈며 가만히 한숨을 내쉰다.

# 보금자리의 숨결

아침을 먹고 난 뒤다. 청국의 여검객이면서 만중의 심복인 28살의 지은이 초가로 들어선다. 남장을 했어도 훤한 달빛같이 뽀얀 살결이 시선을 끈다. 지은이 만중을 향해 말한다.

"대감마님, 벌써 보름이 지났나이다. 부탁하신 심부름은 무사히 마치고 돌아왔사와요."

말을 하면서 주머니로부터 봉투를 꺼내 만중에게 건네준다.

보름 전에 지은이 한양으로 떠났다. 만중의 부탁으로 한양 가족들의 상황을 파악하려는 측면이었다. 궁금한 것은 어머니와 아내의 소식이었다. 어머니와 아내가 어떻게 사는지 참으로 궁금했다. 유배를 당하면서 관작이 삭탈당했기에 나라에서 녹봉이 전해지지는 않는다. 녹봉이 전해지지 않은 상태에서 어떻게 생활이 이루어지는지 궁금해졌다.

봉투에는 어머니가 쓴 서한과 아내의 서한이 함께 들어 있다. 아내의 서한부터 먼저 읽는다. 언문으로 적힌 글귀가 시야에 쫙 펼쳐진다.

그리운 영감께

무덥기 그지없는 나날이 이어지는 계절인가 보외다.
그간 몹시 고생이 많았을 텐데 잘 지내시는지 무척 궁금하외다.
여기는 어머님과 제가 진화의 보살핌으로 잘 지내고 있나이다.
식사는 잘 하는지 거처는 잠들 만한지 항상 염려스럽사옵니다.
세상이 평온해져 조속히 상봉하기만을 학수고대하겠나이다.
할 말은 하늘의 별처럼 많지만 때때로 전하겠나이다.
만날 때까지 건안하시길 비나이다.

언제나 영감을 그리워하는 소첩 올림

'그리운 영감께'라는 말에 만중의 눈시울에 눈물이 핑 돈다. '그립다'는 말 한 마디에 모든 정한이 다 녹아든 느낌이다. 만중의 콧등이 순간적으로 시큰거리면서 만중의 목이 멘다. 자신도 모르게 만중이 허리를 꺾으면서 흐느끼기 시작한다.

"으흐흑! 으흐흐흑!"

마당에 서 있던 지은이 만중에게서 등을 돌려 연못으로 걸어간다. 지은의 눈시울에서도 어느새 눈물이 줄줄 매달려 흘러내린다. 지은의 마음이 순간적으로 신산스러워진다. 지은이 자신을 향해 마음속으로 중얼댄다.

'대감이 흐느끼는 건 당연한 일이야. 하지만 나까지 왜 눈물을 흘리고 야단이지? 대감의 부인이 나한테 너무 고아하게 보였던 탓일까? 정말 고운 심성의 부인을 가진 대감이 무척 행복하게 여겨졌어. 부인을 생각하는 대감의 마음을 충분히 이해할 수 있어. 하지만 그럴수록 내 마음이 허전해지는 것은 무슨 연유일까? 52살의 늙은이한테 내 마음이 다 녹아내린 탓일까? 분명히 선천에 있을 동안만 심복으로 지내겠다고 약속한 거잖아?'


만중은 터져 나오는 울음을 가까스로 추스르며 어머니의 서한을 펼친다. 서한을 펼치자 어머니의 마음이 잔잔한 연못의 물결처럼 밀려든다.


**보고 싶은 애비에게**


**염천의 열기 속에서 잘 지내는지 궁금하구나.**
**세월의 흐름이 덧없을 지경으로 빠르기 그지없다고 느껴진다.**

애비의 생계가 어떻게 영위되는지 하루가 시작될 때마다 염려스러웠다.

여기서는 진화가 정성을 들여 에미와 나를 돌봐 준다.

그 덕으로 에미와 나는 잘 지내고 있다.

세상의 기운이 부드러워져서 하루라도 빨리 만나보기를 천지신명께 간절히 빈다.

혹여 기간이 너무 오래 되어 내가 애비를 못 기다리는 경우가 생겨도 너무 슬퍼하지는 말기 바란다.

하지만 하늘이 정녕 사랑을 베푼다면 너무 기간이 지연되지 않으리라고 바랄 뿐이다.

애비도 건강하게 잘 지내기를 바란다.

애비한테도 평안함이 오래오래 깃들기를 바란다.


**사랑을 담아 진화의 할미가**


아내의 서한을 보고 흐느끼던 만중이 어머니의 서한을 보자 통곡한다. '내가 애비를 못 기다리는 경우가 생겨도'는 문구가 시선을 찌른다. 얼마나 자식을 그리워하는 마음이 절절했으면 죽음까지 염두에 두었는지 먹먹해졌다. 자식이어도 어머니를 잘 모시지 못했다는 생각에 너무나 비감스러웠다. 과부가 되어 어릴 때부터 만중을 길러 오지 않았던가? 이런 어머니를 커서 제대로 따뜻이 안아준 기억이 없었다. 어머니로부터 사랑만 받았지 애정을 되돌려 표현하지를 못했던 만중이었다.

생각하면 생각할수록 갈라진 상처에 시린 얼음물이 떨어지는 듯 참담해진다. 만중이 어머니를 생각하며 급기야 무릎을 꿇고 마당에서 통곡한다. 울음에 담긴 색채가 너무 슬퍼서 지은마저 불쑥 울음이 터진다. 지은도 연못가에 꿇어 앉아 수면을 바라보며 울음을 터뜨린다. 좀처럼 보지 못했던 사내의 울음이 얼마나 애절한지를 통감하는 날이다. 마음에 품었던 사내의 통곡하는 모습은 지은의 눈물샘을 자극했다.

청나라에서 조선으로 잠입했다가 돌아가지도 못하고 심복으로 머무는 신세를 떠올린다. 전혀 강압적이지 않은 방식으로 심복이 되었다. 만약 심복이기를 포기한다면 곧바로 떠나 버리기만 하면 되었다. 그럼에도 지은은 충실히 약속을 지켜 심복이 되어 주었다.

28살의 지은이 52살의 만중에게서 떠나지 않고 만중을 지켜본다. 너무나 상심하여 창자가 금세 찢길 듯이 통곡을 하는 만중이다. 마치 생사(生死)의 관문을 지나 새롭게 태어나려는 듯한 격렬한 몸부림이다. 너무나 처절한 장면이기에 지은이 몸을 돌릴 수 없는 처지다. 차마 만중을 내버려 두고 떠나기에는 가슴이 너무 애잔하다. 그래서 만중의 슬픔이 가라앉을 때까지 잠자코 기다리기로 한다.

만중에겐 이제 삶 자체가 의미를 잃은 듯한 느낌마저 밀려든다. 소중한 가족의 정감마저 다스리지도 못하는 삶이 무슨 삶일까 싶다. 이런 느낌에 휩싸이자 여태껏 가족을 소홀히 했다는 마음이 들었다. 유배를 당했다는 자체도 가족을 배려하지 못한 결과라 여겨진다. 진심으로 가족을 배려했다면 하늘이 자신을 선천에다가 방치하지는

않았으리라 여겨진다. 생각이 여기에까지 미치자 피울음을 토하다
가 실신하여 나뒹군다.


　격렬하게 통곡하다가 느닷없이 만중이 실신해 버리자 사방이 적막
에 휩싸인다. 이 장면을 바라보자 지은이 놀라서 만중에게로 달려든
다. 그러고는 수건에 물을 적셔서 만중의 얼굴을 닦아 준다. 만중의
얼굴을 물수건으로 반복하여 닦아 주자 만중의 의식이 되살아난다.
　만중이 흐릿한 정신으로 눈을 깜빡이다가 지은을 발견한다. 지은
이 만중을 껴안고 얼굴을 연신 물수건으로 닦았음을 알아차린다. 만
중이 너무나 고마운 마음이 들어서 왈칵 지은을 껴안는다. 지은도
만중이 의식을 차리자 반가워서 만중을 힘껏 껴안는다. 느닷없이 적
유령 산맥으로부터 얼음처럼 서늘한 바람결이 밀려드는 느낌이 든
다. 만중이 내심으로 놀라 땅바닥에서 일어선다. 그러자 지은도 만
중을 따라 땅바닥에서 일어선다.
　만중이 지은을 향해 말한다.
　"그대에게 너무 못난 모습을 보여서 미안하오. 약소하지만 한양까
지 다녀온 경비를 지불해 주겠소. 정말 머나먼 길에 너무나 노고가
많았소. 너무 고마워 눈물만 흐를 뿐이외다."
　만중이 주머니에서 은전을 꺼내 지은의 손에 쥐어 준다. 지은이
고개를 흔들며 은전을 되돌려 주겠다고 울먹이며 말한다.
　"대감, 나를 고작 이 정도로밖에 생각지 않으시온지요? 나는 그대
의 심복이나이다. 심복한테 고작 은전으로밖에 마음을 나타내지 못

하와요? 정말 이러시면 내 마음이 너무 공허하여 죽어 버리고 싶사와요. 서운하여 다시는 여기에 오지 못할 정도이옵니다. 그래도 좋겠나이까?"

만중이 눈물을 글썽이며 지은을 향해 곧바로 응답한다.

"그대여, 지금껏 수고해 준 것만으로도 너무나 고마웠소이다. 혹여 은전이 부족하다면 내가 지닌 것 모두를 드리겠소이다. 죄인인 나한테는 더 이상 은전이 필요가 없기 때문이외다."

만중이 말을 마치고는 은전을 가지러 방으로 가려 할 때다. 지은이 느닷없이 왈칵 달려들며 만중을 껴안으며 흐느낀다.

"당신은 너무 하사이다. 예전에 서로를 품었던 사이인데도 어쩌면 이처럼 냉정할 수 있나이까? 당신의 은전을 노리고 지금까지 심복으로 지낸 줄 아시나이까? 당신은 현재 녹을 받지 못하잖나이까? 당신 곁의 나도 당신의 가족이옵니다. 내 마음도 좀 달래 주시와요."

지은의 말에 만중도 그만 넋이 허공으로 빠져 나갈 판이다. 물욕을 초월하여 인간으로서 자신을 대하는 고결한 품성의 여인이 아닌가? 만중이 하늘을 올려다보며 생각에 잠긴다.

'그대는 전생에 무슨 죄를 저질렀기에 나를 만났소이까? 나란 인간이 나빴던 탓에 유배를 당하고 있지 않소이까? 어쨌거나 나라를 초월하여 따뜻한 마음을 열어 준 그대가 존경스럽소이다. 진작부터 그대는 나의 심복이 아닌 내 스승이라 여겨졌소이다. 감히 내가 스승인 그대를 어떻게 하면 마음이 편하겠소이까?'

만중의 마음 동요에는 초연한 듯 지은이 만중을 방으로 데려간다. 방바닥에 요와 이불을 펴고는 만중을 요에 눕힌다. 그러고는 만중을 향해 속삭이듯 말한다.

"잠시 누워서 기다리사이다. 먼 길을 다녀온 탓에 온 몸이 땀으로 젖었나이다. 연못에 가서 목욕하고 올 테니까 방에 가만히 계시와요."

만중이 뭐라고 대꾸하기도 전에 지은이 방을 빠져 나간다. 얼마의 시간이 흐른 뒤다. 정갈한 차림새로 지은이 방으로 들어서며 만중에게 말한다.

"비록 배소의 초가일지라도 저는 여기에서 당신에게 안기고 싶사와요. 검객도 살과 피로 이루어진 인간일 뿐이나이다. 제 마음 같아서는 대감과 육정을 나누고 싶사옵니다. 하지만 모친과 부인의 서찰을 받은 대감의 심정을 충분히 이해하나이다. 그래서 단순히 대감께 안겨서 잠들고 싶을 따름이나이다. 그간 제 영혼도 너무 피폐하여 허탈해졌기에 잠이 휘몰려 쏟아지옵나이다. 제가 원하는 것은 잠깐만 대감께 안겨서 잠들고 싶을 뿐이에요. 절대로 과욕을 품어 대감의 마음을 괴롭히지는 않겠나이다."

만중의 마음을 충분히 헤아려 주는 지은에게 만중이 감동을 느낀다. 그래서 지은을 이불로 끌어들여 팔베개를 하여 나란히 드러눕는다. 그러자 만중의 가슴속으로 과거의 소용돌이가 거세게 치솟기 시작한다.

만중이 등과하기 7년 전인 1658년의 일이었다. 만중이 존경하는 송시열에 대한 상념이 흘러든다. 직접 대하지는 않았어도 전해진 소문으로 너무나 잘 알려진 사실들이다. 만중이 1685년 8월 19일부터 10월 19일까지 병조판서를 지냈다. 공식적으로 2개월간을 병판이 되어 병력을 장악하게 되었다. 군사력을 증강시켜 청국을 뒤엎어 버리고 싶었다. 과거에 인조가 받았던 치욕을 말끔히 청산해 주고 싶었다. 이때의 만중에겐 송시열의 과거의 모습이 가슴을 감동시켰다.

1658년에 북벌을 감행하려고 39살의 효종은 총력을 기울였다. 왕은 4명의 신하를 북벌 추진 책임자로 위촉했다. 57세의 훈련대장 이완(李浣), 43세의 어영대장 유혁연(柳赫然), 66세의 좌의정 원두표(元斗杓), 52세의 예조참판 송시열(宋時烈)이 북벌을 강행하는 핵심 인물로 발탁되었다. 이때의 송시열은 새벽인 인시(寅時)에 일어나서 냉수로 목욕을 했다. 그러고는 맑은 정신으로 병력을 관장하는 관리들과 협조하여 의견을 나누었다. 항상 단정하면서도 강직한 품성으로 인하여 송시열의 추종자들이 많았다.

송시열은 문관이면서도 군마의 조련에 남다른 관심을 보였다. 무관들에게 최대한의 활력을 고조시키려고 최선을 다했다. 왕명에 보답하려는 선비의 올곧은 자세였기에 만중은 커다란 감동을 느꼈다. 그래서 만중은 1685년에 병판을 맡자 군사력 증강에 최선을 다했다.

방문 밖의 새 지저귀는 소리에 놀라 남녀가 풋잠에서 일어난다. 둘이 이불 속을 벗어난 순간의 서로의 복장은 여전히 단정했다. 그러고는 방문을 열어 바깥을 내다보니 어느새 저녁나절이다. 지은이 쌀을 씻어 밥을 짓고 만중이 샘에서 물을 긷는다. 둘이서 조촐한 저녁 식사를 끝낸 뒤다. 지은이 마당을 내려서서 사립문을 향해 걸어간다. 만중이 지은을 사립문 바깥에까지 나가서 전송하며 말한다.

"이제 그대를 해방시키겠소이다. 그대는 진작부터 심복이 아닌 내정신의 스승이었소이다. 나를 찾을 시간에 좋은 청년을 만나 혼인하기를 바라외다. 그리하여 행복한 가정을 이루어 잘 살기를 진심으로 바라외다. 심복으로서의 만남은 오늘이 마지막이오. 한양의 소식은 군수를 통하여 듣겠소이다. 혹여 지기로서 부탁할 일이 있을 때만 협조를 구하겠소이다."

만중의 얘기를 끝까지 듣고 난 뒤다. 지은이 품에서 접힌 한지를 꺼내 만중에게 건넨다. 만중이 종이를 펼쳐 보니 매화 그림이 펼쳐진다. 나뭇가지 하나에 8꽃송이의 매화가 달린 그림이다. 8꽃송이라? 만중이 8꽃송이를 바라본 순간에 구운몽의 팔선녀가 연상된다. 팔선녀를 만중이 떠올릴 때다. 지은의 낭랑한 목소리가 만중의 귓전으로 흘러든다.

"대감, 내가 그대에게 드리는 마음의 선물이에요. 8꽃송이에는 조선 8도의 천지를 나타내는 의미가 담겨 있사옵니다. 그대의 말씀대로 심복으로의 출입은 마지막이나이다. 다음에 찾을 때는 심복이 아닌 영원한 지기(知己)로서 찾겠나이다. 제가 어디서 혼인을 하더라도 그대는 영원한 저의 지기이나이다. 세상에 태어나서 그대를 소중한 지기로 만난 것을 천신께 감사드리겠나이다. 잘 지내사이다."

그녀가 등을 돌리려는 순간에 만중은 주머니에서 옥패를 꺼내든다. 옥패는 엄지와 중지를 둥글게 말아 만들었을 때의 동그라미 크기였다. 청록색 옥패에는 물고기의 그림과 '주지은'의 이름이 새겨져 있다. 만중이 지은을 향해 먹먹한 목소리로 말한다.

"선천에서 내게 강한 삶의 의욕을 준 사람은 그대였소이다. 소중한 그대를 위하여 두 달 동안 내가 못으로 새겼소이다. 내 마음이 담겼다고 여기고 간직해 준다면 고맙겠소이다."

지은이 만중을 왈칵 껴안으며 흐느낀다. 그러면서 애절한 목소리를 실어 말한다.

"그대를 더 일찍 만났더라면 좋았으리라 여겨지나이다. 그랬다면 평생 그대 곁에 제가 함께 머물 수 있었겠습지요? 지금도 떠나고 싶지는 않지만 어쩌겠나이까? 떠날 수밖에는?"

둘이 사립문 밖에 서서 한동안 얼싸안고는 서로를 풀어주지 못한다. 얼마의 시간이 흐른 뒤다. 둘이 가까스로 포옹을 풀고는 서로의 눈을 들여다본다. 지은이 먹먹한 목소리로 말한다.

"절대로 나를 잊지는 마사이다. 설혹 이후에 다시는 못 보게 될지라도 말이옵니다."

만중도 허허로운 목소리로 지은의 말에 응답한다.

"아마 이승을 하직할 때까지는 영원히 그대를 잊지 못할 거외다. 다시는 못 만날지라도 나의 좋은 점만 기억해 주기 바라외다. 어두워지기 전에 어서 길을 떠나시오."

만중의 말에 지은이 지평선을 그윽이 바라보더니 고개를 끄떡여 동의한다. 그러더니 손을 번쩍 들더니 발걸음을 옮기기 시작한다.

만중도 팔을 번쩍 들어 지은을 배웅한다. 이윽고 초소가 있는 언덕 길을 향해 지은이 걸어간다. 여인을 떠나보내자 자신도 모르게 만중의 눈가에 이슬이 맺힌다. 공제선 너머로 지은의 모습이 사라지고 나서야 만중이 발걸음을 돌린다. 어머니와 아내와 지은으로 연결되는 정서가 너무 애틋하여 슬픔이 들끓는다. 방에 들어서자마자 이불을 펴고는 한동안 엎드려 흐느끼다가 잠들어 버린다.

어느새 며칠이 흘렀다. 여전히 무더운 한여름이다. 선천 주변의 밭에는 보리가 길길이 자라고 논에는 벼들이 흔들거린다. 어디를 둘러봐도 초록의 식물들이 산하를 뒤덮는 계절이다. 따가운 햇살에 보리의 색깔이 누렇게 변하기는 했지만. 지은을 떠나보낸 뒤로 한동안 만중의 마음이 울적했다. 가슴에서 커다란 보물을 상실했다는 느낌이 수시로 밀려들었다.

애틋하면서도 풋풋한 정감을 영원히 가슴에 간직하고 싶었다. 지은을 구운몽에서는 토번국의 여자 자객인 심요연으로 형상화시키기겠다고 작정한다. 일단 목표를 정하면 집요하게 밀고 나가는 만중이다. 작품에서 만중은 심요연을 대단한 검객으로 나타내기로 한다. 그리하여 작품을 대할 때마다 언제나 지은을 떠올리도록 할 참이다.

만중은 벼루에 먹을 갈기 시작한다. 잠시 후에 작품을 계속 써 내려가도록 하기 위해서다. 이윽고 밥상 위에 한지를 펼친다. 밥상을 서안(書案)으로 삼은 지는 오래다. 만중은 벼루를 갈면서 어느새 상념의 물결에 휩쓸린다.

'세상에 음양의 조화가 있다는 것은 얼마나 슬기로운 현상인가? 극단으로 치닫는 격렬함이 스러지고 느긋하면서도 평온한 기상을 찾게 만들잖아? 현묘한 세상에서 내가 지금 할 것은 글을 쓰는 일이라니? 암울한 세상을 헤쳐 나갈 사람들에게 위안이 되는 작품이기를 원해. 고달픈 현실에서도 좌절하지 않게 만드는 힘을 제공하기를 바라고 싶어. 진정으로 문학이 추구할 흥취와 위안의 세계를 제시하고 싶어.'

만중은 붓의 흐름을 좇아 글을 쓰면서 잠시 헤아려 본다. 이대로 진행된다면 9월 하순경에는 작업이 완료되리라 여겨진다. 그리하여 세상의 사람들이 자신의 작품에서 활력을 얻기를 진심으로 갈망한다. 적어도 창작하는 과정에서는 일체의 선입관념에서 초탈하고 싶어진다. 작가의 직업이며 창작 배경이 무엇이냐하는 것은 대수롭지 않다고 여긴다. 만들어지는 소설의 위상이 단아하고 아름다운 품격을 갖기를 바랄 따름이다.

한창 창작 작업에 만중이 몰입되어 있을 때다. 사립문 바깥으로부터 마차 소리가 크게 들린다. 만중이 작업을 중단하고 의아한 표정으로 마당으로 내려선다. 사립문을 거쳐 군수가 막 들어서고 있다. 아마도 마부는 사립문 바깥에서 기다리고 있는 모양이다. 군수가 만중을 향해 낭랑한 목소리로 말한다.

"대감, 그간 잘 지냈소이까? 요즘 좀 일이 바빠서 한동안 와 보지 못했소이다. 제공된 미곡이며 반찬거리는 혹시 부족하지 않았는지 궁금하외다."

만중이 군수를 향해 미소를 지으며 응답한다.

"군수님이 하도 배려를 잘 해 주셔서 잘 지내고 있소이다. 지난번에 구해 준 한지나 문구류도 제품이 참 좋았소이다. 나도 군수님이 어떻게 지내는지 궁금하던 차였소이다."

군수가 만중의 손을 잡고 반가운 표정으로 마당을 거닐며 말한다. 오랜만에 예전처럼 하천에서 물고기를 잡아서 매운탕을 끓여 먹자고 말한다. 마부가 예전처럼 잘 해 주리라 들려준다. 만중도 매운탕을 떠올리자 식욕이 급증한다. 그래서 만중도 반가운 미소를 지으며 흔쾌히 동의한다. 이윽고 만중과 군수를 태운 마차가 여유로운 모습으로 길을 달린다. 말을 모는 마부의 우렁찬 목소리가 간간히 들판으로 퍼져 흐른다.

# 소용돌이의 돌파구

온 천지가 폭염으로 들끓는 8월의 하순이다. 어지간하면 열기가 스러질 법한데도 산야(山野)마저 지열로 들끓을 지경이다. 근래의 소식에 의하면 옥정의 배가 산만큼 불룩해졌다고 한다. 불룩한 배의 모습에서 아마도 왕자를 출산하리라는 예견이 빗발친다. 이런 소문이 들릴 때마다 만중도 하늘을 향해 마음속으로 빈다.

'부디 옥정이 왕자를 출산하기를 천지신명께 빕니다. 왕의 마음이 풀려서 나를 방면해 주기를 아울러 빕니다.'

만중은 이제 간절한 심정으로 나날이 천지신명께 빌기로 한다. 어쨌든 선천을 무사히 벗어나 방면되기를 진심으로 갈망한다. 떨어져 있는 사이에 왕의 마음도 누그러지기를 바란다. 깃털이 허공으로 흩날리듯 허허롭게 방면되기를 염원한다.

아침 식사를 마친 뒤부터 방에서 글을 쓰는 중이다. 글을 쓰면서도 만중은 보이지 않는 파동을 자꾸만 떠올린다. 자신의 방면과 가장 관련이 큰 파동은 왕의 파동이라 여겨진다. 1674년에 현종이 승하하면서 숙종이 왕으로 등극했다. 이 해가 갑인년(甲寅年)이다. 갑인년에 상복 문제로 예송 사건이 생겨 조정에서 붕당이 맞섰다. 붕당의 대결에서 갑인년에는 서인들이 조정의 요직을 차지했다. 반면에 남인들은 한직으로 내몰리거나 대대적으로 추방을 당했다. 붕당의 결속은 소용돌이쳐 내리는 물살만큼이나 강력한 힘을 가졌다.

만중은 29살의 나이인 1665년에 정시문과에서 장원급제를 하여 벼슬길에 올랐다. 이때부터 만중에겐 관운이 튄 상태였다. 과거에 급제했을 때의 왕은 현종이었다. 현종 왕조에서 11년 동안은 당당한 목소리를 내는 벼슬아치로 살았다. 그러다가 1674년에 현종이 승하하고 숙종이 등극했다. 숙종이 등극하던 때에 상복 문제로 예송 사건이 생겼다. 선비들이 붕당을 이루어 서인과 남인으로 세력 대결을 벌였다. 이러한 세력 대결에서 서인들이 숙종으로부터 인정을 받아 요직을 차지했다. 만중도 달걀의 노른자처럼 서서히 서인의 핵심 인물이 되어 갔다.


반면에 남인들은 한직으로 밀려나거나 추방되는 신세를 겪었다. 이때에 숙종의 나이는 14살에 불과했다. 하지만 왕권의 위력을 실감하기 시작한 숙종이었다. 14살에 왕위에 올라서면서부터 유난히 주변의 인척들을 경계했다. 왕의 주변에는 고모인 숙안공주가 걸핏하면 위세를 부리려고 안달했다. 또한 왕의 당숙들이 인척으로서 신경을 쓰게 만들었다. 삼복(三福)이라 불리는 복창군, 복선군, 복평군은 숙종의 당숙이다. 복창군은 왕보다 20살이 많았고 복선군은 14살이 많았다. 복선군의 동생인 복평군마저도 왕보다 13살이나 많았다.

숙종은 언제나 단종을 떠올렸다. 12세에 왕위에 올랐다가 15살에 숙부인 수양대군에 의해 내쫓기지 않았던가? 왕이 권좌에서 내쫓긴다는 것은 비참한 일이라고 숙종은 여겼다. 자신이 등극한 나이도 14살이지 않은가? 이런 상황에 신경을 쓰는 숙종의 머릿속은 나날이 긴장감에 휩싸였다. 신하들을 지나치게 믿어서는 안 된다는 이치를 항시 염두에 두었다. 특히 병권(兵權)은 장기적으로 맡겨서는 안 된다는 철칙을 세웠다. 귀찮지만 자신이 직접 병영을 순찰하여 군사력을 점검하기로 했다.

여기에는 두 가지의 관점이 실렸다. 하나는 크게 청나라를 의식한 영역이었다. 병자호란과 같은 치욕을 반복해서는 안 된다는 점이 크게 작용했다. 다음으로는 신하들의 음모에 떠밀려 왕위를 찬탈당하지 않으려는 점이었다. 어린 나이임에도 이런 정신을 갖춘 숙종은 영특한 인물이라고 평가되었다. 숙종은 권좌를 수호하는 지혜를 뜻밖에도 붕당의 대립을 통하여 터득했다.

단단한 결속력의 붕당을 와해시키는 근원은 대립하는 붕당의 관리들임을 파악했다. 이 사실을 파악하면서부터 숙종의 마음은 바빠졌다. 붕당의 기류에 초연하여 빨리 왕자를 얻고 싶었다. 하지만 왕비나 후궁으로부터는 왕자 출산의 기미가 없었다. 후궁 김 씨와의 동침으로써도 왕자 출산의 기미는 없었다. 이때부터 숙종은 옥정에게 관심을 기울였다. 그리하여 나중에는 옥정도 후궁으로 삼았다.

동갑인 왕비는 1680년에 사별할 때까지 3명의 딸을 출산했을 따름이다. 왕보다 6살 연하인 민 씨는 1681년부터 왕의 계비가 되었다. 인현왕후라 불렸던 여인이었다.

이런 정황들로 말미암아 왕은 왕비들한테서는 왕자 출산의 기대감이 상실되었다. 한편 옥정의 경우는 특이했다. 그녀는 얼굴이 눈부시게 수려한 미인이라 왕의 총애를 많이 받았다. 1680년 12월에 출궁(出宮)당했다가 1686년 1월에 환궁(還宮)한 여인이기도 했다. 술수를 부린 왕모(王母)인 김 씨에 의한 출궁이었다. 계비를 맞는 데 대한 걸림돌을 제거하려는 김 씨의 의도에서였다. 1686년 12월에 후궁이 된 옥정은 1688년에 임신을 했다.

왕보다 2살 연상인 옥정의 미모는 대단히 빼어났다. 먼발치에서도 사람의 시선을 금세 장악해 버릴 정도의 눈부신 미모였다. 이런 미모 탓에 왕의 관심이 곧바로 옥정에게로 끌렸다. 아무도 출산시키지 못했던 왕자를 처음으로 낳을 유력한 여인으로 예견되었다.

만중이 1675년에 대사헌인 윤휴와 우참찬인 허목을 탄핵하는 상소를 올렸다. 윤휴와 허목은 남인의 거두들이었다. 예송 대결에서 승리한 남인들이 조정을 장악한 시기였다. 만중이 남인들의 탄핵을 받아 파직된 뒤였다. 짧지 않은 기간을 무직 상태로 지내려니 발광할 지경이었다. 만중은 세상에 발을 내디딘 이후로 처절히 깨달았다.

붕당의 결합력이 조정에 얼마나 큰 위세를 떨치는지를.

실직 기간 동안에 만중은 숱하게 마음을 추슬렀다. 앞으로 복직만 되면 지나친 언행은 표출하지 않겠다고 작정했다. 숙종이 등극하면서부터 만중은 남인들한테서 처절하게 곤욕을 치른 터였다. 언젠가는 복수하겠다는 마음이 가슴에 자꾸만 밀려들었다. 하지만 고개를 흔들어 마음에서 들끓는 잡념을 배제했다.


만중이 실직 상태로 세월을 보낼 때였다. 서서히 조정의 분위기는 남인들을 경계하는 방향으로 바뀌고 있었다. 그러다가 1679년 12월 10일에 만중이 조정으로 복귀하게 되었다. 이때는 남인의 결속에 질려서 왕이 싫증을 내던 시기였다. 조정 도처의 관리들이 만중을 복귀시키기를 왕에게 권하기 시작했다. 왕도 남인들의 결속에 경계를 하던 시기여서 흔쾌히 만중을 복위시켰다. 만중은 실직 기간의 고통을 떠올리면서 중용의 길을 걷고 싶었다. 하지만 만중을 조정으로 복귀시킨 사람들은 다들 서인의 선비들이었다.

만중을 조정에 복귀시켜 서인들의 세력을 확장시키겠다는 의도였다. 서인의 영수는 송준길과 송시열로 알려졌다. 1672년에 송준길이 죽은 이후로는 송시열이 서인들의 영수라고 알려졌다. 만중은 서인 영수인 송시열에 대하여 나름대로 평가해 보았다. 자신보다도 30살이나 많은 유학자였다. 그는 27살에 급제하여 경릉참봉이 되면서 관직 생활을 시작했다. 1635년에는 봉림대군(뒤의 효종)의 사부가 되었다. 1636년에 병자호란을 당하여 왕과 함께 남한산성으로 들어갔다. 그러다가 1637년에 조선이 항복하여 봉림대군이 인질로 청나라에 끌려갔다.

이때부터 낙향하여 12년간을 초야에 묻혀 지냈다. 그러다가 1649년에 효종이 불러들여 다시 관직 생활을 하게 되었다. 1658년에는 예조참판에 올라 효종과 북벌 계획을 검토했다. 1668년에는 우의정을 지냈고 1671년에는 좌의정을 지냈다. 1차 예송 때에는 자의대비 복상 문제로 남인의 윤휴와 대립했다. 그러다가 1차 예송 때에는 송시열이 승리하여 서인의 세력을 구축했다. 1674년의 2차 예송 때에는 남인에게 져서 이듬해에 실각당했다.

1675년부터 1680년까지 5년간을 배소지를 옮겨 다니며 유배를 당했다. 그러다가 1680년의 경신출척으로 서인들이 집권하면서 10월에 영중추부사로 기용되었다. 만중은 송시열을 만나 여러 차례 대화도 나누었다. 만나면 만날수록 사람을 끌어들이는 강력한 매력이 있었다. 사람이 대범하여 사소한 일에 얽매이지 않는다는 점이 매력으로 느껴졌다. 주희의 학문에 정통하여 학문적 소신이 뚜렷한 점도 존경스러웠다. 청나라에 봉림대군이 인질로 잡혀 가자 낙향했다는 점도 마음에 들었다. 최소한 신하로서의 충절이 높은 점에 마음이 끌렸다.

이런 인물을 서인의 영수로 인정하는 것은 당연한 귀결이라 여겼다. 이런 마음이 만중의 가슴을 차지하자 만중도 송시열을 추앙하기 시작했다. 이런 마음이 내외로 표출되면서 만중은 서인을 대표하는 인물로 성장했다. 점차 만중을 만나서 담론을 벌이려는 선비들이 많아졌다. 만중도 널리 선비와 교류하는 것이 싫지 않았다. 그래서 적극적으로 붕당을 이루는 선비들과 교류하고 그들의 의견을 지지했다. 이런 대외적인 활동이 커지면서 서인에서의 만중의 위상도 급격히 높아졌다.

만중의 벼슬도 1685년에는 예조판서와 병조판서를 맡았다. 그러다가 1686년에는 판의금부사에까지 벼슬이 올랐다. 만중의 벼슬과 역량은 만중을 서인의 영수급 인물로 부각시키기에 이르렀다. 1687년에도 종1품인 판의금부사를 지내다가 지경연사를 맡지 않았던가?

만중은 다시 벼루에 먹을 갈면서 생각에 잠긴다.

'가장 무더운 8월 하순이 아닌가? 가만히 있어도 전신에서 땀이 흘러내리니 상당히 괴롭구먼. 무더위가 비껴갈 무렵이면 구운몽(九雲夢)의 집필 작업도 막바지에 이를 거야. 부지런히 쓰되 인간의 심혼이 담긴 작품이 되도록 애써야겠어.'

써 내려가던 구운몽을 떠올리다가 만중이 어느새 상념의 구름장으로 떠밀린다.

숙종이 일으키는 파동이 가장 무섭다고 여기는 만중이다. 만중이 탄핵받은 시점부터 남인들이 위세를 드러낸다고 여겨진다. 경신환국으로부터 9년째에 접어드는 시기다. 이제 남인들에 의한 환국이 예견되는 때라 여겨진다. 이미 남인들에 의한 환국이 시작되었는지도 모르리라 여겨진다. 얼마나 많은 서인들이 뼈를 묻을지도 모른다는 생각이 든다. 경신환국을 당하여 조정에서 스러진 인물들을 만중이 가만히 헤아린다.

기억력이 모자라 일일이 떠올리기도 쉽지 않겠다는 생각이 든다. 만중보다 한 살이 많은 민암(閔黯)이 떠오른다. 1680년에 대사헌을 지내다가 파직당한 인물이다. 민암은 상당히 위험한 인물이라 여겨진다. 환국이 이루어져 기용되면 서인을 가차 없이 공격하리라 예견된다. 만중보다 20살 연상이면서 이조판서와 대사헌을 지냈던 윤휴는 1680년에 사사되었다. 허견과 연루되었다는 죄명으로 갑산으로 유배를 떠나다가 사사되었다. 부제학인 민종도(閔宗道)는 극변으로 유배를 당했다.

영의정을 지낸 허적은 양자인 허견의 역모와 관련되어 사사되었다. 허견은 숙종의 당숙들인 삼복(三福)과 역모를 꾀했다는 죄명으로 처형되었다. 우의정을 지낸 허목은 송시열을 탄핵하여 처형하라고 주장한 인물이었다. 그는 1680년에 서인들에 의해 파직당하여 연천에서 1682년에 병사했다. 경신환국에서 처벌되었다가 기회를 엿보는 남인들이 무섭게 느껴지기 시작했다. 그들에 의해서 탄핵이 시작되면 세상은 복수의 화염으로 뒤덮이리라 예견되었다.

문득 만중의 머릿속으로 허견(許堅)의 강간 사건이 강한 인상으로 밀려들었다. 결혼한 이차옥(李次玉)이란 여인을 허견이 계교를 써서 납치하여 강간한 사건이었다. 이것은 1679년 2월 30일에 좌윤인 남구만이 왕에게 상소함으로써 불거졌다. 당시에 이 사건은 의금부로 넘어가 조사가 되었다. 그랬는데도 당시의 영의정인 허적(許積)의 영향력으로 사건이 무혐의로 처리되었다. 허견은 허적의 서자였기 때문이다. 1679년 3월 19일의 일이었다. 의금부판사인 오시수(吳始壽)가 허적의 눈치를 살피며 사건을 축소시켰던 터였다.

역모죄로 허견이 1680년 4월 12일에 참수된 뒤였다. 4월 28일에 병조판서인 김석주가 이차옥의 사건을 재조사하라고 포도청에 지시했다. 며칠 뒤인 5월 5일에 오시수는 유배되고 목내선은 파직되었다. 강간당한 이차옥은 노비가 되도록 처분이 내려졌다.

이때 이후로 남인들의 적지 않은 인물들이 파직되어 축출당했다. 목내선과 권대운 같은 영수급 인물들도 파직되어 도성 바깥으로 내쫓겼다. 이런 관점에서 이차옥의 사건은 남인의 대신들을 무너뜨린 대사건이었다. 남인들이 대규모로 실각될 때에도 만중은 수수방관하는 자세를 견지했다.

이차옥 사건을 은폐시키려던 과정에서 숱한 남인들이 관직을 잃어야 했다. 서인들이 조정을 장악하면서 틈틈이 남인들을 탄핵한 결과였다. 만중은 아무래도 목내선과 권대운이 미래의 화근이 되리라 여겨졌다. 이들이 미래에 재기용된다면 엄청난 파국이 벌어지리라 예측되었다.


이차옥 사건에 관련되어 권대운과 목내선이 당한 처벌을 떠올렸을 때다. 만중은 권대운과 목내선 집을 오가는 남인들을 조사하고 싶었다. 이들 집을 이틀만 잠복해서 살피면 분명히 단서가 잡히리라 여겨진다. 만중의 재기를 억누르려고 드는 무리의 실체에 대한 단서를 말함이다. 만중이 권대운과 목내선의 주거지 약도를 붓으로 그린다. 그리고는 지은을 지기의 신분으로 불러들여 부탁하고 싶어진다. 남인 무리를 떠올리면서도 홍치상의 추종자들에 대해 여전히 의구심이 치솟는다. 만중에 대한 시각이 곱지 않음을 근래에 부쩍 느꼈기 때문이다.

숙종에 연관된 옥정의 기류(氣流)가 만만치 않다고 여겨진다. 1686년 1월에 옥정이 입궁하면서부터 숙종의 마음이 흔들렸다. 1686년 12월에는 옥정이 정식으로 후궁이 되었다. 이런 경사가 생긴 뒤인 1687년 9월에 만중이 유배형에 처해졌다. 옥정에게 유리한 기류가 생기면 반사적으로 만중은 피해를 입었다. 이빨이 맞물리듯 부합되는 연관은 없었지만 결과가 그렇게 나온 거였다. 아무래도 옥정과 오빠인 희재가 남인들과 손을 잡으려는 기류가 느껴졌다.

임신과 관련되어 1688년 3월에는 옥정이 정2품인 소의로 책봉되었다. 그러다가 1688년인 올해의 후반부엔 출산되리라는 소문이 흘러 다니는 상태다. 왕자만 출산되면 옥정의 운명은 광명 천지로 훨훨 날아오를 것이다.

만중의 운명이 어떻게 될지 만중의 머릿속이 실타래처럼 복잡해진다. 제발 한 시라도 빨리 연막(煙幕)에서 벗어나듯 방면되기를 바란다. 방면되려면 국가적으로 특정한 명분이 있어야 한다. '왕자의 출산'은 국가적인 경사에 해당하기에 방면의 명분으로서 충분하다. 만약 공주가 출산된다면? 공주는 이미 셋이나 있는 처지다. 공주가 출산된다면 왕의 표정이 벌레를 씹은 듯 우그러들 것이다. 그러니 공주의 출산은 만중에게 전혀 도움이 되지 못할 것이다.

'오로지 왕자가 출산되어야 한다. 다음 왕위를 계승할 왕자 말이다.'

마치 기름 덮인 수막(水幕)에 갇힌 벌레처럼 만중의 가슴이 답답해진다.

'어떻게 해서든 이번에는 왕자가 출산되어야만 해. 천지신명이시여, 이번에는 꼭 왕에게 왕자를 안겨 주시기를 기원합니다.'

만중이 이윽고 먹을 갈기를 멈추고는 붓을 집어 든다. 한지에 붓을 옮겨 글을 써 내려간다. 머릿속에서 자욱한 안개가 피어오르는 심정이다. 갑자기 세상의 경계가 끊기고 미래의 세계가 훤히 바라보이는 듯하다. 머릿속의 아련한 어느 굽이에서 천둥이 치는 듯한 느낌이 든다. 만중이 붓을 멈추고는 상념의 물결에 휩쓸려든다.

느닷없이 안개 자욱한 산악을 가르며 병마의 소리가 우레처럼 쏟아진다. 이사명이 거느린 만졸(萬卒)이 말을 휘몰아 한양 도성으로 밀려든다. 금위영의 병사들이 막아 보려고 애쓰지만 금갑(金甲)의 만졸을 당하지 못한다. 왕이 만졸에게 내쫓겨 달아나다가 창에 찔려 절명한다. 만중이 깜짝 놀라 외마디 지명을 내지른다.

"아니, 이공! 어떻게 이럴 수가 있소이까?"

고함을 지르다가 붓을 든 자신을 깨닫고는 실없이 고개를 흔든다.

그러다가 마음속으로 생각에 잠긴다.

'근래에 내 신경이 무척 예민해진 모양이야. 멀쩡한 한낮에 환영 (幻影)까지 내 시야에 펼쳐지다니? 내 몸이 너무 허기에 시달리기 때문일까? 내가 언제부터 허기에 시달린 걸까? 한때 판서까지 지냈던 내가 허기에 시달리다니?'

만중이 그만 넋을 잃어 가슴이 먹먹해져 눈가에 눈물이 맺힌다. 눈물을 글썽이다가 자신의 품위를 생각하고는 억지로 눈물을 감춘다. 그런데 눈물을 감추려고 애쓰는 순간부터 눈물이 더욱 줄줄 흐른다. 곧 무너지려는 퇴적층에서 흘러내리는 물줄기처럼 안타까움이 짙게 깔린다.


사명의 환영이 나타난 요인을 만중이 분석한다. 병권에 집착이 강하고 왕을 불신하던 사명이었다. 이런 사명이라면 언제든 반란을 꿈꾸기가 용이하리라 여겨진다. 반란이 실패하면 사명의 문중은 물구덩이의 토사물처럼 궤멸되고 말 것이다. 그뿐이랴? 사명의 지기인 만중도 연좌죄로 처형당하지 않을 수가 없으리라.

근래에 만중은 사명으로부터 반란의 조짐을 느꼈다. 왕자가 없는 왕이라는 점에서 무의식적으로 왕을 경멸할지도 모르리라 여겨졌다. 이런 분위기를 영특한 왕이라면 눈치챘을지도 모르리라 여겨졌다. 이런 상황이 실제로 연출된다면 죽음을 불러들이는 일이 되리라 생각된다. 문중의 궤멸을 무릅쓰고 반란을 도모해서는 안 된다고 여긴다.

물을 자유로이 흘려보내는 듯한 책략이 필요한 시점이라 여겨진다. 사명처럼 저항감이 드센 인물에게는 마음을 풀어줄 위안거리가 중요하다. 만중도 1686년인 재작년에는 가슴에 저항감이 아궁이의 불길처럼 수시로 치솟았다. 하지만 점차로 마음이 깃털에 휩쓸리는 바람결처럼 누그러뜨려졌다. 그래서 사명한테도 마음의 저항감을 해소시키도록 권하고 싶었다. 하지만 서로가 지기여도 개성이 너무 달랐다. 사명이 만중의 마음을 이해하지만 참고만 하겠다고 받아넘겨 버렸다. 공허한 바람이 만중의 가슴을 휩쓸고 지났지만 별다른 길이 없었다.

조만간 끔찍한 현상이 밀어닥치리란 예감이 만중의 가슴으로 섬광처럼 전해진다. 아마도 사명이 홍치상과 일을 꾸미다가는 죽음을 맞으리라 예견된다. 이것을 미연에 방지해 주려고 말해 봤지만 소용이 없음을 느낀다.

'아, 이것도 운명이라면 운명이지. 안타깝지만 어떻게 해도 둘러댈 길이 없어. 누가 누구를 위해 돕는다는 말인지 이해할 수가 없어? 참으로 알 수가 없는 점이야.'

세 번째 종류의 파동은 만중의 내부에서 치솟는 기류라 여겨진다. 하나는 고지식한 방식대로 삶의 방식을 억지로 밀고 나가는 길이다. 다른 하나는 융통성을 살려 돌파의 묘법을 찾는 길이라 여겨진다.

돌파의 묘법이라니? 과연 세상에서 돌파의 묘법이란 존재하는 것일까? 만중은 기나긴 시간 동안 생각한 요체를 헤아려 본다. 어떤 경우에도 지기와의 신의를 저버릴 수는 없다고 여긴다. 자신의 신념이 이럴진대 다른 선택의 길은 없다고 생각된다. 자신의 마음이 달라지지 않으면 돌파구도 열리지 않으리라는 점도 명료해진다.

'아, 나는 세상을 살아오면서도 돌파할 길을 찾지 못했어. 지혜롭다고 스스로 자만하며 살아왔지만 실은 바보스럽게 걸어왔다는 것을 깨달았어.'

만중이 방바닥에 깔린 한지를 접어서 한쪽으로 치운다. 벼루와 먹물도 방구석으로 옮긴다. 그리고는 요와 이불을 깔고는 방바닥에 드러눕는다. 방바닥에 드러누우면서 만중은 착잡한 생각에 잠겨 눈물을 글썽인다. 병마를 호령하던 매서운 기상의 병조판서의 위상은 어디에서도 발견되지 않는다. 만중은 방바닥에 드러누우면서 마음속으로 중얼댄다.

'나의 세상은 이미 스러지고 말았어. 내가 꿈꾸던 이상적인 세계는 어디에도 없다는 것을 늦게야 깨달았어. 이 사실을 깨닫기까지 내게 너무나 많은 시간이 흘렀어.'

정작 잠자리에 들었어도 잠이 쉽게 오려고 하지 않는다. 아마 정해진 시간이 되지 않았던 탓이라 여겨진다. 만중은 눈을 떠서 천장을 올려다보며 깊은 생각에 잠긴다. 왠지 쉽게 잠들면 다시는 회생하지 못할 것만 같다. 눈을 감기만 하면 세상이 잠길 듯한 눈물이 흐를 듯하다. 만중은 끝내 목이 메어 훌쩍거리며 이불을 끌어 얼굴을 덮는다.

눈물을 흘리며 훌쩍이면서도 만중은 자신이 무척 억울하다고 여긴다. 하필이면 지기와의 의리 문제로 돌파구가 막힌 점이 애통하기 때문이다. 다른 문제 같으면 얼마든지 헤어났으리라 여기니 너무나 공허해진다.

# 북악산 주막

　조석으로 서늘한 바람이 해양의 파도처럼 휘몰리는 9월 초순이다. 하늘이 파란 호수처럼 드리워져 출렁대는 시점이기도 하다. 아침 식사를 마친 뒤에 만중이 마당을 서성거린다. 마당을 거닐면서 하루의 일정을 확인해 보려는 의도에서다. 뒤뜰에 매달린 탱자는 서서히 노란색으로 변해 가고 있다. 계절의 흐름이 칼날의 섬광처럼 선명한 시점이기도 하다.

　초가 주변의 화단에는 황국(黃菊)이 향긋한 향기를 발산하며 바람결에 간들거린다. 연못가에 서서 물속을 들여다보며 만중이 생각에 잠긴다.

　'내게 무슨 일이 생길지는 아무도 모르는 일이야. 체험이 담뿍 담긴 구운몽의 창작을 이 달에는 완성시키겠어.'

한동안 연못의 물고기들의 움직임을 지켜보며 마음을 다스린 뒤다. 만중이 방으로 들어서서 종이를 펴고 붓을 든다. 그러고는 생각한 줄거리들을 펼쳐 나가기 시작한다. 중심적인 골격을 항상 염두에 둔다.

자신의 유배 해제를 더 이상은 왕에게 건의하지 않겠다는 대관들이다. 유배를 방치하려는 집단의 핵심 세력은 남인들이라 여겨진다. 이들은 경신출척을 통하여 뼈아픈 치욕을 당해 내쫓겼기 때문이다. 평소에는 잘 몰랐지만 구운몽을 쓰려고 하니 가닥이 잡히는 기분이다. 이야기에 물줄기 같은 흐름이 있듯 사건에 연루된 흐름이 느껴진다.

한때는 홍치상의 지시를 받는 무리들이 만중을 억누르려고 한다고 느꼈다. 대관들 중에는 홍치상에게 조종당할 만큼 나약한 무리들은 없으리라 여겨졌다. 이런 명확한 점도 놓치고 긴 세월을 혼동에 시달렸다. 하지만 구운몽을 창작하는 과정에서 홍치상의 무리는 영향력이 없다고 배제했다. 만중은 권대운과 목내선을 추앙하는 남인 선비들을 집중적으로 조사하겠다고 작정한다.

육관대사의 제자인 성진이 동정 용왕을 만나 술을 마셨다. 형산(衡山)으로 돌아오다가 팔선녀들을 만나 다리를 통과하려고 양해를 구했다. 팔선녀들이 성진에게 도술을 부려 통과하라고 억지를 부렸다. 이에 성진이 복사꽃이 매달린 나뭇가지를 선녀들에게 던졌다. 8

310

송이의 복사꽃이 8개의 빛나는 구슬로 변했다. 선녀들이 구슬을 주워 들고는 몸을 솟구쳐 위 부인한테로 돌아갔다. 선녀들이 떠난 뒤에 연화봉(蓮花峰) 도량으로 돌아와 성진이 대사에게 인사했다. 그러고는 승방으로 건너가 선녀들을 떠올리며 수행의 삭막함을 느꼈다.

정녕 도를 찾아 수행한다는 것이 외롭고 암담하다는 생각이 들었다. 잠깐 스쳤지만 선녀들과의 대화에는 가슴 설레는 풍정이 느껴졌다. 산중에서 불도에 매진하는 일이 참으로 삭막하다고 느껴졌다. 그러다가 문득 생각이 바뀌어 잡념에 빠졌음을 깨닫고 반성했다. 새롭게 정신을 가다듬어 선방의 방석에 앉아서 참선에 몰입했다. 저녁부터 이튿날 새벽까지 참선의 자세로 앉아 있다가 꿈을 꾸었다. 육관대사가 의도적으로 성진에게 인간 세상의 윤회를 경험하도록 만든 꿈이었다.

한편 연화봉 반대편의 위 부인의 제자인 팔선녀들도 꿈을 꾸었다. 이튿날 새벽에 꿈에서 깨어난 성진과 팔선녀들이 육관대사를 찾아들었다. 성진은 대사의 수제자로서 대사의 역할을 대신했다. 팔선녀들은 머리를 깎고 비구승이 되어 성진의 제자가 되었다. 육관대사는 자신의 나라인 천축국으로 떠나갔다. 나중에 성진과 팔선녀들은 불도를 이루어 극락세계로 갔다는 줄거리였다.

중요한 부분은 인간 세상으로 환생한 영역이었다. 성진(性眞)이 세상의 남자로 태어나고 팔선녀들은 여자들로 태어났다. 양소유(楊少游)라는 이름의 주인공은 선계의 팔선녀들을 처첩으로 만나게 되었다. 인간 세상에서 충분한 부귀공명을 누리다가 나중에야 꿈에서 깨어난다고 설정되었다. 인간 세상의 환생에 대해서는 만중의 체험을 많이 싣기로 했다. 장원급제를 거쳐 공조판서, 예조판서, 병조판서 및 판의금부사를 지내지 않았던가? 이 이외에도 만중이 거친 관직들이 얼마나 화려했던가? 결코 범인들은 쉽게 흉내 낼 수 없는 영역이라 여겨졌다.

글을 써 내려가면서 만중이 상념의 늪을 배회한다. 팔선녀들을 어떻게 형상화할 것인지를 헤아려 본다. 팔선녀는 다들 여선(女仙)인 위 부인의 제자라고 설정된다. 신선의 제자라고 하여 다들 고귀한 신분으로 환생시킬 수는 없다. 획일적인 서술이라면 구성의 묘미라든가 개성의 다양화가 사라지리라 예견된다. 그래서 계섬월과 적경홍과 같은 기생에 두 선녀를 배치한다. 기생들의 성 관계가 자유롭다는 점을 이용하여 소유와의 인연을 설정한다. 최대한 개성화를 살리려는 노력을 다하기로 한다. 심요연은 여자 검객으로 나타내기로 한다.

또한 사람을 비몽사몽간에 만나는 방법도 도입하여 신비로움을 살리려고도 한다. 이런 기법으로 대면한 상대는 동정 용왕의 딸로 설정한다. 그녀의 이름을 백능파로 명명하여 등장시킨다. 높은 신분의 여인으로서는 왕의 여동생인 이소화를 설정한다. 높은 신분을 소유와 연결시키기 위해서 특수한 정황을 도입한다. 학을 오르내리게 하는 신묘한 통소의 주법으로 소유와 소화를 연결시킨다. 가춘운은 정경패의 시녀로서 소유와 연분을 맺게 만든다. 정경패는 태후의 양녀로 삼아 소화와 자매를 만들어 소유와 연관시킨다.

진채봉은 소화의 시녀로 삼아 소유와 인연을 맺게 한다. 이렇게 해서 팔선녀들을 인간 세상의 8명의 여인으로 변환시킨다. 쉽게 말해서 팔선녀들을 소유의 처첩으로 모두 배치한다. 남녀가 세상에서 배우자로 만나는 만큼 강한 인연은 없으리라 여겨진다. 남은 것은 소유가 8처첩을 어떤 순서대로 만나는지를 구성하는 것이다.

줄거리가 이 정도로 꽉 채워지자 만중이 안도의 숨을 내쉰다. 적어도 9월 중으로는 충분히 작품이 완성되리라 여겨진다. 현실적인 요소와 몽환적인 배경을 적절히 잘 섞었다고 생각된다. 소유가 왕권에 떠밀려 곤욕을 치르는 장면도 넣는다. 정경패와 정혼을 약속했는데도 왕이 소유에게 소화와 결혼하도록 종용한다. 소유가 정경패와의 정혼이 먼저였음을 내세워 소화와의 혼인을 사양한다. 그러자 화가 난 태후가 소유를 하옥시킨다.

이런 정황에서 소유를 벗어나게 만들 사건을 만들어 배치한다. 토번 오랑캐가 40만 대군을 끌고 당을 공격한다는 내용이다. 소유가 토번을 물리치게 만들려고 소유를 장군으로 출전시키는 구성을 설정한다. 이런 와중에서 오랑캐의 여자 검객인 심요연을 정인으로 취하게 한다. 그러고는 꿈에서 동정 용왕의 딸을 만나 정분을 갖게 만든다.

선녀처럼 빼어난 미인인 정경패를 소유와 어떻게 결합시킬지를 만중이 고뇌한다. 미인을 쉽게 소유와 연결시키지 않도록 엮으려고 한다. 미인이나 공주는 쉽게 만나지 못한다는 점을 부각시키려고도 한다. 이렇게 함으로써 결합의 효과를 더 높이려는 만중의 의도에서다. 만중은 작품을 쓰면서 작품 속에 갇힌 자신의 존재를 느낀다. 어느 경우에서도 작품과 자서전을 구별하려는 만중이다. 자칫 자신의 존재가 여과 없이 드러나려는 현상을 적절히 조절한다.

청국의 여검객들인 주지은과 설하영의 인상은 강렬했다. 단순한 검객의 차원을 벗어나서 정신을 눈부시게 승화시키는 매력이 강했다. 그녀들을 심요연과 백능파로 작품에 배치했다. 구운몽을 대할 때는 언제나 지은과 하영을 떠올리게 만들었다. 청국의 기녀인 옥미연과 서인혜는 계섬월과 적경홍에 배치시켰다. 여도사들인 옥선과 옥인은 정경패와 이소화로 작품에 용해시켰다. 진채봉과 가춘운은 귀여운 인상의 여도사들인 수향(樹香)과 민정(玟淨)에 대응시켜 배치했다.

팔선녀들은 만중과 실제로 교분을 가졌던 인물들을 작품으로 승화시켜 배치했다. 어찌 보면 구운몽 자체가 만중의 환상적인 체험의 세계였다. 결코 아무한테나 쉽게 오지 못할 희귀한 인연들을 배합한 얘기였다. 사람들은 팔선녀를 양소유가 인연을 맺었던 단순한 여인들로 여길 것이다. 예리한 통찰력을 가진 사람일지라도 작가의 체험담이라곤 여기지 않으리라 믿긴다. 왜냐하면 만중은 남들의 눈에 왕의 인척이며 당당한 관리였기 때문이다. 당당한 관리가 소인배들이

나 겪었을 체험을 누리지는 않았으리라고 생각하기가 쉬웠다.

세상의 신묘한 일들에는 상식의 선을 벗어나서 이루어지는 예가 많았다. 구운몽의 경우도 만중의 황홀하고도 짜릿한 체험이 용해되어 만들어진 거였다. 현실이 암담할수록 황홀한 추억은 영원히 아름답게 불타기 마련이었다. 굳이 9월에 창작을 마무리할 작정을 한 것에도 이유는 있었다.

궁궐에서 떠도는 옥정의 임신 소식 때문이다. 옥정이 왕자를 출산하기만 하면 만중도 방면될 가능성이 크기 때문이다. 예로부터 왕자가 출산될 때에는 대규모의 사면이 있어 왔다. 그렇기에 만중도 들뜬 가슴으로 그 기회를 기다리는 중이다. 방면만 된다면 숙종의 마음을 돌릴 계책이 생기리라 여긴다. 숙종의 마음만 돌리면 옛날의 영화를 회복할지도 모르지 않은가? 예전까지는 옥정이 몹시도 미웠다. 옥정이 잘 되면 만중은 항시 곤욕을 치렀기 때문이다.

딱히 옥정과 만중의 연관은 없지만 지난 경험들이 다들 그랬다. 그래서 항시 만중은 바다에서 굽이치는 너울을 연상하곤 했다. 너울의 한 자락은 옥정이 장악하고 있다고 여긴다. 다른 한 자락은 숙종의 손에 쥐어져 있다고 여긴다. 만중의 관점으로 숙종은 대단히 슬기로운 왕이라 여겨진다. 역대의 연산군이나 광해군의 전철을 밟지 않으려고 부단히 애쓴다고 여겨진다. 자주 병영을 순찰하는 데에도 복잡한 의미가 담겼다. 병조판서를 수족이라 여겨지는 사람한테만 위촉하는 일에도 속셈이 담겨 있다.

언제든 유사시에는 병권을 직접 장악하겠다는 강력한 의지라 여겨진다. 숙종의 이런 점이 사명한테는 크게 반감을 자아내었다. 사명이 과거에 슬쩍 만중에게 흘렸던 말이 떠오른다.

"왕은 정국을 다스리는 사람이 아니외까? 그런데 직접 병권을 다스리겠다고 생각하는 것 같아서 이상하게 여겨지외다. 병권의 관장은 병조판서한테 맡기면 되지 않소이까? 지나칠 정도로 왕이 병영을 드나드는 것도 재고해 볼 문제외다. 말 바꾸면 수하인 병조판서마저 불신한다는 의미가 아니겠소이까? 병조판서를 불신하고서야 변란에 어떻게 대처할 수 있겠소이까?"

사명의 말에 뭔가 뼈가 담긴 듯하여 만중은 조심스레 응답했다.

"어쨌든 왕은 나라의 최고 영도자이잖소이까? 왕이 병권을 잘 관장한다는 것에 무슨 문제라도 담겼소이까? 시국이 험난할수록 왕은 유사시에 대비해야만 하외다. 심지어 왕을 호위하던 병사들이 당나라 현종을 궁지로 내몰기도 했소이다."

2년 전인 1686년에 이사명이 병조판서로 있을 때였다. 당시에 만중은 대제학을 지내고 있었다. 만중과 사명이 은밀히 만났다. 둘의 만남이 얼마나 은밀한지 세인들은 잘 모를 지경이었다. 북악산의 산기슭에 있는 닭을 키우는 호젓한 농가에서였다. 농가에서는 한양으로 들어서는 길손들을 상대로 닭 요리를 팔았다. 쉽게 말하여 농사를 지으면서 주막을 운영하는 거였다. 상당히 호젓한 곳이어서 은밀한 이야기를 나누는 데에는 최상의 장소였다.

50대 초반의 주막집 내외는 너무나 호흡이 잘 맞는 배우자였다. 바깥주인은 닭을 키워 잘 잡았고 안주인은 요리 기술이 탁월했다. 호젓한 산기슭에 있어도 찾는 길손들은 많은 편이었다. 음식 맛이 매우 탁월하다고 소문이 났기 때문이다. 길손들의 접대를 맡는 젊은 작부들도 여섯 명이나 될 정도였다. 시골에서 한양으로 들어선 전국의 길손들이 거쳐 가는 집이기도 했다. 길손들은 한양의 잡다한 소문들에는 무관심한 편이었다. 그랬기에 은밀한 얘기를 나누려는 사람들은 북악산 주막을 찾았다.

북악산 주막의 호젓한 술자리에서였다. 만중과 사명이 밀실에서 둘만 식탁에 마주 앉았다. 주막에서 만들어 놓은 일종의 별실 공간이었다. 주인이 연신 참신한 작부가 있으니 들여보내겠다고 했음에도 둘은 거절했다. 눈에 언뜻언뜻 띄는 작부들은 젊고 반쯤 노출된 젖퉁이들도 컸다. 만중과 사명에게는 기밀 유지가 절실한 터여서 작부들은 받아들이지 않았다.


사명이 만중을 향해 목소리를 낮추어 속내를 드러내었다.

"지금이 위기라면 최대의 위기라는 점이외다. 내 말을 잘 들어주기 바라외다."

사명의 말이 강물이 흐르듯 장쾌하게 이어졌다. 만중은 사명의 말을 귀 기울여 들었다. 상대의 마음을 알아야만 걸맞게 대응할 수 있기 때문이었다. 1686년 1월에 옥정이 대궐로 다시 들어왔다. 옥정은 예전에 숙종의 어머니에 의해서 강제로 출궁당했다. 그랬는데 1686

년 1월에 환궁하게 되었다. 옥정은 빼어난 미모를 지녔기에 누구든 시선만 닿으면 홀릴 정도였다. 최고의 권력자인 숙종의 눈도 예외는 아니었다. 숙종도 옥정을 대하자마자 마음이 들끓어 급격하게 가까워지려는 경향이 컸다.

이때 왕비인 민비가 특별한 조처를 취했다. 2월에 후궁 간택령을 궁중에서 발표하도록 했다. 3월에 영빈 김 씨를 후궁으로 맞았다. 숙종은 왕비의 의견에 순응하는 듯한 태도를 보이며 옥정에게 접근했다. 서인들을 무마하려고 김 씨를 숙의에서 귀인에까지 작위를 높였다. 그러면서도 은밀하게 옥정에게 접근하여 집요한 연정을 표출했다. 숙종의 기세를 보면 옥정을 정식으로 후궁으로 맞을 기세였다. 숙종은 치밀한 전략으로 옥정을 보호하면서 자신의 여인으로 만들었다.

숙종이 옥정을 품다가 왕자라도 얻게 되면 형세가 달라지기 마련이었다. 당장 옥정의 오빠인 희재부터 덕을 볼 거였다. 희재가 높은 벼슬을 가지면 옥정의 위치도 안정하게 되리라 여겨졌다.

눈빛을 빛내며 나지막한 목소리로 사명이 만중에게 말했다.

"지금은 병권이 내 손아귀에 있소이다. 내가 군사를 일으키기만 하면 세상이 단숨에 바뀔 것이외다. 희재가 병권을 탐낸다면 결코 만만치 않을 사태가 벌어지리라 믿소이다. 현재의 희재로서는 병권을 장악한다는 의미가 무엇인지를 잘 모를 것이외다. 나중에라도 깨닫게 되었을 때엔 적합한 시기가 달아났을 때라고 여겨지외다."

만중은 슬그머니 사명의 존재가 위태롭게 여겨졌다.

'이 사람이 설마 역모를 꾀하려는 것은 아니겠지? 일단 무슨 소리를 하는지 잘 들어 보자.'

사명이 마침내 사방을 차가운 눈빛으로 훑어보더니 나지막한 목소리로 말했다.

"김공(金公)과 나는 세월을 초월한 지기외다. 그래서 내 진솔한 심정을 말하겠소이다. 올해엔 유난히 많은 격랑이 예상되외다. 옥정이 궁궐로 복귀하면서부터 많은 문제가 발생되고 있소이다. 올해 후반부엔 틀림없이 후궁으로 책봉되리라 예견되외다. 후궁이 되기만 하면 오라비인 희재가 병권에 눈독을 들일 거외다. 병권이란 진실로 병마를 다스릴 수 있는 사람이 취해야 하외다. 그런데 궁중의 분위기가 엉터리 같은 방향으로 흐르고 있소이다."

'엉터리 같은 방향'이라니? 만중이 깜짝 놀라 자리에서 일어나 밀실 바깥을 둘러보고 왔다. 행여 누군가 염탐하는지를 살펴보려는 의도에서였다. 다행스럽게도 그런 기색을 지닌 사람들은 보이지 않았다. 만약 조금이라도 의혹을 지닌 사람이 보이면 제거해 버릴 작정이었다. 자신들의 생명이 달려 있기에 안전을 위해서는 살생마저 감행할 작정이었다. 만중과 사명은 보자기에 장검을 숨겨 넣어 왔다. 비상시를 당하여 사용할 작정이었다.

사명의 이야기가 흐르는 샘물처럼 이어졌다. 숙종의 고모인 숙안공주의 아들이 문제라고 했다. 홍치상이란 이름의 사내는 숙종에겐 고종형이 되었다. 사명보다 7살 연하인 치상이 온갖 계교를 꾸민다고 밝혔다. 아직 만나지는 못했지만 자신을 만나려고 야단이라는 소리가 들렸다. 치상이 노리는 인물은 숙종의 당숙인 동평군이라 했다. 동평군이 숙종과 가까이 지내니까 시기심이 들끓어 견디지 못했다. 그러다가 점차 역모 혐의로 몰아 동평군을 상소할 음모를 꾸몄다. 이런 기류가 사명의 머릿속에 확연히 감지된다고 했다.

1674년에 등극하고도 12년이 지나도록 왕자를 출산하지 못하지 않았는가? 아들을 낳지 못한다면 왕의 당숙들이 왕위를 노릴 터였다. 등극 이후로 당숙 중에 복선군 형제들이 유력한 혐의를 받았다. 복선군의 거동이 조금만 수상스러워도 곧바로 체포될지도 모를 지경이었다. 복창군, 복선군, 복평군 3형제는 1680년에 역모 혐의로 죽음을 당했다. 벌써 6년 전의 일이었다. 복선군이 사라진 뒤에 홍치상이 노리는 대상은 동평군으로 압축되었다.


사명의 이야기를 줄곧 듣던 만중이 은밀히 응답했다.

"이공(李公), 우리가 생명을 나누는 지기임에는 말할 나위가 없소이다. 하지만 사람의 생명이란 한 가닥뿐이잖소이까? 결코 등나무 줄기처럼 여러 갈래일 수가 없다는 거외다. 판단에 착오가 생기면 본인은 물론이요 문중이 초토가 되잖소이까? 내가 정확한 정황을 몰라서 몇 가지 묻고 싶소이다. 대답해 준다면 내가 조언해 주겠소이다."

만중의 말이 끝나자마자 사명이 밀실 바깥으로 나가서 주위를 살폈다. 혹여 비밀스런 염탐꾼이 달라붙지 않았는지를 점검하려는 행위였다. 이윽고 사명이 자리에 돌아왔을 때였다. 만중이 사명의 술잔에 술을 채웠다. 사명도 만중의 술잔에 술을 따랐다. 둘이 술잔을 부딪고는 서로의 눈을 들여다보았다. 과연 속내를 터놓아도 후환이 없겠는지를 최종적으로 확인하려는 기색이 역력했다. 둘의 마음이 정확히 일치함을 서로가 곧바로 알아차렸다.

만중이 단호한 기색으로 사명에게 입을 열었다.

"만약 누군가 병권을 움직이도록 이공에게 협조를 구한다면 어떻게 하겠소이까? 병권을 움직일 만한 명분이 절대적으로 타당하다고 여겨졌을 경우에 말이외다."

사명이 만중의 질문을 기다렸다는 듯 반가운 표정으로 응답했다.

"나한테 협조를 구하려고 다가올 사람은 한 사람밖에는 없소이다. 바로 숙안공주의 아들인 홍치상이란 작자이외다. 대수로운 관직도 없는 처지에 야망은 높아서 상당히 위험한 인물이외다. 내 추측으로는 왕도 몇 사람을 경계하고 있을 거외다. 홍치상과 동평군과 장희재를 노리고 있을지도 모르외다. 겉으로는 온정을 베풀면서도 언제나 상대를 경계하는 것이 왕의 특성이외다. 왕은 아마 나까지도 은밀히 경계하리라 여겨지외다. 그래서 오늘 염탐꾼이 있는지를 주기적으로 살피는 중이외다."


만중은 속으로 큰일이 생겼다고 여겼다. 사명이 왕을 경계한다면 왕도 틀림없이 경계하리라 여겨졌기 때문이다. 사람의 마음이란 언제나 표정에 드러나기 마련이었다. 왕이 사명을 경계한다면 친구인 자신마저도 경계하리라 여겨졌다. 그래서 자신의 언행에도 실수가 생기지 않게 조심할 작정이었다. 단 한 동작의 실수로도 생명을 잃을지도 모르는 일이었다. 어느 왕조보다도 숙종의 집권 시기에 많은 선비들이 목숨을 잃었다.

붕당을 이룬 선비들이 탄핵을 하여 사약을 내리도록 종용하는 방식이었다. 왕은 마지못한 척하면서 수결(手決)하면 의금부를 통하여 사약이 내려지곤 했다. 1674년에 왕이 등극하면서 복상 문제로 서인들이 많이 희생되었다. 1680년의 경신출척을 통하여 남인들이 상당히 목숨을 잃었다. 서인을 이룬 대관들이 부지런히 탄핵을 하여 보복을 가했기 때문이다.

만중과 사명이 함께 느끼는 기류가 있었다. 아무래도 내년인 1687년에 왕자를 잉태할 징후가 느껴졌다. 왕자의 안전한 보호를 위하여 새로운 출척이 일어나리라 예견되었다. 새로운 출척이 일어나기만 하면 만중을 비롯한 서인들이 공격당하리라 여겨졌다. 만중과 사명은 어느새 강경한 기풍의 서인들로 인식되어진 상태였다. 본인들의 의지와는 무관하게 남인들이 그렇게 여기는 것이 분명한 터였다.

삼각산의 은밀한 주막에서 빠져 나오기 직전이었다. 만중이 사명에게 완곡하게 부탁했다.

"이공, 오늘 발언한 말들은 철저하게 기밀을 유지시키기 바라오. 한 마디만 정적들에게 새어나가도 곧바로 운명이 달라질 거요. 거듭 말하겠지만 철저하게 마음을 감추는 게 중요하다고 여겨지오. 세상에는 못 믿을 사람들이 워낙 많기 때문이오. 이런 사람들 때문에 생명을 잃는 경우가 허다한 법이오."

　사명이 정말 고맙다는 듯 만중의 손을 따뜻이 마주 잡았다. 만중과 사명이 얘기를 충분히 했기에 마음이 홀가분한 상태였다.

# 몽환의 세상으로

 

새벽마다 서릿발이 하얗게 땅을 뒤덮는 시점이었다. 조석의 기온
차이가 현저하게 크게 감지되는 나날들이기도 했다. 11월 초이레 날
이었다. 배소의 사립문 밖에 마차 소리가 우레 소리처럼 크게 밀려
든다. 아침을 먹은 직후의 시각이라 만중이 놀라 방문 밖으로 내닫
는다. 군수와 마부와 30대 중반의 관졸 5명이 초가로 들어선다.

군수가 만중을 향해 말한다.

"대감께 감축 드리외다. 오늘 아침에 한양에서 소식이 들어왔소이
다. 왕자의 출생으로 대감께도 방면의 교지가 내려왔소이다."

마당에 명석을 편 뒤다. 군수가 교지(敎旨)를 낭독하자 만중이 남
쪽 한양을 향해 삼배를 한다. 그러고는 군수와 관졸들에게도 고마움
을 표한다. 관졸들이 만중의 방에 들어서서 방 정리를 한다. 대번에

만중이 사용하던 짐들이 가지런히 정리된다. 군수가 만중을 향해 제안한다.

"대감, 짐은 잠시 여기에 더 놓아두기로 하사이다. 이제 자유의 몸이 되었잖소이까? 여기서 사흘간을 더 머물다가 내려가도록 하사이다. 내가 사흘간을 대감과 시간을 함께 보내겠소이다. 내 제안이 대감의 마음에도 들기를 바라겠소이다."

군수가 일을 끝낸 관졸들을 마차에 태운다. 그러고는 마부에게 말한다.

"관병들을 관아까지 태워다 주고 곧바로 여기로 오시오. 아시겠소?"

마부가 알아들었다며 고개를 끄떡이고는 관졸들을 태워 금세 시야에서 사라진다. 만중이 마차가 보이지 않을 때까지 바라본 뒤다. 만중이 감격스런 표정으로 군수의 두 손을 맞잡는다. 군수도 만중의 손을 따뜻하게 마주 잡으며 만중을 바라본다. 만중의 눈에 항시 서려 있던 그늘이 말끔히 사라졌다.


이때 만중의 머릿속으로 닷새 전의 일이 떠올랐다. 한양을 다녀온 홍수가 만중에게 나지막한 목소리로 말했다.

"남인의 목임일과 이식이 사헌부의 관원들과 출입이 잦다는 게 밝혀졌나이다. 뭔가 수상쩍은 일을 꾸미는 듯한 기색이 비쳤사옵니다. 사헌부 박진규의 집에 남인의 선비들이 자주 드나든다는 첩보를 입수했나이다."

만중은 마음속으로 차기의 탐색 전략을 세우리라 별렀다. 만중의 추측으로 목임일은 목내선의 아들이리라 여겨진다. 목내선은 예전에 허견의 강간 사건을 은폐하다가 적발되어 유배를 당했다. 만중이 마음속으로 생각에 잠겼다.

'목내선의 아들이 사헌부의 박진규와 가까워지다니? 여기에는 필시 서인들을 해칠 음모가 개입되었으리라 여겨져. 내 몸이 자유로워지면 보다 구체적인 밀탐 계획을 세워야겠어.'

군수가 호방하게 웃으면서 응답한다.

"마차가 돌아오려면 조금 시간이 걸릴 거외다. 그 동안 방에서 추위를 좀 녹이도록 하사이다. 아궁이에 불은 잘 지폈소이까?"

만중도 껄껄 웃으며 군수와 함께 방으로 들어선다. 방은 장작을 땐 관계로 훈기가 아주 높은 편이다. 개어 놓았던 이불과 담요를 만중이 방바닥에 펼친다. 둘이 훈기를 느끼며 한동안 이야기를 주고받을 때다. 사립문을 통해 말 울음소리가 들려온다. 마부가 방금 도착되었으리라 여겨진다. 만중과 군수가 방문을 열고 마당으로 내려선다. 마당에는 마부가 들어서면서 말한다.

"마차가 출발할 준비가 다 되어 있사옵니다. 마차에 오르시는 대로 출발하겠나이다."

군수가 마부한테 행선지의 순서를 쭉 들려준다. 그러고는 사흘간 둘을 태워 달라고 말한다. 마부가 미소를 듬뿍 머금으며 마차의 문을 연다. 마차의 출입문을 거쳐 만중과 군수가 마차에 오른다. 둘이 마차 안에서 자리를 잡고 난 뒤다. 마차가 천천히 길을 달리기 시작한다. 말을 모는 데엔 전문가인 마부다. 군수가 만중을 바라보며 말한다.

"오늘은 적유령 산맥 중의 희귀한 동굴 지대로 대감을 모시겠소이다. 적유령 산맥은 첩첩으로 쌓인 산악들이 굽이치는 곳이외다. 전설로는 예전부터 신선들이 곧잘 내려와 머물다 가는 것으로 알려졌소이다. 군수 생활을 한 지 3년이 지났지만 처음 찾는 곳이외다. 하지만 풍문으로 대단히 풍광이 아름답다고 알려진 곳이외다. 어때 마음이 동하지 않소이까?"

만중이 아주 흡족한 표정을 지으며 응답한다.

"유배가 풀린 순간까지도 배려해 주는 분이 또 어디에 있겠소이까? 정말 군수님께 어떻게 보답해야 할지 모르겠소이다."


마차가 한 시진가량 달려 선천 북서쪽의 산기슭에 도착한다. 산기슭의 높다란 바위에 커다란 글씨가 씌어져 있다.

'구궁선경(九宮仙境).'

군수가 먼저 마부를 향해 입을 벌려 말한다.

"내가 산악의 지도를 갖고 있소이다. 일단은 마차를 몰고 가도 좋소. 내일 아침 묘시(卯時) 초에 여기에 다시 들러 주시오. 마차에 실린 보따리 두 개만 들고 가겠소이다."

마부가 알았다면서 이내 마차를 몰아 평야 지대로 아스라이 사라진다. 군수와 만중이 한 개씩의 보따리를 들고 산을 오른다. 만중의 생각으로 보따리 속에는 술과 음식들이 들어 있으리라 여겨진다.

음식 보따리는 시간이 흐를수록 가벼워지기 마련이라 여긴다. 산야에 처음 왔다면서도 길을 잘 찾는 군수다. 군수의 말대로 손에는 지도가 들려 있다. 구궁선경이라 적힌 바위 뒤쪽으로 희미한 오솔길이 뚫려 있다.

사람의 통행이 잦지 않았음이 명확히 드러난다. 겨우 오솔길의 흔적 정도만 남아 있기 때문이다. 하지만 지도에는 그 오솔길의 자취가 명확히 그려져 있다. 바위를 지나 나타나는 길은 평평하면서도 밋밋한 길이다. 그런데 어디선가 물소리가 청아하게 들린다. 둘은 거의 동시에 고개를 돌려 바라본다. 풀 숲 사이로 개천이 흐르고 있음이 드러난다. 오솔길은 개천을 따라 뻗쳐 있다. 둘은 개천을 거슬러 상류를 향해 천천히 걸어간다. 길을 걷다가 만중이 군수에게 묻는다.

"나중에 어두워질 경우에 사용할 불은 준비되어 있소이까?"

군수가 나지막하지만 여유 있는 목소리로 응답한다.

"황촉(黃燭)을 몇 자루 준비해 왔으니 걱정하지 않아도 될 거외다. 그런데 여기는 왜 찾아왔는지 아시겠소이까?"

만중이 인상을 살짝 찌푸리며 생각에 잠긴다. 하지만 영문을 알 수 없다고 생각된다.


대략 오시에 이르렀다고 여겨진다. 산악의 지형은 발걸음을 옮길 때마다 놀라운 정경으로 바뀌곤 한다. 가팔라진 오솔길이 갑자기 오른쪽으로 홱 꺾이는 지점이 보인다. 바로 이 부분에 들어서자 평지가 나타나면서 하천 폭이 넓어진다. 하천의 폭은 4장가량이 되어 보인다. 수심은 그다지 깊어 보이지 않지만 유량이 상당히 많은 편이다. 하천 수면의 곳곳에 물에 잠긴 관목이 바람결에 간들댄다. 거울 같이 투명한 물과 잔잔한 물살이 내뻗는 하천이다. 현란할 정도로 수려한 풍광에 가슴이 송두리째 얼어붙을 지경이다.

군수가 만중을 향해 주변의 지형을 가리키며 말한다.

"여기서 반 시진만 상류로 오르면 봉황계곡(鳳凰溪谷)이 나타난다고 기록되어 있소이다. 말로만 봉황계곡이겠습지요. 봉황이 사는 곳은 선경에만 해당하잖소이까? 이런 속세에 무슨 봉황이 산다고 사람들이 허풍을 떠는지 모르겠소이다. 정말 웃기는 일이 아닐 수 없소이다."

군수의 말이 막 끝났을 때다. 하천의 상류에서 갑작스레 요란한 새 소리가 터져 나온다.

"퀵퀵 퀴르르르!"

"퀴이퀵 퀵퀴르르르!"

"퀴이이익 퀴르르!"

일제히 고막이 터질 지경의 엄청난 성량의 음향이 귓전으로 몰려든다. 군수와 만중의 표정이 확 달라진다. 하지만 둘은 이만한 소리에 주눅들 사람들이 아니다. 둘은 가슴을 펴고 당당하게 상류를 향해 내닫는다. 상류의 하늘 위로는 기다란 몸뚱이를 지닌 새들이 선회를 한다. 몸뚱이의 길이가 사람 키에 준하는 새들이 활개를 치며 난다. 하나같이 대여섯 가지의 휘황한 색채를 지닌 새들이다. 수면

으로 날아 내릴 듯하면서도 연신 수면의 상공을 선회한다. 대략 20
여 마리는 되어 보인다. 이들이 수면 위를 선회하면서 야단스럽게
울부짖는다.

군수가 만중을 향해 나지막이 말한다.

"잠깐 우리가 자세를 낮춰 새들을 지켜봅시다. 이게 아무래도 봉
황을 닮은 극락조(極樂鳥)라는 새인 것 같소. 따뜻한 남방의 청국인
(淸國人)이 그림을 그려 보여준 적이 있소. 아마 중국의 해남도(海南
島)라는 곳에서 온 청국인이었던 것 같소. 해남도에 연중 사는 새라
고 나한테 그림을 그려서 보여주었거든요. 그 그림과 정확히 일치되
는 새라고 여겨지오."

만중이 상당히 이상하다는 표정을 지으며 군수에게 말한다.

"내가 알기로도 해남도는 남쪽 바다의 뜨거운 곳이라고 들었소.
그런데 거기에 살던 새가 어떻게 추운 이곳까지 왔겠소? 새들한테도
세상을 떠돌아다니는 종류가 있는 모양이죠?"

군수가 침울한 표정으로 목소리를 낮춰 말한다.

"왠지 기분이 좋지 않소. 되돌아가는 게 어떻겠소? 신비스러운 곳
에 무단으로 들어섰기에 왠지 재앙이 있을 듯한 느낌이오. 지금부터
가능한 한 목소리도 낮춰 주기 바라오."


만중의 얼굴에 잠시 스산한 표정이 파동처럼 드리워진다. 그러더
니 만중이 느닷없이 하늘을 향해 크게 휘파람을 분다.

"휘이이익!"

"휘이이익!"

두어 차례 반복적으로 휘파람을 불었을 때다. 하늘을 뒤덮던 새들이 순식간에 자취를 감춘다. 골짜기를 돌아서 4장쯤 걸었을 때다. 시뻘건 불기운이 하천의 수면 가득히 내리 쏟아진다. 예상치 못했던 일이어서 만중과 군수의 표정이 달라진다. 군수가 만중에게 말한다.

"아무래도 오늘은 불길한 일이 생길 듯한 예감이 자꾸만 일어나외다. 지금이라도 늦지 않았으니 되돌아가는 게 어떻겠소이까?"

만중이 군수에게 곧바로 응답한다.

"군수님, 뭐가 두렵소이까? 예전에는 검술 대결마저도 사양치 않았던 우리들이잖소이까? 왜 돌연히 군수님이 심약해졌는지 영문을 모르겠소이다."

군수가 다소 짜증이 섞인 목소리로 말한다.

"사고가 일어나기 전에 예감이란 게 있지 않소이까? 오늘은 왠지 사고가 생길 것만 같은 예감이 자꾸만 드외다. 여기에서 사고라도 생긴다면 나는 정말 모르는 일이외다. 아시겠소이까?"

군수의 말이 떨어진 직후다. 개천이 이번에는 왼쪽으로 크게 꺾여 흐르는 곳에서다. 개천 좌측의 벼랑에 뚫린 구멍에서 시뻘건 화염이 날름거린다. 만중과 군수가 조심스레 벼랑 아래로 다가갔을 때다. 벼랑에는 직경이 2장가량인 구멍들이 대여섯 개가 뚫려 있다. 거기에서 시뻘건 불길이 바깥으로 날름댄다. 불길 근처에는 기온도 너무 높아서 식물이라곤 눈에 띄지 않는다. 구멍 내부는 길이를 알 수 없는 동굴로 여겨진다. 동굴로부터 세찬 불길이 바깥으로 쏟아진다. 불길 근처의 하천은 가열되어 온천수로 느껴질 지경이다.

만중이 군수를 향해 말한다.

"확실히 특이한 지형임에 틀림없소이다. 화산의 지하에서 들끓는 암장(巖漿) 탓에 생긴 불길이외다. 조선의 백두산이 화산이외다. 백두산에서 한참 먼데도 여기 이런 곳이 있었나 보외다. 아마도 이 지형 탓에 극락조가 여기까지 날아든 모양이외다."

만중의 말이 막 끝났을 때다. 느닷없이 하천 수면의 상공에서 어린 아기들의 웃음소리가 커다랗게 들린다. 만중과 군수가 고개를 돌려 사방을 둘러보았지만 아기들이라곤 보이지 않는다. 그럼에도 아기들의 깔깔거리는 웃음소리가 골짜기를 뒤덮는 듯하다. 군수는 완전히 기가 질린 듯한 표정으로 넋이 빠진 듯하다. 만중에게도 확실히 묘한 현상이라 여겨진다. 예전에 만났던 화포를 만드는 장인(匠人)이 들려준 얘기가 있었다.

습기가 많거나 비가 내리는 날에는 갇혔던 소리들이 나타난다고 말했다. 공동묘지의 통곡소리들도 거품처럼 갇히는 지형이 있다고 들려주었다. 평소에는 들리지 않다가 습기가 많은 날에 주변으로 흩어진다고 했다. 뭉쳤던 소리들이 바람결에 흩어지면서 생생하게 사람의 귀에 들린다고 했다. 아주 듣기 좋은 아기들의 웃음소리가 통곡소리만큼이나 섬뜩하게 여겨진다. 군수는 점차 의지력을 잃어 표정이 처참할 지경이다.

만중이 이해가 되지 않는다는 표정을 지으며 군수를 바라본다. 군수가 넋이 빠진 신색으로 허공을 바라본다. 점차 만중의 마음에까지 섬뜩한 생각이 밀려든다.

'만약 군수가 넋이 나가 골짜기로 떨어지면 큰일이잖은가? 지금으로서는 충분히 가능할 듯한 정황이야. 어떻게 한다? 이제라도 군수의 말에 따라 슬그머니 하산해 버려?'

그런데 이상한 일은 여기에 국한되지 않는다. 골짜기로 치닫는 바람결의 방향에 따라 다양한 소리들이 들리기 때문이다. 개 짖는 소리였다가 아기 웃음소리였다가 마차 달리는 소리들이 뒤엉켰다. 이때 만중의 눈길을 끈 것이 있다. 불길이 치솟는 동굴들은 높다란 절벽에 자리 잡고 있다. 절벽 아래로는 풍부한 유량의 개천이 흐르는 계곡이 펼쳐져 있다. 계곡 맞은편에는 또 다른 동굴들이 절벽을 따라 발달되어 있다.

만중과 군수는 불길이 치솟는 절벽 반대편의 동굴에 관심이 기울어진다. 거기로 극락조들이 날아가 사라졌기 때문이다. 만중이 군수를 설득시켜 맞은편의 동굴로 다가간다. 동굴은 입구부터 아예 널찍해 보인다. 높이가 사람 키의 2배에 이른다. 폭은 서너 사람이 함께 옆으로 서서 걸어 들어갈 정도다. 일단 동굴이 석동(石洞)이라는 점 때문에 들어설 용기가 생긴다. 석동의 안으로 들어가면서 만중과 군수가 황촉을 꺼내 걷는다.

그런데 희한하게도 안으로 들어갈수록 한기가 너울처럼 와 닿는다. 만중이 먼저 동굴 속으로 들어가자 군수도 만중을 뒤쫓는다. 대여섯 걸음을 동굴 안으로 들어가자 거대한 물소리가 귓전으로 밀려든다. 물소리에 놀라 둘이 잠깐 서로의 얼굴을 바라본다. 하지만 동굴의 밑바닥으로 물이 밀려드는 곳은 어디에도 없다. 둘이 굴의 안쪽으로 걸어갈 때 꺼낸 황촉에 불을 붙인다. 2자루의 촛불이 동굴 실내를 밝히는 순간이다. 폭우가 쏟아지듯 박쥐 떼가 동굴을 뒤덮는다.

만중이 마음속으로 중얼댄다.

'뭣이 이래? 참으로 희한한 일이 자꾸만 벌어져서 정신 차리기가 힘들 지경이야. 궁금한 게 있더라도 당분간은 조용히 견뎌야 되겠어.'

생각이 끝나기도 전에 동굴의 시야가 대낮처럼 훤해진다. 만중이 들어섰던 출입구 반대편의 동굴 벽면에도 구멍이 뚫려 있었다. 둘은 공교롭게도 구멍이 맞뚫린 동굴을 함께 걸어간 거였다. 묘하게도 열린 출구 아래로는 까마득한 절벽이 보일 뿐이다. 결코 출구 쪽으로는 나갈 수 없는 상태다. 만약 억지로 나간다면 절벽 아래로 떨어져 죽게 되리라 여겨진다. 동굴 바깥은 폭넓게 하얀 물이 쏟아져 내린다. 아마도 절벽 위에서 폭포가 흘러내리는 모양이다. 이런 경위로 인하여 동굴 내부로 엄청난 물소리가 들렸다.

군수가 만중을 향해 말한다.

"결국은 내 말대로 뒤로 물러나야 하잖소이까? 구경은 분명 새로웠지만 결국은 되돌아가야만 될 뿐이었소이다."

맞뚫린 동굴의 길이는 대략 20여 장에 이르렀다. 어떤 작은 봉우리의 내부가 거의 직선으로 맞뚫린 상태다. 신비로운 지형 탓에 군수도 정신을 차렸는지 감탄을 연발한다. 특히 맞뚫린 바깥 면으로 내리 쏟아지는 대형 폭포수가 인상적이다. 온통 폭포수로 야기된 물보라가 골짜기 전체를 뒤덮는 듯한 정경이다. 만중과 군수는 태어나서 이처럼 신묘한 풍광을 본 적이 없었다. 군수가 마치 술에 취한 듯 탄성을 쏟아내며 말한다.

"이야, 어쩌면 이럴 수가! 정말 생각할수록 엄청나게 빼어난 풍광이외다. 생애에 이처럼 대단한 절경을 본 적이 없었소이다. 나를 여기까지 끌고 와 절경을 구경시켜 주어서 고맙소이다."

이번에는 만중이 껄껄거리며 웃으면서 응답한다.

"애초에 나를 이곳으로 데려온 사람은 군수님이잖소이까? 적유령 산맥에 이런 풍광이 있을 줄은 정말 몰랐소이다. 그래서 선경이라 이름을 붙인 모양이외다."


둘은 굴길을 되돌아 나와 처음의 동굴 입구에 나란히 선다. 그러고는 계곡 건너편 절벽의 바위 동굴을 바라본다. 여전히 거기에서는 시뻘건 불길이 구멍마다 치솟는다. 산의 허리에 해당하는 부위에서 희한하게 발출되는 불길이다. 지하 암장에서 치솟는 열기로 인하여 발출되는 어마어마한 규모의 불기둥이다. 맞뚫린 굴을 통하여 용기를 얻었던지 군수가 만중을 향해 말한다.

"맞은편의 화산 지대의 열기가 장난이 아니외다. 기왕 나선 길이니까 잠시 여기서 요기를 하사이다. 그런 뒤에 나머지 동굴 내부도 둘러보는 게 좋겠소이다."

만중도 군수의 말에 흔쾌히 동의한다. 둘은 동굴 입구의 널찍한 바위에 올라앉아 보자기를 푼다. 보자기에는 매화주와 산나물 중심의 술안주가 가득 들어있다. 또한 야외에서 먹도록 만들어진 주먹밥이 몇 덩어리가 들어있다. 주먹밥 속에는 갖은 재료로 버무린 양념들이 채워져 있다. 주먹밥을 두 덩어리씩 먹자 벌써 배가 부를 지경이다. 술잔을 꺼내 술을 몇 잔씩 나눈 뒤다. 둘이서 구경했던 맞뚫린 인근의 동굴들을 차례로 둘러보기로 한다.

취기가 약간 오르는 중에 둘이 인근의 동굴들을 차례로 둘러본다. 동굴의 길이는 다들 20여 장에 달했다. 이런 맞뚫린 동굴이 무려 6개에 이르렀다. 둘은 차근차근 나머지 동굴들을 둘러본다. 동굴을 둘러보면서 만중이 군수에게 말한다.

"동굴마다 다 특성이 있는 것 같소이다. 이들 특성이 이 지대를 선경으로 만든 것 같소이다. 참으로 이 지대야말로 선경임에 틀림없소이다."

군수가 고개를 끄떡이며 곧바로 응답한다.

"나도 이 지역이 이처럼 빼어난 풍광을 지닌 줄은 몰랐소이다. 입구에서 이상한 소리가 들리고 불기운이 솟구쳐 아까는 괴로웠소이다. 이제는 빼어난 풍광에 감탄을 터뜨리는 중이외다."

6군데의 맞뚫린 동굴에는 다양한 특성들이 깔려 있었다. 어떤 동굴에는 극락조의 무리들이 머물고 있었다. 이들이 여유로운 몸짓으로 허공을 날곤 했다. 이들의 빼어난 자태를 보는 것만으로도 경탄

스러울 지경이다.

　만중은 이틀간을 연이어 군수와 함께 적유령 산맥을 유람했다. 적
유령 산맥 일대의 수려하기 그지없는 풍광을 군수와 함께 구경했다.
산맥이 깊고 장중하여 몇 달을 유람해도 끝이 없을 지경이었다. 높
은 산봉우리와 깊은 골짜기들이 아기자기하게 배합된 절묘한 지형
이었다. 안개에 휘감긴 산봉우리와 은빛 물줄기가 바람결처럼 자유
로이 내리흘렀다. 어떤 능선에 멈추어 바라봐도 산악은 그윽한 정취
를 안겨 주었다. 하도 적유령산맥의 풍광이 빼어나서 평생 잊히지
않을 감동을 받았다.

　방면된 사흘째에는 군수의 제안으로 만중이 선천 포구로 갔다. 그
날도 군수가 마부를 불러 마차를 동원했다. 이윽고 30리 길의 포구
에 닿았을 때였다. 마을 해녀 넷이서 수중에서 많은 해산물을 채취
한 상태였다. 소라와 전복과 문어에 이르기까지 종목이 풍성했다.
둘은 해녀들의 해산물을 사서 안주로 삼아 술을 마셨다. 만중에게는
군수가 너무나 고맙게 여겨졌다. 방면된 뒤까지도 최선을 다해 배려
하는 마음이 너무나 고맙게 느껴졌다. 만중은 한양으로만 가면 군수
를 불러 대접하리라 마음먹었다.

# 통한의 여운

방면되어 마침내 한양의 본가에 도착한 날이다. 쌀쌀한 날씨에 무
관하게 집안에는 온통 활기로 가득 찼다. 어머니를 대한 순간에 만
중은 목이 잠겨 실신할 지경이었다. 어머니와 오랜 대화를 나눈 뒤
다. 만중이 안방에서 아내를 만났을 때다. 아내가 만중의 품에 안겨
흐느끼면서 만중의 등을 하염없이 두드린다. 그러면서 만중의 아내
가 만중을 향해 말한다.

"영감, 고생이 무척 많았지요? 다시는 이런 생이별이 없었으면 좋
겠나이다. 정말 너무나 공허하고 외로웠사옵니다."

응답하기에는 너무 가슴이 벅차서 만중이 눈을 질끈 감는다. 감은
눈시울을 통해 뜨거운 눈물이 마구 쏟아져 내린다. 금세 만중 아내
의 얼굴 위에까지 눈물이 흘러내린다. 한동안 만중이 울음을 속으로

삼킨 뒤다. 만중이 아내를 향해 들려준다.

"부인, 정말 염치가 없어서 할 말이 없소이다. 나도 천지신명께 간절히 빌고 싶소이다. 더 이상 가족이 헤어지는 일이 없기를 말이오."

본가에 도착한 뒤에 해를 넘겨 1월 보름날이 되었을 때다. 선천을 떠나기 전에 약속한 바에 따라 지은이 만중을 찾았다. 지기의 자격으로 지은이 만중의 집을 찾은 거였다. 만중이 지은에게 박진규의 가택을 그린 약도를 지은에게 넘겨주며 말한다.

"수고스럽지만 박진규의 집에 어떤 사람들이 드나드는지를 조사해 주기 바라오. 이게 지기로서의 내 마지막 부탁이외다."

지은이 미소를 머금으며 흔쾌히 요청을 받아들인다. 근래에 중국에서 들어온 4명의 수하 여검객들까지 동원하겠다고 들려준다. 지은의 대답에 만중은 천병만마의 지원 세력을 얻은 느낌이 든다.

그로부터 엿새가 지난날이었다. 지은이 만중을 다시 찾았다. 지은이 수하의 남장 여검객(女劍客) 넷을 동원하여 알아낸 결과라고 알려준다. 만중이 상당히 긴장한 모습으로 지은의 말에 귀를 기울인다.

사헌부의 박진규(朴鎭圭)와 이윤수(李允修)가 목임일과 내통하려는 서한을 지은이 가로챘다. 박진규의 집에서 빠져나오는 목임일의 부하 둘을 지은이 공격했다. 당시는 밤중이었고 주변은 인적이 드문 상태였다. 지은과 그녀의 부하인 여검객 넷이 목임일의 부하들을 생포했다. 생포된 목임일의 부하들 수중에서 목임일과 내통하는 박진규의 서한을 발견했다. 생포된 목임일의 부하들은 호젓한 산골짜기에서 지은이 기절시켜 풀어 주었다.


**목공께**

**귀공의 제안대로 김만중을 강하게 탄핵하겠소이다.**
**머지않아 상감께서 결단을 내리시리라 믿소이다.**
**조만간 귀공과 만나 회포를 풀게 되기를 바라겠소이다.**

**박진규 배상**


가로챈 서한을 지은이 가져온 것은 올해 1월 21일이다. 도성의 자택에서 만중이 서한을 들여다보니 사헌부의 용지임에 틀림이 없다. 이때에서야 자신을 줄곧 감시해 온 무리의 실체를 파악하게 되었다. 하지만 만중이 자신의 처지를 방어할 계책을 세울 수는 없다. 방면되어 집에서 머무는 처지라서 세상의 이목이 만중을 노려본다고 여겨진다. 그래서 변화의 추세를 예견할 따름이지 적극적으로 나설 수가 없다. 만중은 지기로서 끝까지 자신을 도운 지은에게 인간적인 정으로 사례한다. 이때에서야 만중은 조정으로의 복귀가 어렵다고 숙명적으로 받아들이게 된다.

어지간히 시간이 지나면 세상의 일들은 잊히기 마련이라 여겨진다. 그런데도 붕당이 서로를 견제하고 무리를 보호하려는 속성은 극심해지는 모양이다. 만중의 머릿속이 아무리 생각해 봐도 불편하고 답답해진다. 기나긴 세월 동안 흔적 없이 목을 죄던 예감이었다. 아무래도 재차 의금부로 가게 되면 방면되기는 어려우리라 여겨진다.

세월이 흘러 1689년 2월에 접어들었다. 집의(執義) 박진규(朴鎭圭)와 장령(掌令) 이윤수(李允修)는 사헌부의 관원들이었다. 집의는 종3품이며 장령은 정4품의 벼슬이었다. 이들은 2월 7일에 김만중에 대하여 탄핵의 상소를 올렸다. 사헌부 본연의 업무들 중의 하나가 관리들을 사찰하여 탄핵하는 일이었다.

작년 11월에 선천에서 방면되어 집에 머물던 만중이다. 겨우 두 달가량을 방면된 상태로 지내던 터다. 그랬는데 재차 의금부로 끌려가게 생겼다. 만중은 생각할수록 기가 막히는 심정이다. 만중은 한양의 자택 서재에서 잠시 생각에 잠긴다.

'결국 변화의 소용돌이는 일고 말았어. 앞으로 얼마나 많은 서인들이 죽게 될지 모르겠군.'

방면되어 한양에 머물면서 군수를 떠올리다가 만중이 씁쓸한 생각에 잠겨든다.

'내가 다시 의금부로 끌려가게 될 줄 누가 알겠는가? 참으로 세상이 짜증스럽고도 귀찮아 죽겠어.'

세상이 단절되는 듯한 막막한 심정에 잠긴다. 지난 2월 7일에 만중이 박진규로부터 탄핵받았기 때문이다. 조만간 다시 의금부에 가야 할 정황이다. 아무래도 예감이 좋지 않다.


남인인 43살의 목임일(睦林一)과 46살의 이식(李湜)이 집요하다고 여겨졌다. 올해 2월 10일에 목임일과 이식은 공로를 인정받아 기용되지 않았던가? 목임일은 이조좌랑에, 이식은 홍문관 교리의 관직에 기용되었다.

우려했던 바대로 서서히 조정에는 남인들의 선비들로 채워지기 시작했다. 2월 1일에 송시열이 원자 정호에 대한 철회 상소를 올렸다. 이 상소로 인하여 숙종은 격분했다. 곧바로 송시열이 파직당하면서부터 1689년의 기사환국이 시작되었다. 이때부터 송시열은 남인들의 공격을 받아 유배를 떠나게 되었다. 변화의 조류는 너무나 거세어 가히 정신을 잃을 지경이었다.

옥정이 낳은 왕자를 올해인 1월에 원자로 삼는다고 종묘에 고했다. 이 행사를 원자 정호라 부르는데 송시열은 시기가 빠르다고 말했다. 바로 이 발언 탓에 파직당하면서 기사환국이 일어나게 되었다. 무척 오래 기회를 노려보던 왕에 의해 진행된 결단이었다.


얼마 지나지 않으면 재차 의금부로 압송되어갈 처지의 만중이다. 누가 자신을 탄핵했는지도 알지만 추세를 거스를 수가 없다. 환국이 시작된 줄을 알기에 만중은 마음이 너무나 참담하다. 환국 진행의 주도자가 다른 사람이 아닌 왕임을 아는 탓이다. 도대체 왕은 언제

342

부터 환국의 기회를 벼르고 있었는지 궁금하기 그지없다. 분명한 것은 왕의 결단에 의해서만 환국이 진행된다는 점이다.

하필이면 송시열의 파직으로부터 환국이 시작된 것이 만중에겐 불만스럽다. 서인의 영수이자 조선 유학의 대가인 송시열이 아닌가? 그런 송시열을 원자 정호를 철회하라는 말 탓에 파직시키다니? 이미 왕에게는 유학과 성리학은 의미를 상실한 터다. 누가 왕의 입장을 지원하느냐가 중요한 관심사일 따름이다.

만중일지라도 왕을 찾아가 원자 정호를 축하했다면 상황이 달라졌으리라 여겨진다. 과거에 왕의 적대감을 야기했을지라도 처신을 변화시켰다면 상황은 달라졌으리라 믿긴다. 숙종에게는 왕을 지지하는 세력만이 관심의 대상일 따름이다. 왕의 측근이었어도 등을 돌리는 순간에 축출당하게 마련이다. 옥정과 왕자 균을 함께 굳건하게 보호할 세력이 필요한 터다. 서인들은 기존의 집권 세력들이라 곳곳에서 불만을 터뜨렸다. 이게 왕의 눈에는 꼴불견으로 비쳤던 셈이다.


급박한 속도로 흐르는 세월이었다. 윤달인 3월 7일에 남해 노도에 위리안치시키라는 어명이 떨어졌다. 다시 그로부터 열흘 만에 경상도 남해도의 노도(櫓島)에 도착했다. 하루에 일정한 거리만큼은 이동하도록 정한 법령에 의한 이동이었다. 의금부 도사가 호송하는 마차여서 순탄하게 길을 달리게 되었다.

노도는 남해도 남쪽의 벽련항(碧蓮港)에서 뱃길로 3리 떨어진 섬이었다. 섬의 둘레는 8리에 해당하고 배소에서 해안까지는 0.5리에 이르렀다. 섬에는 민가가 5채 있을 뿐이어서 거의 무인도에 가까웠다. 만중이 남해에 도착하자마자 남해군수가 만중을 영접했다. 스산한 심정의 만중에게 50대 초반의 군수가 말했다.

"어쩌다가 먼 데까지 오셨습니다그려. 모처럼 휴식한다고 여기고 방면될 때까지 편안히 지내사이다. 의식(衣食)에 관련된 물품은 내가 차질 없이 공급해 드리겠소이다."

만중이 착잡한 심정으로 응답했다.

"배려해 주셔서 고맙소이다. 그저 감사할 따름이나이다."

군수가 벽련항에서 관졸(官卒) 2명을 시켜 만중을 거룻배로 전송한다. 뱃길로 3리 길이라 비교적 가까운 거리다. 이윽고 배가 항구를 떠나 노도를 향해 천천히 달린다. 만중이 잔뜩 펼쳐진 망망대해를 굽어보며 깊은 상념에 잠긴다.


'삶이란 뒤엉켜 출렁대는 물결과도 흡사하다고 여겨져. 아무래도 마구 뒤엉켜 출렁대는 물결이라 생각돼.'

윤달 3월 6일에는 이사명의 목이 잘렸다. 참수형을 당한 거였다. 만중과는 절친한 지기였는데 아까운 목숨이 스러져 버린 거였다. 생각하면 생각할수록 설움이 밀려들어 고개를 못 들 지경이었다. 스스로 병권을 장악하고 동평군을 규찰하여 역모를 꾀한 인물이라 밝혀졌다. 홍치상과 연합하여 궁중에 헛소문을 퍼뜨린 사람이라고도 판별되었다. 그래서 처형되고 말았다.

이사명이 처형된 뒷날에 만중을 노도로 유배시키라는 어명이 내려졌다. 사헌부의 관원들이 끝내 자신을 낙도(落島)로 내몬 거였다. 만중에게는 거듭 세상의 일들이 뒤엉켜 남실대는 물결로 여겨졌다. 크게는 세 종류의 물결이라 여겨졌다. 하나가 옥정의 물결이었다. 옥정에게 즐거운 일이 생길수록 만중에게는 험한 일들이 벌어졌다. 헤아리기 어려운 움직임이었지만 결과로 볼 때는 항상 그랬다.

1689년인 올해 1월 15일에 균을 원자라고 종묘에 왕이 고했다. 같은 날에 옥정을 정1품인 빈(嬪)으로 책봉했다. 작년 10월 27일에 옥정이 균(昀)을 출산하면서부터 옥정이 세력을 얻었다. 이러다가는 옥정이 왕비로 책봉될지도 모를 일이었다. 한편 만중은 옥정과 연관되어 피해를 입은 일들이 있었다. 1687년에 옥정의 연줄로 조사석이 정승에 올랐다고 말하여 유배를 당했다. 나도는 소문을 말했을 따름인데 왕이 출처를 밝히라고 말했다. 소문을 전한 사람이 친구인 사명이지 않았던가? 친구 사이의 의리를 지키려고 끝내 사명임을 밝히지 않았다.

그래서 선천에까지 유배를 당한 터였다. 옥정에 대한 왕의 애정이 한창 뜨거웠던 시기였다. 그랬기에 왕은 옥정에 대한 소문에 대해서는 민감한 반응을 보였다. 옥정에 관해서는 직위 고하를 불문하고 과단하게 처벌하겠다는 의지를 보였다. 옥정에 대한 왕의 애정이 그만큼 뜨거울 때의 정황이었다. 옥정에 관한 소문만 아니었어도 만중이 곤욕을 치르지 않았으리라 여겨진다. 한창 옥정의 기세가 불길처럼 왕성하게 타오를 시기이기도 했다.

두 번째의 물결은 붕당 선비들의 결속된 숨결이었다. 이들이 작당하여 거세게 주장하면 왕마저도 수긍하는 빈도가 커졌다. 서인과 남인의 선비들이 서로를 껄끄러운 적으로 삼고 상대를 위협했다. 올해 2월 1일부터 시작된 기사환국의 불길이 치솟았다. 원자 정호의 시기가 빨랐다고 상소했던 송시열이 죄인으로 몰려 내쫓겼다. 송시열은 서인의 영수로 군림하던 인물이었다. 이런 서인을 공격한 세력은 다름 아닌 남인의 선비들이었다.

세 번째의 물결은 절대 권력을 드러내려는 숙종의 절제된 몸짓이었다. 아무리 붕당을 이룬 선비들이 다투어도 숙종이 결단을 내리면 끝장이었다. 왕의 말 한 마디에 생명이 오갈 수 있는 처지였다. 그만큼 왕의 말은 위력적이었다. 1680년의 경신환국과 1689년의 기사환국에서 숙종은 절대력을 유감없이 세상에 보여주었다. 왕의 말 한 마디에 산천의 기운이 달라질 지경이었다. 선천에 머물 때부터 만중에게는 기사환국의 징후가 예견되었다.

왜냐하면 옥정의 임신 소식이 궁정을 연막처럼 뒤덮었기 때문이다. 옥정이 왕자를 출산하기만 하면 정국이 확 변하리라 여겨졌다. 아니나 다를까 작년 10월에 옥정이 왕자를 낳았다. 이때부터 상당히 큰 변화의 격랑이 일어나리라 예견되었다. 올해 정월에는 옥정이 출산한 왕자를 원자로 책봉하고 종묘에 신고했다. 차기 왕을 상징하는 원자가 궁궐에 희망을 채워 주었다.

이윽고 만중이 노도에 도착했다. 섬의 크기가 너무나 작아 보였

다. 작은 섬에 인가가 있을지 미심쩍을 지경이었다. 이윽고 섬의 산
기슭에 세워진 초가에 이르렀다. 관졸 2명이 신속히 초가를 청소했
다. 청소를 마친 뒤에 관졸들이 주의 사항을 만중에게 들려주었다.
세상과의 단절이 느껴져 만중의 표정에 한없이 쓸쓸한 색조가 드리
워졌다.

만중은 곧장 배소의 우물을 찾아 마당을 서성거렸다. 그러다가 서
쪽에서 샘솟는 우물을 발견했다. 두레박으로 물을 길러 목을 축였
다. 그러고는 초가의 방 안으로 들어가 가져간 물건들을 펼쳤다. 생
필품 이외에 문구류를 펼쳤다. 글을 짓는 데 필요한 도구들이었다.
만중은 벽을 바라보며 차분하게 마음을 가다듬었다.


세월이 순식간에 흘렀다. 만중이 노도에 도착한 지도 어느새 5개
월째에 이르렀다. 7월 하순이라 태양의 열기가 섬에도 강하게 내달
았다. 만중이 방에서 '서포만필(西浦漫筆)'이라는 수필을 써 내려갈 때
다. 열린 사립문을 통하여 관졸인 24살의 주철이 뛰어들며 말한다.

"대감, 지내는 데는 불편함이 없으시옵니까? 혹시라도 불편하거
나 모자라는 물품이 생기면 곧바로 얘기해 주시옵소서. 당장 구해다
드리겠사옵니다."

만중도 초가를 찾아준 주철이 반가워 그를 바라보며 응답한다.

"물고기 두어 마리만 갖다 주시오. 섬의 물고기가 맛있다는 얘기
를 들었기 때문이오."

만중의 말에 기다렸다는 듯 주철이 말한다.

"노도 서쪽 해안에 물고기가 잘 잡히는 곳이 있사옵니다. 거기에 저랑 함께 낚시하러 가사이다. 함께 가시기만 하면 되옵니다. 물고기를 잡는 즉시 회 맛을 보여 드릴 수도 있사와요."

만중에게도 호기심이 인다. 말로만 듣던 바다 낚시질을 직접 해 보고 싶어진다. 이제는 자연과 어우러져 살리라 작정한다. 만중이 주철을 따라 갯바위 벼랑으로 발길을 옮기기로 한다.

만중의 머릿속으로 올해에 일어난 일들이 주마등처럼 스쳐 지나간다. 폭탄의 파편이 튀듯 격렬한 소용돌이가 일었다. 옥정이 희빈으로 책봉된 뒤였다. 2월 1일에 송시열이 삭탈관작을 당했다. 2월 5일에는 홍치상과 이사명이 탄핵을 받았다. 2월 7일에는 만중이 탄핵받았다. 2월 1일을 기하여 본격적인 기사환국의 열류가 치솟아 올랐다. 2월 10일에는 김수항이 영돈녕 부사에서 파직되었다. 3월 11일에는 경신환국의 세력자였던 김익훈이 장살(杖殺)되었다. 그러다가 윤달인 3월 6일에 이사명이 참수되었다. 그 이튿날 만중의 노도 유배가 어명으로 내려졌다.

이사명이 참수된 뒤에야 만중이 의금부의 강압에 의해 실토했다. 이사명으로부터도 문제의 소문을 들었다고. 옥정의 연줄로 조사석이 정승이 되었다는 소문을 말함이었다. 이사명한테 들었다고 실토하기 전까지는 만중이 아들인 김진화에게 들었다고 말했다. 김진화는 이홍조에게 들었다고 밝혔다. 이홍조는 조사석의 사촌형인 조윤석의 사위였다. 결국 만중이 이사명한테서도 들었다고 밝히고 나서야 감형을 받았다. 그렇지 않았다면 만중도 사명과 비슷한 처지가 될 뻔했다. 만중의 실토로 인하여 아들인 김진화는 방면되었다.

4월 9일에는 예전의 영의정이었던 김수항이 유배지인 진도에서 사사되었다. 4월 22일에는 홍치상이 유언비어를 퍼뜨린 죄로 교살되었다. 5월 2일에는 민비가 서인으로 폐해졌다. 그러다가 5월 6일에는 옥정이 왕비로 책봉되었다. 6월 3일에는 송시열이 정읍에서 왕이 내린 사약을 마시고 죽었다. 송시열은 만중이 인간적인 관점에서 가장 추앙하는 서인의 영수였다.


송시열이 사약을 마시고 죽었다는 소문을 들은 6월 18일 저녁이었다. 관졸이 전한 소식이 만중을 가히 실신할 지경으로 내몰았다. 소식을 듣는 순간에 만중의 머리가 폭탄처럼 터져 나가는 듯했다. 그간 김익훈, 이사명, 김수항, 홍치상 등의 인물들이 저승의 공간으로 스러지면서 가슴 답답하고 매캐한 죽음의 파동이 온 세상으로 너울을 이루면서 나날이 거세게 퍼져 나갔다. 매질을 당하고 목이 잘리고 사약을 마시는 등의 일들이 난무했다. 도저히 온전한 정신으로는 참고 듣기 어려울 지경이었다.

이러한 상황에서 핏발이 드리워진 송시열의 사망 소식이라니? 진작부터 세 가닥의 기류가 뒤얽히고 있음을 알아차린 만중이었다. 옥정과 숙종과 붕당이 일으키는 기류를 말함이었다. 이들 기류의 파장이 워낙 커서 세상이 다 허물어질 지경이었다. 숨조차 제대로 못 쉴 정도로 강하게 내닫는 기류라 여겨졌다.

기진한 상태로 만중이 사립문을 닫은 뒤였다. 급작스럽게 들끓는 두통을 견디다 못해 급기야 이불을 둘러쓰고 드러누웠다. 뒤집어쓴 이불에 만중의 눈물이 유리구슬처럼 줄지어 흘러내렸다. 내장이 송두리째 다 타들어 가는 듯한 통증이 치밀어 올랐다. 세상을 뒤엎는 거대한 너울이 만중을 송두리째 뒤덮어 씌우려는 듯했다.

정신세계에서 생명처럼 소중한 신화적인 숭배의 인물이었던 송시열이었다. 우주의 태양 같은 존재였던 송시열이 사사(賜死)되다니? 왕이나 붕당의 결정이 어리석기 그지없었다고 판단되자 피를 토할 지경이었다. 만중이 이불을 뒤집어쓴 채 고함을 내질렀다.

"평생을 당당한 소신으로 일한 분을 붕당의 논리를 동원하여 죽이다니? 생애 최대로 추앙하던 인물을 붕당의 기준으로 죽여도 되는 거냐고? 생애에 이렇게 가슴이 찢기는 듯 처절한 고통은 없었어. 으흑! 으흐흐흑!"

정말 그 날은 하늘이 두 조각으로 갈라져 무너지는 느낌이었다. 아무리 울어도 창자에서는 끊임없이 피울음이 끓어오르는 듯했다. 숙종과 남인들이 일으킨 너울이 세상의 거인을 스러지게 만들었다고 여겼다. 너무나 존경스러워 감히 눈마저 쉽게 바라보지 못했던 인물이 아닌가? 참으로 세상의 참다운 정의는 사라졌다고 여겨지는 날이었다. 어머니나 아내가 세상을 떠났다는 얘기를 듣는 만큼이나 애통할 지경이었다. 통곡 소리가 애절하여 울타리의 동백꽃마저 줄지어 떨어져 내리는 듯했다.

세상이 갈라져 하늘이 꽃잎처럼 파편이 되어 흩어지는 느낌이었다. 정녕 세상의 기류가 이런 것이라면 다시는 눈뜨고 싶지 않았다. 배소가 되어 혹여 관졸이라도 달려올까 봐 울음소리마저 조절해야 했다. 이불을 끌어안고 입을 가린 채 만중이 한동안 통곡을 계속했다. 만중의 전신 근육이 죄다 경련을 일으키며 오그라드는 느낌이었다. 그러다가 급기야 탈진하여 나뒹굴고 말았다.

낚싯대를 드리운 만중에게 그때의 일이 떠오르자 비감스러워 눈시울이 젖어든다. 너무 설운 모습을 많이 접한 세상이라 어느새 눈시울이 젖어든다. 어느새 바다에는 저녁노을이 벌겋게 드리워져 현란했던 세상을 반추하는 듯하다. 어쩐지 지는 해가 다시는 떠오르지 못할지도 모르리라는 생각마저 든다. 깃털처럼 흐트러진 만중의 가슴으로 석양의 햇살이 명징한 선율로 달려든다. 그러자 전신이 화염에 뒤덮이면서 만중의 몸뚱이가 깃털처럼 허허로이 나뒹군다. 정신적 피로감에 휘감겨 탈진하여 잠시 쓰러진 터다.

관졸인 주철마저 눈물을 글썽이며 나뒹군 만중을 가슴으로 부둥켜안는다. 주철의 눈시울에서 흘러내린 눈물이 만중의 얼굴에서 붉은 화염으로 번진다. 그러자 바다에서 일렁대던 저녁놀이 왈칵 섬을 덮씌워 시뻘겋게 타오른다.

# 제6회 김만중문학상 소설 부문 심사평

2015년 제6회 김만중문학상 소설 부문에 응모한 작품은 단편 93편, 중편 24편, 장편 33편이었다. 응모 작품이 적은 숫자가 아닌데 전체적으로 빼어난 작품과 개성을 찾아볼 수 없어 많이 아쉬웠다. 응모자들의 창작 열기에 비해 소설 창작의 기초가 몹시 부실해 외로운 밀실 작업의 한계를 절감하지 않을 수 없었다. 창작이 홀로 진행하는 고단한 작업이라는 건 누구나 아는 바이지만 습작을 하는 동안에는 최대한 자기 작품을 남들에게 읽히고 의견을 구하며 정진하는 게 좋다. 아울러 소설의 플롯 작성부터 구성과 문장력에 대한 기초적인 지도도 구하는 게 좋을 것이다. 혼자 굳혀 버린 자기 스타일은 시간이 많이 흐르면 불치의 병처럼 고치기가 어려워지기 때문이다.

예심에서 본심으로 넘어온 작품은 모두 네 편이었다. 『고요한 종소리』, 『묵(墨), 칼을 베다』, 『칼춤』, 『떠도는 기류』는 모두 역사적 사료를 바탕 삼은 장편소설들이라는 공통점을 지니고 있었다. 사료에 충실하다는 것은 작가적 진지함과 성실성을 표방하지만 자칫 자료소설의 한계를 넘어서지 못한 채 소설적 상상력과 재미를 고사시킬 위험이 존재한다. 바로 그 지점에서 『고요한 종소리』, 『묵(墨), 칼을 베다』, 『칼춤』은 소설적인 한계를 노출했다. 아무리 역사적 배경을 지닌 소설이라 해도 그것은 소설이지 역사 그 자체가 아니기 때문에 사료에만 충실하게 되면 소설적 승화가 이루어지지 않는다. 『묵(墨), 칼을 베다』 같은 경우 문체적 개성이 엿보였으나 '시인 이순신'이라는 부제에도 불구하고 2,600매가 넘는 방대한 서사를 펼치면서도 시인으로서의 이순신을 낯설게 창조하는 데에는 결국 실패하고 말았다. 역사적 자료 확충과 확장만으로는 소설에서 반드시 요구되는 덕목인 '낯설게 만들기'가 이루어지지 않는다는 의미이기도 하다.

대동소이한 결점을 놓고 논의한 결과 소설적 구성과 서사, 그리고 재미를 두루 갖춘 『떠도는 기류』를 금상으로 결정하고, 자료 충실형임에도 불구하고 미래적 가능성을 인정해 『칼춤』을 은상으로 결정했다. 금상 수상작인 『떠도는 기류』는 김만중의 선천 유배 시절부터 남해 노도에서의 유배 생활까지를 배경으로 삼은 작품인데 정치적 측면에서의 인간적 고뇌와 함께 『구운몽』이 생성되는 과정을 독특한 개성과 상상력으로 형상화한 점이 큰 장점으로 꼽혔다. 이 작품의 선정은 김만중 문학상이라는 타이틀과 무관하다는 걸 밝히고, 내년에는 역사를 배경으로 하지 않는 21세기적 면모의 작품들이 많이 응모돼 김만중 문학상이 한국 소설의 미래 지평에 이바지하는 계기가 되길 빌고 싶다. 당선자들의 힘찬 정진도 아울러 빈다.

심사 위원: 김주영, 구효서, 박상우

제6회 김만중문학상 소설 부문 금상 수상작

# 떠도는 기류

초판 1쇄 인쇄일 2016년 1월 10일
초판 1쇄 발행일 2016년 1월 15일

**지은이** 손정모
**저작권자** 남해군·김만중문학상운영위원회
**펴낸이** 양옥매
**디자인** 이윤경
**교 정** 조준경

**펴낸곳** 도서출판 책과나무
**출판등록** 제2012-000376
**주소** 서울특별시 마포구 월드컵북로 44길 37 천지빌딩 3층
**대표전화** 02.372.1537 **팩스** 02.372.1538
**이메일** booknamu2007@naver.com
**홈페이지** www.booknamu.com

ISBN 979-11-5776-144-9(03810)

이 도서의 국립중앙도서관 출판시도서목록(CIP)은 서지정보유통지원 시스템
홈페이지(http://seoji.nl.go.kr)와 국가자료공동목록시스템
(http://www.nl.go.kr/kolisnet)에서 이용하실 수 있습니다.
(CIP제어번호 : CIP2015036279)